작가 김영수

김유미 장편소설

1

작가 김영수

김유미 장편소설

1

민음사

차례

하늘

하늘 색깔이 진한 남빛이다. 하늘을 한참 올려다보고 있으면 그 색깔이 물감 번지듯 온몸에 번져 가슴속까지 온통 남빛으로 물들 것 같다.

'청색 호수.'

파란빛도 녹빛도 아닌, 분명 청색이라 했다. 캐나다 로키산맥 어딘가에 그렇게 진한 청색 호수가 있다. 언젠가 잡지에서 '청색 호수'라는 제목을 보는 순간, 영수는 가슴이 알싸해질 정도로 묘한 매력을 느꼈었다. 아무것도 아닐 수 있는 그 형용사가 왜 그리 가슴을 설레게 하던지, 청색 호수라는 말의 그 묘한 매력.

캐나다에는 수천 수만 개의 호수가 있다. 그중 가장 아름다운 호수가 로키산맥 어딘가에 있는 '루이제 호수'다. 하늘에 떠 있는 구름 한 조각까지 고스란히 물 속에 잠긴다는 '루이제 호수'. 그런 호수가 있는 곳은 얼마나 아름다울까. 그런 곳에는 썩은 냄새가 코를 찌르는 쓰레기더미도 없고, 구석구석에 술주정뱅이들이 토해 낸 음식 찌꺼기도 없을 것이다. 그런 곳에는 서로가 서로에게 화를 내지 않고, 욕을 하지 않고, 눈을 부릅뜨지 않고, 다정한 목소리로 고운말만 하는 사람들이 살고 있을 것이다.

단풍잎 하나도, 길가의 들꽃 하나도 예사롭게 보지 않는 사춘기가 되어가는 탓일까. 영수는 그 제목 하나로 마치 신비한 동화 나라 속으로 들어가는 듯한 느낌을 가졌고, 그 여행기를 읽으면서 언젠가 자신도 이렇게 사람의 마음을 사로잡을 수 있는 감동적인 글을 쓰고 싶다는 생각을 했다.

하늘에서 누군가가 불쑥 얼굴을 내밀고 나타날 것만 같다.

"영수야. 소원 한 가지만 말해 봐. 욕심부리지 말고 딱 한 가지만 말하면 내 들어줄게."

누군가가 이렇게 말을 하면서 따스하게 웃어줄 것 같다.

"소원?"

영수는 여전히 하늘을 바라다보면서 '소원'이라고 나직하게 뇌어보았다. 소원은 참 많다. 호떡, 자장면, 탕수육 같은 거 실컷 먹어보는 것도 소원이고, 아침에 냉방으로 변하지 않는 따끈따끈한 방에서 잠 자보는 것도 소원이고, 교복도 얻어 입지 않고 다른 애들처럼 내 몸에 맞춰 입고 다니는 것도 소원이다. 하지만 그런 건 다 참을 수 있다. 없어도 살 수 있다. 그러나 학비는 있어야 한다. 학비는 당장 필요하다.

"나에겐 소원이 참 많아요. 이루 다 말할 수 없을 정도로 원하는 게 많아요."

"욕심부리면 한 가지도 안 들어준다. 딱 한 가지만 말해 봐."

"우리 집 좀 잘살게 해주세요. 부자를 바라는 것이 아니에요. 그냥

제 학비를 제때 낼 수 있을 정도만 잘살게 해주세요.”

“학비?”

“네. 학비요. 지금 당장 학비가 필요해요. 학교에 계속 다닐 수 있도록 학비만 도와주세요. 책, 공책, 연필, 그런 거 없어도 괜찮아요. 난 그런 거 없어도 공부 잘할 수 있어요.”

영수는 간절하게 중얼거렸다. ‘나는 선생님 말씀도 잘 듣고, 집안 일도 열심히 돕고, 동생들과 싸움도 안한다. 나는 가지고 싶은 게 많지만 꾹꾹 참는다. 부모님에게 사달라는 말 절대 안한다. 그러니까 하늘이 날 도와주시겠지. 한 가지 소원은 들어주시겠지.’

그러나 아무리 목이 뻐근해질 때까지 하늘을 올려다보고 있어도, 조금 전까지 자근자근 들려오던 목소리는 들리지 않고, 한숨 섞인 엄마의 음성만이 들려왔다.

“내가 어디 가서 도둑질을 할 수도 없고.”

갑자기 두 다리에 힘이 쭉 빠져 영수는 고개를 떨구고 걷기 시작했다.

“내가 어디 가서 도둑질을 할 수도 없고. 학비가 한두 푼이라야 말이지.”

영수 어머니가 늘 하는 말이 ‘도둑질’이라는 말이다. 어머니의 ‘도둑질’이라는 그 말 한마디가 영수의 입을 꽉 틀어막는다.

왜 우리 집은 이렇게 가난할까. 할아버지가 살아 계셨을 때는 참 좋았는데 왜 할아버지가 돌아가신 후 이렇게 못 살게 되었을까. 돈암동 집에는 담 밑에 과꽃, 봉선화, 백일홍이 피어나는 꽃밭도 있고, 뒤뜰에는 포도넝쿨도 있고, 또 할아버지가 특별히 영수를 위해 만들어준 모래밭도 있었다. 그리고 바둑이 ‘구마’도 있었다. 구마는 영수가 “구마야” 하고 부르면 냉큼 달려나와 영수 사타구니에 얼굴을 들이박으면서 꼬리를 흔들어대곤 했었다. 엄마와 아버지와 동네 사람들과 함께 정릉 골짜기로 놀러 다니기도 했었다. 아이들과 가재를 잡고 개울물에 담가놓은 수박을 먹어가며 온종일 물장난을 했었다.

그런데 그 집이 없어져 버렸다. 가게도 큰 가게에서 작은 가게로, 더 작은 가게로 몇 번 변하더니 이제는 손바닥만 한 구멍가게가 되어버렸다. 우리가 왜 이렇게 되었을까. 할아버지가 살아 계셨을 때는 매일이 생일처럼 재밌기만 했는데, 이제는 그때 우리가 정말 그런 집에서 살았었나 싶을 정도로 아득하게 여겨진다.

배 서방 아저씨가 아버지 통장을 들고 도망가는 바람에 쫄딱 망한 거란다. 그게 엄마의 말이다. 배 서방이 우리를 이렇게 알거지 만들었다고. 영수는 그 아저씨가 나쁜 사람이라는 게 지금도 믿어지지 않는다. 영수는 아버지보다 그 아저씨를 훨씬 더 좋아했었다. 동네 애들과 놀다 흙투성이가 되었을 때, 공놀이를 하다 남의 집 장독을 깨뜨렸을 때, 아버지와 엄마는 회초리로 종아리를 때렸지만, 배 서방은 언제나 영수를 감싸주곤 했었다.

배 서방은 할아버지 때부터 가게 장부를 말아보았다. 그가 지배인이나 다름없이 모든 걸 관리했다. 할아버지가 색시를 구해 장가를 보내기 전까지는 아예 한 집에서 살았다. 그래서 할아버지가 돌아가시고도 그 아저씨가 계속해 장부를 맡아본 거란다. 그게 엄마의 설명이다.

'그때가 참 좋았는데, 집도 좋고 동네 친구들도 좋고, 참 좋았는데!'

실은 한일합방 이후부터 장사가 예전 같지 않았다. 그건 나중에 어른들끼리 주고받는 말을 귀동냥으로 들은 것이었다.

일본은 러시아와 전쟁을 치러 러시아를 한반도에서 쫓아낸 후 을사조약을 강제로 체결하고, 1906년 조선 땅에 통감부를 설치하였으며, 군대를 해산하고 사법권과 경찰권을 차례로 박탈하여 사실상 조선 땅의 통치권을 장악하였다. 1910년 8월 일본은 조선 왕궁을 무력으로 포위하고 매국노 이완용 등을 이용하여 합병조약을 체결하였고, 한반도는 이때부터 일본 제국주의의 식민지가 되었다.

일제는 숱한 법령을 발표해 가면서 조선인의 목을 조여오기 시작해 조선인의 경제 사정은 나날이 어려워져 갔다. 특히 일제의 토지 수탈로 인하여 조선 농민은 농노나 다름없는 처지가 되어가고 있었다. 이렇게 조선이 기울고 일제의 착취가 날로 강화되는 시기, 은행 드나드는 일을 도맡아 보던 배 서방이 조선이 망하는 낌새를 차리고 이때다 하고 일본 땅으로 도망을 간 거라는 게 어머니가 내린 결론이었다. 배 서방은 사실상, 머슴이나 다름없는 사람이다. 아무리 한 집안 식구처럼 지냈다 하지만, 그런 사람에게 할아버지는 왜 장부를 맡겼을까. 이 질문은 두고두고 풀리지 않는 수수께끼로 남아 있었다.

붉은 벽돌 강당 옆, 게시판 앞에 방문이 나붙었는지 몇몇 아이들이 모여 웅성거리고 있었다.

"야, 선기도 있다."

"정말?"

완구 목소리가 들려왔다.

"어? 동주, 영수도 있네. 우리 반에서만 세 명이다. 세 명."

"영수? 박영수? 김영수?"

"김영수."

'김영수'라는 이름을 듣는 순간, 영수는 아이들을 밀치며 급하게 앞으로 다가갔다.

'수업료 미납자 제적 처분'

배재고보 게시판에 나붙은 무시무시한 명단 속에 '김영수' 이름 석 자가 들어 있었다. 학비를 가져올 때까지 학교에 나올 수 없다는 정학 경고가 아니라 아예 제적 처분이었다.

이럴 수가 있단 말인가. 학비를 내지 않았다는 오직 그 이유 하나만으로 학생을 제적 처분시킬 수 있는 걸까? 말썽꾼도 낙제생도 아닌 학생을, 오로지 학비를 내지 못했다는 그 이유 하나만으로 제적 처분해? 이럴 순 없다. 교육 기관에서 이럴 순 없다. 이래서는 안 되는 거 아닌가. 1년이 걸리든 2년이 걸리든 학비가 마련되면 그때 오라든가, 그런 조치도 아니고 아예 제적을 시킨다니 이럴 순 없다.

큼직한 생선 가시가 걸린 것처럼 목구멍이 따끔거리기 시작했다. 영수는 슬금슬금 뒷걸음질을 쳤다. 어서 빨리 이 자리에서 벗어나고 싶었다. 강당을 돌아 뒷문으로 학교를 빠져나오자마자 책보를 저고리 안에 쑤셔넣고 달리기 시작했다. 서러움과 분함이 목구멍까지 차 올라 금방이라도 가슴이 퍽 소리를 내며 터져버릴 것 같았다. 가슴이 터져 시뻘건 피가 콸콸 쏟아질 것 같았다.

"가난하다고 기죽지 말아라."

"가난한 게 절대 부끄러운 게 아니다."

"용기를 가지고 노력해라. 노력하면 성공할 수 있다."

주기도문처럼 늘 반복하던 선생님의 그 말은 말짱 헛소리였단 말인가. 가난한 사람은 배울 자격도 없는 건가. 가난한 사람은 가난하게 태어났으니 평생 가난하게 살다 죽어야 하는 건가. 세상 이치가 그런 건가.

등교할 때만 해도 눈이 부시도록 아름답게 보이던 청색 하늘, 언제나 용기와 희망을 주던 그 푸른 하늘이 사납게 으르렁거리는 바다 같았다. 성난 파도가 눈앞까지 무섭게 몰려왔다 몰려갔다. 하얀 포말이 어지럽게 부서지고 또 부서졌다.

겨우 2학년 1학기만 다니고 마는가. 그렇게 조르고 졸라 힘들게 들어온 학교를 졸업도 못하고 그만두어야 하는 건가. 나는 공부를 잘한다. 앞으로도 공부를 잘할 자신이 있다. 나는 세상에 꼭 필요한 사람, 세상에 보탬이 되는 그런 사람이 되고 싶다. 그런 꿈이 있기에 새벽같이 일어나 두부를 받아오고 다른 애들이 놀 때 배달을 다녀도 슬프지 않았고 기죽지 않았다.

아버지는 빈둥거리며 노는 사람을 보면 밥이 아깝다 한다. 밥값도 못하는 놈이라는 게 아버지가 심하게 하는 욕이다. 영수가 동네 애들과 놀다 남의 집 유리창을 깨든가 장독을 깨든가 하면 "저놈 오늘 밥 굶겨라" 했다. 아버지에게는 모든 것이 밥이었다. 물론 일본 놈들이 조선을 뺏은 것도 밥 때문이라 하였다.

'나는 반드시 밥값을 하는 사람이 되겠다. 나는 그런 사람이 될 수 있다'는 자신감, 이것이 나를 지탱해 준 힘이었다. 그런데 내 생각이 잘못이었을까. 가난한 집 자식은 아예 꿈도 꾸지 말아야 하는 건가. 돈이 없는 사람은 꿈꿀 자격도 없는 건가. 가난한 집 자식은 가난을 대물림 한다? 그건가? 세상 이치가 그런 건가? 아니다. 그건 너무 억울하다. 공부를 해야 한다. 그 길만이 이 청진동 골목을 벗어나는 길이다.

공부를 많이 하면 고등 룸펜? 사상범이 된다고? 천만에. 그건 일본 놈들이 지어낸 말이다. 일본 놈들이 조선 사람을 깔보고 하는 말이다.

'아버지. 아시겠어요? 일본 놈들은 조선인들이 무지에서 깨어나는 게 두려운 거예요. 아시겠어요? 바로 아버지같이 무식한 사람들이 그런 말에 넘어가는 거라고요. 그들은 조선인들은 너무 미개해서 자립할 능력이 없는 사람들이라고 말하는 거예요. 그래서 자기들이 도와준다는 거예요. 자기 땅을 빼앗기고도 분노할 줄 모르는 사람, 이 땅의 주인이면서 주인 노릇을 못하는 사람, 남한테 지배당하는 것이 당연한 줄 아는 사람. 무식한 사람, 무식한 사람. 아아, 아버지. 나는 아버지처럼 무식한 사람이 되고 싶지 않다고요.'

"엄니."

집에 들어서는 순간, 영수는 어머니 무릎에 머리를 박고 쓰러졌다.

"학……비."

영수는 꺼억꺼억 거위 소리를 내가며 흐느꼈다.

"아유. 내가 이럴 줄 알았다, 알았어."

"엄……니."

"나보고 어쩌란 말이냐. 일수도 당해 낼 도리가 없는 걸 어떡하니."

안성댁이 서울로 시집을 왔을 때는 남편 김종성이 지금처럼 가난뱅이가 아니었다. 그의 아버지, 그러니까 안성댁의 시아버지 되는 사람은 돈암동에 잡화상과 반듯한 기와집을 가지고 있었다. 집이 그리 크진 않았지만, 손질이 잘 되어 있는 아담한 집이었다. 그녀가 시집오던 다음해 시아버지가 돌아가시자 큰아들인 남편이 가게를 떠맡았고, 장사는 조금씩 불어나 몇 년 지나지 않아 잡화상을 하나 더 차렸다. 김종성은 비록 배우지는 못한 사람이지만 부지런했고, 구두쇠처럼 절약하는 성격이라서 해가 갈수록 저금 통장도 불어났다. 그런데 어느 날, 가게 장부를 도맡아보던 배 서방이 통장째 들고 사라져버린 것이다.

"내가 뭐랍디까. 수금도 일년에 한 번씩 하지 말고 반년에 한 번씩 하고 제발 좀 신경 써 챙기라 했건만."

"아, 지금 수금을 자주 안해 문제가 된 거야? 그게 지금 무슨 상관이냐고. 어구 답답해. 어구, 속 터져. 이놈의 집구석. 나쁜 놈들 짓이야. 배 서방 그 사람, 아버지 밑에서 잔뼈가 굵은 사람이야. 그 작자가 통장을 들고 튈 리 없어. 틀림없이 무슨 사연이 있을 거야. 강도한테 당했든가."

"아, 여편네하고 애들까지 사라졌는데, 강도는 무슨 놈의 강도이유."

"믿을 수 없어. 어느 놈이 계획적으로 식구를 모조리 없애버린 건지 알 게 뭐야. 요즘 먹고살기 힘드니까 강도들이 부쩍 늘었다고. 그럴 리가 없어. 난 내 친동생을 의심하면 의심했지, 배 서방은 의심하지 못하겠어."

마음에 심한 충격을 받으면 정신뿐 아니라 육체도 인두로 지져댄 것처럼 민신창이가 되는지 그는 이렇다 할 병도 없이 툭하면 앓아 눕곤 했다. 그래저래 집안은 나날이 기울어져 갔다.

"다, 네가 복이 없는 탓이다. 복도 지지리 없지."

"엄니. 공부는 해야 해요. 사람은 배워야 한다고요. 우리가 왜 왜놈들한테 나라를 빼앗긴 줄 아세요? 무식하기 때문이라고요. 무지렁이들이라 눈뜬 채 고스란히 나라를 빼앗긴 거라고요."

"아니, 대가리에 피도 안 마른 녀석이 어디 가서 그런 경칠 소리를 주워 들은 거야? 주둥이 닥치지 못해?"

"나는 쓸모 있는 사람이 되고 싶다고요. 나는 절대, 절대로 이 청진동 구석에서, 이 구멍가게 대물림 안한다고요."

"아, 그만 입 닥치지 못해. 이놈의 돈이 원수라니깐, 원수야. 어디 학비가 한두 푼이라야 말이지. 아 인석아, 그만 울어. 운다고 돈이 하늘에서 떨어져? 내가 뭐랬어? 애당초 오르지 못할 나무는 올려다보지 않는 게 상책이랬잖아. 아, 누구 죽었어? 그만두라니깐."

안성댁은 아들놈 어깨를 주먹으로 쥐어박으면서 코를 휑 풀었다. 의붓자식처럼 늘 구박이나 해가며 키운 자식이다. 어디서 주워온 자식도 아니고 분명 내 뱃속에서 나온 자식인데 왜 그리 정이 안 가는지, 너무 어린 나이에 시집을 온 탓인지, 어쨌거나 말 한마디도 정답게 하지 않고 그저 윽박질러 가며 키웠는데, 그래도 제 어미라고 어미 앞에서 몸부림치며 울고 있는 걸 보니 명치 끝이 콕콕 쑤셔오는 듯했다.

"나, 학교에 다녀야 한단 말예요."

"아, 나보고 어쩌란 말야?"

안성댁이 째지게 소리를 질러댔다.

"학교는 꼭 다녀야 한다고요."

"아, 어서 벌떡 일어나 숙명고녀나 다녀와."

"난, 여기 안 산단 말예요. 난, 여기서 벗어난다고요. 절대, 절대 여기서 안 산다고요. 난, 공부를 해야 한다고요. 공부를."

"아, 나보고 어디 가서 도둑질 해오란 말야?"

억울하고 원통했지만, 영수는 그날부터 학교를 포기하는 수밖에 없었다.

그날도 영수는 여느 때처럼 숙명고녀 기숙사로 배달을 갔다. 자전거에 두부, 파, 명태, 콩나물 같은 것을 싣고 배달 다니는 것, 그것이 영수의 일과였다. 물론 아침 일찍 물을 뿌려가며 싸리빗자루로 가게 앞을 쓰는 일부터 시작해 두부 받으러 가는 일 외에 이제는 야채 받으러 가는 일까지 도맡아 했다.

'도망가야 해. 나는 이 청진동 골목을 벗어나야 해. 이렇게 나날을 보낼 수는 없어. 나는 공부를 해서 반드시 세상에 필요한 사람이 될 것이다. 반드시 보람된 삶을 살련다. 그러자면 공부를 해야 한다.'

우리 조선인들이 일본 놈들보다 못한 게 뭐란 말인가. 서당 다닐 때 들었다. 일본은 우리 고구려, 신라, 백제인 들의 후예라고, 분명 그런 말을 들었다. 백제의 온조와 비류 형제 이야기를 해주면서 그 형제 중 한 사람이 무리를 이끌고 바다 건너 섬으로 건너갔고 나중에 거기서 나라를 세웠단다.

우리 역사도 깊이 있게 자세히 알고 싶다. 영어도 배우고 싶다. 내 영어 발음이 참 좋다고 선생님이 칭찬도 해주셨다. 나는 이렇게 배달이나 다니며 살 순 없다. 나는 반드시 공부를 해야 한다. 배달을 다닐 때마다 영수는 머릿속으로 이런 말들을 고함쳐대곤 했다.

"어? 영어책?"

기숙사 후문 층계에 물건을 내려놓고 막 자전거에 올라타려는 참이었다. 햇살이 눈이 부시도록 쏟아지고 있는 창가에 두 다리를 죽 뻗고 앉아 책을 읽고 있는 여학생이 눈에 들어왔다. 햇볕에 두 볼이 능금처럼 볼그스름 익어 있는 얼굴이 장미꽃처럼 아름다웠다. 마치 보지 않아야 할 것을 몰래 훔쳐본 것처럼, 가슴이 뚜딱거려 와 영수는 마른침을 꿀꺽 삼켰다. 이상하게 요즈음엔 여학생 얼굴만 보아도 목덜미까지 화끈거려 오고 어쩌다 지나가는 여학생 머리카락 냄새만 맡아도 바짓가랑이 속이 거북할 정도로 빳빳해졌다.

휙 돌아서 자전거에 올라타려는 바로 그 순간, 책을 읽던 여학생이 책장을 덮으며 일어났다. 여학생이 들고 있는 책표지에는 분명 큼직한 영어 글씨가 씌어 있었다. 순간, 얼굴이 화끈 달아올랐다. 얼굴뿐 아니라 두 눈에서도 열이 훅훅 뿜어져 나오는지 눈알이 툭 불거져 나올 것만 같았다.

'계집애가 영어책을 읽는데, 나는? 나는?'

영수의 가슴 깊은 바닥에서 지글지글하는 분노 같은 것이, 증오 같은 것이 끓어올랐다. 딱히 누구에게랄 것 없는 증오와 분노 그리고 슬픔이 범벅이 돼 신물이 올라오는 것처럼 꾸역꾸역 올라왔다. 영수는 자전거를 타고 마구 달렸다. 가게가 있는 골목을 지나쳤다. 더러운 골목. 오물 썩는 냄새가 사시사철 코를 찌르는 더러운 골목. 개새끼들이 쓰레기를 들쑤시며 돌아다니는 골목.

계집애가 영어책을 읽고 있다. 나는? 나는 두부, 콩나물이나 날라다 주는 배달꾼이다. 이게 내 운명이라고? 가난한 게 내 운명? 그게 내 운명이라면 나는 내 운명을 바꾸련다. 나는 이제부터 작전을 세우고 내 운명에 도전하련다. 절대 굴복하지 않으련다.

자신의 운명은 자신의 책임이다. 가난한 사람은 가난한 만큼밖에 노력을 하지 않았기 때문에 가난한 거다. 만약 혼신을 다해 노력한 사람이 노력의 대가를 받지 못하고 여전히 가난하다면, 그건 그 사회에 모순이 있는 거다. 그건 사회 책임이다. 그런 사회는 썩어문드러진 사회다.

그래. 그렇다. 조선이 망한 건, 조선인의 탓이다. 누구의 탓이기 이전에 조선인의 탓이다. 내가 지지리 못나서 남에게 내 집을 빼앗긴 것이다. 강자가 약자를 잡아먹는 건 동물 사회 본성 아닌가. 사람도 동물이다. 사람도 동물이니까 강자가 약자를 잡아먹는 거다.

남에게 먹히지 않으려면 강해야 한다. 내가 강하면 먹히지 않는다. 내가 실력이 있어야 사람 노릇을 제대로 해가며 살 수 있고, 그래야 사람 대접도 제대로 받을 수 있다.

잡화상, 포목점, 철물점, 인쇄소, 음식점. 영수는 눈에 띄는 가게마다 들어가 일자리를 구했다.

"고학생입니다. 하루 한 끼만 먹여주시고, 잠을 재워주신다면 무슨 일이든 하겠습니다."

해가 떨어지고 어둠이 스멀스멀 내려앉을 때까지 영수는 목이 쉬도록 이 말을 되풀이해 가며 돌아다녔다.

"밥이 생명이다. 굶어봐야 밥이 생명인 걸 안다."

배가 고파지자 아버지 음성이 귓가에 윙윙거렸다.

"밥 세 끼가 목구멍으로 들어가는 게 다행인 줄로만 알라고. 지금 세상이 어떤 세상인데 학교에 다니겠다는 거야? 아, 유랑걸식 하는 사람들이 얼마나 많은 줄 알기나 해? 배가 고파봐야 정신 차리겠어?"

'아니다. 밥이 소중하지만 그렇다고 밥이 다일 수는 없다. 절대, 밥이 다일 수 없다.'

질질 끌고 다니는 자전거조차 이제는 귀찮았다.

'아주머니, 이 자전거 맡길 테니 빈대떡 딱 하나만 주시겠어요?'

종로 뒷골목, 허름한 대폿집 앞에 영수는 한참을 서 있었다. 대폿집 안에는 어른들이 긴 나무 의자에 엉덩이만 걸치고 앉아서 막걸리 사발을 주거니받거니 해가며 빈대떡을 먹고 있었다. 빈대떡에 시뻘건 어리굴젓을 올려놓고 먹는 사람을 보니 입안에 침이 돌았다.

'아주머니, 이 자전거 맡길 테니 빈대떡 딱 하나, 딱 하나만.'

영수는 배싹 마른 입술에 연신 침을 묻혀가며 이 말을 중얼거리다가,

마른침을 삼키고 홱 돌아섰다. 정말 밥이 다인가? 밥이 생명인가? 밥 때문에, 그러니까 먹는 것 때문에, 사람은 치사해질 수도, 비굴해질 수도 있는 걸까. 기껏 밥 때문에? 아니다, 아니다. 굶어 죽는 한이 있어도 구걸은 안하련다.

집에 갈까? 아니다. 나는 집에 안 간다. 나는 이제 배달원 노릇은 안 하련다. 어떻게든 공부를 하련다. 하지만 지금 나는 배가 고프다. 배가 고파 뱃가죽이 땅긴다. 그런데 어떻게 공부를 한단 말인가. 어디서 날 먹여주고 재워준단 말인가. 이러다가 거지가 되는 게 아닐까. 집에 가기는 싫고, 뱃속에서는 계속 쪼르륵 소리가 나고 하면, 구걸도 하게 되고, 심하면 도둑질도 하게 되는 게 아닐까. 그러고 보면 도둑놈이 그렇게 나쁜 사람도 아니지 않을까. 배가 너무 고프면 착하게, 곧게 살겠다고 아무리 마음을 다부지게 먹어도 훔칠 수 있는 게 아닐까.

여기까지 생각이 미치자 영수는 전신에 소름이 돋아나는 것 같아 몸을 부르르 떨었다. 굶어 죽으면 죽었지, 구걸은 안한다. 도둑질도 안한다. 나는 착하게 살련다. 올바르게 살련다. 그러면 반드시 하늘이 상을 주실 거다. 하늘을 믿자. 하늘을 믿자.

중앙 시장이 끝나는 곳, 오장동 좁은 골목 안에 있는 인쇄소에서 먹고 자며 허드렛일을 시작했다. 한때는 일하는 사람이 세 명씩이나 있었다지만, 이제는 주인 혼자 꾸려가고 있는 초라한 인쇄소였다. 인쇄소라기보다 고물상 같은 인상을 주는 방 안에, 두꺼운 돋보기를 쓰고 있는 주인은 영수가 거의 울음 섞인 목소리로 일자리를 구한다 하자, 덤덤한 시선으로 한참 동안 영수를 바라보다가, 아무 말 없이 들어오라고 손짓을 했다.

밤이면 마룻바닥에서 군용담요 한 장을 덮고 잤다. 엉성한 바닥에서 냉기가 스며들어 새벽이면 저절로 잠에서 깨어나곤 했지만, 그 정도 추위는 얼마든지 참아낼 수 있었다.

돈암동 집에서 청진동으로 옮긴 후부터 냉방에 익숙해졌다. 초저녁에는 뜨끈뜨끈하던 방바닥이 밤이 깊어지면 미지근해졌고 새벽에는 얼음장으로 변하곤 했다. 철이 들면서부터는 아예 가게에 붙어 있는 마룻방이 영수의 방이었다.

저녁 때 주인 아저씨가 집에 가면, 그때부터는 영수만의 시간이었다. 나만의 공간, 나만의 시간을 갖는다는 게 가슴 뿌듯할 정도로 영수는 기뻤다. 나만의 시간, 나만의 공간. 얼마나 바라던 것인가. 나만의 시간에는 무엇이든 오로지 내가 하고 싶은 것을 할 수 있다. 그림도 그릴 수 있고 책도 읽을 수 있고 일기도 시도 무엇이든 써볼 수 있고 마냥 넋놓고 앉아 있을 수도 있다.

나만의 시간. 이건 영수에게 꿈이 이루어진 것이나 다름없었다. 잠을 잘 수 없었다. 아무리 피곤해도 잠을 잘 수 없도록 인쇄소 안에는 읽을거리가 많았다. 이 구석 저 구석에 쌓여 있는 책들, 잡지들, 문학이나 철학 서적보다는 법학 서적들이 많았지만 무엇이든 읽을거리가 있다는 게 영수는 행복했다.

'원하는 게 절실하면 반드시 이루어진다.'

그럴까? 정말 무엇이든 절실하게 원하면 이루어질까. 그것이 남을 해치거나 남을 저주하거나 증오하는 게 아닌 한, 간절히 원하면 언젠가는 이루어질까. 영수는 책을 읽다가 좋은 문구가 나오면 종이에 베껴 쓰기도 하고, 이런저런 생각이 떠오르면 일기를 쓰듯 긁적거리기도 했다.

집 생각이 났다. 실은 엄마 아버지보다 동생들이 훨씬 더 보고 싶었다. 명자, 상철, 명옥. 배달은 누가 다닐까. 명수는 아직 어리고, 명자가? 설마 명자가 배달 다니는 건 아니겠지. 아무리 아버지가 구두쇠지만 일꾼을 쓰시겠지. 어쨌거나 나 때문에 명자가 고생하겠다. 새벽에 일어나 앞마당 쓰는 일은 명자 차례겠지. 걸어다닐 수 있는 동네에는 명자가 배달 나가겠지.

책장을 넘기다 동생들 얼굴이 갈피갈피에 어른거릴 때면 닭똥 같은 눈물방울이 툭, 툭 떨어져 책장을 적시곤 했다.

그날도 삼청동에 심부름을 다녀오는 길이었다. 중동학교 운동장에서 학생들이 농구를 하고 있었다. 영수는 자전거에서 내려 나무에 비스듬히 기대고 신나게 펄쩍펄쩍 뛰고 있는 아이들을 바라보았다.

저 아이들과 내가 다른 점이 없다. 어느 집에 태어나는가 하는 건 내 선택이 아니지 않는가. 나도 공부를 잘한다. 농구도 잘한다. "너는 이담에 농구 선수 되겠다." 골목친구들과 공놀이를 할 때, 승호가 자주 하던 말이다.

승호. 보고 싶다. 골목친구 중에서 제일 친한 친구다. '영수, 이놈이 어디로 사라졌나' 하겠지. 저한테도 말하지 않고 도망가 버렸다고 섭섭하다 하겠지.

아아. 나도 정상적으로 살아갈 수 없을까. 학교에도 다니고 운동도 하고 친구들과 어울려 공차기도 하고 호떡도 사먹고, 내가 바라는 이런 것들이 대단한 것도 아니련만…… 코끝이 아려와 영수는 고개를 젖혀 하늘을 올려다보았다. 새파란 하늘에는 구름이 한 점도 없다. 맑디맑은 하늘은 새 한 마리가 날아가도 표적이 날 것처럼 팽팽하다. 마치 막 다림질을 해놓은 비단 같다.

우울해지지 말자. 하고 싶은 것, 보고 싶은 것들이 수두룩하다. 그렇기 때문에 난 좌절하면 안 된다. 사람은 좌절하는 그 순간에, 이미 낙오자가 되는 것이니까. 현실이 아무리 날 힘들게 해도 난 지지 않는다.

'꿈을 가져라. 꿈이 없는 인간은 살아 있어도 살아 있는 게 아니다.'

바로 어제 책에서 베끼던 문구를 가만히 뇌어가면서 영수는 하염없이 하늘을 올려다보고 있었다. 그래. 꿈이 있다. 나에게는. 저 하늘처럼 높고 넓은 푸른 꿈이 있다. 꿈을 가지고 있는 한, 나는 외롭지 않다. 슬프지 않다. 힘들지 않다. 학교에 다니지 못해도 나는 공부한다. 인쇄소 아저씨가 헌 책방에서 영어 책도 수학 책도 구해다 주신다. 가끔 어디 나갔다 들어오실 때 옆구리에 그런 책을 끼고 들어와 툭 내려놓는다. 이 책을 보고 공부해라, 그런 말도 안한다. 그냥 책을 내려놓고 잠깐 쳐다보고 그만이다.

영수는 그렇게 말이 없는 아저씨가 처음에는 참 이상해 보였지만 점점 좋아졌다. 그는 말을 많이 하면 입안에 벌레가 생긴다고 생각하는, 그런 사람 같았다. '괜찮아. 괜찮다니까. 임마, 기죽지 마. 혼자서도 공부할 수 있잖아. 꿈이 있으니까 괜찮아. 임마, 괜찮다니까.' 영수는 코를 훌쩍 들여 마시고 어금니를 꽉 물었다.

"어이. 어이, 공 좀 집어줘."

어디선가 목소리가 들려왔다.

"공 좀 집어달라고."

목소리가 훨씬 더 커졌다.

"그것 좀 패스해."

이번에는 목소리가 한층 명령조였다.

"어?"

그제야 영수는 농구 공이 발밑까지 굴러와 있는 걸 보았다.

영수는 냉큼 공을 집어들었다. 뛰어오던 학생이 우뚝 서더니 두 팔을 내밀었다. 영수는 붕 뜨면서 공을 던졌다.

공이 날랐다. 높이, 그리고 똑바로, 똑바로 골대를 향해 날아갔다.

골인!

거짓말처럼 공이 네트도 건드리지 않고 골대 안으로 쏙 들어갔다. 이 세상에 기적이라는 게 존재한다면 이야말로 기적이었다.

"학생인가?"

"아, 아니…… 아닙니다."

영수 앞으로 다가와 이것저것 묻는 선생님에게 영수는 말더듬이처럼 말을 더듬었다.

'집안 형편이 어려워 학교를 다니지 못하고 있습니다. 아니, 실은 그래서 집을 뛰쳐나와 일을 하면서 야간에라도 다녀보려고 혼자 공부하고 있는 중입니다. 대낮에 빈둥거리며 돌아다니는 불량소년은 아닙니다. 절대 저는 불량소년이 아닙니다.'

설움덩이가 목젖을 눌러 아무 말도 나오지 않았고 대신 굵은 눈물방울이 볼을 타고 죽죽 흘러내렸다.

그날부터 영수의 새 삶이 시작되었다. 중동학교의 정신은 불운한 학생들을 구제하여 진학할 수 있는 길을 열어주는 것이다. 그래서 보결시험 제도가 있다. 보결시험에 합격해 들어오기만 하면 농구부 선수가 되어 학비를 전액 면제받을 수 있다는 것이다.

영수가 서 있는 곳으로 대굴대굴 굴러온 농구 공. 그 공이 골대에 쏙 들어간 요술은 기적이 아니라 하느님의 작전 계획이라고 영수는 믿었다.

그래. 청색 하늘. 그 하늘이 나에게 소원을 들어준 거다. 늘 뭔가 나에게 꼭 한 가지 소원은 들어줄 것 같았는데, 그 눈이 부시도록 푸른 하늘이 나에게 그런 믿음을 주었었는데, 하늘은 날 실망시키지 않았다.

나도 하늘을, 저 하늘을, 실망시키지 않는 사람이 되리라.

중동 도둑놈

"야, 만두 먹으러 가자."

목인이 땀범벅이가 된 얼굴을 손바닥으로 쓱쓱 문질러 가며 말했다.

"임마, 또 그냥 가지 마."

시춘도 영수 어깨를 툭 쳐가며 한마디 했다. 방금 농구 연습을 끝내고 난 참이었다.

"난, 집에 가봐야 해."

"또 그 소리. 하여튼 넌 참 괴짜다. 집에 꿀 항아리라도 있는 거냐? 뭐가 늘 그리 급해?"

"집에 가 할 일이 좀 있어."

운동장에서 펄쩍펄쩍 뛸 때와 달리 영수는 수줍음을 타는 계집애처럼 어색한 표정을 지으며 식 웃었다.

"도대체 이 시간에 집에 가 할 게 뭐 있냐? 거, 참 알다가도 모르겠네."

"글쎄 가야 한다니까. 나 먼저 간다. 내일 보자."

영수는 책보를 옆구리에 끼고 급히 나갔다.

"저놈, 하여튼 괴짜네. 알다가도 모르겠어. 만두라면 사족을 못 쓰는 놈이."

"야, 너 영수 집 어딘지 아냐?"

교정을 가로질러 걸으며 목인이 시춘에게 물었다.

"아니."

"너도 몰라?"

"가본 적 없다."

"참 이상하지. 뭐가 그리 늘 바쁠까? 우리 한번 영수 집에 가보자."

"야, 놀러 오라는 말도 안하는데 뭘 가."

"그냥 가보지 뭐."

"어디 사는지 알기나 해?"

"그거야 알려고 하면야 금방 알 수 있지. 우리 한번 뒤쫓아 가보자."

"관둬. 집안 형편이 많이 어려운가 봐. 말 듣기로는 지금 입고 다니는 교복도 코치가 얻어다준 거래."

"얻어다 줘?"

"졸업생한테 말야."

"그…… 정도래?"

"그렇대. 배재 다니다 학비를 내지 못해 쫓겨난 거라잖아. 그러니까 공연히 집에까지 쫓아가 볼 생각 말자고."

"그나저나 영수 그놈, 농구하기 위해 태어난 놈 같다, 안 그러냐?"

"글쎄 말이다. 하여튼 이번엔 우리가 우승해야 할 텐데. 시합 생각하면 잠이 다 안 온다."

"나도 그래. 이번에 우승기를 뺏어오지 못하면 아마 우린 작살 날 거다."

중동은 지난 2년 동안 계속해서 양정에게 우승기를 빼앗기고 있는 상태였다. 4년 동안 계속 해오던 우승을 내줬기 때문에, 학생들은 말할 것도 없고 교사들 그리고 학부모들도 우승기를 찾아와야 한다고 벼르고 있는 참이었다.

"영수야, 말이다. 올해에는 세상없어도 우리가 우승기를 찾아와야 한다. 그러니까 있는 힘을 다해 연습하라고. 넌 아직 학교 분위기를 잘 모르겠지만, 지금 우리 학교는 농구에 자존심과 명예를 몽땅 걸고 있는 판이다. 알겠지?"

선배들 중에 특히 동구 형이 영수를 동생처럼 신경을 써주었다. 수학 선생님 짱구는 교과서 그대로 시험 문제를 내기 때문에, 그저 교과서만 달달달 외우면 된다는 것, 영어 선생님은 기분파라서 선생님이 최고라고 치켜주면 점수도 후하게 준다는 것 등등, 농구뿐 아니라 선생님들에 대한 정보도 상세하게 알려주었다.

"나도 실은 농구 때문에 학교에 다니는 거다. 학비가 전액 면제되지 않는다면 나 역시 학교 다닐 수 없는 형편이거든. 내가 하고 싶은 말은 기죽지 말라는 거다. 이 학교에는 잘 사는 집 애들보다 가난한 집 애들이 훨씬 더 많으니까, 가난하다고 기죽지 말라고. 그저 공부도 농구도 열심히만 하면 된다. 딴데 신경 팔지 말고, 행여 패싸움 같은 데 끼어들지 말고, 알겠지?"

"그런데 동구 형, 양정 특기가 뭐예요?"

"특기?"

"뭘 특별나게 잘하는지, 어떻게 지난해 우승을 했는지, 궁금해서요."

"다들 동작이 빨라. 어찌나 빠른지 반칙을 해도 심판이 보지 못할 정도야. 그런 데다가 센터가 엄청난 꺽다리다. 그게 우리에겐 치명타지."

'그렇담, 올해도 가망이 없다는 말인가요?'

툭 튀어나오려는 말을 영수는 꾹 삼켰다. 그런 말을 했다간 옆에 있는 성철 형의 주먹이 날아들어 올 것 같았다. 성철 형 별명은 도끼다. 한번 주먹이 들어왔다 하면 장작이 쩍쩍 갈라지듯, 작살이 난다. 그래서 후배들이 그를 제일 무서워했다. 사실, 주먹질이라면 영수도 어느 정도 자신이 있다. 어렸을 때 아랫동네 윗동네 나누어가며 패싸움을 할 때, 영수는 늘 아랫동네 골목대장 노릇을 했었다. 별로 힘들이지 않고, 휙 돌려차기를 해버리면 상대방 아이가 싱겁게 나가떨어지곤 했다. 그래서 영수는 건드리지 말라고, 건드렸다가는 큰코다친다고, 아이들이 수군거릴 정도였고, 저절로 영수는 골목대장이 되었던 것이다.

어쨌거나 선배들도 선생님들도 반 친구들도 하나같이 우승기를 찾아와야 한다는 말을 노래처럼 해대고 있는데, "찾아와야 한다"는 말을 들을 때마다 영수는 저절로 쿡 웃음이 나왔다. 찾아온다는 건, 내 물건을 남에게 도난당했다는 의미다. 내 소유를 남이 빼앗아가거나 훔쳐갔다는 의미다. 그런데 학교끼리 시합을 하고 정정당당하게 승리해서, 우승기를 가져간 게 아닌가. 그럼에도 불구하고 중동에서는 마치 양정이 불한당처럼 물건을 훔쳐간 듯, 모두들 그런 식으로 말을 했다. 어쨌거나 영수는 중동의 그런 분위기 덕분에 인쇄소 심부름꾼에서 고등학교 학생이 되고 선수 유니폼을 입게 된 행운아였다. 물론 시험에 합격해 들어온 것이다.

"넌 참 장하다. 3년 동안이나 학교에 다니지 않고 있던 애가, 첫 번 시험에 턱 합격하다니, 참 용하다. 이게 다 네가 노력한 대가다. 어쩌다 머리가 유난히 좋은 천재도 있는 법이지만, 대부분의 경우, 성공과 실패는 타고난 머리보다 노력이 좌우하는 거다. 꾸준한 노력만이 성공의 비결이지. 넌 반드시 이 담에 커서 큰 인물이 될 거다. 편안한 환경에서 태어나 공부를 잘하기란 쉽다. 그건 누구나 할 수 있는 거다. 그러나 가난 속에서 공부를 잘하기란 그리 쉬운 일이 아니다. 더군다나 넌 몇 년을 쉬다가 이제 다시 학생이 되었으니 얼마나 장한 일이냐. 대부분 중간에서 포기한다. 가난한 사람은 가난함을 핑계로, 사업에 실패한 사람은 사기꾼에게 걸렸다는 등, 항상 핑계가 있는 법이지. 어려운 경우에 처했을 때는 누구도 도와주지 못한다. 오직 자신만이 극복할 수 있고 택할 수 있는 거란다. 나는 네가 이 담에 반드시 큰 그릇이 되리라 믿는다."

'이 담에 커서 반드시 큰 그릇'이 될 거라고 믿어주는 사람은 이 세상에 오직 단 한 사람, 인쇄소 주인 아저씨뿐이었다. 굉장히 말이 없는 사람이라 처음에는 무척 어려웠지만, 날이 갈수록 영수는 그가 좋았다. 좋을 뿐 아니라 존경했다. 잘은 모르지만 뭔가 많이 아는 사람 같았다. 박식하다 할까. 그에게서는 그런 무게가 느껴졌다.

어느 날, 영수가 시를 쓴답시고 밤새 긁적이던 종이를 구석에 밀어놓은 채 심부름을 다녀왔을 때다. 그 낙서를 읽어본 그는 영수에게 나직한 목소리로 한참을 이야기했다. 그가 그렇게 많은 말을 하는 건 참 드문 일이었다.

"시를 쓰는구나."

"어유, 아저씨, 시는 무슨 시. 그냥 낙서해 본 거예요."

"내가 읽어보려 해서 읽은 게 아니라 뭘 좀 찾다가 우연히 눈에 들어와 보게 되었는데, 꽤 괜찮은 것 같다. 내 말은, 내가 시를 알아서 하는 말이 아니라, 그냥 좋구나. 아주 간결한 문장으로 표현을 응축시켜 놓은 게, 시를 많이 공부한 것 같구나."

"아유, 제가 무슨 시를 공부해요. 그냥 잠이 안 올 때 낙서해 보는 거예요."

자라면서 잠이 안 올 때마다 뭔가 써보고 하는 게 영수의 습관이 되었다. 한밤중, 식구들이 모두 곤히 자고 있는 시간, 영수는 그 시간을 좋아했다. 오직 혼자만의 시간은 그때뿐이었다. 숟가락을 놓기 무섭게 때로는 손가락 하나 옴짝할 수 없도록 잠이 쏟아져오지만, 그 순간을 견뎌내고 나면, 이상할 만큼 정신이 쌩하니 맑아졌다.

그런 시간, 영수는 무엇이든 썼다. 시 비슷한 것도 써보고, 수필 비슷한 것도 써보고 때로는 소설 비슷한 것도 써본다. 이게 시가 되는 건지, 소설이 되는 건지, 어디에 물어볼 곳도 없어, 쓰면서도 뭘 쓰는지 영수도 모른다. 하지만 단 한 가지 확실한 건, 무엇인가를 쓰는 그 순간 영수는 너무 행복하다. 행복이 무엇이냐고 누군가가 묻는다면 영수는 거침없이 혼자 있는 시간에 낙서하는 거라고 답할 수 있을 만큼 그 시간을 좋아한다.

손바닥만 한 마당 위에, 손바닥만 한 밤하늘. 그리고 그 손바닥 만한 하늘이 미어질세라 꽉 차 있는 별들. 영수는 그 별들에게 이름을 지어주고 그들과 대화를 한다. 상상 속의 친구 이름은 묵이다. 왠지 묵이라는 이름이 믿음직스러워 영수는 그 이름을 두 번째로 큰 별에게 달아주었다. 김승호를 비롯해 동네친구들, 그리고 손목인, 박시춘을 비롯한 학교 친구들, 그들도 물론 허물없는 친구들이지만 묵이와는 영 다르다. 묵이는 영수가 무슨 말을 해도, 하다못해 선아 생각에 밤새도록 잠을 설쳤다는 말을 해도 낄낄 웃지 않고 아주 진지하게 다 들어준다.

첫 번째로 큰 별 이름은 선아다. 선아는 골목 끝 집에 살고 있는 여학생이다. 선아가 가끔 가게에 와서 "두부 한 모", 또는 "파 한 단" 하고 눈을 내리깔고 말할 때면 영수는 선아가 방금 뭘 달라 했는지 알아듣지 못할 정도로 신경이 마비돼 버린다. 신경이 마비되지 않고서야, 어떻게 방금 들은 말을 기억하지 못한단 말인가. 그래서 영수가 뭐? 뭐라고? 하고 재차 물으면 선아는 내리깔았던 시선을 들어올려 영수를 정면으로 바라보고 내 입 놀리는 모양을 보고 알아들으라는 듯 목소리를 내지 않은 채 "파 한 단" 하고 말하고 나서 옴팡지게 입을 꽉 다물어버린다. 그 순간, 영수는 몸속의 피가 갑자기 부글부글 끓어오르는 것처럼 전신이 후끈거린다.

'선아야, 넌 내가 바본지 알겠지? 그렇지? 속으로 에이, 이 멍청아, 그러겠지? 하지만 난 사실 공부를 잘한다. 난 아직 우등생은 아니지만, 공부를 꽤 잘하는 편이다. 생각해 봐. 3년이나 학교를 다니지 못했잖아. 계속 학교 다녔다면 우등은 물론 1등도 했을 거야. 그러니까 내가 그렇게 바보는 아니라고. 한데 말이다. 난 너만 보면 신경이 마비되나 봐. 아무것도 안 보이고 아무 소리도 안 들려.'

'선아야, 나 말이지. 농구를 참 잘한다. 내 별명이 도둑놈이야. 공을 잘 뺏는다고 도둑놈이래. 별명 치고 너무 흉하지? 하지만 난 농구 때문에 학교에 들어갈 수 있었거든. 언제 한번 나 시합하는 거 구경 오지 않을래? 코치 선생님이 나보고 말야. 농구하기 위해 태어난 놈 같대. 하지만 난 농구하기 위해 태어난 건 아니야. 난 아주 중요한 사람이 되고 싶어. 세상에는 있어도 그만, 없어도 그만인 사람들이 많잖아. 난 그런 사람이 되고 싶지 않아. 난 반드시 세상에 도움이 되는 사람, 필요한 사람이 되고 싶어. 그게 어떤 사람이 되는 건지 지금은 모르지만, 하여튼 간에 난 밥이나 축내는 사람이 되고 싶지 않아.'

선아를 바라보면서 한참 이야기를 하고 있노라면, 어느새 선아가 영수 코앞에 바싹 다가앉아 있었다. 두 손으로 턱을 고이고 가끔 고개를 끄덕이기도 하면서 영수의 말을 들어주는 선아. 그 순간 선아는 사람이 아니라 천사였다. 말을 들어줄 대상. 영수는 이런 대상이 늘 그리웠다. 시시한 말이든 중요한 말이든 말을 꺼내면 들어주는 사람. 영수에게는 이런 사람이 단 한 사람도 없었다. 어머니도 아버지도 영수가 무슨 말이든 꺼내려 하면 바쁘다고 입을 막았기에, 이제는 아예 꼭 필요한 말 외에는 하지 않는 게 영수의 성격이 되어버렸다.

친구 또한 마찬가지였다. 어린 시절 골목친구들은 하루종일 맨손으로 흙을 빚으며 놀아도 친구가 되지만, 중학생이 되면서부터는 우정 또한 어느 정도의 돈이 필요했다. 아무리 친구가 입장을 다 이해해 준다 하여도, 열 번, 스무 번 호떡을 얻어먹었으면 한 번이라도 사주어야지, 단 한 번도 사줄 수 없다면 그 둘 사이에 우정을 지속한다는 게 쉬운 일이 아니었다.

그래저래 영수는 늘 외톨이였다. 그건 중동의 농구 선수가 되고 나서도 마찬가지였다. 다른 애들은 시합이 끝나면 우우 몰려 자장면도 사 먹고 군만두도 사 먹고 하지만 영수는 운동복을 벗는 즉시 집으로 달려가 배달을 나가야 했다.

'선아야, 나 말이다. 영어 잘한다고 칭찬받았다. 내 발음이 아주 좋대.'

때로 누군가에게 우쭐한 기분으로 자랑을 하고 싶은 게 있을 때, 제일 먼저 떠오르는 얼굴이 선아였다. 그런 날 밤이면 영수는 열 장, 스무 장도 넘게 낙서를 하곤 했다.

영수의 목적은 농구가 아니었다. 물론 농구 때문에 학비를 전액 면제받고 있지만, 영수의 목적은 졸업할 때 1등으로 졸업하는 것이었다.

매년 최우수 졸업생은 동경으로 유학을 보내는 교비생 제도가 있었다. 학교에 들어와 얼마 안 되어, 중동에 이런 제도가 있다는 것을 알게 된 영수는 그날부터 남몰래 가슴속에 칼을 갈았다. 시퍼런 칼을 꿈속에서조차 갈고 또 갈았다.

'고등학교를 졸업할 수 있다면!'

배재를 중퇴하고 배달을 다닐 때 꿈은 오직 고등학교 졸업이었다. 하지만 이제는 달라졌다. 이제는 대학. 그것도 동경에 있는 대학이다. 대학에 갈 수 있다. 서울에 있는 대학이 아니라 일본으로 유학을 갈 수 있다. 일등으로 졸업만 한다면 학비도 생활비도 모두 학교에서 보내준다. 그러니까 대학을 졸업할 때까지 모두가 공짜다. 오직 먹고 자면서 공부만 하면 된다. 이런 행운이 세상에 또 어디 있단 말인가.

'고급 관리, 은행원 그리고 지주 아들들이나 가는 동경 유학. 그 동경 유학을 갈 길이 있다니!'

영수는 잠을 잘 수 없었다. 잠이 오면 마당 한복판에 있는 펌프로 달려가 냉수욕을 해가며 잠을 쫓았다. 한겨울 밤에도 이빨을 덜덜, 덜덜 부딪쳐가며 냉수를 들이부었다.

조선인은 너나 할 것 없이 가난에 진저리를 쳐가며 근근히 살아가는 현실이지만, 관리나 지주들은 여느 일본인들 저리 가라 할 정도로 호화스러운 생활을 누렸다. 그런 사람들 자녀들은 아들뿐 아니라 더러는 딸들까지 일본으로 공부하러 갔다. 그러니까 같은 조선인이면서도 하늘과 땅처럼 다른 세계 속에 살고 있는 그들이었다.

일본 앞잡이들. 친일파. 때려죽여도 시원찮을 놈들. 이를 북북 갈 정도로 그들을 증오하는 사람들도 많지만, 그들을 부러워하는 사람들이 더 많은 게 현실이었다. 입에 풀칠하기조차 힘든 가난이 지겨워서이기도 하지만 조선인들은 관리라면 끔뻑 죽는다. 하다못해 구청 급사조차 부러워하는 사람들이 허다한 게 현실이다.

한번은 형준 형이 일본 놈들 손발 노릇을 하는 친일파들을 무조건 비난할 수 없다고 말을 해 동구 형과 티격태격 언성이 높아졌었다.

"밀정을 이용하여 독립 투사들을 체포하고, 갖은 고문을 당하게 하는 그 야수보다 못한 놈들, 그놈들이 실은 더 밉다. 자본가나 지주, 고등계 형사, 그 친일파 무리들이 실은 일본 놈들보다 더 악질이라고. 때려죽여도 시원찮은 놈들이지."

"하지만, 무조건 그들을 나쁜 놈으로 몰아세울 순 없지 않을까."

"야, 그게 무슨 말이냐? 넌, 네 아버지가 헌병보조원이라도 되냐?"

"임마, 내 말은, 먹고살기 위해 어쩔 수 없는 경우가 있을 수 있다 이거다. 예를 들어 하급 관리직이 조선인에게 주어졌다 하자. 그 직장이 비록 일본의 이익을 위하고 반대로 우리 민족에게 반역질을 하는 자리라 해도, 식구의 굶주림을 면하기 위해서라면 어쩌겠는가, 이 말이다."

형준은 며칠 전 아버지가 하던 말을 고스란히 옮기고 있는 중이었다. 인력거를 끄는 아버지는 이제 몸이 예전 같지 않다며 하다못해 형사 꼬붕 노릇이라도 할까 보다고, 가래를 뱉어내며 힘들게 그런 말을 하셨던 것이다.

"너 어떻게 물든 거 아냐? 꼭 친일파들의 말투를 고스란히 흉내내고 있네."

"친일파다 뭐다 그렇게 거창한 문제가 아니라 난 지금 굶느냐 먹느냐 하는 가장 근본적인 문제를 말하는 거다. 인간의 기본 조건. 먹어야 산다는 거. 그게 치사하고 더럽고 비열한 것 같지만, 먹는 문제 앞에서 비열해지지 않기가 그리 쉬운 일일까? 더군다나 식구들이 달려 있다면."

"차라리 굶어죽지, 먹고살기 위해 반역질도 정당하다 이거야?"

"야, 임마. 왜 그렇게 비약해? 내가 언제 정당하다고 했어? 내 말은 목구멍이 포도청이라고, 정상적으로 먹고살 길이 없어 일본인들의 손발 역할을 하는 자들, 그들에게 거침없이 돌을 던질 수 있는가, 이건 좀 생각해 볼 문제라 이거지."

"차라리 도둑질을 하지. 도둑질이 백 번 낫지. 일제의 개 노릇을 하려면, 안 그래? 넌 배고프다고 동족을 때려잡는 그런 짓 할 수 있겠어?"

"그렇다는 말이 아니라니깐."

형준이 얼굴을 붉히며 신경질적으로 소리를 질러 그쯤에서 대화가 끝났지만 영수는 그날 선배들의 그런 대화를 듣고 가슴이 두근거렸었다. 민족 세력, 반민족 세력, 그리고 일본 앞잡이 운운하는 그런 말이 행여 새어나간다면 어쩌려고, 탈의실에서 그런 말을 주고받는지, 영수는 덜컥 겁부터 났다.

"지금은 공부, 오직 공부에만 신경을 쓸 때다."

교장선생님이 늘 강조하는 말이었다. 그 말 속에는 행여 독립운동이다 뭐다 하는 데 관여하지 말라는 간곡한 당부가 들어 있다는 것을 영수는 알 수 있었다. 영수가 중동에 들어온 이후만도 형사가 들이닥쳐 졸업반 학생 두 명을 데려간 적이 있었다.

"남보다 앞서려면 남보다 하루에 한 시간씩만 잠을 덜 자라."

최규동 교장선생님이 늘 하시는 말씀이다. 그저 하루에 한 시간씩만 덜 자면 된다고. 하지만 한 시간으로는 어림도 없다. 한 시간이 뭔가. 세 시간은 덜 자야 겨우 엇비슷한 선에서 경쟁을 할 수 있을 게 아닌가. 다른 애들도 다 칼을 갈고 있을 게다. 나말고도 공부 잘하는 애들은 얼마든지 있다. 내가 천재가 아닌 한 어떻게 3년 공백을 1년 안에 뛰어 넘는단 말인가. 이런 생각을 하면 힘이 쭉 빠졌지만, 해내겠다, 해내고 말겠다고 영수는 자신에게 도전장을 던졌다.

하늘은 나에게 충분히 길을 열어주었다. 심부름 다녀오다가 중동 농구 선수들의 연습을 본 것부터가 하늘이 도와준 것이고, 또 먼 거리에서 던진 공이 거짓말처럼 골대에 쏙 들어간 것도 하늘의 힘이고, 중동에 교비생 제도가 있다는 것 또한 하늘이 나에게 길을 열어준 것이다. 그 길을 택하느냐 못 택하느냐 하는 건 나에게 달렸다. 순전히 그건 나에게 달렸다. 인쇄소 아저씨 말처럼, 의지가 약한 사람들이나 환경 탓을 하면서, 남을 탓하면서, 포기하고 만다. 난 아니다. 난 해내고 말련다.

"자, 잘 싸웠다. 정말 잘 싸웠다. 마지막 순간까지 침착하게 최선을 다하자."

타임아웃이 되었을 때 얼굴이 온통 홍분으로 시뻘게져 있는 코치가 선수들을 칭찬해 주었다. 그의 성격이 그랬다. 연습할 때는 불같이 닦달을 해대면서 야단을 치지만 일단 시합장에 들어서면 야단을 치지 않았다.

처음부터 끝까지 넉 점 이상 차이나지 않는, 아슬아슬한 시소 게임이었다. 이제 18초를 남겨놓고 양정이 한 점 앞서 있고, 영수와 점프볼을 하게 된 상대는 꺽다리였다.

"선생님."

영수가 식식거리며 한 발자국 코치 앞으로 다가섰다.

"꺽다리가 공을 누구한테 줄까요? 보나마나 유령한테 주겠지요?"

양정의 유령은 귀신처럼 몸이 잽싼 아이다.

"물론, 그럴 거다."

"그럼 이렇게 해보면 어떨까요. 우리가 점프하는 순간, 네 명이 모두 유령에게 덤벼들어 커버한다면."

"네 명이 다 유령을?"

"네. 저편에서는 이미 다 끝난 게임이라 생각할 테니까 우리가 확 다 덤벼드는 거죠."

이제는 끝난 게임이나 마찬가지다. 누구나 다 그렇게 생각할 수밖에 없다. 영수와 꺽다리가 점프볼을 하는 거니까. 하지만 아니다. 마지막 1초까지 최선을 다하는 거다. 마지막까지. 18초나 남겨놓고 이미 진 게임이라 포기한다는 건 패자의 정신 상태다.

"그래?"

코치 음성이 커졌다. 선수들이 모두 제 위치를 떠나 유령을 막는다? 아무리 귀신같은 유령이지만 네 명이 한꺼번에 커버를 한다면?

"좋아. 그래 보자. 누구든 공을 갖게 되면 곧 영수를 줘라. 시간은 18초. 아직 충분하다. 영수, 넌 공을 받으면 긴장하지 말고 침착하게 슛해라."

점프볼을 한 공이 예상대로 유령에게 날아갔다. 공이 유령에게 날아가는 순간에 이미 중동의 네 선수가 자기 위치를 떠나 완전히 유령을 둘러쌌다. 공이 유령 손끝에 닿았다가 비켜났다. 아슬아슬한 순간, 시춘이 공을 잡아 영수에게 패스했다. 그렇게나 시끄럽던 장내가 조용했다. 모든 것이 완전하게 정지돼 버린 듯 싶었다. 까마득했다. 골대가 너무 멀어 보였다.

'하느님. 그날의 그 기적을 다시 한번 일어나게 해주십시오. 그날, 심부름 다녀오다 멀리서 던진 그 공이 골대도 건드리지 않고 쏙 들어간, 그 기적을!'

영수는 골대를 노려봤다. 심호흡을 하고 눈을 꾹 감았다 뜨면서 공을 던졌다.

"와……"

"야……"

"도둑놈 만세."

"김영수 만세."

학생들이 우르르 코트로 몰려나왔다. 영수는 그 자리에 무릎을 꿇고 이마를 바닥에 댄 채 흑, 울음을 터뜨렸다. 선수들끼리, 학생들끼리, 선생님들끼리 얼싸안고 덩실덩실 춤을 추었다. 줄줄 눈물을 흘리며 우는 아이도 있었다. 모두들 달려들어 영수를 헹가래쳤다. YMCA 강당 안에서 질러대는 흥분의 고함이 종로 바닥까지 울려나갔다.

"명자야. 네 오빠, 영수 오빠 맞지? 그렇지?"

순희가 명자 옷소매를 잡아끌며 말했다. 분명 오빠였다. 집을 나간 지 거의 일년이 다 되어가는 오빠. 살았는지 죽었는지조차 모르고 있는 그 오빠. 오빠와 똑같이 생긴 사람일까. 어딘가에 오빠 쌍둥이가 있었나? 설마, 오빠가 중동 농구 선수는 아니겠지. 무슨 기적으로 오빠가 중동 학생이 된담. 거기에 농구 선수라니, 이런 기적은 있을 수 없는 일. 분명 오빠와 너무나도 비슷하게 생긴 학생일 거다.

"명자야, 영수 오빠야. 네 오빠야."

"……."

"앞으로 가보자. 네 오빠 맞아."

"……."

명자는 근육이 마비돼 버린 듯 말이 나오지 않았다.

"틀림없이 네 오빠라니까."

"네 눈에도…… 그러니? 네 눈에도 우리 오빠 틀림없니?"

"그래. 네 오빠라니깐."

"틀림없지?"

"맞다니깐. 분명히 영수 오빠야."

"순희야. 울 오빠 놓치지 마. 행여 내가 놓쳐도 네가 꼭 지켜봐야 한다. 잠시라도 눈을 떼면 안 돼."

"걱정 마."

흥분한 학생들은 좀처럼 돌아가지 않고 여전히 영수와 선수들을 에워싸고 소리쳐대고 있었다.

"도둑놈, 만세. 도둑놈, 김영수. 만세."

순희도 분명 오빠란다. 뿐인가. 분명 학생들이 외쳐대는 소리도 '김영수'다. 명자는 그래도 믿어지지 않아 넓적다리를 꼬집어보기까지 했다. 신들리면 허깨비도 보인다는 말을 들었다. 귀신에 씌이면 남들이 볼 수 없는 것을 똑똑하게 볼 수 있고 남들이 전혀 듣지 못하는 소리도 생생하게 듣는단다. 그래서 그런 사람들은 무당 노릇을 한단다. 명자는 아무래도 내가 지금 그 지경에 빠져 있는 게 아닌가 하는 생각에 눈을 감았다 떴다 해가며 주위를 둘러보았다.

"오빠, 내가 학비 대줄게. 집에 가."

땀인지 눈물인지 영수의 두 뺨에 줄줄 물이 흘러내리고 있었다.

"학비 같은 거, 이젠 필요 없어."

"오빠, 엄마가 아프셔."

"그런 거짓말, 하지도 마. 엄니는 나 때문에 아플 사람이 아냐."

순간, 명치 끝이 땅기는 듯 쓰라렸다. 늘 이렇게 생각하며 살아왔지만, 이 말을 입에 올려보기는 처음이었다.

'나를 길에서 주워왔나?'

어렸을 때, 영수는 이런 생각을 자주 하곤 했었다. 그래, 분명 나는 길에서 주워온 아이일 거다. 다른 집에서는 아들이라면 금이야 옥이야 해가며 위한다. 더군다나 첫 아들이면 왕자님 취급을 할 정도다. 한데 울 엄니는 늘 퉁명스럽다. 말 한 마디 정답게 하지 않는다. 툭하면 '저 놈의 자식 어디 가 뒈지지도 않나' 한다.

'어디 가 뒈지지도 않나.'

영수는 그 말을 들을 때마다 자신이 그토록 환영받지 못하는 존재라는 게 참 민망스러웠다. 민망스러울 정도가 아니라 태어났다는 게 송구스러울 정도였고, 그 송구스러움이 나중에는 억울함, 슬픔으로 변해 가슴을 걸레 쥐어짜듯 비틀며 아프게 했다.

'나는 어쩌다 이 세상에 태어났을까. 어쩌다가.'

이 세상에 태어나 부모에게조차 환영받지 못한다는 걸 느끼는 아이 심정은 당해 보지 않으면 모른다. 아무도 나를 좋아하지 않는다. 아무도 나를 원하지 않는다는 느낌이야말로 공포 그 이상이다. 그 감정이 쌓이고 쌓이면 자기도 자기를 아무것도 아닌 것으로 취급해 버리게 되는 것이다. 자기 비하. 그보다 더 무서운 절망이 어디 있으랴.

"가봐. 가보면 알 거 아냐? 학비는 내가 대줄게. 나 돈 번단 말야. 종로구청에 다녀. 이젠 내가 오빠 학비 대줄 수 있어."

"난, 학비 필요 없어. 농구 선수는 전액 면제야."

"전액 면제? 어유, 학비를 내지 않는다고? 그럼 더군다나 왜 집에 안 가겠다는 거야?"

"싫어. 집에 가기 싫어. 아버지가 학교 다니게 할 거 같아? 난 이제 정말 배달 다니기 싫어."

"학비를 내지 않는다면 학교 다니는 거, 반대 안하실 거야. 농구 선수라는 걸 아시면 아버지가 참 좋아하실 거야."

"말도 안 되는 소리 하지 마. 아버지가 좋아해? 아버지도 엄마도 나한테 관심 없다고. 내가 굶어 죽었든 거지가 됐든, 양아치가 됐든, 파출소에 신고나 했어? 알아보기나 했어? 난 인쇄소 아저씨가 더 좋아. 먹고 자며 학교 다니게 해줘. 아버지보다 난 그 아저씨가 더 좋아. 정말이지 아버지보다 난 그분이 훨씬 더 좋아."

'공부도 시키지 못할 거면 왜 자식을 낳는 거야. 자식을 낳았으면 책임을 져야 할 게 아냐. 개돼지도 새끼들에게 먹이는 준다고. 사람이 개돼지와 다른 건 먹는 것 외에 공부를 시키는 거야. 공부도 시키지 못할 자식들을 왜 네 명씩이나 낳았느냐 말야. 배 서방 때문이라고 하지만 배 서방이 돈을 가지고 도망가지 않았으면 우리를 공부 시켰을까? 모르겠어. 난 정말 그것도 의심스러워. 공부 많이 하면 사상범이 된다고? 세상에 그런 억지가 어디 있어? 사상범? 사상범이 나쁜 거야? 독립 운동가가 나쁜 거냐고.'

내친 김에 가슴에 앙금처럼 갈아 앉아 있는 말들을 시원하게 뱉어내고 싶었지만, 오빠, 오빠 불러가며 애원하는 동생의 모습이 너무 안쓰러워 영수는 그만 입을 다물었다.

"오빠. 오빠가 직접 가봐. 엄마는, 엄마는 조금 이상해졌어. 반정신 나간 사람 같아. 일을 하다가도 멍하니 서 있기 일쑤고 말을 하다가도 무슨 말을 했는지 기억을 못하고 그래. 내가 거짓말하는가 오빠가 직접 확인해. 내 말이 거짓말이면 나가. 그때 다시 나가버리면 될 거 아냐."

빨갛게 상기된 볼을 타고 주르륵 주르륵 흘러내리는 동생의 눈물을 보고 영수는 더 이상 고집을 피울 수 없었다.

더 이상 영수 아버지는 영수가 학교에 다니는 것을 반대하지 않았다.

반대하지는 않았지만 집에서 할 일은 다 하면서 다니라는 게 그의 명령이었다. 어떻게 물건 받아오고, 배달하고, 운동하고, 그리고 공부를 하란 말인가. 공부가 나머지 시간으로 하는 것인가. 그런 아버지가 원망스러웠지만, 그래도 가출했다 들어왔을 때, 다리몽둥이를 분질러놓겠다고 몽둥이를 휘둘러대지 않는 것만 다행스러웠다.

왜 그리 학교에 다니는 것을 반대하는지 참으로 모를 일이었다. 영수가 모르는 어떤 사정이 숨어 있는 것인지, 누군가 집안에 공부를 많이 한 탓으로 신세를 망친 사람이 있는 건지, 정말 왜 그렇게 공부라면 치를 떠는지 모를 일이었다.

때로 괜히 집으로 돌아왔다는 생각이 들기도 했다. 인쇄소에 있을 때가 훨씬 몸이 편하고 맘도 편했다. 우선 공부할 시간이 충분했다. 뿐 아니라 말도 할 수 있었다. 자주는 아니지만 가끔씩이라도 인쇄소 아저씨와는 이런저런 이야기를 주고받기도 했다. '학교 다녀왔니', '밥 먹었니', 그런 말이 아니라 대화 같은 대화를 그와는 주고받을 수 있었다. 그는 영수를 어린애로 취급하지 않고 한 인격체로 대해 주었다. 나이가 어리면 어린 대로, 많으면 많은 대로 한 인간을 완전한 인격체로 대해 준다는 것. 그런 어른을 주변에서 본 적이 없는 영수이기에 그는 특별한 사람으로 여겨졌다. 그렇게나 목이 타게 그립던 말상대. 정확히 말해 고등학생인 영수가 어른인 그에게 말상대가 될 리 없겠지만, 그는 영수가 말이 하고픈 눈치일 때, 먼저 그런 분위기를 마련해 가며 영수의 말을 들어주었다.

모르는 것이 없는 듯한 사람, 그러면서도 세상과 좀 동떨어져 살아가는 듯한 사람. 세상 인간들의 평범한 감정의 굴곡을 초월한 듯한, 그는 그런 사람 같았다. 자기 자식도 아닌 남에게 책도 사다주고, 공책도 연필도 사다 주는 사람. 영수는 이 세상에 그런 사람도 존재한다는 게 너무 신기했다. 나와 내 가족 외 다른 사람에게도 베풀어줄 수 있는 마음

자세란 얼마나 고차원적 삶의 자세인가 싶었다.

이 담에 반드시 성공할 거라며 용기를 북돋아주는 사람. 시답지도 않은 낙서를 보고 칭찬을 해주며 격려해 주는 사람. 허술하기 짝이 없는 인쇄소와 달리 날이 갈수록 그가 대단한 사람으로 보였다.

영수가 인쇄소에서 집으로 돌아왔을 때, 골목에서도 가게에서도 선아를 볼 수 없었다. 오늘이나 내일이나, 가게에 나타나려나 기다려도 선아는 나타나지 않았다. 하루는 목을 길게 죽 내밀고 선아 네 집 쪽을 바라다보다가 그만 동생에게 들키고 말았다.

"오빠, 뭐해?"

"뭐하긴."

"아버지 어디 가셨어?"

"황 주임 아저씨가 오셔서 같이 나가셨어."

"그런데 오빠 뭐 보고 있었어?"

"보긴 뭘 봐?"

"뭘 그렇게 눈알이 빠져라 바라봤냐고."

"아무것도 안 봤다니까."

"그러지 말고 솔직하게 고백하시라고요. 난 다 알아. 선아가 궁금한 거지?"

선아 이름을 듣는 순간, 영수는 귀뿌리가 화끈 달아올라 멋쩍게 손바닥으로 얼굴을 한번 쓱 문질러댔다.

"선아네 이사 갔어."

"이사?"

영수의 목소리가 떨려나왔다. 떨리는 모습을 동생에게 보이지 않으려고 영수는 킁킁 기침을 해댔다.

"응, 두 달쯤 됐어."

"어디로?"

"어유, 내가 그걸 어떻게 알아? 그 계집애, 늘 도도하게 굴어 꼴 보기 싫었는데 잘 됐지 뭐. 안 그래? 오빠한테 얼마나 건방 떨었어. 지가 뭐 공주님이나 되는 것처럼."

"이놈의 똥개는 누가 잡아가지도 않나. 빌어먹을."

영수는 냅다 쫑의 엉덩이를 발길로 차버렸다. 옆집 강아지, 쫑은 늘 영수네 가게 앞에 와 살았다.

'그래, 어디로 이사를 갔든, 여기 청진동 골목보다 좋은 곳으로 갔길 바란다. 설마 청계천 다리 밑으로 간 건 아니겠지. 아니길 바란다.'

청진동 골목에 사는 사람들이 하는 말이 바로 그것이었다. 여기서도 살 수 없으면 청계천 다리 밑으로 들어가는 수밖에 없다고.

그날 밤 영수는 선아에게 편지를 썼다. 부칠 주소가 없는 편지라 더 간곡하고 더 절실하고 더더욱 진실했다.

'선아야, 돈암동이나 혜화동쯤 이사 갔길 바란다. 내가 살던 돈암동. 거긴 큼직하지는 않지만 아주 네모꼴 반듯반듯한 기와집들이 많단다. 믿어지지 않을 정도로 골목도 아주 깨끗하단다. 새벽이면 사람들이 나와 문 앞을 쓴단다. 난 태어나면서부터 이 청진동 골목에서 산 게 아니야. 난 그런 깨끗한 동네에서 살았단다. 장독대에 올라가 이웃집을 들여다보다가 할아버지한테 야단을 맞곤 했었지. 장독대에 올라가 이웃집을 보면 신주단지의 귀신이 내 어깨를 짚고 달아나 흉년이 든다고, 할아버지가 그러시면서 야단치셨단다. 나에게 그 돈암동 집은 고향 같단다. 기억할 게 너무 많기 때문이지. 할머니가 돌아가셨을 때인가 봐. 난 아주 어렸지. 그런데 아주 또렷하게 그 장면이 기억난단다. 할아버진지 아버진지 잘 모르겠는데 누군가가 할머니의 저고리를 들고 지붕 위에 올라갔어. 나중에 알았는데 그게 멀리 가고 있는 고인의 혼을 불러들이는 거래. 죽은 사람은 자신의 체온과 체취가 스며 있는 그 저고리에 정을 버리지 못해 혼이라도 되돌아온다나? 그 돈암동 집에 기억이 참 많단다. 난 네가 그런 좋은 동네로 이사 갔길 바래. 난 안 봐도 좋아. 영영 다시는 못 본다 해도 좋아. 네가 그런 좋은 곳으로 이사갔다면. 괜찮아. 정말 난 괜찮아.'

영수는 그날 밤, 마당이 훤히 밝아올 때까지 선아에게 편지를 쓰면서, 이 세상에 태어나 생전 처음으로 사람 때문에 목구멍이 미어지는 듯한 아픔을 느꼈었다.

시인 탄생

"명자야, 명자야."

떨리는 목소리로 동생 이름을 불렀지만 명자는 집에 없었다. 영수는 급하면 우선 명자를 찾는다. 바로 손아랫동생인 명자는 두 살 차이인 탓에 그래도 식구들 중에 제일 맘이 통하는 편이다.

"오빠, 오빠는 공부하고 싶으면 실컷 공부하라고. 내가 오빠 공부 시켜줄게. 정말이야. 내가 돈 벌어 오빠 공부시켜 주고 장가도 보내줄게."

구청에서 쥐꼬리만 한 돈을 벌면서도, 오빠를 전적으로 책임지겠다고 큰소리 치는 명자 말을 들을 때마다 영수는 가슴이 찡해 왔다.

"그런 생각 하지도 말고, 넌 그저 네 앞가림이나 해. 직장에 다니면서 너무 초라하게 입고 다녀도 업신당한다. 그러니까 네가 번 돈으로 가끔 새 옷도 사 입고 그래."

명자는 저 나름대로 무슨 꿍꿍잇속이 있는지, 군고구마 하나도 선불리 사먹지 않고 저축하는 눈치였다.

"쟨 꼭 지 아버지 닮았다. 어찌나 구두쇤지, 어유. 첫 봉급 타서 에미한테 분 한 갑 사다 준 게 다란다."

어머니는 명자가 분 한 갑 사다 주었다는 걸 자랑하는 건지, 아니면 흉잡는 건지 모를 애매한 말을 했다.

"우리 오빠는 중동 농구 선수다. 우리 오빠 별명은 도둑놈이야. 왜 도둑놈인고 하면 공을 귀신처럼 잘 빼앗기 때문이란다."

명자는 동네방네 어찌나 오빠 자랑을 하며 돌아다니는지 가게에 오는 사람들마다 '네가 운동 선수라며?', '네가 중동 도둑놈이라며?' 한마디씩 인사를 할 정도다. 골목뿐 아니라 유명한 해장국 집, 청진 옥 주인조차 영수가 중동 농구 선수라는 걸 훤히 알 정도다. 명자와 어머니는 물론이고 아버지조차 '농구 선수'라는 말을 하루종일 입에 달고 살 정도다.

"글쎄, 속 들여다보이게, 누가 묻지도 않는데 말이다. 지나가는 사람 붙잡아 앉혀놓고 네가 농구 선수라고, 네가 귀신처럼 재빠르다고, 마치 시합하는 걸 보기나 한 사람처럼, 그렇게 능청스럽게 자랑을 하신단다."

영수는 어머니에게 이 말을 듣는 순간, 픽 웃음이 터져버렸다. 아버지가 내 자랑을? 하도 뜻밖이라 저절로 웃음이 나왔지만 듣기 싫지는 않았다. 아버지로부터 인정받고, 아버지로부터 사랑받고 싶은 마음이 마치 달나라에 가보고 싶은 불가능한 꿈처럼 늘 가슴 한구석에 도사리고 있었던 것이다.

나를 조금이라도 좋아하시는가. 나를 아들이라고 대견스러워하시는가. 늘 이런 것이 의아스러울 정도로 무뚝뚝하기만 한 분이, 사람들에게 자랑을 하신다니, 처음 그 말을 들을 때, 목구멍이 매캐해졌었다.

"명자야, 명자야, 어머니, 명자 어디 갔어요?"

"아이고, 숨 넘어가겠다. 왜 이리 부산을 떠냐? 뭔 일 났냐? 왜 소리는 질러싸?"

"어머니. 저 말예요. 제가 말이죠. 글쎄, 어유, 제가 말예요. 아니, 아니, 아무것도 아니에요."

영수는 잠시 난감한 표정으로 서 있다가 급히 문 밖으로 뛰어나갔다. 그래, 인쇄소 아저씨에게 어서 이 사실을 알리자. 아저씨가 아시면 얼마나 기뻐해 주실까. 인쇄소 아저씨가 어쩌면 명자보다 훨씬 더 기뻐해 주실 거다.

"아저씨, 저, 아저씨."

여느 때와 다름없이 돋보기를 코에 걸치고 두툼한 책을 들여다보고 있던 아저씨가 숨을 헐떡거리며 뛰어들어오는 영수를 보자 회전의자를 빙 돌리며 쳐다보았다.

"아니, 어쩐 일이냐? 이 시간에?"

"저, 아저씨, 글쎄."

"아, 숨이나 돌리고 얘기하렴. 우선 앉아서 땀 좀 닦아라."

"네, 저, 글쎄, 아저씨, 이것 좀 보세요."

영수는 주머니에서 봉투 하나를 꺼내 인쇄소 아저씨에게 내밀었다.

김영수. 중동학교 2학년.
1929년도 시 부분 1등 당선 「누님 생각」

《동광》 잡지사에서 온 통지였다.

"와!"

그는 입을 딱 벌린 채 다물 줄을 몰랐다. 마치 갑자기 근육이 굳어져 입을 다물지 못하는, 그런 모습 같았다. 당선 소감을 써 가지고 사진 두 장과 함께 본인이 직접 잡지사로 나오라는 내용을 인쇄소 주인, 주영태는 두 번 세 번 소리 내 읽었다.

"장하다. 정말 놀랍다."

영수는 식 웃기만 했다.

"시를 썼구나. 네가 시를 썼구나. 배고프지? 나가자."

"아네요. 괜찮아요."

"아, 무슨 소리야. 축하해야지. 축하해야 하고말고. 시인 탄생을 위해."

"어유, 아저씨도, 시인은 뭘."

영수는 멋쩍어 머리를 북북 긁었다.

"부모님은 뭐라 하시던?"

"네, 그냥, 실은 아직."

'모르세요.'

영수는 목이 잠겨와 말을 이을 수 없었다.

'모르세요. 우리 부모님은 이런 데 관심 없으세요. 아니 시 같은 거 쓰고 지내는 걸 아신다면 아마 야단 치실 거예요. 어쩌면, 명자가 기뻐해 줄까? 아니 어쩌면 명자도 오빠 미쳤어? 시를 쓴다고? 시간이 그렇게 남아 돌아가? 하며 배를 잡고 웃을지도 몰라요. 난 오늘 같은 날, 이 가슴 벅차는 기쁨을 나눌 사람이 없어요. 아저씨밖에. 정말이지 아저씨밖에 이 세상에 이 가슴 뚝딱거리는 흥분을 나 눌 사람이 없어요.'

영수는 인쇄소 아저씨 무릎에 얼굴을 파묻고 엉엉 소리를 내며 울고 싶었다. 왜 이렇게 슬플까. 왜 통곡이라도 하고 싶은 걸까. 사람은 슬플 때만 눈물이 나오는 게 아닌가 보다. 지금 슬프지 않다. 지금 너무 기쁘다. 와 와, 소리 치며 미친놈처럼 펄쩍펄쩍 뛰고 싶을 정도로 기쁘다.

시 다섯 편을 잡지사에 보내면서, 당선 같은 건 꿈도 꾸지 않았다. 당선은 고사하고 입선도 바라지 않았다. 다만 알고 싶었다. 내가 쓰고 있는 게 시가 되는 건지, 그것만이라도 알고 싶었다. 어쩌다 잡지를 보면 당선작이나 입선작뿐 아니라 입선권 내에 든 작품들에 대한 평이 실려 있었다. 영수의 목적은 바로 그거였다. 언제고 입선권 안에 들어서 전문가들의 평을 한번 들어보는 것이 꿈이었다.

"하여튼 넌, 괴짜다 괴짜. 운동하는 애가 시를 쓰다니."

"운동하는 사람은 글을 쓰지 못하나요?"

"딱히 그렇다는 건 아니지만, 일반적으로 문학과 운동은 거리가 좀 먼 편이지."

"저는 그냥 써보는 거예요. 뭔가 쓰고 있는 그 순간이 좋아서요."

"그래? 뭔가 쓰고 있는 순간이 좋다?"

"네. 그 순간, 뭐라 할까요? 내가 가장 순수한 내 자신이 된다 할까요? 그런 느낌이 들어요."

주영태는 담배가 다 타들어 가도록 영수를 물끄러미 바라다보았다.

"공부하랴, 운동하랴, 배달도 다니랴, 도대체 공부는 언제 하고 잠은 언제 자냐?"

한참 만에 그가 담배를 비벼 끄며 물었다.

"짬짬이 하죠. 짬짬이 자고."

영수가 또 웃었다. 소리도 내지 않고, 그저 입꼬리를 약간 움직거려 가며 웃는 미소. 영수의 그 어색한 미소 속에 담겨져 있는 슬픔 같은 것을 주영태는 환히 읽을 수 있었다.

"하루 두 끼만 먹여주시고, 아니 한 끼면 됩니다. 그저 한 끼만 먹여 주시고 잠만 잘 곳이 있다면, 무슨 일이든 하겠습니다."

문을 밀고 들어와 그 말을 할 때 소년의 얼굴은 방금이라도 울음을 터뜨릴 것처럼 다급하고 곤혹스러운 표정이었지만, 눈 하나만은 팔팔하게 살아 있었다. 서글서글한 두 눈이 사슴처럼 그렇게 착해 보일 수 없었다. 그 첫인상처럼 영수는 정직하고 부지런하고 착한 소년이었다.

하루가 가고 일주일이 가고 달이 지나가면서 주영태는 영수에게 정이 들기 시작했다. 흔히 가난하게 자란 아이들은 강가에 비비꼬인 실버

들처럼 성품이 비비꼬여 있기 쉬운데 영수에게는 그런 구석이 전혀 없었다. 솔직하고 정직하며 늘 당당하고 긍정적이었다. 뿐 아니라 항상 무엇이든 배우고 싶어했다. 마치 책에 굶주린 아이처럼 무슨 책이든 손에 닿기만 하면 읽었다. 그것이 주영태는 너무 신통했다.

"잠잘 짬이 없겠구나."

"잠도 자요."

영수는 눈물이 나올 것처럼 마음이 약해져 바보처럼 자꾸 웃기만 했다.

"네 나이 때 어디에고 글이 당선이 되면, 이제 대시인이 되었다는 착각에 공부고 뭐고 다 팽개치는 경우도 종종 있다."

"네?"

영수는 무슨 소린가 의아해 되물었다.

"내 말은 시가 당선되었지만, 아직은 학생 신분이라는 걸 잊으면 안 된다는 말이다."

"어유, 그럼요. 어쩌다 운이 좋아 당선된 거죠. 뭐."

"아니다. 운이라는 걸 전혀 무시할 순 없지만 이런 건 운으로 되는 게 아니다. 수많은 응모작 중에 1등으로 뽑힌다는 건, 실력이다. 시가 돋보인 거다. 정정당당히 시인이 된 거지."

"어유, 아저씨도. 시인은 무슨 시인. 정말 그냥 응모해 본 것뿐이에요. 제가 쓰는 게 시가 되는 건지, 그거라도 알고 싶었거든요."

"그래. 시도 좋지만 지금은 공부가 우선이다. 알겠지?"

"그럼요. 물론이고말고요."

"꼭 필요한 책 있으면 얘기해라. 내가 구해 볼 테니."

"아녜요. 아무것도 필요 없어요. 졸업하는 형들한테 책 많이 얻어요."

"그래. 최우등 졸업. 그 꿈을 포기하지 마라."

"하지만 때로 내가 너무 무모한 도전을 하는 게 아닌가, 겁이 날 때도 있어요."

"무모한 도전?"

"네, 자신의 한계라 할까. 그걸 모르고 무작정 돌담에 대가리 들이박듯, 들이박는 게 아닌가, 내가 무지막지한 놈 아닌가, 그런 생각이 들 때가 있어요. 공부 잘하는 애들이 너무 많거든요."

"무슨 말인지 알겠다. 3년이라는 공백기가 결코 짧은 게 아니지. 그러니 그런 생각이 왜 안 들겠니. 그러나 설혹 무모한 도전이라 할지언정 헛된 노력은 아니지. 할 수 있는 데까지 최선을 다하는 거다. 최선을 다했다고 자신에게 장담할 수 있을 만큼 노력하는 거다. 그러고 난 다음, 결과에 승복하는 거다. 어떤 결과가 나오든."

"네. 그건 이미 각오하고 있어요."

"1등으로 졸업하는 게 너한테 유학의 길을 열어주는 것이니 지금으로선 그 길이 막히면 인생이 망가진다고 생각할 수 있겠지만, 반드시 그런 건 아니다. 길이 막히면 돌아서 가는 법도 알아야 한다. 공부를 많이 한다고 반드시 훌륭한 사람이 되는 건 아니거든. 중요한 건 어떤 사람이 되느냐가 중요한 거다. 내 말 알겠니?"

"아저씨, 아저씨가 뭘 걱정하시는지 잘 압니다. 제가 만약 1등으로 졸업을 하지 못하게 되었을 때, 저의 좌절이 저를 파멸시킬 수도 있다는, 그 걱정을 하시는 거죠. 물론 저도 제가 무섭습니다. 제가 동경 유학의 길을 차지하지 못했을 때, 얼마나 무너질지 저 자신도 두렵습니다. 그래서 저도 저에게 지금부터 어떠한 결과가 오더라도 좌절하지 말라고 다짐하곤 합니다. 네, 아저씨, 명심하겠습니다."

"지금은 그저 노력하는 거다."

"네."

"고등학교 2학년 학생의 신분으로 시인이 되었다는 거, 장하지, 암 장하고말고. 더군다나 처음 보낸 작품이 1등이라니, 장하고말고. 하지만 문학은 잠시 잊도록 하고 지금은 그저 공부만 들고 파라."

"네."

"자, 하지만 축하는 해야지. 시인 탄생을 위해 오늘은 내가 배갈을 한 잔 하고 싶구나."

아저씨는 배갈을 시켜 단숨에 죽 들이켜고 나서, 잔 속에 뭐가 들어 있기라도 한 듯, 한참 동안 잔 속을 들여다보다가 착 가라앉은 목소리로 말을 꺼냈다.

"글을 쓴다는 건, 남들이 생각하는 것처럼 멋있는 것도 화려한 것도 아니다. 글을 쓴다, 문학을 한다 하면, 남들은 굉장히 낭만적인 취미 생활쯤으로 간주한다. 하지만 전혀 그게 아니다. 취미로 글을 쓴다는 건 글이 뭔지 모르는 사람들이나 하는 말이다. 글을 쓴다는 건, 고통스러운 일이다. 자기와의 끊임없는 싸움이지. 늘 혼자 생각하고 혼자 하는 작업이니까 참 외로운 작업이다. 이 다음에, 네가 어른이 되었을 때, 그때 정말 글쟁이가 된다면, 오늘 내가 하는 말 잊지 마라. 글을 쓰려면, 글을 정말 진지하게 쓰려면, 붓을 놓는 그 순간까지 공부하는 사람이 되어야 한다. 공부를 안하게 되는 그때 글쟁이의 생명은 끝나는 거다."

"정식으로 문인이 된 사람도 공부를 또 해요?"

"물론이다. 물론이고말고. 정식으로 문인이 되고 나서부터 진짜 공부를 해야 하는 거다. 그래서 실은 문단에 일찍 등단하는 게 좋은 게 아니다. 너무 일찍 등단해 버리면 그날부터 생명이 끊어지기 쉽다. 내 말 잘 이해 못하겠지만, 반짝했다 영영 묻혀버리는 거지. 죽어버리는 거라고. 젊음이란 때로 사람을 건방지게, 무척 오만 방자하게 만들어버리거든. 그래서 하는 말이다. 내 말 잊지 않기 바란다. 정말 진지하게 글을 쓰려면 죽는 순간까지 공부해야 한다."

"문학 공부를 어떻게 하는 거예요?"

"읽는 거다. 그저 읽어야 한다. 명작뿐 아니라 무조건 남의 작품을 많이많이 읽는 길밖에 딴 길 없다. 하루 한 시간 글을 쓰면 세 시간은 읽어야 한다."

영수에게 자장면을 사주는 사람도 오직 인쇄소 아저씨뿐이고, 그런 진지한 충고를 해주는 사람도 오직 그뿐이었다. 책을 많이만 읽으면 된다? 아저씨 말이 다 사실이라면 나는 책은 많이 읽는 편이다. 그렇다면, 나도 정말 언젠가는 진짜 작가가 될 수 있을까? 아저씨는 왜 그토록 진지하게 나에게 그런 말을 해주었을까. 젊었을 때 반짝했다 생명이 끊기는 사람들이 허다하다는 말, 혹시…… 아저씨 자신이 아니었을까? 명심해라, 해가며 말하는 그 모습에 어딘가 쓸쓸함 같은 것이, 아니 쓸쓸함보다 더 진한 슬픔 같은 것이 스쳐갔다. 그런가? 아저씨는 젊었던 시절, 오만하도록 건방지게 설치던 작가였을까? 영수는 '아저씨도 글 쓰셨죠? 그렇죠?' 하고 묻고 싶었지만, 왠지 그것만은 물어서는 안 될 것 같아 끝내 묻지 않았다.

"그래, 넌 장래 뭐가 되고 싶니? 시인이 되고 싶으냐?"

"아직은 모르겠어요. 어떤 때는 시인이 되고 싶기도 하고 어떤 때는 학교 선생님이 되고 싶기도 하고."

"학교 선생님? 그건 어째서?"

"선생님처럼 사춘기 아이들에게 영향력 있는 사람은 드물지 않을까 싶어서요. 가난하거나 또는 불행하거나, 하여튼 간에 외롭고 고독한 아이들에게 정신적으로 친구가 되어주는 그런 진짜 선생님이 되고 싶어요. 아저씨처럼."

영수가 '아저씨처럼'이라며 웃었다.

"나? 내가 선생님인가?"

"저에게는 그래요. 저에게는 아저씨가 제일 훌륭하신 선생님이세요."

"거 참, 그렇게 생각해 준다니 고맙구나. 그래, 선생님이 꿈이냐?"

"아뇨. 아직 모르겠어요. 자꾸 변해요. 때로는 연극 배우가 되고 싶기도 해요."

"배우? 배우라? 그건 또 왜?"

주영태는 배갈을 두 잔째 마시고 있는 중이었다.

"어렸을 때, 가끔 극장에 몰래 들어가 연극을 보곤 했어요. 돈암동 개천가 언덕배기에 세워지는 가설무대에도 들어가 보고, 또 종로 4가 상가에 세워지는 극장에도 가봤어요. 물론 늘 몰래 들어간 거죠. 극장이 선다 하면, 이상하게 가슴이 두근거렸어요. 이상할 정도로 흥분되곤 해서 잡힐 거 각오하면서 숨어 들어가곤 했어요. 한때는 아예 조선 배우 학교에 들어갈까 하는 생각도 했었어요."

"그래? 그건 정말 뜻밖이구나. 연기자가 되고 싶던?"

"뭐가 되겠다고 구체적으로 생각해 본 적은 없지만, 연극을 보고 있으면 그 안으로 완전히 빨려들어가는 것 같아요. 연극이야말로 사람들과 가장 빠르게 접촉하는 길이라 할까? 그런 생각이 들어요."

"그러니까 연기자와 관중이 일치되는 그 점에 매력을 느낀다 이거지?"

"네, 바로 그거예요. 연기자와 관중의 일치. 바로 그거예요."

"그렇담, 그거 역시 글쓰기구나. 사람에게 뭔가 전달하는 역할은 배우보다 극작가의 몫이니까."

"극작가요?"

"그래. 연극을 하려면 작품이 있어야지. 연극 각본을 쓰는 사람이 극작가지. 각본이 좋아야 연극이 성공하는 거 아니겠니."

"아, 그렇겠군요."

"배우들이 제멋대로 즉흥 연극을 하는 건 아니지. 한 줄 한 줄 다 외워서 하는 거지. 아주 고달픈 직업이다. 남들이 알아주지도 않는 직업인데 본인들은 미쳐서 한다. 하기는 어떤 예술이든 예술쟁이는 미쳐야 하지, 미치지 않고 뭐가 될 수 없지."

"아저씨, 배우들도 예술가예요?"

영수는 배우들이 예술가라는 말이 이상해서 물었다. 여태껏 배우들이 화가나 음악가나 작가처럼 예술가라는 생각을 해본 적이 없었던 것이다.

"예술가지. 세상 사람들은 딴따라라 부르지만, 당당한 예술가고말고."

"저는요. 막간에 부르는 노래가 좋아요."

"그래?"

"네, 저는 음치지만 노래 듣는 건 참 좋아요."

"그들이 부르는 노래가 진짜 우리 조선인의 노래란다. 천박하다고 무시하는 사람들도 있지만, 실은 그들이 부르는 노래 속에 서민들의 애환이 고스란히 담겨 있단다."

"아저씨도 연극 구경 가세요?"

"가끔, 어쩌다 가보곤 했다. 요샌 안 간다."

"왜요? 왜 요샌 안 가세요?"

"글쎄다."

'아저씨는 뭔가 아주 많은 걸 아시는 분 같은데, 그리고 뭔가 아주 중요한 일을 많이 하신 분 같은데, 왜 이 어둠침침한 방에만 틀어박혀 계시는 거죠? 아저씨는 세상을 이미 다 살아버린 사람 같다 할까? 이제는 그냥 존재하는, 그러니까 목숨이 붙어 있으니까 그냥 존재하는 그런 사람 같다 할까? 그래요. 그래 보여요. 왜 그렇죠? 어떤 때는 마치 숨어 사는 사람처럼 보이기도 해요. 왜 그렇죠?'

영수는 이렇게 묻고 싶어 입이 근질근질했다.

"어쨌든, 시인이든 소설가든 극작가든 창작을 한다는 건, 목적이 있어야 한다. 그냥 재미있으라고 글을 쓰는 건 아니지. 창작은 남들에게 뭔가 생각하게끔 메시지를 주기 위한 것, 이것이 창작의 최대 최종 목적이다. 난 그렇게 생각한다. 그 목적을 헷갈릴 때 문인은 더 이상 문인이 아니다."

그는 담배 한 개비를 꺼내 물었다.

"글을 왜 쓰는가. 그런 거 생각해 본 적 있니?"

"저는, 아직 뭐 그런 거 생각해 본 적 없어요. 그냥, 뭔가가 그리울 때, 말상대가 그리울 때, 그럴 때 그냥 낙서하는 거예요. 글도 아니에요."

"그래. 외로울 때, 사람이 외로울 때, 글이 나오기도 하지. 글을 왜 쓰는가. 유명해지고 싶어서? 그건 아니다. 글써서 유명해지기란 하늘의 별따기만큼이나 어려운 거다. 글쓴다는 사람은 수백, 수천 명이니까. 돈을 벌고 싶어서? 물론 그것도 아니다. 글과 돈은 친하지 않거든. 원고지를 아무리 어깻죽지 쑤시도록 메워봐도 원고료는 쥐꼬리만 하니깐. 그럼 남들에게 존경받고 싶어서? 존경? 글쓰는 사람이 존경을 받는 사회는 문화인의 사회다. 굉장히 문화 수준이 높아야 글쟁이들이 존경을 받을까? 아직 우리의 현실에서는 까마득한 꿈나라 이야기다. 그럼 도대체 왜 글을 쓰는가."

그는 반 정도밖에 타지 않은 담배를 비벼 끄고 다시 새 담배 한 개비를 꺼냈다. 담배를 재떨이에 비벼대는 손에 힘이 들어가 있었다. 마치 담배가 미워서, 담배가 너무너무 미워서 으깨어버리는 그런 모습이었다.

"글은 자신도 생각하고 남들에게도 생각하게 하기 위해 쓰는 거다. 인생이 무엇인가를 생각하기 위해 쓰는 거지. 어떻게 살아야 하는가. 어떻게 사는 게 사람답게 살아가는 건가. 문학은 그렇게 인생을 다루는, 즉 인간을 다루는 것이기에 해도 해도 성에 차지 않는, 다시 말해 늘 목이 마른 작업이다. 베스트셀러라고 반드시 훌륭한 작품은 아니다. 마찬가지로 흥행에 성공한다고 반드시 대단한 연극도 아니지. 자, 이런 이야기는 차차 하기로 하고, 우선은 시든 뭐든 다 접어두고 공부만 하는 거다. 알았지?"

"네."

"오늘은 정말 흐뭇한 날이구나. 내가 이렇게 마음이 훈훈하니 넌 오죽하겠니? 뭐 더 먹으련?"

"아뇨. 아유. 배불러요. 이제 가봐야겠어요."

"그래. 그럼 어여 가봐라."

"감사합니다."

"그래, 그래. 자, 가봐라."

"안녕히 계세요."

"영수야."

막 돌아서 한두 걸음 걸었을 때 그가 영수를 불렀다.

"네?"

"내가 오늘은 참 기분이 좋구나. 너무 기쁜 날이다. 자, 어서 가봐라."

> 정직한 생활은 나에게 자유를 준다.
> 부지런한 생활은 남과 나에게 평화를 준다.
> 청결한 생활은 남과 나에게 건강을 준다.

영수는 길을 걸을 때 중동의 교훈을 중얼거리는 버릇이 있다. 그건 중동에 들어와서부터다. 세 가지 교훈 중에 영수가 제일 좋아하는 대목은 '정직한 생활은 나에게 자유를 준다'는 것이다.

자유. 자유라는 말처럼 애매 모호한 것이 또 있을까. 자유란 함부로, 내 맘대로 행동한다는 뜻이 아닐 것이다. 진정한 자유란 나 자신에게도 남에게도 정직할 때, 오직 그때 마음과 영혼의 주인이 내가 될 수 있다는 뜻일 게다. 내 마음과 내 영혼의 주인은 나 자신. 그런 삶을 살려면 정직해야 한다는, 이 교훈이 영수는 참 좋았다.

날개

"영수야, 야, 어디 가면 간다고 말을 해야 할 게 아냐? 난 너 가버린 줄 알았다."

목인이 헐레벌떡 숨을 몰아쉬며 영수 앞으로 뛰어왔다. 졸업식 날, 운동장이 좁아 터져라 사람들이 북적거렸다.

"아무도 안 오셨니?"

"오시긴 뭘."

"졸업식인데 아무도 안 왔단 말야?"

목인이 목소리를 돋우자 옆에서 기환이 목인 옆구리를 쿡 찔렀다.

'이 자식은 눈치도 없다. 영수가 얼마나 속이 썰렁할까. 집에서 하다 못해 동생조차 오지 않다니. 어쩜 이런 집이 있을까. 최우등생. 중동에 편입으로 들어와 농구 선수를 하면서 최우등으로 졸업한 천재. 이런 아들 졸업식에 어머니도 아버지도 동생도 아무도 나타나지 않았다. 영수가 의붓자식인가? 의붓자식일지라도 이런 경사스러운 날엔 부모가 나타나 빼길 수 있을 텐데. 내가 이 의붓자식을 이렇게 잘 키웠답니다 하면서 그야말로 으쓱해할 수 있을 텐데. 아무도, 아무도 오지 않다니. 해도 너무한 사람들이다. 뭐 그딴 집구석이 있담.'

기환은 영수 식구들이 아무도 나타나지 않은 걸 알고 그러지 않아도 속이 상하던 참이었다. 그런데 목인이 눈치도 없이 영수에게 대놓고 그런 식으로 말을 하니 역정이 났다. 부여에서 올라와 자취를 하고 있는 기환은 영수를 참 좋아했다. 마음 같아서는 영수가 아예 하숙방으로 옮겨와 같이 지냈으면 싶었지만, 영수는 시험 때마다 공부를 도와는 줄망정, 아예 와 살지는 않았다.

"울 아버지가 네가 필요한 거면 무엇이든 다 사주시겠단다. 책이든 교복이든 무엇이든. 나와 같이 지내면서 공부를 도와준다면."

"도와줄게. 시험 때 도와주면 될 거 아냐. 난, 집에서 매일 할 일이 있어. 그래서 너와 같이 살 순 없다고."

기환은 나중에서야 알았다. 영수가 집에서 할 일이 있다는 게 무엇인지를. 공부하고 운동하며 배달까지 다닌다는 걸 알고 난 후, 기환은 영수가 너무 측은하고 한편 너무 존경스러웠다.

"우리하고 같이 가자. 우리 태화관 갈 거니까 같이 가자고."

"아냐. 가볼 데가 있어."

"야, 최우등 졸업생하고 저녁 같이 먹는 영광 좀 달라."

목인이 영수 어깨를 탁 치면서 웃었다.

"축하한다. 영수. 정말 축하한다."

철호가 영수에게 손을 흔들며 지나갔다. 반장인 그는 성격이 좀 모난 편이라 영수에게 한번도 구수하게 말을 걸어본 적 없었는데, 최우등 졸업생이 되자 태도가 영 달라졌다.

"저 새끼, 회개했나?"
기환이 볼멘소리로 철호 뒤통수에 대고 중얼거렸다.
"축하해 주는데 왜 그래?"
"영수야, 넌 오늘 나하고 가는 거다."
"어이, 여기들 있었구나."
상익이 싱글거리며 나타났다.
"익수 형이 오늘 저녁 사주러 온댔어. 꼼짝 말고 기다리라고 했어."
"야, 익수 형 밥은 내일 먹기로 하고, 오늘은 우리 식구들과 같이 가자."
"그것도 좋지. 어쨌든 익수 형 오는 거 보고 결정하자."
"하여튼 너, 영수, 오늘만은 빵소니 칠 생각 마."
"나, 오늘은 정말 안 돼. 모레 농구부 전원이 모이기로 했잖아? 동구 형도 익수 형도 모두 그때 만나면 되잖아."
"자식, 그러지 말고 같이 가자니까."
"아냐. 정말 약속이 있다니까. 아주 중요한 약속."
영수가 눈을 둥그렇게 뜨면서 심각한 표정을 졌다.
"나 빨리 가봐야 해."
"야, 너 정말 탕수육도 거절하기냐?"
"울 아버지가 널 꼭 데리고 오란다. 오늘은 우리 아버지하고 밥 먹어야 한다."
기환은 영수가 목인을 따라갈까 봐 아예 소매를 움켜잡았다.
"오늘은 정말 안 돼. 선약이 있어."
"이거? 야, 너 혹시 이거 생긴 거냐? 여기 와 있어?"
기환 옆에서 종세가 새끼손가락을 내밀며 히히거렸다. 애인? 나에게 꽃다발을 들고 찾아오는 애인? 운동장 한구석에 수줍은 듯 서 있는 여학생. 선아. 선아가 불쑥 나타나 준다면 얼마나 좋을까. 상상만 해도 가슴이 뭉클해지는 장면이었다.

"너, 꼭 우리 집에 놀러 와야 해."

"그래."

"정말이다. 네가 안 오면 내가 간다."

"알았어."

"야, 야. 영수. 어유, 한참 찾았다."

민기가 숨을 헐떡거리며 뛰어왔다.

"병욱 형, 성철 형이 왔어. 너 데리고 오래. 오늘 진창 사준대."

민기가 술 들이켜는 시늉을 하며 키들거렸다.

"나, 오늘은 안 돼. 오늘은 정말 급히 갈 데가 있어. 약속한 데가 있다고. 모레 저녁에 다 모이기로 했잖아. 모레 보자고. 나 정말 가야 한다니까."

친구들을 따돌리고 영수는 교문을 향해 걷기 시작했다. 하늘을 올려다보았다. 푸른 하늘에 솜뭉치같이 두둥실 떠 있는 뭉게구름이 평화로웠다. 그래. 언젠가 내가 나에게 다짐했었지. 하늘이 베풀어주는 기적을 배신하지 않으리라고. 하늘. 감사한 하늘.

"감사합니다. 감사합니다."

영수는 중얼거리다 말고 하늘에다 대고 꾸벅 절을 했다. 슬픈가? 아니, 슬프지 않다. 내가 왜 슬픈가, 오늘같이 기쁜 날. 내 두 어깨에 날개가 달아졌는데 내가 어떻게 슬플 수 있단 말인가. 이제 세상을 내 맘대로 날아다닐 수 있는 날개가 생겼다.

나는 해냈다. 나는 정말 해냈다. 목이 터져라 고함을 쳐대고 싶다. 와세다 대학. 예과 2년, 학부 3년. 5년 동안이나 학교에서 학비와 생활비를 보내준단다. 5년 동안 동경에 살면서 나는 그저 공부만 하면 된다. 더 이상 가게를 지키지도 않고, 더 이상 배달을 다니지도 않고, 더 이상, 더 이상, 아무것도 하지 않고 공부만 하면 된다.

동경 유학! 태어나기를 부잣집에 태어난 아이들이나 갈 수 있는 그곳에 나도 간다. 당당하게 교비생 자격으로 간다. 가난한 집 자식도 머리가 좋다는 걸, 무식한 사람 아들도 똑똑할 수 있다는 걸, 나는 증명했다.

집안 형편이 어려워 공부 못한다는 놈들, 나와봐라. 나는 해냈다. 내 작전 계획대로 나는 해냈다. 나는 이제 사각모를 쓰고 망토를 입고 다니는 유학생이 된다. 이 거짓말 같은 사실이 꿈도 아니고 공상도 아니고 현실이다.

이런 날, 내가 왜 슬픈가. 그까짓 꽃다발, 그까짓 기념촬영. 없어도 괜찮아. 나를 찾아온 사람이 단 한 명도 없어도 좋아. 중국집? 안 가도 좋아. 아무것도 안 먹어도 좋아. 이대로 일주일을 굶어도 난 배고플 것 같지 않아. 정말로 난 오늘부터 계속 굶어도 배가 고프지 않을 것 같다. 행복감에 배가 터져버릴 것 같다. 이런 날 내가 왜 슬픈가. 괜찮아. 괜찮아. 난, 슬프지 않아. 외롭지 않아.

인쇄소 아저씨, 주영태는 시인이었다. 영수는 먼지를 뒤집어쓰고 쌓여 있는 헌 잡지에서 어느 날 우연히 '주영태' 이름 석 자를 발견했었다.

"아저씨, 시인이세요?"

하루는 영수가 용기를 내어 물어보았다.

영수의 질문에 그는 아무 대꾸도 하지 않았다.

"맞죠? 시인이시죠?"

영수가 다그치듯 재차 물었지만 그는 여전히 들은 척도 하지 않았다.

"잡지에서 아저씨 성함 봤다고요. ≪금성≫이란 잡지에서요. 아저씨 맞죠?"

"젊었을 때는, 누구나 다 한 번쯤은 시인이 되지."

한참 후 그는 담배를 피워 물며 나직이 말했다. 창도 없는 자그마한 방. 훤한 대낮에도 침침한 방. 그 방 안에는 담배 찌든 냄새가 배어 있었다. 아저씨는 담배를 태우지 않아도 늘 담배를 손에 들고 있을 정도로 골초였다. 특히 무슨 말인가 하려면 우선 담배부터 찾았다.

"젊었을 때는 누구나 다 시인이 된다고요?"

"그렇지. 인생을 생각하고, 사랑을 생각할 나이가 되면 시인이 되지."

그는 담배 연기를 길게 뿜어내고 나서 말을 이었다.

"그런데 시인이든 소설가든, 글쟁이가 오만해지면 그 순간부터 쓰는 건 다 쓰레기다."

그가 영수에게 들려주던 그 한마디, 한마디는 자신의 경험에서 나온 처절한 독백이었던 것이다. 그런데 그가 없어졌다. 일등으로 졸업했다고, 이제 정말 동경 유학생이 된다고, 인사를 하러 갔을 때에도 인쇄소는 굳게 닫혀 있었다.

그가 민족 단일 당을 자처하던 신간회 멤버였다는 말을 나중에 들었다. 그게 사실인지 아닌지 알 길은 없지만, 그래서 신간회에 대한 단속이 강해지기 시작하자, 신분을 숨기고 살다가 결국 지하로 잠적해 버린 것이란다.

"아저씨. 아저씨, 내가 최우등으로 졸업했다고요. 내가 해냈다고요. 아저씨, 고맙습니다. 아저씨 은혜는 평생을 두고도 잊지 않겠습니다."

이 말을 하고 싶었다. 그리고 아저씨를 정말, 정말로 좋아하고 존경한다는 말도 꼭 하고 싶었다. 그러나 영수는 동경으로 떠나올 때까지 그를 만나지 못했다. 그가 공산주의자든 아니든 그런 건 상관없었다. 그가 정말 공산주의자라면, 공산주의가 무조건 나쁜 것일 수 없다는 생각조차 들었다.

'좋아하는 사람이 있으면 머뭇거리지 말고 좋아한다고 말할 것.'

영수는 골목 끝 집에 살고 있던 선아에게 좋아한다고 말하지 못한 것도 너무 후회되고 인쇄소 아저씨에게 좋아한다는 말을 하지 못한 게 너무나도 속상했다.

'이제부터는 좀더 적극적인 사람이 되리라. 기회는 오고 또 오는 게 아니다. 시간은 마냥 너를 기다려주는 게 아니다.'

한영주와 김영수. 1등생이 두 명 나왔다. 1등생이 두 명 나오자 재단 측과 교직원 사이에 논쟁이 벌어졌다.

"김영수가 1등은 했지만 도중에 보결시험으로 들어온 학생이니 아무래도 한영주만 보내는 게 옳을 것 같습니다."

재단 측의 의견이었다.

"말도 안 되는 소립니다. 그건 절대 안 됩니다. 우리 학교 정신은 가난한 아이들에게 기회를 주는 겁니다. 그래서 보결시험 제도가 있는 게 아닙니까? 꿈이 짓밟힌 아이들에게 기회를 주기 위해서. 하니까 가난한 학생들에게 용기와 희망을 주기 위해서도 김영수를 보내야 합니다."

교사진은 열을 올려가며 김영수를 지지했다.

"우리가 김영수를 보결시험으로 들어온 학생이라고 차별한다면 그건 중동 정신에 어긋납니다. 우리 학교에는 어려운 환경에서 공부하는 학생들이 더 많습니다. 배우고 싶어도 너무 가난해서 배우지 못하는 아이들. 이런 목마른 아이들에게 생수를 주고, 방황하는 아이들에게 광명을 주는 게 우리 학교의 교육 이념입니다. 보결생이라고 차별한다면, 이건 수많은 학생들에게 좌절감을 안겨주는 짓입니다."

재단 측에서는 두 학생 다 보내는 것을 못마땅해했지만 최규동 교장의 설득으로 결국 김영수와 한영주, 둘 다 동경으로 유학을 가게 되었다. 한영주는 이과, 김영수는 문과였다.

"오빠."

명자가 헐레벌떡 뛰어왔다.

"아유. 못 찾는 줄 알았어. 웬 사람들이람."

"아니, 어떻게 왔니?"

"계장님께 사정하고 잠깐 나왔어. 금방 가야 해. 오빠, 이거, 얼마 안 되지만 오늘은 자장면 곱빼기로 사 먹어. 그리고 오빠, 오늘은 배달 걱정 마. 내가 아버지한테 말해 놨어."

명자는 꼬깃꼬깃 접고 또 접은 돈을 영수 주머니에 찔러주고 냉큼 돌아섰다.

"미안해, 오빠. 나 빨리 들어가 봐야 해."

목구멍이 따끔거리고 눈앞이 뿌예져 명자의 뒷모습이 제대로 보이지 않았다. 갑자기 안개가 자욱하게 낀 것처럼 명자도 친구들도 사진사도 아무도 보이지 않고, 오직 안개 밭 속에 혼자 우뚝 서 있는 것 같았다.

그래. 이제부터다. 이제부터 나는 나 혼자의 힘으로 안개밭을 헤쳐나가는 거다. 산다는 거, 그런 거겠지 뭐. 산다는 거, 따지고 보면 하루 앞을, 한치 앞을 모르는 안개밭을 헤쳐나가는 게 아닐까.

내가 아직 인생을 안다고 말할 순 없지만, 이제 난 스물두 살이다. 스물두 살이면 결코 적은 나인 아니다. 다른 애들보다 3년이나 졸업이 늦어 나이배기로 졸업을 하는 거지만, 인생 경주에 있어서는 뒤쳐지지 않으리라. 결코 뒤쳐지지 않으리라.

영수는 천천히 삼청공원 쪽으로 걷기 시작했다. 오늘은 왠지 아무도 없는 숲 속에 들어가 호랑이처럼 어흥 어흥 있는 대로 소리쳐 가며 실컷 울고 싶었다.

신천지 동경

동경은 영수에게 한마디로 신천지였다. 조선과 일본 사이, 태평양이나 대서양처럼 어마어마한 바다를 사이에 두고 있는 것도 아니다. 지도를 펼쳐놓고 들여다보면 아주 자그마한 강 하나 사이인 것처럼 두 나라는 가깝다. 두 나라가 그렇게 가까운 곳이건만 이토록 다른 세상이라는 게 신기했다.

그렇구나. 과연 일본은 우리보다 선진화되어 있구나. 동경에 도착한 지 얼마 되지 않아서부터 느껴지는 게 바로 이런 느낌이었다. 딱 그 무엇이라 꼬집어 지적할 순 없지만 일본인들의 생활 태도랄까, 의식 수준이랄까, 지극히 평범한 사람들의 행동 가짐, 그런 작은 것들 하나하나에서 영수는 일본 사람들과 우리나라 사람들의 다른 점을 느낄 수 있었다.

영수가 매일 대하고 살아가는 보통 사람들——하숙집 주인이나 주변

상점 점원들이나 또는 그저 거리에서 지나치는 사람들이나 교수님들이나 학생들——그들은 무섭지도 도도하지도 않았다. 조선 사람이라고 차별하는 것 같지도 않았다. 그들은 굉장히 공손했다. 겉으로 보기에는 조선 사람과 구별할 수 없을 정도로 아주 비슷하지만 조선 사람들보다 훨씬 예의 바르고 친절했다. 예의 바르고 친절하고 그리고 거리가 깨끗하다는 것이 영수가 받은 일본의 첫인상이었다.

일본은 조선보다 훨씬 문화적인 나라이다. 인정하고 싶지 않아도 저절로 인정이 될 정도로 문화국이라는 느낌을 어쩔 수 없었다. 교육을 많이 받았든 적게 받았든 그런 것에 상관없이 남에게 결례가 될 짓을 하지 않으려 하는 조심성. 이것이 일본 사람들의 특성 같았다.

우리나라는 예부터 동방예의지국이라 하지만 대부분 사람들은 남을 배려하는 데 몹시 인색하다. 남의 입장이나 처지를 생각해 주고, 남에게 폐 끼치지 않으려고 조심하기에 앞서 나와 내 식구 편한 것만 우선 챙긴다.

'남에게 해 끼치지 않는 사람이 되라.'

이것이 일본인들의 자녀 교육이란다. 남에게 해 끼치는 사람이 되는 걸 가장 수치로 여긴단다. 동네 아이들끼리 싸움을 했을 경우, 부모들이 서로 미안하다고 허리가 꺾어지도록 사과를 한다. 그것도 한 번도 아니고 계속해 서너 번 허리를 90도로 꺾어가며 절을 한다. 특별나게 교양이 있어 보이는 여자들도 아니다. 시장 바닥에서 흔히 볼 수 있는 평범한 아주머니들이다. 그런데 그들은 내 자식을 먼저 야단쳐가며 죽을 죄라도 진 듯 허리를 굽혀 사과하는 것이다.

청진동 골목에서는 툭하면 아이들 싸움이 어른들 싸움으로 변하곤 했었다. 내 자식은 항상 옳고 네 자식은 항상 틀렸다. 악다구니를 써대다가 때로는 엄마들이 머리채를 낚아챈 채 땅바닥을 뒹굴기도 했다. 그런 모습과 허리를 90도로 꺾어 무조건 사과하는 모습이 비교되지 않을 수 없었다.

사람은 될 수 있는 한 많은 곳을 다니며, 많을 것을 보면서 살아야 한다. 한 울타리 안에서만 살 때, 세상이 그게 다인 줄 알기 쉽다. 하다못해 하늘도 자신의 눈으로 볼 수 있는 그 하늘이 전부인 줄 알 정도로 눈이 좁아지고 편견에 치우치기 쉽다. 편견은 사람을 아주 고집불통으로 만들기 쉽다. 내 사고 방식, 내 생활 방식과 다른 것을 배척하고, 나아가 혐오하며 증오하기 쉽다.

한 달, 또 한 달, 일본 생활 일 년이 지나가면서 영수의 사고 방식은 자신도 모르게 많이 달라져 갔다. 일본인들이 분명, 우리의 적이긴 하지만 하다못해 적일지라도 배워야 할 점이 있으면 배워야 한다는 생각조차 들었다.

일본인들은 일찍 개화했다. 메이지유신이라고 불리는 근대화 개혁으로 일본은 본격적 산업화를 시작했다. 그들은 남의 것에 대한 거부감이 심한 우리 민족에 비해 남의 것이 좋다 싶으면 염치도 체면도 없이 재빨리 받아들여 자기 것으로 만들어버리는 성격을 가지고 있는 것 같다. 그래서 바로 그 성격 때문에 서양에 문을 일찍 열었나 보다.

산업 정책으로 돈을 번 자본가들은 땅을 사들여 지주이자 자본가들이 되었고 그들은 특권 기업으로 성장해 일본의 자본주의를 발달시키며 다른 나라들과 무역 경쟁 마당에 나섰다. 조선이 문을 꼭꼭 안으로 걸어 잠그고 우물 안 개구리로 살아가고 있을 때, 화란(네덜란드) 배를 비롯해 외국 배들이 일본 앞 바다를 메울 정도로 드나들었으니 실은 거기서 조선과의 경쟁은 끝난 거나 다름없다. 일본은 본격적으로 무역을 하기 시작하면서 안정된 이윤 확보를 위해 식민지와 종속국이 절대 필요했던 것이다.

강화도조약의 체결로 일본의 몰락한 무사들은 일확천금을 꿈꾸며 조선 땅으로 건너오기 시작했고, 러일전쟁에서 일본이 승리하자 당당한 기세로 우리나라의 외교권마저 박탈했던 것이다.

'오호라! 저 개돼지만도 못한 우리나라 정부 대신들은 영리를 바라는 마음 때문에 위협에 못 이기는 체하고 매국노가 되었다. 3천리 강토 500년 종사를 다른 사람 손에 넘기고 2천만 동포는 남의 노예가 되었구나.'

을사조약 체결이 전해진 후, 황성신문에 실린 장지연의 논설이다. 영수는 인쇄소에서 먹고 자며 일할 때 토막토막 이런 글들을 읽었다. 어떻게 그런 글들이 인쇄소에 있는지, 가끔 쓰레기처럼 쌓여 있는 헌 책 갈피 사이사이에 옛날 신문 조각들이 들어 있었던 것이다.

1907년에서 1910년 사이에 의병투쟁에 참가하였던 사람은 14만 명이나 되었다 한다. 전라남도 녹도에서는 주민 256명 중에 노인 한 사람만 남기고 전원이 의병부대에 참가했단다. 그러나 우리 조선인의 투쟁이 치열하면 치열할수록 일제의 진압은 더욱 잔인해져 수많은 사람들이 집을 잃고 떠돌아다니는 거지 같은 신세가 되었단다.

'조선과 일본 양국의 행복과 동양 평화를 확보하기 위해 조선 정부에 관한 일체의 통치권을 완전히 그리고 영구히 일본 천황에게 양도한다.'

우리나라 정부의 수상이었던 이완용이 쓴 각서 내용이다. 우리나라의 통치권을 완전히, 그리고 영구히 일본 천황에게 양도한다니!

배워야 한다. 사람은 모름지기 배워야 한다. 배워서 그 배움으로 자신을 무장해야 한다. 그래서 자신을 당당하게 책임지고, 나아가 국가를 책임질 수 있는 실력을 길러야 한다. 개개인이 그렇지 못할 때 매국노가 나라를 팔아먹어도 찍 소리 못하고 노예 신세가 되어버리는 것이다.

영수는 자라면서 이런 마음이 신앙처럼 굳어졌고 그래서 더더욱 아버지의 그 무지가 싫었다. 조선 사람이 공부를 하면 사상범이나 고등 룸펜이 된다는 아버지의 그 말을 들을 때마다 가슴속에서 따다닥 불똥을 튀기며 시뻘건 장작이 타오르곤 했다.

'조선 사람은 되먹기를 워낙 덜돼먹은 백성이라 그저 때려야 말을 듣는다.'

'조선 사람은 호되게 관리하는 사람이 있어야 사람 구실을 한다.'

아버지가 아주 자신만만하게 이런 말들을 거침없이 해대는 게 너무 이상했다. 차라리 그가 일본 형사 심부름꾼이라도 된다면 오히려 그런 궤변을 이해할 수 있을 것 같았다. 흔히 일본 앞잡이들은 그런 식으로 자기 변명, 자기 정당화를 하니까. 그러나 그는 그야말로 겨우 입에 풀칠이나 하고 살아가는 하층민 아닌가. 그가 자신이 요 모양 요 꼴로 살아가는 것을, 일본 놈들 탓으로 돌린다면, 그게 한결 듣기 편할 것 같았다.

'우리나라도 중국의 당나라 시대처럼 신라라는 전성기가 있었다. 그러나 끊임없이 침략해 오는 외적과 계속되는 내란으로 나라는 황폐해져 갈 수밖에 없었다. 이런 비참한 역사는 우리나라가 처해 있는 지리상의 위치로 어쩔 수 없는 것이었다. 사대주의 또한 우리가 받아들일 수밖에 없었던 숙명이었다.'

영수는 이런 식으로 생각하는 사람들에게 환멸을 느낀다. 그런 자포자기, 자기 위안, 자기 합리화야말로 종 노릇밖에 할 수 없는 굴욕적인 정신 상태라 여겨진다. 깨어나야 한다. 깨어나야 산다. 무식하면 일본 놈들의 세뇌공작에 고스란히 넘어간다.

1911년 7월 데라우치 총독은 조선교육령을 개조해 법 학교, 성균관, 관립 한성사범학교 등을 폐지해 버렸다. 그리고 보통학교, 고등보통학교, 여자고등보통학교 등, 교육 수준을 중등 교육 이하로 제한해 버렸다. 조선인들은 하도 무지해 고등교육이 필요 없다는 것이 그 이유였다.

그런 말을 고스란히 믿고 순종하는 사람들—아버지 같은 사람들—모든 조선인이 문맹으로 돌아가야 할 판인데, 일본 놈의 그런 해괴망측한 억지를 앵무새처럼 옮겨가며, 자식들에게조차 중등 교육 이상은 허락하지 않는 부모가 있다니, 이야말로 누구를 원망하며 가슴을 쳐야 하는가.

영수의 배움에 대한 욕심은, 욕심이라기보다 신앙에 가까운 것이었다. 그 배움에 대한 타는 듯한 갈증이 결국 영수를, 3년의 공백기를 뛰어넘어 최우등 졸업생으로 만들었고, 와세다 대학생을 만든 것이다.

동경. 물론 여기저기 휴지 조각들이 널브러져 있는 허름한 골목도 있지만, 오물 썩은 냄새가 진동하는, 그런 더러운 골목은 없었다. 일본인들도 조선 사람들 못지않게 담배를 많이 피우는 것 같지만 거리에 담배꽁초를 찾아보기 힘들었다. 담배는 다 태우고 나면 으레 길에다 획 내던져버리는 것. 이것이 영수 머릿속에 들어 있는 상식이었다. 그것이 나쁘다거나 좋다거나를 생각해 본 적도 없었다. 그런 행동은 그저 자연적으로 으레 그러는 것으로 알고 있었던 것이다. 한데 아니었다. 일본인들은 담배꽁초를 먹어버리는지 어쩌는지, 길을 걸어가면서 길에다 꽁초를 획 내버리는 사람을 보기 힘들었다. 가래침을 길바닥에 퉤퉤 뱉는 모습도 보이지 않았다. 밥을 먹고 나서 요란할 정도로 끄르륵 트림을 하는 사람도 보기 힘들었다. 한 손을 코에 대고 아무 데나 코를 휑 풀어버리는 모습 또한 찾아볼 수 없었다.

겉으로만 그러는 척하는지 모르지만, 어쨌거나 그들은 조선인 학생이든 일본인 학생이든 대학생이라면 마치 판검사님을 대하듯, 그렇게 정중하고 그렇게 깍듯할 수가 없었다. 학교에서도 하숙집에서도 주변의 상점에서도, 유식한 사람이든 무식한 사람이든 친절하고 정중한 태도에는 별 차이가 없었다. 그러니까 그런 태도는 그들의 몸속에 자연스럽게 스며 있는 문화 같았다.

문화란 무엇인가. 문화란 그 민족의 생활 속에 배어 있는 삶의 자세, 삶의 모습이다. 행동하고 사고하고 결정하는 과정에 남을 배려하는 마음가짐이 없다면, 그 민족의 문화는 저질 문화, 미개인의 문화일 수밖에 없다. 그래서 일본인들은 그들의 침략을 정당화한다. 미개한 조선인들을 자기들이 도와 문화인을 만드는 거라고.

"왜놈들, 알아줘야 해. 속이 훤히 들여다보이는데 우리들한테 그렇게 공손하게 굴 수가 있냐."

그들의 친절함에 놀란 건 영수뿐이 아니었다. 친구들도 하나같이 하는 말이 일본인들의 공손함과 친절함이었다.

"속 다르고 겉 다른 거지. 여우 같은 놈들이야. 난 친절하게 구는 게 더 얄밉더라."

"야, 속 다르고 겉 다르면 어떠냐? 아예 드러내놓고 조선 놈들이라고 무시하는 것보다야 백 번 낫지."

"무시가 뭐냐. 듣기로는 긴자에 나가면 조선 학생들을 더 우대한다더라."

"그거야, 사람을 대우하는 거냐, 돈을 대우하는 거지."

조선인들 중에는 공부 핑계 대고 일본에 건너와 한량 노릇을 하고 지내는 젊은이들이 꽤 많았다.

"난 실은 일본 놈들보다 그놈들이 더 밉다. 소리 안 나는 총이라도 있으면 빵 쏴 죽이고 싶을 정도로 혐오스러워. 저놈들은 조선 놈 아니라는 듯, 오히려 우리들을 깔보잖아."

"그래. 그들이 누구냐. 사실 나라 팔아먹은 매국노들의 자식 아니냐. 지주라는 인간들, 갑부라는 인간들, 그들이 가진 부가 누구의 것이냐. 소작인들을 개돼지처럼 부려가며 착취한 돈 아니냐고."

"야, 그런 식으로 말하면, 질투한다고 해요. 없는 놈들이 배가 아파 시기하는 거라고."

"시기? 그래, 그렇게 말할 수도 있겠지. 요정에 가서 예쁜 계집 끼고 노는 걸 싫다 할 놈은 없을 테니, 영 틀린 말은 아니겠지. 하지만 도무지 민족 의식도 자존심도 없는, 똥물에 튀길 놈들이야."

유유상종이라고, 있는 집 자식들은 그들끼리 모여 다니고 가난한 집 자식들은 또 그들끼리 모여 그룹이 형성되었다. 누군가가 빨간 모자는 여기 모이고 파란 모자는 여기 모이라고 모자를 씌워준 것도 아닌데 하다못해 드나드는 생필품 가게조차 다를 정도였다.

"어쨌든 간에 난 이 일본 놈들, 우리한테 공손하게 구는 데 질렸다, 질렸어."

영수가 들어 있는 하숙집 아주머니는 아침 밥상을 날라줄 때마다 마치 하인이 주인집 도련님을 대하듯, 너무 깍듯해 민망할 정도다. 친절함에 별로 익숙해 있지 않은 영수이기에 더더욱 그런 주인집 아주머니의 태도가 송구스럽기조차 했다.

그녀는 영수 방에 밥상만 쑥 디미는 게 아니라 꼭 들어와 밥 한 공기를 솔솔 퍼주고 나간다. 그녀가 퍼준 밥을 숟가락으로 꾹 눌러보면 반 공기도 안 될 정도로 아주 적은 양이다. 밥만 그렇게 적은 게 아니라 김도 몇 장, 짠지도 몇 조각, 멸치볶음도 몇 개, 꼭 어린애 장난하듯 그렇게 적다. 불평을 하고 싶지만 하숙집 중에서도 제일 싼 집을 골라 들어온 것이니 불평을 할 수 없었다.

'싫으면 나가주세요.'

보나마나 아주 공손하게 절까지 하면서 그렇게 말을 할 테니, 밥을 조금 주든 반찬이 짠지뿐이든 그저 주는 대로 먹는 수밖에 없었다. 일본에 와서 느끼고 배운 점이 많지만 그 중에 하나가 거절을 할 때, 분명 '아니오'라고 말하면서도 다정할 정도로 공손하게 깍듯함을 지키는 것이다. 그들은 모르긴 해도 아마 '나는 네가 싫다'라는 말을 할 때에도 예의를 지켜 정중하게 말할 것 같았다.

"소식(小食)을 해야 오래 산단다."

영수가 하숙집을 옮기든지 해야지 이러다간 영양실조에 걸리겠다고 불평을 하자, 영미문학사를 같이 듣고 있는 효동이 소식론(小食論)을 펴가며 낄낄거렸다.

"이건 소식이 아니라 굶어죽지 않을 만큼만 먹으라는 거야. 밥을 어떻게 그렇게 기술적으로 푸냐. 밥 한 공기 가득 퍼주는 것 같은데 눌러 보면 반 공기도 안 된다니까."

"하숙집 오바상(아주머니)들이 그런대요. 조선 학생들, 귀공자처럼 잘들 생겼는데, 먹는 거 보면 꼭 들판의 농군들 같다고."

"농군?"

"자기들끼리 그렇게 수군거린대요."

"남자가 밥그릇이 커야 성공한다는 말도 모르나? 하여튼 왜놈들 말이다. 그렇게 조금 먹고 어떻게 사는지 모르겠어."

"조금씩 먹어서 그 욕구불만으로 독종이 되는 걸까?"

"욕구불만? 하하하. 욕구불만은 당장 이 몸이 욕구불만으로 몸살을 앓습니다요."

"거야, 돈이 원수지. 없는 놈은 참는 수밖에."

"너무 참다 보면 골이 때려 공부도 안 돼."

"아, 손 뒀다 뭐해?"

하숙집에서는 아침만 주었다. 점심과 저녁은 한 달치 식권을 사서 학교 식당에서 해결해야 했다. 물론 여유가 있는 학생들은 점심이든 저녁이든 주로 인근 식당으로 갔다.

영수는 학교 식당이 좋았다. 식당 음식 역시 양이 많은 건 아니었지만 그래도 국은 마음대로 몇 번이고 퍼다 먹을 수 있어 좋았다. 어쨌거나 영수는 동경 생활이 행복했다. 행복하다는 생각이 저절로 들 때마다 영수는 '행복'이라는 어휘를 곱씹어 보곤 한다. 행복이란 과연 어떤 상태의 기분, 어떤 순간의 느낌을 말하는 걸까? 태어나서 여태껏 행복하다는 느낌을 가져본 적이 있던가? 기쁘고 즐겁다는 느낌을 가져본 적이 있으니 그게 행복감이었을지 모른다. 물론 기억이 가물거리는 아주 어린 시절의 이야기지만.

세 살 때던가 네 살 때던가. 돈암동에 살 때, 그러니까 할아버지와 할머니와 다 함께 큰 집에 살 때 일이다. 동네에서 조금 떨어진 언덕에 일본 사람 집이 있었다. 그 집은 담이 높았고 담에는 시퍼런 넝쿨이 친친 감겨져 있었다. 하루는 영수가 그 넝쿨을 잡아당기기 시작했다. 아무리 잡아당겨도 끊어지지가 않았다. 나중엔 땅바닥에 주저앉아 낑낑거리며 계속 잡아당기고 있는데, 갑자기 문이 열리면서 어른이 뛰어나왔다. 그는 뭐라고 소리를 꽥꽥 질러대면서 영수를 잡으려는 듯 다가왔고 영수는 걸음아 나 살려라 하고 언덕 아래로 뛰기 시작했다. 그 사람이 뒤를 쫓아오는지 어쩌는지 영수는 너무 무서워 뒤를 돌아다볼 수도 없었다. 할아버지가 보였다. 나무 밑에 앉아 바둑을 두고 계시는 할아버지를 보는 순간, 이제는 살았다는 안도감에 영수는 그 자리에 주저앉아 엉엉 소리내어 울기 시작했다. 그때 할아버지를 보는 순간, 그 기쁨 그 안도감이 행복이라는 걸까? 그 순간의 그 느낌을 영수는 두고두고 잊지 못한다. 어쩌면 그 순간이 가장 행복했는지 모른다.

할아버지가 계실 때는 하늘에 있는 별을 따 달라 해도 할아버지가 꼭 따 주실 것만 같은, 그런 믿음이 있었는데, 아버지에게는 없다. 아버지에게도 어머니에게도 전혀 그런 기대를 해본 적 없고, 응석은 물론 부려본 적이 없다. 흔히 행복은 먼 곳에 있는 게 아니라 주변에 있는 것이라 하지만, 솔직히 영수의 주변은 늘 우울하고 가난했을 뿐, 행복과는 거리가 멀었다. 하지만 동경에 와서부터 달라졌다. 모든 것이 그저 분에 넘치는 행복, 그 자체 같았다.

서점에 가면 하루종일이라도 배가 고픈지 목이 마른지조차 느끼지 못한 채 지낼 수 있다. 남들이 들으면 거짓말이라 할지 모르지만 서점에 들어가는 순간, 영수는 시간을 잊어버린다.

정신이 핑핑 돌아갈 정도로 쌓여 있는 신간들. 책들은 표지부터 달랐다. 종이도 고급스럽고 표지 디자인도 세련되었다. 책을 펼치면 방금 인쇄되어 나온 것처럼 잉크 냄새가 코를 찌르는 것 같았다. 서점뿐 아니라 신주쿠 극장가에서 공연되고 있는 신극도 황홀했다. 영어 선생이 되겠다던 생각은 동경에 도착하면서부터 멀찌감치 사라져버렸다.

"선생이 되면 일생 동안 생활 걱정은 없단다. 그러니 이왕 공짜로 공부를 할 바에야 선생 공부를 해라."

공짜로 유학을 간다는 말에 어머니는 흥분한 어조로 그렇게 부탁을 했다. "네 덕에 생활비 걱정 안하고 살게 된다면, 아유, 난 그저 더도 덜도 바라지 않는다. 겨우내 광에 장작을 가득 쌓아놓고 지낼 수 있다면, 그저 한 해라도 그렇게 장작 걱정 안하고 살아볼 수 있다면, 원이 없겠다."

어머니의 그 소박한 꿈. 영수는 어머니의 그 꿈을 위해서라도 선생이 되고 싶었다. 그까짓 장작 정도 못해 드리겠나 싶었다. 선생 중에서도 굳이 영어 선생을 택한 건 숙명고녀에 배달 나갔을 때, 영어 책을 읽고 있던 여학생을 보며 느꼈던 그 부러움과 당혹함 때문이었는지 모른다. 그 순간 왜 그리 자신이 처참하게 느껴지던지.

"조금만 기다리세요, 조금만. 그럼 내가 부자한테 시집 가 어머니 소원 다 들어드릴게요."

어머니가 장작 타령을 할 때면 명자가 늘 입버릇처럼 하는 말이었다. 명자가 그 말을 할 때마다 영수는 그저 묵묵히 동생 얼굴을 바라보았지만 가슴 밑바닥에 슬픔 같은 것이, 서러움 같은 것이 연기처럼 모락모락 올라오곤 했다.

'네가 무슨 수로 부잣집에 시집을 간단 말이냐. 네가 뛰어나게 예쁘기를 하니, 우리 집 가문이 좋기를 하니, 그렇다고 돈이 있기를 하니, 무슨 수로 네가 부잣집에 시집을 간단 말이냐. 그런 허튼 생각은 행여

꿈에라도 꾸지 마라.'

차마 이 말을 입밖에 내진 못하지만 영수는 속으로 동생에게 꿈 깨라고, 그런 꿈은 꿈이 아니라 자신을 아프게 하는 병균일 뿐이라고 말하곤 했다.

영수는 하루에도 수십 번씩 생각이 달라지곤 했다. 연극을 보면 희곡을 쓰고 싶고, 소설을 읽으면 소설을 쓰고 싶었다. 눈만 뜨면 책을 읽고 연극 구경을 다니고 싶어 학교에 가는 것조차 싫었다. 강의 시간에 배우는 게 하나도 없다는 생각조차 들었다. 노교수들이 강의랍시고 지껄이는 소리는 거의 다 책에 나와 있는 것들이라 너무 실망스러웠다.

"작품 연도는 이미 책에 나와 있습니다. 그 작품이 씌어진 배경에 대해 알고 싶습니다. 그 시대 배경, 그리고 작가에 대해 좀 구체적으로 설명해 주십시오."

영수는 이런 질문을 하기도 했다. 그 질문을 했을 때 교수는, "시간이 없어 그런 구체적인 것까지 커버할 수 없으니 책을 읽으시오." 하고 간단히 대꾸하고 넘어갔다. 책에 나와 있는 것으로 충족하다면 굳이 강의실에 나올 필요가 없단 말이 아닌가. 영수는 교수, 특히 미국문학과 애란(아일랜드) 극을 가르치고 있는 일고 교수에게 불만이 쌓여갔다. 그는 서너 번 영수의 질문을 한마디로 대꾸해 넘기더니, 나중에는 아예 들은 척도 하지 않고 무시해 버렸다.

날이 갈수록 일고 교수 강의에 들어가 있는 게 시간 낭비라는 생각이 들었다. 그보다 극장에 가서 직접 보고 느끼며 배우는 것이 훨씬 살아 있는 공부 같았다. 창작극과 번안극을 번갈아 가며 공연하는 일본인들. 그들의 그 세련된 연기며 무대장치며 의상까지, 모두가 부러움 천지였다.

조선은 남사당패놀이, 구파극에 이어 일본 유학생들로 구성된 토월회가 주로 일본에서 직수입한 일본식 신극과 유럽에서 널리 알려진 번안극들을 공연하고 있었지만 배우들 연기도 무대장치도 소도구도 모든 것이 아마추어 수준을 넘지 못했다. 특히 일찌감치 일본에 유학 가 공부하고 돌아온 사람들이 열심히 번안극을 소개했지만, 번안극으로 관객들의 정서를 휘어잡을 수 없었다.

"연극 공부를 하려면 현장에 와서 해야 한다. 강의실에서 무슨 놈의 연극 공부를 하겠나."

극장에 가면 스키지 극장에서 연극을 공부했다는 와세다 대학 선배 홍해성의 말이 들려오는 듯했다. 법학도인 그는 어느 날 친구와 조국의 장래를 이야기하다가 불쑥 전공을 바꿨단다.

"법학을 전공해 어디다 써먹을 건가. 기껏 해 동족 잡아들이는 일밖에 더 하겠는가."

친구의 그 말 한마디에 법학을 미련 없이 때려치우고 연극 마당에 뛰어든 사람. 영수는 그 이야기를 듣는 순간부터 홍해성을 만나고 싶었다.

영수가 처음 연극에 눈을 뜨기 시작한 것은 부모 눈을 속여가며 청계천 부근이나 삼선교 부근 개천가 언덕배기에 가설무대를 꾸미고 공연하는 구파극이었다. 바닥에는 가마니를 깔아 객석을 마련하고 무대 양쪽에는 알전구를 달아 조명을 대신하는 초라하기 짝 없는 무대였지만, 연극 구경을 할 때면 가슴이 쿵쿵 소리가 나도록 두근거리곤 했다.

그러나 조선이 일본 천하가 되자 박춘재 등 주로 궁중 출신이었던 배우들은 무대에서 사라지고 대신 권선징악, 풍속개량, 가정비극, 비련애화, 화류비련 등의 내용을 공연하는 신파극이 유행되었다.

신파극은 주로 저녁 일곱시에 막을 올려 먼저 인정극(人情劇)을 공연하고 이어 비극을 두 시간 가까이 공연했다. 그리고 끝에 가서 희극을 30분 정도 하고 막을 내렸다.

비극과 희극 사이에는 막간이 있었다. 그때 극단 단장이 막 앞으로 나와 인사를 하며 다음 공연을 예고도 하고 어떤 때는 주연배우들이 나와 노래를 부르기도 했다. 영수는 막간에 배우들이 부르는 노래와 희극 배우가 나와 만담하는 게 그렇게 재미있을 수 없었다.

이애리수의 「황성옛터」, 이경설의 「방아타령」, 김선초의 「도라지타령」이 모두 막간에 불러 히트된 노래들이었다.

당시 연극이나 연극인에 대한 일반적 인식은 '천인들의 풍각쟁이'였기 때문에 아이들이 몰래 구경을 하다가 부모에게 들키면 몽둥이 찜질을 당하는 게 보통이었다. 영수도 여러 번 아버지에게 들켜 눈에서 불똥이 톡톡 튀어나오도록 얻어맞곤 하였지만, 얻어맞아 가면서도 여전히 공연장으로 달려가 몰래 기어 들어가곤 했던 것이다. 그때 죽이 맞아 같이 돌아다닌 골목친구가 김승호였다.

조선 땅에 연극다운 연극의 기틀을 마련하려고 애를 쓴 토월회는 정열을 쏟아 부어가며 노력했지만, 공연장 부족과 연기인 부재, 관객 부족 그리고 사회의 몰이해, 거기에 조선총독부의 민족문화말살 정책까지 겹쳐 1931년에 해산되고 말았다.

토월회에 이어 극예술연구회가 생겨나 신극의 기틀을 마련하고자 애쓰고 있지만 악조건은 여전했다. 그들은 예술성 짙은 해외 희곡을 번안하여 상연해 가며 대중에게 사실주의, 표현주의, 풍자주의 등 정통 연극을 소개하려 했지만 연기자들의 연기가 작품을 충분히 소화시키지 못했고, 관객들 수준 또한 예술성을 이해할 수 없었던 것이다.

관객들이란 서민층이 대부분이다. 서민층에게 예술성 짙은 서구 연극을 소개한다는 발상 자체가 틀렸는지 모른다. 한번도 가보지 않고 들어보지도 않은 먼 나라의 풍습, 습관, 문화를 함축해 내는 연극이 어떻게 서민들에게 먹혀들 수 있단 말인가.

구파극이든 신파극이든 간에 연극이란 객석을 눈물바다로 만들어야 하는 것이라고 알고 있던 영수에게 동경에서 공연되고 있는 연극은 그야말로 문학 그 자체였다.

나도 저런 감동적인 글을 쓸 수 없을까. 사람이 한평생 살아가면서 느끼는 행복감이란, 무아지경에 이를 정도로 몰입할 수 있는 그 무엇, 그것에 자신을 아낌없이 바치는 것 아닐까. 행복이란 눈에 보이거나 손에 잡힐 수 있는 것이 아니다. 순간적으로 느껴지는 즉흥적 희열도 물론 아니다. 행복이란 자신의 존재 가치에 대한 긍정적인 평가. 그 누구의 평가가 아니라 자신의 평가. 그런 존재의 확인이리라. 태어났으니 그저 그럭저럭 살다가, 어느 날 낙엽처럼 땅바닥에 떨어져 이리 찢기고 저리 찢겨 뒹굴다 흔적도 없이 사라지는 삶. 영수는 그런 삶을 살고 싶지 않았다. 십 년을 산다 해도 이십 년을 산다 해도, 피가 졸아들 정도로 정열을 아낌없이 다 태우는 그런 뜨거운 삶을 살고 싶었다.

영수는 연극을 보는 동안, 완전히 그 속으로 빨려 들어가는 듯한 그 느낌이 좋았다. 맥주 몇 잔에 몽롱해지는 그 취함보다 연극에 취하는 그 기분이 훨씬 더 짜릿하고 달콤했다.

연극을 보고 온 날에는 희곡을 썼다. 서점에 가서 책을 읽고 온 날에는 소설을 썼다. 그렇게 날이 지나가면서 차츰차츰 습작한 종이 장들이 책상 서랍 하나를 가득 메우기 시작했다.

'아, 이만 하면 괜찮은데? 나도 그럴듯한 글을 쓸 수 있을 것 같은데?'

어떤 때는 자신이 쓴 글을 읽어보며 우쭐한 생각에 가슴이 뿌듯해질 때도 있었다. 대단한 작가가 된 듯한 착각에 흥분이 될 때도 있었다. 이걸 내가 썼는가? 이 기막힌 문구를 내가 정말 썼는가? 신기하게 여겨질 때도 있었다. 그러나 그런 도취감은 잠깐뿐. 눈이 충혈되도록 밤을 새워 쓴 글들이 며칠 후에 읽어보면 성에 차지 않아 저절로 상이 찡그러졌다.

'이것도 글이랍시고 밤새 썼단 말인가. 한심하다. 겨우 이 정도밖에 쓰지 못하나? 글 재주는 아무나 갖고 태어나는 게 아닌가 보다.'

마치 온탕과 냉탕을 넘나들듯, 스스로에 대한 평가가 하늘과 땅처럼 그렇게 다를 수 없었다. 가까운 친구들한테 글을 보여주고 그들의 의견을 듣고 싶다는 마음이 불쑥불쑥 들었지만 마음뿐이었다.

영수는 겉으로는 굉장히 호탕한 성격 같지만 실은 몹시 내성적이다. 어쩌면 자라온 배경 탓에 그렇게 속을 안으로만 걸어 잠그는 성격이 되어버렸는지 모른다. 친구들과 어울릴 시간적 여유도 경제적 여유도 없었으니까.

"정말 글을 쓰고 싶거든 그저 많이 읽어라. 죽는 순간까지 공부해야 한다. 작가가 공부를 중단할 때, 그때 생명이 끝나는 거다."

글을 쓰거나 책을 읽을 때 불쑥불쑥 인쇄소 아저씨의 그 나직한 음성이 들려오곤 했다.

사고 싶은 책이 너무 많았다. 남의 책을 빌려 읽는 것으로 만족할 수 없었다. 책이 내 것이어야 읽으면서 맘 내키는 대로 밑줄도 그어가며 읽을 수 있고 두고두고 아무 때나 펼쳐볼 수 있다. 그러나 영수에게는 사고 싶은 책을 마음대로 살 수 있는 돈이 없었다.

중동에서는 매달 꼬박꼬박 30원이 왔다. 그 30원에서 하숙비와 식권, 그리고 목욕료와 이발료로 25원을 꼭 제해 놔야 했다. 목욕과 이발은 밥 먹는 것만큼 중요하다는 걸 영수는 동경에 와서 비로소 절실하게 깨달았다. 냄새 나는 조선인, 씻을 줄 모르는 조선인. 그래서 자기네들이 조선을 지배하기 시작한 다음, 제일 먼저 행한 것이 목욕탕의 대중화란다. 그런저런 이유로 자기네들이 조선을 돕고 있는 거란다. 이게 그들의 논리다. 한마디로 야만인을 문명인으로 탈바꿈시키고 있다고.

어쩌다 정 돈이 딸릴 때면 한 번쯤 목욕을 건너뛸까 하는 유혹이 일었지만 '냄새 나는 조선인' 소리는 들을 수 없다는 자존심에 그것만은 건너뛰지 않았다. 그렇게 제할 거 다 제하고 나면 남는 건 5원. 그 5원으로 책도 사고 연극도 보러 다니자니 늘 옹색했다. 군고구마 하나 제대로 사먹을 돈이 없었다. 건너뛰기를 할 수 있는 건 끼니밖에 없었다.

'세상없어도 식권은 사놓고 나서 돈을 쓰리라.'

그 결심을 잘 지켰다. 힘이 들지만 꽤 잘 지켰다. 그러다 그만 하루는 쌩 돌아버리고 말았다. 학교에서 온 30원을 들고 우편국으로 가서 현금으로 바꾸자마자 신주쿠로 나간 게 실수라면 큰 실수였다.

서점에 들어가 신간 서적을 몇 권 샀다. 책을 옆구리에 끼고 거리로 나오자 세상에 부러울 게 없을 정도로 행복했다. 하우프트만의 「직공」 공연 첫 날. 그 간판을 보는 순간, 영수의 가슴이 북을 쳐대기 시작했다. 하우프트만의 연극이다. 공연 첫 날이다. 주머니에 돈은 얼마든지 있다. 그러나, 그러나, 이 돈으로 한 달치 하숙비를 내야 하고, 식권도 사야 한다. 하지만 어떻게 「직공」을 그냥 지나친단 말인가.

영수는 표를 사 가지고 극장 안으로 들어갔다. 그리고 연극이 끝나 밖으로 나왔을 때, 영수는 보름치 공연 표를 몽땅 사버렸다.

「광풍」

"야, 영수 못 봤냐?"

식당으로 향하면서 학이 화삼에게 물었다.

"아니. 아, 배고프다."

"거 이상하네."

"뭐가?"

"아까 효동이가 그러는데 강의 시간에도 안 들어왔대."

"강의 시간에도?"

화삼이 고개를 갸우뚱거렸다.

"강의 시간도 빠져? 어디가 아픈가?"

"아파? 아파도 그놈이 누워 있을 놈이냐?"

"또 알아? 독감이라도 걸렸는지."

"황소 같은 놈이 독감은 무슨 독감."

"하여튼 이상하네. 강의는 빼먹어도 점심은 거르지 않을 놈이 안 보이니 웬일일까."

"가보자. 시간도 있으니."

교내 식당에서 점심을 먹고 학이와 화삼은 영수 하숙방으로 향했다. 오후 강의 시간까지 여유가 있었다.

"보나마나 밤 새워가며 뭘 썼나 보다."

"글쎄 말이다."

"영수, 요즈음 뭔가 쓰는 눈치잖아?"

"눈이 시뻘게져 다니는 걸 보면 그런 거 같다."

"아무래도 서향이 자극제가 되었나 보다."

이서향은 동아일보 신춘문예에 희곡 「제방을 넘은 곳」으로 1등 당선을 했다.

"뭘 쓰나? 시? 소설?"

"시? 영수가 시를 써?"

"그거 몰랐어? 영수가 고등학교 때 ≪동광≫ 지에 시 1등으로 당선된 거?"

"그래? 시가 당선됐다고? 그거 금시초문인걸. 야, 김영수 알아줘야겠네."

"그렇다고, 보통 놈 아니다."

"보통 놈 아닌 건 물론 알고 있었지. 2년인가 3년인가 쉬고 있다가 학교 들어가 최우등으로 졸업했다니까 보통 놈은 아니지."

"영수도 어지간히 연극에 미쳐 있으니까 연극을 쓸지 모르지, 안 그래?"

"글쎄, 그 꿍꿍잇속을 누가 알아."

하숙집은 텅 비어 있었다. 아주머니도 어디 갔는지 없지만 문은 잠겨 있지 않았다. 학생들이 수시로 드나드니까 하숙집마다 낮에는 문을 잠그지 않았다.

"야, 대낮에 무슨 낮잠이야?"

영수는 엎드려 자고 있었다. 자그마한 책상 하나, 벽에 아무렇게나 쌓여 있는 책들, 담배꽁초가 수북한 재떨이, 그리고 벽에 옷가지 몇 개가 걸려 있는 초라한 방이었다.

"송장처럼 늘어졌네."

"이거, 야, 이거 다 새 책이잖아?"

영수 머리맡에 흐트러져 있는 책들은 하나같이 신간들이었다.

"이 엉뚱한 놈이 설마."

"설마."

"설마가 뭐야? 이 책들 봐. 다 신간이잖아."

"식권이나 사놓고 책을 산 건가? 야, 영수, 김영수, 일어나."

학이 손바닥으로 영수 얼굴을 탁탁 쳤다. 그래도 영수에게서 아무런 반응이 없었다.

"어?"

"야, 야. 어?"

그제야 학이와 화삼은 상황을 짐작할 수 있었다. 학은 마당으로 나가 냉수를 떠오고, 화삼은 벽에 걸려 있는 옷가지며 책들을 닥치는 대로 들고 전당포로 달려갔다.

'미친놈. 미친놈이라니까. 때로 제정신이 아니라니까. 도대체 이성이 있는 놈인가 없는 놈인가. 어쩌자는 건가. 책에 코를 박고 죽겠다는 건가. 미친놈, 미친놈.'

화삼은 전당포로 달려가면서 연방 욕설을 지껄였다. 처음 만났을 때부터 맘이 통해 형제 이상으로 정을 느끼는 친구다.

'멋진 놈. 사람 냄새가 나는 놈.'

화삼이 영수에게 느끼는 게 바로 이런 것이었다. 그래서 둘은 만나자마자 급속도로 정이 들었다.

"미친놈, 미친놈이 따로 없다니까."

"도대체 몇 끼를 굶었기에 이 지경이 됐냐? 송장 치를 뻔했잖아."

"너 정말 정신이 있는 놈이냐 없는 놈이냐."

퀭 들어간 눈으로 군고구마를 게걸스레 먹고 있는 영수 어깨를 주먹으로 쥐어박으며 화삼은 소리를 버럭버럭 질러댔다.

"도대체 이게 무슨 짓이냐. 책에 코를 박고 죽어도 그만이다, 이거야?"

'글쎄 말이다. 나도 모르겠다. 내가 생각해도 나는 미친놈 같다. 책방에 가서 신간을 보면 말이다. 그 순간, 눈이 홱 돌아간다. 다음 순간은 생각할 수가 없어. 연극을 봐도 마찬가지다. 밥이고 뭐고 다음 순간을 생각할 수 없다고. 난들 이걸 어떻게 설명하냐.'

영수는 친구들이 욕지거리를 하든 어깨를 쥐어박든 그저 꾸역꾸역 군고구마를 먹기에 바빴다.

"임마, 냉수라도 좀 들이켜며 처먹어라."

영수가 캑캑거리자 학이 발길질을 해댔다.

"그나저나 너, 맨날 뭔가 쓰는 것 같은데, 뭘 쓰는 거냐? 도대체."

"그냥."

"그냥이라니, 김영수가 그런 애매모호한 말도 하시나?"

화끈하고 분명한 영수가 그런 식으로 말하는 게 우스워 학이 비아냥거렸다.

"그냥 이거 저거 습작해 보는 거다. 아무것도 아냐."

"시? 소설?"

"뭐든."

"너, 중동 다닐 때 시가 당선된 적 있다며? 그러니까 앞으로 시인이 되시겠다 이거냐? 김영수 시인?"

"시인이 되면 저항 시인? 설마 사랑 타령이나 하는 시인은 아니겠지."

"야, 모르는 소리 작작해. 인생에 사랑 빼놓고 중요한 게 도대체 뭐냐. 사랑 하나에 목숨을 걸 수 있다면 그게 행복이지, 안 그래?"

"어쭈. 제법 시인 흉내 내고 있네. 너, 짝사랑 대상이라도 생긴 거냐?"

"치사하게 왜 짝사랑을 해?"

"그럼 진짜 뭐가 생겼다 이거야? 아무도 모르게 살짝?"

"그랬음 오죽 좋겠니."

영수가 식 웃었다.

"그럼 막연히 사랑을 동경하다가 시를 쓰고, 시를 쓰다가 이 지경이 됐다, 이거야?"

"시는 무슨 시."

"하여튼 간에 너 도대체 몇 끼나 굶은 거야?"

"모르겠다."

"미친놈 따로 없다니까."

"야, 뭔가 쓰긴 쓰는 거 같은데 어디 좀 읽어나 보자."

"아직 이렇다 할 만한 거 없어."

"그건 우리가 읽어보고 결정할게. 어쨌든 뭔가 쓴다면 목적이 있어 쓸 게 아냐?"

"목적은 무슨 목적. 그냥, 그냥 좋아서 써보는 거라니까."

영수는 게눈 감추듯 팥떡과 군고구마를 싹 쓸어먹고는 냉수를 벌컥벌컥 들이켰다.

"먹기나 좀 먹나? 남의 곱절은 먹는 놈이. 하여튼 넌, 어째 그러냐?

어떤 때 보면 영 저능아 같다니까. 골통이 안 돌아가는 거냐, 아니면 골통 속이 텅텅 빈 거냐."

"글쎄다. 내가 생각해도 한심하다."

"미친놈."

영수는 언제 어느 순간부터 정신을 잃었는지 속으로 가늠해 보고 있었다. 하지만 영 생각이 나질 않았다. 팥떡 두 개를 먹은 게 언제더라? 팥떡까지는 생각나는데 그게 어젯저녁인지 그젠지 영 생각나지 않았다. 도대체 오늘이 수요일인가 목요일인가.

"어디 응모해 볼 생각이냐?"

"응모는 뭘. 그냥 좋아서 쓴다니까."

"야, 그냥 좋아서 쓴다는 게 말이 돼? 뭔가 목적이 있어야지."

"그냥 좋아 쓴다니까."

"야, 야, '그냥 좋다'는 말, 겁난다 겁나. 너 쌩 돌 때 하는 말이 바로 그거잖아. '그냥 좋다'고."

좋아하는 데 이유가 있을 수 없다. 책을 좋아하는 것도 연극을 좋아하는 것도 그리고 사람을 좋아하는 것도 무작정 좋은 걸 어떡하랴. 왜 사람들은 무작정 좋아한다는 걸 믿지 못할까. 왜 무작정 좋다는 데 이유가 필요할까.

최경희. 잠깐, 아주 잠깐이었지만, 그녀에 대한 감정이 그랬다. 그녀가 그저 무조건 좋았을 뿐이다. 동경에 온 지 몇 달 되지 않았을 때였다. 문학도들의 모임에 나갔다가 우연히 알게 된 최경희는 이미 잡지에 단편소설 몇 편을 발표한 신예 작가였다. 신선했다. 단지 글을 쓰는 신여성이라는 그 이유뿐만이 아니었다. 키는 자그마하고 몸집도 앙증맞을 정도로 작았지만, 문학과 사회 그리고 인생에 대해 이야기를 할 때 보면 절대 연약한 여자가 아니었다.

"너무 일찍 태어났다 할까요. 시대를 앞질러 살았다 할까요. 그것이 그녀의 비극이라면 비극이었지요."

여류 작가 김명순에 대하여 이야기할 때는 마치 자신이 그런 고통을 당하는 장본인인 것처럼 열을 올려가며 남성 위주의 조선 사회를 맹렬히 비난하기도 하고, 또 때로는 억울하고 서러워 더 참을 수 없다는 듯 목이 잠기기도 했다.

"누가 뭐라고 그녀를 비난해도 그녀는 천재적인 작가예요. 전 그녀가 우리 한국 여성문학의 선구자라고 생각해요. 여성문학이라는 말 자체를 난 싫어하지만, 그녀는 적어도 문학을 한다, 예술을 한다 하는 사람들에게만이라도 인정을 받아야 한다고 생각해요. 그녀의 시는 물론이고 단편소설 「칠면조」 같은 작품은 남녀 작가 통틀어 우리 문학사에 주옥같은 명작이라고 생각합니다."

그녀는 김명순뿐 아니라 화가 나혜석에 대해서도 열변을 토하곤 했다. 미개한 사회에 너무 일찍 태어난 비극의 주인공들이라는 말을 수없이 해가면서. '너무 일찍 태어난 죄밖에 없다'는 그 표현이 영수의 가슴에 이상하게 파문을 일으켰다.

'너무 일찍 태어난 죄.'

시대를 조금 앞질러 살아간다는 건 얼마나 외로운 일인가. 얼마나 고통스러운 고독인가. 어쩌면 최경희는 김명순과 나혜석을 옹호하면서 자신의 입장을 처절하게 호소하고 있는지도 모른다는 생각이 영수의 뇌리에 스쳐갔다.

어쨌거나 영수는 그녀에게 매료되어 가기 시작했다. 그녀를 가리켜 제 잘난 맛에 사는 여성이다, 정숙해 보이지만 남자 몇 잡아먹게 생겼다는 등, 말들이 많지만 영수는 그녀에게서 따스함을 느꼈다. 따스함. 바로 그것이었다. 그것이 영수를 그녀에게 쏠리게 했다. 따스함에 굶주려 있는 영수에게 그녀의 눈길이, 나긋나긋한 말투가 너무나도 따스했다.

"야, 이왕 좋아하려면 처녀를 좋아해라. 남편에 자식까지 딸린 여자를 어쩌겠다는 거냐."

친구들이 걱정하기 시작했다.

"아니, 사람이 사람을 좋아하는 게 얼마나 좋아? 그게 어때? 내가 그녀를 어쩌겠다는 것도 아니고 그저 무작정 좋다는데 그게 죄가 되는 건 아니잖아?"

"김영수. 내가 널 잘 알아서 하는 말인데, 말 좀 들으라고. 좋아하려면 가능성 있는 여자를 좋아하란 말이다. 알다가도 모르겠네. 나이도 위겠다, 남편에 자식까지 달린 여자가 어째 좋을까, 징그럽게."

"사람이 사람을 좋아하는데 이런저런 가능성 여부를 따져가며 좋아하냐? 사람 감정이 기계야? 박학. 너, 그렇게 저속한 줄 몰랐다. 누구보다 이상주의자라고 자처하는 놈이."

"저속한 게 아니라 학이 말이 맞다. 남녀가 좋아한다고 하면. 그럼 뻔하잖아? 좋으면 한 이불 속에 들어가야 하는 건 자연 이치 아니냐고. 안 그래? 김영수? 그저 바라보고만 있을 거야?"

"……."

"그러니, 학이 말이 백번 옳은 말이지. 뭐가 답답해 같이 잘 수도 없는 여자를 좋아해?"

"어, 같이 잘 수야 있지, 같이 살 수가 없을 뿐이지."

학이 익살을 떨었다.

"좋아한다가 같이 잔다로 직결되는 거냐? 저속한 놈들."

"어쭈, 말 같지도 않은 소리 하고 자빠졌네. 젊은 남녀가 좋아하면 같이 자는 게 당연하지, 고자냐? 김영수 고자야?"

"정신적인 것과 육체적인 것이 합치될 때 그게 진실인 거다. 육체적인 것뿐일 때 그 사랑은 허무하고 정신적 것뿐일 때 그 사랑은 허위다. 플라토닉 사랑? 그건 자기 기만이라고. 인간이란 동물은 좋아하면 맨몸으로 비비도록 되어 있다고. 설마 김영수가 아직 그걸 모른다고 하는 건 아니겠지. 그러니 일찌감치 속차려, 임마. 최경희 남편, 만만한 사람 아닌 거 잘 알잖아."

"거 참. 내가 그녀와 살림을 차리겠다는 것도 아닌데 왜들 이리 비약해."

"임마, 넌 미치면 이성을 완전히 잃어버리니, 걱정돼 그런다."

사실, 친구들 말이 다 맞는 말이었다. 그녀는 남의 아내고 아이 엄마였다. 그러니 더 깊은 감정으로 빠져들기 전, 정신을 차려야 했다. 그러나 좋은 걸 어쩌나.

'사람이 감정만 있는 게 아니고 이성이라는 게 있으니까 이루어 질 수 없는 사랑이라면 일찌감치 스스로 자제할 줄 알아야 한다. 그게 사람이다.' 그 누구보다 영수 자신이 영수에게 이 말을 골백번, 골천번 강조했다. '가까이하다 보면 마음의 상처만 남게 된다. 그러니 아무리 끌려도 포기해야 한다.'

그런데 그게 되어주지 않았다. 남녀 문제에 관한 한, 이성이 감정 앞에 맥을 추스르지 못하는 것 같았다. 그녀가 소설을 쓰는 여자라는 것, 그리고 이미 여러 번 잡지에 작품이 실렸다는 것, 아마도 그것이 영수의 창작열을 더 불질렀는지도 모른다.

"하여튼 앞으로는 제발 식권은 사놓고 책을 사든 뭘 하든 하라고. 그나저나 너 이번 기회에 신춘문예에 응모해 보지 그래?"

화삼은 자꾸 화제를 문학으로 끌었다.

"신춘문예는 뭘. 아직 그 수준이 아니야."

"네가 어떻게 알아? 남의 평을 들어봐야지."

"아직 누구한테 내보이기도 부끄럽다."

"글쟁이는 말이다. 내가 알기로는 죽는 순간까지 아무리 대가라 해도 자신이 없는 법이란다. 그래야 글이 씌어진단다. 자신이 있다고 목에 힘을 줄 때, 그때는 이미 간 거란다."

"그래. 이름이 나면 그 다음부터는 이름 팔아먹어 가며 마구 붓을 갈긴대요. 그래서 등단 때 작품이 대표작인 경우가 많대요."

"넌 뭐 그리 아는 게 많냐? 아는 게 너무 많아 먹고 싶은 것도 많겠다."

"야, 문학을 전공하지 않을 뿐, 이래봬도 좀 안다고."

'일찍 등단하는 데 신경 쓰지 말아라. 반짝 작가가 되는 것처럼 불행한 일이 없다.'

영수는 신춘문예 응모를 생각해 볼 때마다 인쇄소 아저씨의 그 말이 귓가에서 떠나지 않았다.

"도대체 뭐가 그리 겁나? 기껏 해 떨어지기밖에 더 하겠냐. 내가 너라면 한 3년 줄곧 보내보겠다. 그러고도 안 되면 깨끗하게 단념하는 거다. 나는 글재주가 없다 하고 단념하는 거야. 지금 네가 어디 응모해서 밑질 게 뭐 있냐, 작가 지망생은 그저 자꾸 도전해 봐야지, 안 그래?"

"글쎄."

"글쎄가 아니라 써놓은 거 있으면 여기저기 신문사마다 다 보내 보라고. 또 알아? '또 뽑기' 식으로 하나 걸릴지."

"미친놈."

"그나저나 좀 보자. 도대체 뭘 쓰느라 끙끙거리는지 읽어나 보자고."

"정말? 정말 들어볼래?"

영수가 겸연쩍은 표정으로 손마디를 딱딱 꺾어가며 물었다.

"들어봐?"

"그래. 내가 읽을 테니 들어볼래?"

"뭔데?"

"희곡."

"희곡? 야, 희곡을 쓰셨다? 김영수께서 희곡을 쓰셨다고? 거, 대단하네. 그렇다면 서향이를 불러야지. 희곡이라면 희곡 당선 작가 님을 모셔와야지."

"그래, 이왕이면 서향이도, 효동이도 다 있으면 좋겠다."

러시아 문학을 공부하고 있는 이서향은 영수 못지않게 연극에 미쳐 있었다. 문학, 연극뿐 아니라 역사, 철학 서적도 서향이만큼 읽는 친구가 없을 정도로 그는 다방면에 전문가 뺨칠 정도였다. 이서향 별명은 칼날이다. 사물을 관찰하는 눈이 남달리 예리하고, 모든 면에서 적당주의를 철두철미 배척하는 이상파다. 그래서 그는 비평가, 독설가로도 통했다.

영수는 친구들 중에 존경할 수 있는 친구를 딱 한 명만 지적하라면 주저함 없이 이서향을 지적할 만큼 그를 좋아하고 존경한다. 화삼이도 학이도 기막힌 친구들이지만 존경하는 친구를 한 명만 꼽으라면 서향을 꼽을 수밖에 없다. 그를 가리켜 좀 비딱하다, 냉소적이다라고 말하는 친구들도 있지만, 영수는 그가 그 누구보다도 정이 많은 성격이라는 걸 알고 있다.

그는 자신도 겨우겨우 살아가는 빠듯한 생활이면서도 자기보다 더 가난한 사람이 있으면 지나치지 못한다. 군밤 장사나 군고구마 장사가 한 봉지에 5원이라는 것을 굳이 1원이라도 깎아 사가는 사람이 있으면 그 곁에 서서 우두커니 지켜보다가 6원을 주고 사는, 그런 성격이다.

"미쳤냐? 아 돈이 그렇게 남아 돌아가?" 효동이 열을 올리며 면박을 준 날, "그래야 공정하잖아? 세상이 그래야 공정한 거 아냐?"하며 식 웃었다. 그는 순수한 휴머니스트였다.

"내 가서 찾아올게. 아까 학생관에 있었어."

"아니다. 강의 다 끝난 다음에 하자. 이따 저녁 먹기 전에."

"그래. 그게 좋겠다."

그날 오후 느지막하니 영수 하숙집에 친구들이 다 모이자 영수가 마당 한복판으로 나갔다. 헛기침이 자꾸 나왔다. 평상시 이놈 저놈 해가며 허물없이 지내는 친구들이건만, 막상 자신의 작품을 스스로 읽는다 하니 가슴이 떨렸다.

"자 그럼 시작한다."

"아, 시작한다, 시작한다 하지만 말고 어서 읽어봐. 등치 값도 못하게 부끄럼 타고 있네."

"김영수가 부끄럼을 탈 때도 있네. 거 참, 사람 오래 살고 봐야 할 일이군."

"그럼 시작한다."

멀리 묘지가 보이는 언덕 밑 상수에 버드나무 하나, 하수로 다 쓰러져 가는 움, 정면으로 향한 움의 벽은 터 있다. 움 속에는 석유 궤짝, 거적, 뚝배기 나부랭이.

막이 열리면 움 속에 언년이가 한구석에 누워 있고 조 선달이 싸우는 양의 처를 말리고 있다.

영수는 감정을 넣어가며 「광풍」을 읽어 내려가기 시작했다. 때로는 울음 섞인 목소리로, 때로는 격한 목소리로. 처음에는 어색해 목소리가 자꾸 기어들어갔지만, 일단 작품 속에 빠져들자 목소리에 힘이 들어갔다.

조 선달: 참 요새 만득이라는 놈. 꺼덕대는 것이란 눈 허리가 시어서 못 보겠거든. 산(山) 감독인지 뭣인지 하드니 앗다 그놈, 기세란……

양 서방: 만득이 놈! 그놈은 돈푼이나 있고 참 일본 말도 헐 줄 알구…… 그리구 얘기책두 좌악 좍 볼 줄 알구…… 허나 돈

없는 놈은 계집도 없으란 법 있드냐? 일본 말 모르는 놈은 계집두 모르란 법 있드냐? 응, 이 도적 같은 년아!

그의 처 : 옳지, 말 좋다 뭐 어째? 아니, 그럼 계집년들은 목구멍에 거미줄 치구 사든? 계집이 뭘루 계집야? 응 밥 한 끼를 제법 멕여봤어? 옷 한 가질 칠칠히 해줘 봤어? 데리구 부려먹구 때리구 차고 그리구 끼구 자구…… 이게 계집야?

"거 봐, 내가 말했잖아. 아직 멀었다고 했지."

작품을 다 읽고 났을 때, 친구들에게서 아무 반응이 없자 영수는 쑥스러워 손바닥으로 이마에 흘러내리는 땀을 문질러가며 마루에 걸터앉았다.

"아직 멀었어. 그냥 써본 거야."

"아니, 아니다. 그게 아니다."

학이 제일 먼저 흥분된 어조로 말했다.

"꽤 괜찮다. 고골의 「검찰관」만은 못하지만, 그래도 수준 이상인 것 같다. 어때?"

학이 장난스럽게 말하며 친구들의 표정을 살폈다.

"김영수 다시 봐야겠는걸."

효동이 진지한 표정으로 말했다.

"괜히 그러지 말고 솔직하게 말해 봐."

"그런데 작품 주제가 문제되지 않을까, 솔직히 이게 걱정된다."

화삼이 속이 타는지 벌떡 일어나 마당을 왔다갔다 걷기 시작했다.

"그러니까 양 서방과 그의 처, 그리고 산림감독이 주고받는 말들이 결국은 일제의 수탈 착취를 폭로하고 매도하는 거 아냐? 산림감독이 일본 말도 할 줄 아는 제국주의 앞잡이고, 그가 결국 양의 처를 범하고, 최후의 안식처인 토굴마저 빼앗은 악한이다. 그러니까 이 작품은 지금 우리의 현실, 민중을 더더욱 가난하게 만들고 인간으로서 더 이상 버틸 수 없는 극한 상황까지 몰아가는 식민지 통치 구조의 모순을 자연주의적인 수법으로 묘사한 건데, 이 주제가 문제되지 않을까."

"물론. 그게 문제가 될 수 있다. 하지만 작품 자체는 대단하다. 내 생각에는 우수작이다. 처절하다. 고리키보다 더 처절하다. 우리들은 고리키다, 하우프트만이다, 그런 서구 작가들만 대단하다고 생각하는 경향이 있다. 그건 우리 자신도 모르게 우리 몸속에 배인 비열한 사대주의 사상 탓이겠지. 물론 그들이 대단하다. 훌륭하고말고. 하지만 우리나라에도 충분히 그런 대단한 작가들이 탄생할 수 있다. 나는 우리 민족이 참 우수하다고 생각한다. 지금은 아무리 비참한 형편에 처해 있지만, 우리 민족이 게르만 민족 못지않다고 생각한다. 보내봐라. 보내보는 거다. 작품 속에 깔린 주제 의식을 어떻게 해석하느냐 하는 문제는 심사자들에게 맡기자."

서향이가 흥분한 어조로 한참 동안 민족 운운해 가며 연설조로 말하더니 「광풍」을 우수작이라 칭찬했다.

"정말 하는 소리야?"

영수가 흥분된 어조로 물었다.

"내가 뭘 알아서 하는 말이 아니고. 내가 너라면 응모한다. 자신감을 가지고 응모하겠다."

"정말?"

"이런 거 쓰느라고 그렇게 끙끙거렸구나."

영수는 담배를 꺼내 물고 성냥을 직직 그어대는데 팔이 떨려 불이 켜지지 않았다.

"야, 우리가 말이다. 할 일이 없어 시시한 걸 끝까지 다 들어줬겠냐?"

학이 웃어가며 영수에게 담뱃불을 붙여주었다.

"너희들 생각에 좀 고치면 좋겠다 하는 부분 있으면 말해 봐. 솔직하게."

"개칠 하면 오히려 이상해진다. 처음 보내는 것이니 자신의 실력도 알아볼 겸 전혀 손대지 말고 고대로 보내보렴."

"그래, 임마. 손해볼 거 없잖아. 아 밑져야 본전 아냐?"

연극을 보고 미쳐서, 그런 미친 상태에서 쓴 작품이었다.

한밤중 글을 쓰다 제일 힘든 건 배고픔이었다. 배고플 때마다 불쑥 뛰쳐나가 우동이고 팥떡이고 사 먹을 수 있는 여유가 없기에 그저 냉수 마셔가며 속을 달래야 했다.

'야, 그 정도 배고픔도 참지 못하겠으면 아예 글쓰기를 포기해라. 듀아데르는 소년 시절부터 청년 시절까지 빈곤 속에서 자랐기 때문에 감격적인 작품을 쓸 수 있었단다.'

때로 영수는 자신에게 큰 소리로 이렇게 지껄이기도 했다. 스물세 살. 신춘문예 응모는 너무 무모한 짓 아닐까. 인쇄소 아저씨는 말했다. 너무 일찍 문단에 나가면 타락하기 쉽다고. 그가 말한 타락이란 구체적으로 무엇을 뜻한 것이었을까. 돈을 목적으로 글쓰는 것을 뜻하는 걸까? 그렇다면 작가는 절대 돈을 바라보아서는 안 된다는 말인가. 작가도 밥을 먹어야 사는 사람이다. 풀이나 뜯어먹으면서 힘찬 작품을 쓸 수는 없지 않겠는가. 작가야말로 잘 먹어야 며칠 밤을 새고도 거뜬하게 버틸 수 있는 게 아닌가.

찰스 디킨스는 생활비가 필요해 「데이비드 카퍼필드」를 급하게 그리고 빠른 속도로 써냈다고 고백했다. 도스토예프스키 역시 생활비 때문에 급히 작품을 탈고했노라 고백했다. 그 유명한 작품들이 그렇게 탄생된 것이란다. 그렇다면 과연 인쇄소 아저씨가 말한 타락은 어떤 경우를 뜻하는 것일까. 너무 일찍 등단하면, 오만해지기 쉬워 공부를 게을리 한다는 뜻일까. 어쨌거나, 친구들 말처럼 그냥 실력을 알아보는 셈치고 정리해 놓은 두 작품, 「광풍」과 「동맥」을 다 보내볼까.

친구들이 돌아간 후, 영수는 팔베개를 하고 누웠다. 한 달치 식권을 사지 않았으니 한 달 동안 점심 저녁이 큰 문제다. 아침밥 한 끼, 숟가락으로 꾹 눌러보면 반 공기도 채 안 되는 그 밥만 먹고 하루종일을 견딘다는 건 불가능하다. 그야말로 「광풍」의 언년이처럼 영양실조로 죽고 말겠다. 하여튼 간에 내가 생각해도 미친놈이다. 어쩌자고 몽땅 보름치 연극 표를 샀단 말인가. 한 달 동안 어쩐다? 교내 식당에 가서 양파를 까든, 접시를 닦든, 무슨 일이든 해야겠다. 일을 하면 밥은 공짜로 먹을 수 있으니까.

인쇄소 아저씨. 그가 정말 공산주의자였을까. 잠 속으로 빠져들면서 영수는 인쇄소 아저씨를 생각했다. 휴머니스트. 진정한 휴머니스트. 영수는 늘 그를 휴머니스트라 생각해 왔다. 그런 사람이 공산주의자가 될 수 있을까. 아니, 휴머니스트와 공산주의자가 일치될 수 없다고 생각하는 자체가 편견일까.

이제 그를 다시는 만날 수 없는 걸까. 만나고 싶다. 정말 만나고 싶다. 언제고 내가 돈을 번다면 첫 월급 봉투를 몽땅 아저씨에게 드리고 싶었다. 그런데 정말 영영 다시는 그의 행방을 알 길이 없는 걸까.

왜 사람들은 자신을 어떤 이념 하나에 묶어두려 하는 걸까? 하얀 색에 좋은 점이 있는가 하면 빨간색에도 좋은 점이 있다. 그것을 서로 인정할 수는 없는 걸까. 왜 사람들은 자기와 다른 사상을 가진 사람이면 무조건 배척하고 나아가 제거해야 할 적이라 간주하는 걸까. 다른 생각, 다른 사상을 가진 사람의 의견을 들어가며 취할 건 취하고 버릴 건 버리는 그런 조화는 불가능할까. 정녕?

일본 정부는 1930년 2월부터 7월까지 전국적으로 공산당원을 검거하여 오백여 명에 달하는 사람들을 기소했다.

조선에서도 민족 단일 당을 자처하는 신간회의 좌파 계열이 들고일어났다. 주영태 시인이 종적을 감춘 게 그 영향인지 어쩐지 확실한 건 알 길 없지만 영수는 이 순간, 그가 몹시 그리웠다.

너와 내가 서로 다르다는 것을 인정하면서 더불어 살아가는 사회. 그건 불가능한 걸까.

하다못해 사랑과 용서를 원칙으로 하는 종교인들조차 나와 다른 종교를 가진 자를 인정하지 않는다. 내가 믿는 신만이 진짜 신이고 남이 믿는 신은 다 가짜 신이다. 종교 전쟁, 사상 전쟁. 서로가 부르짖는 정의 사회 구현. 민주 사회 구현. 인간 사회에 더불어 살아가는 조화를 바란다는 자체가 얼빠진 생각일까.

'아저씨, 어떡할까요? 「광풍」과 「동맥」을 신춘문예에 응모해 볼까요? 너무 이른가요? 좀더 갈고 닦아야 할까요? 아니면 친구들 말처럼 실력을 알아보는 셈치고 보내볼까요. 아저씨, 아저씨, 어떡할까요.'

이상하게 인쇄소 아저씨는 꿈속에도 나타나지 않았다.

동경학생예술좌

1934년 7월 강남 식당에 조선인 동경 유학생들이 열서너 명 모여 앉았다. 김영수를 비롯해 황순원, 성기영, 이해랑, 김진수, 김동원, 박동근, 이기창, 주영섭 등등, 학교는 다르지만 모두 문학이나 연극 또는 예술에 심취되어 있는 청년들이었다.

"김영수, 정말 축하한다."

"축하합니다."

먼저 들어오는 사람이든 나중에 들어오는 사람이든, 그들은 우선 김영수에게 손을 내밀며 축하를 했다.

"고맙습니다."

영수는 고맙다는 인사를 연거푸 하면서 환하게 웃었다.

"나 같으면 당장 서울로 돌아가겠다. 아, 동아, 조선 신춘문예를 휩쓸었는데, 여기서 뭘 해?"

"글쎄 말야. 아, 이제 당당한 희곡 작가가 공부는 더 해 뭐해?"

"자, 건배."

모두들 모이자 맥주 잔을 높이 치켜들고 건배를 했다.

"내가 고백 하나 하겠습니다."

메이지대 성기영이 벌떡 일어나더니 아주 진지한 목소리로 말을 꺼냈다. 평소에는 우스갯소리를 잘해 코미디언이라는 소리를 듣는 그가 마치 연설을 하는 듯한 근엄한 표정이었다.

"김영수 희곡 당선 소식 듣고 어찌나 배가 아프던지 말입니다. 내 말은 그냥 샘이 나서 정신적으로 아픈 배가 아니라 정말 창자가 꼬여 혼났단 말입니다."

무슨 말을 하려고 저리 엄숙한 표정일까 의아해 쳐다보던 사람들이 일제히 웃음보를 터뜨렸다.

"내가 할 말을 먼저 해버렸군."

"글쎄, 남들은 일생 동안 신춘문예 문턱을 한 번 넘을까 말까 한데 말입니다. 한꺼번에 두 신문사를 휩쓸어버리니, 정말 이래도 되는 겁니까?"

"옳소."

"맞는 말이야."

모두들 박수를 치며 한바탕 웃어젖혔다.

"오늘 모임이 김영수 축하 자린 줄 알았으면 안 오는 건데. 어디 배가 아파 살겠나."

이해랑 말에 모두 다시 폭소를 터뜨렸다.

"자, 사람 그만 무색하게 만들고, 오늘 모인 목적을 이제 논합시다. 어쨌든 고맙습니다."

신춘문예에 응모해 보라는 친구들 말에 용기를 얻어 보낸 작품 「광풍」과 「동맥」이 둘 다 당선이 되었다. 「동맥」은 동아일보에 1등 당선작,

「광풍」은 조선일보에 입선작으로.

도저히 기대할 수 없는 일들, 이루어지리라고 상상도 할 수 없는 일들이 계속 일어나고 있다. 마치 요술사가 요술을 부리고 있는 것처럼 하나씩 가슴 터질 듯한 기적들이 일어나고 있다.

무엇이든 시도해 보는 것마다 이루어지고 있는 것, 이게 절대 자신의 힘이 아니라 하늘이 도와주는 거라고 영수는 믿는다. 하늘의 도움이 아니라면 한 번도 아니고 어떻게 이런 기적이 거짓말처럼 계속 일어난단 말인가.

심부름을 다녀오다가 농구공을 집어 던졌을 때 그 공이 골대 안으로 쏙 들어가 준 것을 시작으로, 보결시험에 붙어 다시 학생이 되고, 고등학생 신분으로 ≪동광≫ 잡지에 시가 1등으로 당선되고, 또 중동을 최우등 성적으로 졸업해 교비생으로 대학생이 되고, 그리고 이제 유학온 지 겨우 1년 만에 동아일보와 조선일보에 처음 응모해 본 작품이 둘 다 당선되었다. 기막힌 기적. 그야말로 상상을 초월한 기적이다.

"속히 돌아가 본격적으로 작품 활동을 해야 하는 거 아냐?"

동근이 다시 화제를 영수에게로 돌렸다.

"작품 활동은 무슨…… 이제 겨우 시작한 건데 뭘."

"아, 여보세요. 지나친 겸손은 오만입니다. 동아 조선에 김영수 이름을 한꺼번에 올려놓고 그게 무슨 소리야? 그야말로 혜성처럼 나타난 신인 때문에 아마 한국 작가들이 간이 서늘해졌을걸?"

"천만에. 아직 청탁 들어오는 거 하나 없다고. 실은, 신문사든 잡지사든 어디서 혹시 청탁이 들어오는가 은근히 기다렸어. 급하게 원고 보내라는 곳이 있을까 봐 두어 개 써놓기까지 했다고요. 그런데 웬걸, 수필 하나 써달라는 곳이 없다."

영수가 목이 타는지 맥주를 죽 들이켰다. 하늘의 별을 딴 줄 알았다. 희곡으로 한 군데도 아니고 동아와 조선 두 군데에 이름을 올렸으니 극연이나 청춘좌 같은 곳에서 단막극이라도 청이 들어올 것 같아 마치 마감날이 코앞에 닥친 사람처럼 부지런히 썼던 것이다.

"참, 그런데 그게 사실입니까? 동아에서 「동맥」을 분실했다는 게?"

제일 나이가 어린 황순원이 조심스럽게 물었다.

"예."

모인 사람들 중에는 처음 만나는 사람들도 있어 말본새가 너나들이를 했다 존경어로 변했다 했다.

"설마 했는데 사실이었군요. 참으로 기막힌 일입니다."

"그게 글쎄 말이나 되는 소리야? 그러면서 어떻게 조선의 최고 언론지라 하나. 딴 것도 아니고 신문사 얼굴이나 마찬가지인 신춘문예 1등 작품을 분실하다니, 나도 그 소리를 듣고 설마 했었는데, 그게 사실이었군."

"동아가 그럴 땐 다른 곳은 오죽 하겠어. 작가에게 생명이나 다름없는 원고를 분실한다는 게 도대체 상상이나 할 수 있는 일인가."

"개인 잡지사도 아니고 신문사가 그 지경이니."

"그나마 1등 당선작이라고 지상에 발표라도 해놓고 작품을 분실했으니 다행이라면 천만 다행이군."

"다시 작품을 보내라는 연락을 받았지만 복사본이 있어야 보내지."

"그래도 빨리 써 보내지 그랬어?"

"물론 써봤지. 다시 써봤는데 영 맥이 빠져 그런지, 안 되더라고. 너무 어의없어 그런지 대사 하나 제대로 살아나질 않더라고."

운동 선수처럼 시원시원하고 담대해 보이는 겉모습과는 달리 영수는 남달리 예민하고 감정적이다. 그래서 일단 마음에 잡생각이 들거나 불쾌감 같은 것이 조금이라도 일렁거리면 글을 쓰지 못한다. 하물며 당선작이 분실되었다는 소식을 들었으니 떨리고 분하고 억울해 원고지 단 한 장도 메울 수 없었다.

"이해할 수 있습니다. 자기 글이라 해도 오늘밤 쓴 글을 내일 다시 똑같이 쓸 수 없는 게 사실이거든요. 사람 머리 속에 복사기가 들어 있지 않은 한 말입니다."

황순원이었다. 조용한 목소리로 차근차근 설명하듯 말하는 모습이 꼭 학교 선생님 같았다.

"정말 인정하기 싫지만 후진국은 후진국이다. 그런 일이 일어날 수 있는 나라가 이 지구상 몇 군데나 있을까? 신문사에서 신춘문예 당선작품 작가와 작품명을 떡 하니 발표해 놓고, 작품은 분실했다? 이거 코미디 아냐."

"그러니까 왜놈들이 우릴 삼켜버린 거 아니겠어. 그 정도 황무지니까."

"맞아, 맞아. 신문사가 그 지경이니 딴 곳이야 말해 뭐해? 그러니 일본 놈들한테 당한 거지."

"쉬."

동근이 손을 입에 가져다 댔다.

조선 학생들이 모이는 곳에는 으레 일본 형사들이 한두 명 따라 붙기 때문이다.

"그래저래 우리가 해야 할 일이 많아요. 계몽을 해야 한다고. 계몽을."

"그래서 모인 거 아닙니까. 오늘 이 모임이."

그들은 조선신극운동에 참여하기 위해 모임을 가진 것이었다.

"그렇습니다. 우리들이 유학생 신분으로 무엇을, 어떻게, 조선신극운동에 기여할 수 있겠는가. 오늘 모임의 목적은, 이미 다 알고 있겠지만, 이겁니다."

"본국에서 학생들이 농촌계몽운동에 열심히 참여하고 있듯, 우리는 우리가 할 수 있는 방법으로 브나로드 운동에 참여해야겠지요."

"브나로드 운동은 문맹 퇴치가 목적이니까, 연극운동은 아무래도 성격이 좀 달라야겠지요."

"동감입니다. 이건 내 개인 생각인데요. 현재 조선의 연극계에서는 너무 번안극에 중점을 두고 있지 않은가 싶습니다. 대중의 수준과 관계없이 말입니다. 셰익스피어다, 체홉이다, 하우프트만이 대중에게 먹혀들어 가겠어요?"

"맞아요. 그게 바로 내가 하고 싶은 말입니다. 대중과는 동떨어진 연극, 그게 바로 마스터베이션이지 뭡니까? 안 그래요?"

"창작을 해야지, 우리 극을 발전시켜야지."

맥주 잔이 서너 바퀴 돌고 나자 나이가 많고 적음에 관계없이, 이제는 모두 시원시원하게 말을 트기 시작했다.

"그것도 역시 우리 민족의 고질병인 사대주의 사상 아니겠어? 아직도 꽹과리 치고 눈물 짜내는 것을 봐야 표 값 아깝지 않다 생각하는 사람들이 수두룩한 판에 정통 유럽식 연극이라니, 그거 얼마나 웃기는 짓이야? 그게 바로 일부 지식인들의 지적 놀이지."

다혈질인 영수가 흥분된 목소리로 황순원의 말을 받았다.

"소수 인텔리들의 지적 놀이. 그거 정말 기막힌 표현이네. 여하튼간에 문학이든 연극이든 그저 외국 것만 흉내 내면 차원 높은 예술이라 추켜세우고, 우리 고유의 것은 유치하다 저질이다 해가며 깎아 내리는 평론가들에게 문제가 크다고."

"문제가 클 정도가 아니라 실은 그런 비평가들 때문에 연극 단체들이 번안극만 하려 드는 거 아니겠어? 연기자들조차 작품을 제대로 이해하지 못하면서 연기를 하니 이거야말로 코미디지. 하여튼 조선 놈이 조선을 깔보는 거. 이건 정말 어떻게 고쳐야 하나. 이게 우리 민족의 고질병이란 말야."

"우리들이 앞장 서 고쳐야지. 우린 아직 학생 신분이니까. 잘하든 못하든 누가 우리에게 신경이나 쓰겠어? 이렇게 자유스러운 신분일 때 확 개혁하는 거야. 문화혁명을 일으키는 거지. 좀 좋아? 비평가들 눈치 살필 필요도 없고 연극계 비위 맞출 필요도 없고."

"너무 황무지다. 우린 정말 잠자고 있었어. 여기 와서야 비로소 절감했다. 왜 이놈들에게 우리가 나라를 뺏겼는지. 우리는 1백 년 전이나 지금이나 늘 고리타분하게 전통이다, 격식이다, 뭐다 해가며 너무 낡은 관습에 매여 있어. 이게 원인이지. 이게 바로 나라를 망친 원인이라고. 우리가 그런 식으로 살아가고 있을 때, 이놈들은 새 문화를 받아들인 거지."

"쉬, 목소리 좀 죽이자고."

"우리들은 참으로 기구한 시대에 태어났다. 조선이 멸망하는 1910년대에 태어나 여기 이렇게 우리나라를 빼앗은 바로 그 일본 땅에 유학을 와 있으니, 묘하다면 묘하다 할까, 기구하다면 기구하다 할까. 아주 야릇한 처지에 놓여 있다. 일본 놈들은 우리 같은 조선인을 필요로 한다. 조선 엘리트들을 자기들 앞잡이로 만들려는 거지."

술이 들어가자 목소리들이 격해지기 시작했다.

"하긴 배운 놈들이 더 빨리 친일파들이 되는 경향이 있지."

"글쎄 말이다. 나름대로 이런저런 이유가 구구하다만, 어쨌든 사실이다. 인텔리라는 인간들이 더 미꾸라지 근성을 가졌다니까."

"여기 붙었다 저기 붙었다 제 몸 하나 챙기는 조선 사람들의 들쥐 근성을 저들이 백번 이용하는 거다. 저들은 조선인들을 무단통치로 다스리기에는 한계가 있다고 생각하였기에 문화통치라는 속임수를 쓰고 있는 거 아니겠어? 그러니 우리 같은 유학생들이 그들의 표적이다. 우리가 이걸 잠시라도 잊어선 안 될 거야. 학생, 귀족, 양반, 종교가, 교육가 이런 사람들 중에 신명을 바쳐 일본을 위해 일할 앞잡이를 집요하게 물색하고 있으니까."

"쉬. 목소리 좀 낮추자고. 저들은 우리를 항상 감시하고 있는 거다.

우린 이걸 잊지 말아야 해. 지금 이 강남 식당에도 틀림없이 형사가 와 있을 거다. 그러니 목소리 낮추고, 말조심하자고."

"맞다. 그 말이 맞다. 흥분하지 말고 침착하자고. 어떤 경우에도 심한 말은 삼가자."

"마치 우리가 독립운동이라도 하기 위해 모인 것 같군, 하하하."

"물론이지. 문화운동도 결국은 독립운동이지. 문학도 연극도 음악도 그 어떠한 형태의 예술도 지금 당장은 무지한 백성을 깨우치는 운동이 되어야 한다. 지금 우리는 문학성, 예술성, 그런 걸 따지고 자시고 할 만큼 여유 만만한 입장이 아니다. 이걸 혼돈하면 안 돼."

"동감이다. 우리는 지금 고고한 예술성을 따질 만큼 배부른 입장이 아니다. 어떻게 하면 민중에게 쉽게 다가가느냐, 어떻게 해야 무지한 민중을 깨우치느냐, 이게 당면 과제다. 요는 꽹과리 치는 연극에서 벗어나 조금이라도 예술성을 살려가면서 개혁운동을 하자는 거니 말처럼 쉽지는 않겠지."

"당분간 예술성도 잊어버리자. 예술성은 무슨 말라빠진 예술성. 그 역시 자기 도취에 불과하다. 예술성도 살리면서 개혁운동을 한다는 건 눈 가리고 아옹 하기야. 그야말로 자기 기만이지. 비현실적이다. 둘 다, 다 죽 쑨다. 우리는 개혁운동을 하는 거다. 예술운동을 하는 게 아니다. 예술운동은 훗날에 가서, 우리가 나라를 되찾았을 때, 그때 가서 하도록 하자. 그럴 수 있는 날이 오겠지."

"그런데 말이다. 내가 너무 비관적인지 모르겠지만, 과연 조선 사람들이 새 문화를 받아들일 준비가 되어 있을까? 난 이것부터가 의심스럽다."

"물론 준비가 안 되어 있지. 그러니까 '너희들은 무지하기 때문에 너희 힘으로 자립해 살아갈 능력이 없으니 우리가 지배하는 게 당연하다'는 말에 넘어간 거지."

"무식하니까, 무지하니까. 자립할 능력이 없으니까. 이 모욕적인 말을 우리는 언제까지 들으며 살아야 하나."

"그러니까 문맹퇴치운동이 급선무다. 지난해 조선어학회 발표를 보면 우리 2천만 인구 중에 8할이 아직도 문맹이란다."

"그래서 '브나로드 운동'이 방방곡곡으로 퍼지고 있는 거 아니겠어?"

브나로드 운동. 19세기 러시아 지식층이 농민 속으로 파고들어 그들을 상대로 계몽운동을 펼쳤듯, 민중 속으로 들어가 문맹을 타파하고 한글을 보급하고 아울러 위생 지식을 계몽하기 위한 이 민중운동은 1931년부터 신문사들이 주축이 되어 여름방학이면 학생들, 일반 지식 청년들, 서당 선생, 교원들까지 참가하여 전국적으로 확대되어 가고 있었다.

"그래. 우리는 우리가 할 수 있는 최선의 방법으로 계몽운동에 참여하는 거다. 글을 쓰든 연기를 하든 연출을 하든 그 무엇을 하든, 무엇이 되든, 목적은 민족계몽이다."

"작년에 이봉창이 이치가야 형무소에서 죽었을 때가 서른세 살이었다. 서른세 살, 새파란 나이에 나라를 위해 목숨을 바칠 수 있는 그 용기가 난 정말 부럽다. 난 솔직히 말해 일경만 봐도 공연히 어깨가 움츠러든다. 그래서 난 내가 비겁한 인간 아닌가, 기회주의자 아닌가 하는 자괴감이 들 때가 한두 번이 아니다."

"나도 마찬가지다. 하지만 우리 모두가 열사가 될 수는 없잖아. 그렇다고 자학하고 비관하며 세월 보낼 수도 없는 거고, 그러니 그저 각자 가지고 있는 재주랄까, 능력을 발휘해 민족교육을 하는 거다."

"우선 신문, 잡지, 방송을 통해 우리가 할 수 있는 일을 찾아보자."

"그래. 그러자고. 작은 것일지라도 행동으로 옮기는 게 급선무다."

"그런데 난 솔직히 그렇다. 동경에 오기 전에는 그래도 막연하게나마 희망이 있었는데 막상 와보니, 기운이 빠진다. 우리 조선인에게는 희망이 없다는 생각이 들어."

박동근이 나직하게 말하며 오이무침을 집어먹었다.

"거, 무슨 소리야?"

"아무리, 생각을 고쳐 먹으려 해도, 솔직히 우리 민족은 가망이 없다는 그런 좌절감이 든다고. 여기 와 있는 유학생들만 해도 그렇다. 일본인 행세하고 싶어하는 놈들이 얼마나 많니."

"부정적으로 생각하기 시작하면 끝없다. 불가능하다고 생각하지 말자. 그딴 놈들에게 신경 쓰지 말자고. 역사는 다수에 의해 뒤바뀌는 게 아니다. 소수에 의해 뒤바뀌는 거지."

"그래. 불가능하다고 생각하면 아무것도 할 수 없다. 우선 연극을 하자. 대중 연극을 시도해 보자."

"무대가 있어야 연극을 하지. 기성 연극인들도 무대가 없어 쩔쩔매는 판에 우리에게 무대 차지가 돌아오겠어?"

"그나저나 신극이 먹혀 들어갈까? 토월회도 결국 손을 들었고, 지금 극예술연구회도 악조건에 허덕이고 있잖아?"

"어렵지. 어려울 거야. 하지만 그래도 해봐야지. 해보기도 전에 단념할 순 없잖아."

"우리들이 각본을 쓰고 연기를 하고 연출까지 한다? 그게 가능할까?"

"가능하다고 생각하자. 불가능은 생각하지 말자고."

"그래. 현재로서는 아무것도 가능하지 않다. 아무것도 가능하지 않은 게 막막하지만 우리의 현주소다. 하지만 불가능하다고 시도해 보기도 전에 뒤로 물러설 순 없다. 나는 그렇게 생각한다. 내가 어떤 길을 통해 유학을 왔든, 내가 교비생으로 왔든 부모의 돈으로 왔든, 그것에 상관없이 여기, 우리들, 모국을 떠나 여기 일본까지 신교육을 받으러 온 우리들은, 조선인들 중에 선택받은 사람들이라 생각한다. 우리는 선택받았기 때문에, 우리가 받은 이 혜택을 갚아야 할 의무가 있다. 받은 혜택을 자기 가족들에게만 돌리는 짓은 여느 동물도 다 한다. 짐승도 자기 새끼는 돌보니까. 우리는 우리가 받은 혜택을 우리 사회에 돌려줘야 한다. 어떤 것 하나, 우리가 원하는 수준에 달하지 못한다 해도, 우리는 절망하지 말고 노력해야 한다. 난, 내 지금까지의 인생이 그랬다. 모든 게 불가능투성이였다. 그래서 난 무모할 정도로 도전하고 싶다. 벽이 막히면 그 벽에 머리를 부딪쳐 피를 콸콸 흘리며 쓰러지는 한이 있어도 최선을 다해 도전하고 싶다."

영수가 하도 엄숙하게 말을 해 분위기가 숙연해졌다.

"정, 무대를 구할 수 없으면 연극은 잠시 뒤로 밀어놓고, 방송극을 하는 거다."

"방송극?"

영수의 말에 모두들 무슨 말인가 의아해했다.

"방송극도 연극과 마찬가지로 대중에게 빨리 다가갈 수 있는 지름길이다. 다행스러운 건 방송국에서 유학생들이 하고자 하는 프로그램은 적극 후원해 준다는 거다. 그들은 그런 방식으로 우리를 자기들 사람으로 만든다고 생각하는 거지. 그걸 우리는 역이용하는 거다."

"그렇겠다. 드라마도 연극처럼 대중에게 가장 빠르게 다가갈 수 있는 방법이겠다."

"그것도 참 기발한 아이디어군."

김진수 말에 황순원이 맞장구를 쳤다.

"자, 그럼 신극을 우선으로 하고 백업으로 드라마를 생각해 보자고."

"백업까지 나왔으니 만반의 준비가 갖춰진 셈이네. 오늘 모임은 대성공이구먼."

그날 강남 식당, 그 자리에서 '동경학생예술좌'가 결성되었다. 그리고 두 주일 후, 김영수가 중심이 되어 '드라마연구그룹'도 탄생했다.

여자들

"야, 다 끝났다면서?"

영수가 기차에서 내리기도 전에 성급하게 창밖으로 고개를 쑥 내밀고 누군가를 찾는 듯하자, 기영이 뒤에서 영수 어깨를 툭툭 치며 퉁명스럽게 말했다.

서울역은 겨울방학이 되어 고국에 돌아오는 유학생들로 붐비고 있었다. 있는 집 자식들은 물론이지만, 없는 집 자식들도, 하다못해 끼니를 건너뛸망정 기차표 값은 만들어 방학이면 고국으로 돌아왔다.

고국에 대한 향수는 남의 나라에 나가 살아보지 않은 사람은 상상하기조차 힘들다. 하다못해 길가에 포대 조각을 펴놓고 사주팔자 관상을 보는 점쟁이 모습조차 그리워지는 것이다.

"무슨 소리야?"

"너, 지금 혹시 마중 나왔나 보는 거잖아."

"누가? 날 마중 나올 사람이 누가 있어?"

사람이 수없이 떠나고 또 수없이 도착하는 곳. 누군가가 그리운 사람을 기다리고 또 떠나보내는 곳. 영수는 기차역이든 부둣가든 그렇게 떠나고 도착하는 곳이면 왠지 모르게 늘 가슴이 설레곤 했다. 어딘가 떠난다는 것. 누군가가 떠나간다는 건 이별을 의미한다. 그때부터 그리움이 시작된다. 그리움으로 하루 또 하루를 견디며 기다린다는 것. 기다림. 누군가를 무엇인가를 애타게 기다린다는 것처럼 애절한 인간의 심리가 또 어디 있으랴.

"능청 떨고 있네."

기영은 영수 등을 떼밀다시피 하며 기차에서 내렸다.

"다 끝났다면서, 아직도 미련이 남았나?"

"뭔 소리야? 과거다. 깨끗하게 끝난 과거."

'문학도끼리 주고받는 관심.'

최경희와 가까워지기 시작할 때, 영수는 친구들에게 이렇게 말했다. 어디까지나 문학도끼리의 우정일 뿐이라고.

"야, 동성간의 우정은 괜찮고 이성간의 우정은 안 된다는 논리는 유치하잖아?"

"유치하든 어쨌든 이성간의 우정은 안 되게 되어 있는 게 인간인 걸 어쩔 거야?"

"글쎄, 왜 안 되는가 말이다. 자기 하기 나름이지."

"거, 말도 안 되는 소리 작작해라."

친구들은 하나같이 영수를 걱정했다.

"야, 이왕 연애를 하려거든 가능성 있는 여자와 해라. 가능성 있는 여자가 쌔고 쌘 판에 어쩌자고 유부녀냐?"

유부녀란 말에 영수는 할 말이 없었다.

"연애는 무슨 연애."

영수는 우물우물 입을 다무는 수밖에 없었다.

"문우 좋아하시네, 아, 문우면 다 한 이불 속에 들어가는 거냐?"

영수 성격을 잘 아는 친구들은 영수를 설득하려고 애를 썼지만 수렁에 빠진 것처럼 헤어날 줄을 몰랐다. 영수는 성격이 그랬다. 한번 불이 붙었다 하면 글이든, 공부든, 연극이든 무엇이든 끝장을 보고 마는 성격이었다. 그랬다. 두 사람은 분명 우정으로 시작한 사이였다. 문학하는 친구들이 두 주일에 한 번씩 만나는 모임에 그녀가 꼬박꼬박 참석하기 시작했다. 그녀는 조용하고 다소곳하게 생긴 것과는 달리 일단 문학이나 미술 음악 같은 예술이 화제가 되면 당돌할 정도로 자기 주장이 강한 여성으로 돌변했다.

어쩜 저렇게 자그마한 여자에게 저런 강렬함이 숨어 있을까. 영수는 그녀의 순수함이랄까. 문학에 대한 열정이랄까. 그런 것에 점점 매료되기 시작했던 것이다. 외로움 탓이었을까. 영수가 사랑할 대상을 그리워하며 외로움에 시달리듯, 그녀 또한 외로움 탓이었을까. 남편도 있고 자식도 있는 사람이 외롭다는 걸 어떻게 설명할 수 있으랴. 남편과 자식이 있는 사람은 행복하다는, 무조건 행복해야 한다는 그건 사회가 강요하는 의식일 뿐이다. 사람은 군중 속에서 무시무시한 고독을 느낄 수 있듯, 가정의 울타리 안에서도 뼈 시리도록 외로울 수 있다. 그랬다. 최경희 역시 가슴에 구멍이 뻥 뚫려 있는 것처럼 외로웠다. 행복해 보이는 여자가 아니라 행복한 여자가 되고 싶어 늘 목이 말랐다.

두 사람이 마른 장작에 불이 붙듯 급속도로 가까워진 건 어쩌면 서로가 서로의 내면에 잠재되어 있는 화산, 분출구를 찾지 못해 부글거리는 그 화산을 발견한 탓인지 모른다.

영수는 하마터면 학교마저 졸업하지 못하고 중퇴를 할 뻔했다. 지난 여름이었다. 방학이 끝나 동경으로 돌아갈 때, 영수는 망설였다. 주머니에는 명자가 준 용돈이 들어 있었다. 있는 집 자식들에게는 하룻밤 술값일지 모르지만, 영수에게는 거금이었다. 명자가 변변한 옷가지 하나 사 입지 않으면서 한푼 두푼 모아둔 거다. 오빠를 위해서, 오빠를 생각하는 그 갸륵한 마음을 생각하면 단 한푼도 헤프게 쓸 수가 없는 그런 금싸라기 같은 돈이다.

하지만 어떡하나. 어떡하나. 최경희가 굉장히 고생하고 있다. 동경에서 공부를 중단하고 돌아온 그녀는 남편이 사상 문제로 감옥에 들어가 있기 때문에 생활이 말이 아니었다. 서로 이룰 수 없는 사랑이라는 걸 잘 알면서, 만날 때마다 이제는 헤어져야 한다고 다짐하면서, 헤어지기 위해서 만나고…… 그러면서 깊어진 사이였다.

어떡하나. 고생하는 걸 뻔히 알면서 이대로 간다? 이번만큼은 하숙집 주인 여자가 사정을 봐주지 않을 것이다. 고향에 다녀올 때까지만이라고 못박았으니까. 이제 돌아가 밀린 하숙비를 내지 못하면 필경 방을 내달라 할 것이다. 어쩐다? 사랑하는 여자가 끼니 걱정을 해야 할 정도로 가난에 시달리고 있다. 그런데 그냥 간다? 우선 내 앞가림부터 한다? 이러고도 사랑한다고? 아니다. 아니다. 그럴 순 없다. 영수는 시장으로 향했다. 쌀 한 가마를 사고 장작을 샀다. 그리고 지게꾼을 앞세우고, 서울역 대신 정동으로 향했다.

영수의 감정은 항상 이성을 앞질렀다. 이것이 영수의 장점이자 크나큰 단점이기도 했다. 죽을 때 죽는 한이 있어도, 굶을 때 굶는 한이 있어도, 총을 맞을 때 맞고 쓰러지는 한이 있어도, 늘 이렇게 감정이 앞섰다. 한번 이것이다 하고 결정하면 뒤돌아볼 줄 모르는 것 또한 영수의 성격이었다.

"오빠. 미쳤소? 미쳤어? 여자 때문에, 세상에, 여자 때문에 일생을 망치겠다 이거요?"

배웅하러 나오지 말라는 오빠의 말투와 행동이 이상하다 싶어 명자는 뒤를 밟았던 것이다. 여느 때 같으면 배웅 나오는 사람도 없다고 투덜댈 텐데 한사코 역에 나오지 말라는 것이 이상했다. 뿐 아니라 툭하면 드라마 연습하다 방송국에서 깜박 잠이 들어 잤다느니, 초상집에서 밤을 샜다느니 해가며 변명이 구구했다. 좀처럼 변명 따위는 안하는 성격인데 뭔가 이상했다.

서울역에 가서 기차를 타야 할 오빠가 서울역 방향으로 가는 듯 하더니 쌀을 사 지게꾼을 앞세우고 정동 골목으로 접어드는 게 아닌가. 세상에! 명자는 너무 기가 막혀 심장이 금방이라도 뚝 멈춰버릴 것만 같았다. 도대체 오빠는 지금 어디를 가는 걸까. 사설 탐정이라도 된 듯한 기분으로 숨을 죽여가며 오빠 뒤를 따랐다. 머리를 숙이고 들어갈 정도로 대문이 나지막한 집 앞에 오빠가 우뚝 섰다. 그리고 잠시 후 그 안으로 들어갔다.

오빠는 기차를 타고 떠나야 할 시간에 기차를 타지 않고 이 집으로 왔다. 그것도 쌀 한 가마를 사 지게꾼을 앞세우고. 이게 무엇을 의미하는 건가.

'내 오빠는 천재다.'

'내 오빠는 지성인이다.'

'내 오빠는 이 담에 대단한 사람이 될 것이다. 틀림없이 훌륭한 사람이 되어 우리나라 역사책에도 두고두고 기록될 것이다.'

내 오빠는 이 세상에 모르는 게 없는 사람. 못하는 게 없는 사람. 영수에 대한 명자의 믿음은 거의 신앙에 가까운 것이었다.

"오빠. 어서 일어나. 가자고. 오빠가 움직이지 않으면 나 여기서 혀 깨물고 죽을 거야. 정말이야. 알아서 해. 나 혀 깨물고 죽어버린다고."

명자는, 얼굴이 새파랗게 질려서 부엌 앞에 엉거주춤 서 있는 여자에게 눈길조차 주지 않았다.

그 여자와는 말하고 싶지 않았다. 그 여자에게 할 말은 아무 말도 없었다. 아니 할 말이 너무 많아 명자는 일부러 그 여자를 모른 체했다. 거기 서 있는 그녀가 전혀 눈에 보이지 않는 것처럼 철두철미 외면하는 것이 지금 명자가 이성을 잃지 않는 유일한 길일 것 같았다.

"집에 가 있어. 우선 가 있으라고. 이게 무슨 짓이냐."

"누구 죽는 꼴을 정말 보고 싶어 이러는 거요? 나 못 가. 안 가."

명자는 마당 한복판에 드러누워 발버둥을 치면서 울부짖기 시작했다. 미친년이 따로 없었다. 밤새 가랑비가 내렸기 때문에 질퍽한 바닥에 뒹구는 명자는 미친개 저리 가라였다.

그날, 결국 영수는 동생에게 잡혀 서울역으로 향했다.

"어? 아……. 난, 또."

"뭐야?"

"아니, 저기."

"누구?"

"저기, 저 기둥 옆에 서 있는 여자 말야. 까만 옷 입고."

"누구? 아 여자가 어디 한둘이냐? 누구 말야?"

"저기 보라고. 저 기둥 옆에."

"아, 저 여자. 그러고 보니 최경희와 좀 닮은 데가 있구나."

"그렇지? 정말 너무 닮았다."

"그런데, 너 저 여자 몰라? 정말 저 여잘 모른단 말야?"

"넌 알아?"

"아, 알고말고. 그런데 거 이상하네. 방송국에서 저 여잘 못 봤단 말야?"

"방송국?"

"그래. 너 뻔질나게 방송국에 드나들면서 저 여잘 몰라? 거 참 이상도 하네."

"도대체 누군데 그래?"

"조금자. 조금자를 몰라?"

"조금자? 조금자가 도대체 누구야?"

"어린이 노래 시간 담당 선생님을 몰라?"

"방송국이라면 경성방송국 말야?"

"방송국이 경성방송국 말고 또 있냐? 중앙여전 학생이다."

"학생? 학생 신분에 방송국 노래 선생이라고?"

"목소리가 꾀꼬리 같아서 뽑혔대요. 콩쿠르에서 1등을 했다나?"

"대단하네."

"대단하고말고."

"그나저나 넌 어떻게 저 여자 족보를 그리 환히 아냐?"

"야, 홀어머니에 동생 둘을 먹여 살리는 처녀 가장이라는 것도 안다."

조금자는 중앙여전에서 보육학을 공부하는 여대생이다. 은행 지점장이던 아버지가 살아 계셨을 때는 어려서부터 피아노학원으로 노래학원으로 다니며 부러운 것 없이 자랐다. 그러나 아버지가 재산도 남겨놓은 것 없이 돌아가시자 갑자기 세 식구를 먹여 살려야 하는 가장이 되어 학교 외 방송국이다, 교회 성가대 반주다, 유치원이다 두루두루 돌아다니며 아르바이트하기에 정신 없이 살아가고 있다.

"어떻게 그리 훤해?"

"피아노를 이층 아래층으로 놔주겠다면서 꼬시는 놈도 있대요."

"피아노 장사 집 아들인가 보지."

"조금자 소원이 피아노래요. 그러니까 그런 소리가 나오는 거지."

"그런데 도대체 어떻게 그리 훤하냐?"

"말 마라. 짝사랑 가슴앓이에 이 성기영 가슴이 시퍼렇게 멍이 들었다고요."

기영이 손바닥으로 가슴을 쓸어내리는 시늉을 해가며 익살을 떨었다.

"이상도 하네. 방송국에서 본 적이 없는걸."

"한참 유부녀한테 빠져 있었으니 네 눈에 뭐가 보였겠니?"

기영이 웃지도 않고 퉁명스럽게 말했다. 정신 차리라고 그렇게나 윽박 질러댔건만, 하마터면 그녀 때문에 그렇게나 어렵게 온 유학을 망칠 뻔한 영수다. 그래서 기영은 최경희에 대해서는 지금도 말이 곱게 나오지 않았다.

"그렇게 좋으면 대들어보지 그래?"

영수가 슬그머니 말을 돌렸다. 물렁뼈만 있는 것처럼, 늘 히히, 하하 거리기만 하는 친구가 최경희 때문에 정말 화를 냈었다. 자기 일도 아닌데 왜 그리 열을 올리는가고 영수도 지지 않고 소릴 질러 댔던 날, 그는 영수 멱살을 잡고 '네가 어떻게 유학 온 건지 잊어먹었냐? 도대체 뼈다귀 몇 개나 부러져 나가야 정신 차리겠냐'며 으르렁댔었다.

"임자가 이미 있다, 그러니까 내 가슴이 멍들었지."

"임자? 누군데?"

"장우석. 거, 폐병쟁이처럼 삐삐 마르고 허여멀건하게 생긴 놈 있잖아."

영수도 두어 번 만나본 적 있는 장우석은 성기영이 폐병쟁이 같다 하지만 실은 아주 미남이다. 살결이 희고 키도 크다. 제대로 얻어먹지 못한 놈처럼 약해 보이긴 하지만 귀공자 타입이다. 어쨌거나 영수는 조금자를 보는 순간, 최경희를 보는 듯한 혼돈이 왔다. 자그마한 체구에 까만색으로 온몸을 친친 감싼 듯한 차림새조차 최경희와 너무 흡사했다. 영수는 그녀를 유심히 쳐다보면서 지나갔지만, 그녀는 눈에 아무것도 보이지 않는 듯, 먼 곳에 시선을 박고 있었다.

"방송국에서 노래를 가르친다고?"

서울역 광장에서 기영이와 헤어지며 영수가 다시 물었다.

"참 언제고 느끼는 건데, 서울역 주변은 너무너무 더럽다."

기영이 땅바닥에 침을 탁 뱉으면서 말했다.

"야, 임마. 침이나 뱉지 말고 그만 소리 해. 바로 너 같은 놈들 때문에 더러운 거라고."

영수는 아무리 친한 친구일지라도 그런 태도는 참을 수 없을 정도로 혐오스러웠다. 사람들, 특히 지성인, 지식인이라는 사람들은, 자기만 빼놓고 다른 사람들은 다 무지렁이로 취급한다. 무식하고 더럽다고 한심해한다. 그렇게 무시하고 깔보면서 자기도 똑같이 무식하고 더러운 행동을 한다면, 그건 차라리 배우지 못한 것보다 더 나쁜 게 아닌가. 청결을, 도덕을, 보다 숭고한 이념을 주장하려면 우선 자기 자신부터 지켜야 할 게 아닌가.

"정말, 우리 조선 사람들, 시민 의식은 한심해. 야, 올 때마다 느끼는 건데 어쩜 이리 지린내가 나냐? 하수도 냄새, 지린 냄새, 어유."

"야, 넌 그런 말할 자격도 없는 놈이야. 똥 묻는 놈이 흙 묻은 놈 흉본다더니, 바로 너 같은 놈을 두고 하는 말이다. 길에 침 뱉는 놈이 무슨 시민 의식."

"어쩌다 그랬다. 어쩌다가."

배웠다는 놈들이 길에 침 뱉는 것 하나 의식적으로 고치지 못한다면 어떻게 계몽운동을 한단 말인가.

'청결에 신경을 써야 합니다. 일본 사람들이 조선 사람들을 무시하는 이유 중에 큰 하나가 더럽다는 겁니다. 일 년 열두 달 씻을 줄 모르는 사람들이라고. 일 년 열두 달 옷도 바꿔 입지 않는 사람들이라고. 개울물에라도 자주 목욕하는 습관을 길러야 합니다. 내가 깨끗하고 내 이웃이 깨끗하면 동네가 깨끗해지고 그 동네가 하나둘 늘어나면 나라가 깨끗해지는 겁니다.'

그런 식으로 열변을 토한 사람이 땅에 침을 탁 뱉는다면 어쩔 것인가. 말은 참 하기 쉽다. 좋은 책을 많이 읽고 근사한 말만 골라서 자기

말처럼 그럴듯하게 남을 설득시킬 수도 있다. 하지만 말과 행동이 일치되지 않는다면 그건 그야말로 가짜다. 가짜가 판치는 세상이야말로 사기꾼 세상 아니겠는가.

"야, 의식 수준이 하루 이틀에 바뀌겠니. 그러니까 계몽할 때 청결부터 강조하는 거지. 그나저나 조금자 말야, 분명 방송국에서 노래 가르친단 말이지?"

영수는 그쯤에서 말을 돌렸다.

"제발 생각도 마라. 애인이 있다니까. 장우석은 어마어마한 전라도 대지주 아들이다. 전라도에서는 그 집 땅을 밟지 않고는 걸어다닐 수가 없을 정도란다. 그러니 꿈도 꾸지 마라. 야, 이제 다시는 임자 있는 여자, 쳐다보지 마. 시간 낭비다, 정력 낭비고. 어째 넌 꼭 그런 여자들에게만 관심이 가냐? 거, 취미치고는 아주 더럽네."

"대지주 아들이면 단가?"

"야, 졸업할 때까지 여자는 절대 쳐다보지도 않겠다고 말한 게 언제야?"

"누가 아니래? 나도 그러고 싶지, 그러고 싶고말고. 그런데 이 젊은 피가 몸살을 앓으니, 어쩐다? 하하하."

조금자.

그날 영수는 조금자라는 이름 석 자를 마음에 새겨두었다.

조금자

'그 사람, 아무래도 좀 돌았나 봐.'

금자는 '애수'에서 나와 천천히 충무로 쪽으로 걷기 시작했다. 자꾸만 현기증이 나는 것 같아 걷다가 잠시 전봇대에 기대섰다 다시 걷곤 했다. 두 다리가 후들거려 자꾸 주저앉을 것만 같았다. 동경에 유학 가 있는 학생들 중에 정신질환에 시달리는 청년들이 의외로 많다는 소리를 들은 적이 있다. 산골 태생이 초등학교 중학교를 시골에서 다니고 고등학교 때 서울로 올라오면 처음에는 모든 게 얼떨떨해 당황하고 공연히 움츠러들기 쉽듯, 일본에 유학 간 학생들도 남의 나라에 적응하는 동안, 몹시 힘들어한단다. 성격에 따라 차이는 있지만 심한 경우는 우울증에 걸리는 학생들도 있단다.

한 나라 안에서 같은 생김새, 같은 말을 하는 동족간에도 시골에서

도시로 나가면 다른 세상 같은데, 바다 건너 아예 남의 나라에 가 살 때야 오죽 하겠는가. 더군다나 일본 사람들은 조선 사람들을 은근히 경멸하는 경향이 있다. 드러내놓고 말을 하지 않을 뿐이지 그들의 말투에, 시선에 그런 멸시가 배어 있다. 그러니 보나마나 유학생들이 은근히 무시를 당하고 의붓자식모양 눈치를 보며 살아갈 것이다. 그래서 신경이 예민한 사람들은 정신 상태가 좀 이상해질 수도 있을 것이다.

'생기긴 멀쩡하게 생긴 사람이, 어째 그런 엉뚱한 말을 그렇게 천연덕스럽게 할까.'

우연이었을까. 금자는 최근 들어 그 와세다 학생을 서너 번 보았다. 친구들과 자주 드나드는 '겨울 집'에서, 그리고 또 방송국 복도에서도 마주쳤었다. 분명 그 학생이었다. 그는 보통 남자들보다 키도 크고 체구도 큰 편이라 금방 알아볼 수 있다.

그러니까 그 마주침이 우연이 아니었나? 그는 고의적으로 여러 번 우연처럼 마주친 것일까. 왜 그랬을까. 굳이 그런 방법을 택한 이유가 뭘까. 동경 유학생. 사각모에 망토 자락을 휘두르며 명동을 활보하는 그들 모습만 보아도 가슴이 설레는 여성들이 수두룩하다. 그야말로 그들이 눈 한번만 꿈쩍해도 십리도 마다 않고 쫓아갈 여성들이 쌔고 쌘 게 현실이다. 멀리 볼 것도 없이 인자도 동경 유학생이라면 죽고 못 산다. 그렇게 여학생들이 죽고 못 사는 동경 유학생인데 왜? 뭐가 답답해 그런 유치한 작전을 썼을까. 뭐가 뭔지 도무지 갈피를 잡지 못하겠다.

동경 유학생. 그들은 조선의 최고, 최대 엘리트들이다. 그들이야말로 조선의 장래다. 외국에 나가 신교육을 받는 젊은이들이기에, 조선 사람들은 너나 할 것 없이 그들에게 희망을 건다. 그래서 유학생 모자만 보아도 우러러본다. 그런 사람이 도대체 뭐가 답답해 그런 끔찍한 거짓말을 할까.

김영수. 분명 그는 또박또박 "와세다 영문학부, 김영수."라고 자신을 소개했다. 말하는 태도는 절대 이상하지 않았다. 아주 정중했다.

금자는 전봇대에 기대선 채 하늘을 올려다보았다. 어둠이 깔리기 시작한 하늘에서 꽃잎처럼 눈송이가 하늘하늘 나부끼며 내려오고 있었다. 방금 켜지기 시작한 가로등 줄기에 살랑거리는 눈송이들은 마치 하얀 나비떼들이 무리를 지어 춤을 추고 있는 듯 싶었다. 나한테 접근하기 위해서 그런 거짓말을 한다? 와세다 대학생이 그렇게까지 저속하다?

"조금자 씨, 실례합니다."

그날도 금자는 친구들과 난롯가에 앉아 뜨개질을 하고 있었다. 조금자, 유인자, 이정림. 그들은 명동 한복판에 있는 찻집에 드나드는 몇 안 되는 여대생들이다. 기자나 작가, 화가 등, 전문 직업을 가진 몇몇 여성을 제외한다면 찻집은 아직 여성들에게 금지 구역이나 다름없는 현실이지만, 이 세 처녀는 학교와 아르바이트 사이 시간을 '겨울 집'에서 보낸다.

"드릴 말씀이 있습니다."

금자가 약간 고개를 쳐들어 남자를 올려다보았다. 키가 크고 얼굴은 검은 편이지만 눈은 시원하게 컸다. 며칠 전, 털실 뭉치가 찻집 마룻바닥에 떨어졌을 때, 공을 차듯 발로 툭 차서 금자 무릎 위에 올려놓은 바로 그 학생이었다.

'집어줄 생각이면 손으로 공손하게 집어다 줄 것이지, 발로 차다니. 어쩜 무례하게 남의 실뭉치를 발로 찬담.' 무례하다는 게 그날 금자가 그에게 받은 첫인상이었다.

"얘, 그래도 어쩌면 그렇게 정확하게 무릎에 올려놓니? 기막히지? 어쩜 그렇게 정확하게."

그게 뭐 그리 신기한지 인자는 연신 신기하다고 종알거려 가며 남학생들이 앉아 있는 창가 쪽을 살짝살짝 힐끔거렸다. 창피하게 자꾸 쳐다보지 말라고 정림이가 쿡 찌를 때까지.

"길 건너 '애수'에 가 있겠습니다. 드릴 말씀이 있습니다. 꼭 드릴 말씀이 있습니다."

그는 말을 마치자마자 금자의 대답은 들을 필요도 없다는 듯 성큼성큼 문을 밀고 나가버렸다.

"어유, 도도하네. '애수'에 가 있을 테니 따라와라, 아주 명령조네."

정림이 어이가 없어 방금 그가 나간 문에다 대고 중얼거렸다.

"안 그러니? 지가 뭐라고 아주 도도하게 꼭 와야 한다는 식 아냐? 네가 내 말을 듣지 않으면 나중에 굉장히 후회할 거다. 말투가 꼭 그렇지?"

"재는, 내가 듣기엔 아주 정중하던데 뭘. 어쨌거나 와세다네."

인자가 정림에게 반박을 했다. 정림은 애인이 동경 유학생이 아니라 그런지 동경 유학생만 보면 말 한마디 곱게 하지 않고 꼭 깎아내리려 들었다.

"와세다면?"

"무례하거나 무지막지한 사람은 아니겠단 말이지."

"얘 좀 봐. 동경 유학생이면 다냐? 동경 유학생도 사람 나름이지. 신교육 물 먹었다고 시건방지게 구는 인간들 얼마나 많은데 그래? 하여튼 넌, 동경 유학생이라면 정신을 잃더라."

정림은 인자에게 눈 흘기는 시늉을 했다. 집은 부잣집이어야 하고, 생김새는 귀공자 타입이어야 하고, 그리고 머리는 비상해야 하고…… 어느 날 백마를 타고 그런 동경 유학생이 나타나 주기를 학수고대하는 인자였다.

"이상하지?"

금자가 차를 한 모금 마시며 머리를 갸우뚱했다.

"정말 별난 사람 다 있네."

쌍꺼풀이 깊게 파인 눈이 서양 사람처럼 유난히 컸다. 그 큰 눈이 굉장히 맑아 보였다. 악의라고는 없는 착한 눈 같았다.

"할 말이 있으면 여기서 할 거지. 누굴 오라 가라 해? 조금자가 누군지 알기나 알고 그러는 건가? 하여튼 난, 제 잘난 맛에 사는 유학생들 딱 질색이야."

정림은 그 학생 태도가 어지간히 못마땅한 모양이었다.

"어쩐지 안 보이던 사각모들이 요새 뻔질나게 나타난다 했지. 목표가 바로 조금자, 너였구나."

"근데 말이다. 생기긴 잘생겼지? 눈도 크고, 키도 크고 어깨도 딱 벌어지고, 운동선수 같지? 그리고 배짱 한번 대단하지? 제발 좀 만나주십시오 하는 것도 아니고, 꼭 내 말을 들어야 한다는 투 아냐? 아유, 어쩜 그렇게 당당할까?"

"잰 그게 당당한 거니? 뻔뻔한 거지."

"그게 뭐가 뻔뻔하니? 멋지지. 남자가 그렇게 당당해야지."

"하여튼 유인자 씨. 알아줘야 해. 사각모만 보면 쌩 간다니까."

"체격도 참 근사하다. 그치? 아주 건강해 보여. 난 삐죽 마른 사람은 딱 질색이야. 유학생들 중에 그런 타입 많잖아? 삐삐 마르고 광대뼈가 쑥 나온 사람들 말야. 세상 고민 혼자 다 짊어진 듯한 얼굴. 그런 얼굴이 지성적인지 이지적인지 어쩐지 모르겠지만, 난 딱 질색이야. 남자가 우선 체격이 듬직해야지, 여자가 가슴에 폭 파묻힐 수 있도록."

"아이고, 아주 갔구나."

"목소리도 근사하지? 꼭 성우 같다, 안 그래?"

"여보세요. 유인자 씨. 정신 좀 차리세요. 그 사각모가요, 유인자 씨를 만나자는 게 아닙니다요."

"잰, 인상이 좋다는 말도 못하니?"

"글쎄, 인상이 좋든 나쁘든 네가 상관할 바 아니라니까 그러네."

"그나저나 금자야, 가봐. 혹시 아니. 그 학생이 우석 씨 소식을 가지고 왔는지도 모르잖아."

"우석 씨?"

'우석 씨'라는 그 말 한마디에 금자가 진저리를 치듯 몸을 떨었다. 마치 갑자기 찬바람이 옷 속으로 스며든 것처럼.

"나 같음, 가보겠다. 밑질 거 없잖아. 가서 무슨 말을 하는가 들어봐."

"뻔하지. 당신을 사모하고 있습니다, 이거겠지 머."

인자가 입을 쑥 내밀며 웃었다.

"아냐, 뭔가 중요한 말인 것 같아. 그 사람 태도가 너무 진지해."

"네 눈에도 진지해 보이데?"

"그래. 우석 씨 소식을 가지고 온 사람 같아. 내 예감이 그래."

"그럴까? 우석 씨한테 뭔가 좋지 않을 일이라도 생긴 걸까?"

들릴락 말락, 금자의 목소리엔 힘이 없었다. 우석 씨. 장우석. 이름 석자만 입에 올려도 가슴이 저려오는 사람. 그에게서 소식이 끊겼다. 하늘로 증발해 버렸는지, 방학이 거의 다 끝나 가는데도 소식이 없다.

"사랑해. 사랑해."

난로 속에서 우지직, 우지직 소리를 내며 타들어가고 있는 장작불 소리에 장우석의 음성이 들려왔다.

"난, 금자 씨 없는 세상은 상상도 못하겠어. 우리 죽는 날까지 헤어지지 말자. 약속해 줘. 변하지 않는다고 약속해 줘."

"헤어지기는? 왜 그런 말을 해요? 난 찰거머리처럼 딱 달라붙어 있을 거야. 나 싫다고 우석 씨가 막무가내로 떼어내려 해도 안 떨어질 거라고."

"그래. 그래 줘. 정말 그래 준다고 약속해. 어떤 일이 있어도, 무슨 일이 일어나도 내 곁에서 떠나지 않는다고 약속해 줘. 맹세해 줘. 나를 믿는다고 말해 줘. 하늘이 두 쪽이 난다 해도, 나를 믿는다고 약속해 줘."

금자를 와락 끌어안으며 목소리에 울음이 감기던 사람.

"너무 행복해서 그런가 봐. 지금 이 순간, 너무 행복해서."

행복이라는 말을 할 때, 그의 눈가에 물기가 스쳐갔었다.

"같이 갈까?"

"어구, 주책. 아, 그 사각모가 조금자와 단둘이만 얘길 하고 싶으니 길 건너로 오라는 거지, 우리 있는 데서 할 말이라면 굳이 왜 '애수'로 오랬겠니?"

"가보는 게 어떨까? 잠깐, 무슨 말 하는가 들어봐."

"그럴까? 우석 씨 소식을 혹시 들을 수 있을까?"

"그럴지도 모르니까 하여튼 가봐."

"그런데 이상하지? 만약 그의 친구라면, 장우석 친구라고 자신을 소개했어야 하잖아?"

"하여튼 가봐. 궁금해하지 말고."

금자는 털실 뭉치를 옆 의자에 내려놓고 천천히 일어났다. 마치 보이지 않는 어떤 힘이 금자의 자그마한 몸뚱이를 위에서 끌어올리는 것 같았다. 이제는 지푸라기라도 잡고 싶은 심정이었다. 동경 유학생이라는 그 사실 하나만으로라도 그 당돌한 학생을 만나봐야 할 것 같았다. 장우석은 이번 방학 때 나와서 목포에 가자고 했었다. 목포에 가서 부모님께 인사를 올리고 정식으로 약혼을 하자고 했었다.

"목포까지 내려간 김에 아주 남해를 한 바퀴 돌고 오자고요."

"남해?"

"진도, 완도, 노화도…… 그리고 땅끝마을까지 가보자고요."

"땅끝? 그게 마을 이름이에요? 아유, 재미있는 이름이네. 땅에도 끝이 있나?"

바닷가에서 살아보지 못한 금자는 땅에도 끝이 있다는 게 얼른 이해가 되지 않았다.

"말 그대로 땅의 끝이지요. 정확히는 한반도 육지의 끝이란 말이고."

이제는 더 참지 못하겠던 사람. 저녁때마다 헤어지는 게 너무 고통스럽다던 사람. 방학 때 부모님에게 정식으로 허가받고 단칸방이라도 좋으니 하루 빨리 살림을 차리자던 사람이다. 그렇게 애가 타도록 사랑 타령을 하던 사람이 소식이 뚝 끊어졌다.

"야, 김영수. 한턱 내면 내 기막힌 뉴스 하나 제공하지."

어느 날, 주말에 나갈 드라마를 열심히 연습하고 있을 때 기영이 방송국에 나타났다. 그는 늘 싱글벙글이다. 도대체 뭐가 그리 신이 나서 늘 웃는 얼굴이냐고 물으면 답하는 소리가 걸작이다. 우거지상을 해봐야 세상이 달라질 것 없고, 배고프다, 학비 없다, 죽는 소리 해봐야 누가 땡전 한푼 줄 리 없으니, 이왕이면 웃으며 산단다. 천성이 그래서 하다못해 미운 짓을 해도 미워할 수 없는 기영이다.

"뭔데? 들어봐야 한 턱이든 두 턱이든 낼 게 아냐?"

"김영수가 조금자라는 여성에게 아직도 관심이 있다면, 이거, 톱뉴스지."

"조금자?"

"능청 떨지 말라고요. 내가 누군데, 날 속이지 못하지."

영수는 친구들에게 말은 안했지만 그동안 어린이 시간에 맞춰 스튜디오 앞에까지 두어 번 가기도 했었다. 경성방송국에서 어린이 시간 노래를 지도하는 여대생. 새까만 옷에 새까만 스타킹에 새까만 구두를 신은 여자. 서울역 플랫폼에서 그녀를 본 날, 최경희와 참 비슷하다는 생각이 들었다. 키가 자그마한 것도, 호리호리한 것도, 턱이 뾰족한 것조차 너무 흡사했다. 이제 최경희는 과거가 되었다. 아름다웠든, 황홀했든, 과거는 지나간 것. 지나간 것에 대한 미련은 아무 짝에도 쓸모 없는 감상일 뿐이다.

단념이라는 것에 영수는 아주 어려서부터 익숙했다. 깨끗한 셔츠에 흰 수건을 가슴에 달고 반짝반짝 광이 나는 구두를 신고 유치원에 가는 아이들을 보면서 영수는 일찌감치 단념을 배웠다. '저애들은 매일 셔츠를 새 것으로 바꿔 입는가 보다.', '저애들은 흙장난도 안하는가 보다.', '흙장난도 안하면 뭐 하고 놀까.' 그런 생각이 들 때마다 영수는 흙장난을 더 심하게 하곤 했었다.

월사금을 내지 못해 배재 중학교를 퇴학당하고 매일같이 콩나물, 시금치, 파, 두부 같은 것을 자전거에 싣고 배달을 다닐 때, 교복 입은 학생들을 보기만 하면 콧날이 시큰해 왔지만 어금니를 물면서 단념을 배웠다.

자신의 힘으로 노력해 이룰 수 있는 것. 그것은 절대 단념하지도 포기하지도 않았다. 하지만 자신의 힘으로 어쩔 수 없는 것에 대해서는, 무서울 정도로 빨리 단념했다. 최경희도 예외가 아니었다. 남편이냐 애인이냐 중에. 남편을 택한 여자.

"아이 때문에, 어린 게 불쌍해서."

흐느끼는 그녀에게 북받치는 감정을 죽여가며 영수가 잔잔한 어조로 말했다.

"우리가 서로 알고 있었잖아요. 언제고 헤어지리라고. 그러니까 맘 다부지게 먹읍시다. 그래요. 아이한테 가요. 아이를 세상에 태어나게 한 이상, 부모는 아이 책임을 져야 해요. 부부는 남이 될 수도 있지만 아이는 엄마가 필요해요."

'이제는 남이 된 사람. 잊으련다. 잊어야 한다. 그리고 아직도 정열이 남아 있다면 글을 쓰리라.'

"먼 훗날, 우리 서로 살아 있으면, 언젠가 반갑게 만날 수도 있겠지요. 그때는 아픔이 사라진 잔잔한 가슴이겠지요. 우리 서로 좋은 소설을 쓰는 문우로 만날 수 있기 바랍니다."

그것이 최경희의 마지막 말이었다.

'서로 좋은 소설을 쓰는 문우.'

그랬다. 영수도 그녀와 좋은 문우 관계로 남고 싶었다. 사랑하다 헤어지면 원수처럼 미워하는 그런 유치한 사랑으로 흔적을 남기고 싶지 않았다.

조금자. 처음엔 최경희와 너무나도 외모가 닮았기 때문에 눈에 띄었다. 여자는 생각지도 말고 쳐다보지도 말리라 했는데 왠지 호기심이 갔다. 실은 그보다 더 영수를 자극한 건 친구들 말이었다. 친구들 말을 듣고 영수의 오기랄까, 그런 경쟁심이 작동한 것이다.

"너는 명함도 내밀지 마라. 아예 냉수 마시고 속 차려. 너 같은 놈은 어림도 없다. 아, 부잣집 도련님들이 줄을 서 있대요."

"뭐라든가, 양주 조씨라나? 아주 양반 집안이래요. 냉수 마시고 속 차리는 게 좋을걸."

"야, 요즘이 어떤 세상인데 양반, 상놈 찾아?"

"하여튼 취미치고 이상하네. 왜 꼭 주인 있는 여자만 쳐다보냐?"

"임마, 아직까지는 남의 처도 아니고 약혼녀도 아닌데 주인은 무슨 놈의 주인."

"장우석하고 곧 결혼한대요. 소문이 자자하다. 넌, 임마 그동안 유부녀한테 빠져 있었으니까 알 리 없지."

장우석. 여러 사람들이 어울리는 좌석에서 두어 번 만나본 적이 있는 미대 학생이다. 성기영이 톱뉴스라며 영수에게 들려준 말은 조금자의 애인, 장우석에게 고향에 처자가 있다는 것이었다.

"뭐라고? 너 지금 제정신으로 하는 말이야?"

"야, 내가 뭐가 답답해 구질구질한 말을 만들어?"

농담을 잘하는 기영이지만 빈말을 할 친구는 아니기에, 영수는 침을 꿀꺽 삼키고 다시 물었다.

"하도 어이없는 말이라 그런다."
"네가 확인해 보렴. 나를 믿지 못하겠다면."
"임마, 지금 믿고 못 믿고의 문제가 아니잖아."
옆에서 학이 한마디 거들었다.
"나도 믿을 수가 없었다. 정말 믿어지지 않더라. 그런데 아주 정확한 소식통이다. 고향 친구에게서 들었다."
"고향?"
"그래. 난 중학교까진 목포에서 다녔다. 어쨌든 간에 이거 아주 정확한 뉴스다."
영수가 우악스럽게 담뱃불을 재떨이에 비벼 끄고 다시 한 개비를 꺼내 물었다.
장우석. 만석군집 큰아들. 그의 부모는 동경으로 아들을 유학 보내기 전에 결혼을 시켰단다. 그래서 지금 시골에 네 살짜리 아들도 있단다.
"그게 다 사실이란 말이지."
속이 타는지 영수가 냉수를 벌컥벌컥 들이켰다.
"내가 목포에 가서 내 눈으로 확인한 건 아니다. 실은 내가 목포에 가 내 눈으로 확인할까 했다. 이거 봐라. 주소까지 적어놨거든."
"한데?"
"한데, 용기가 안 나. 내가 뭐라고."
내가 뭐라고 그녀에게 그런 소식을 전한단 말인가. 그녀를 한때 짝사랑한 건 사실이다. 그렇다고 그런 이야기를 직접 전할 용기가 나지 않았다.
"하지만 그게 사실이라면 그 여자에게 알려야 한다. 이건 사랑 문제이기 전에 유학생의 명예 문제다. 지금이 어떤 세상이라고 그런 사기를 치나? 아무리 부잣집 자식이기로."
학이 얼굴마저 벌게지면서 열을 올렸다.

"부잣집 자식이면 눈에 보이는 게 없나. 아, 어떻게 처자식이 시퍼렇게 살아 있는 데 처녀보고 결혼하자고 꼬시냐? 잠시 데리고 놀자는 것도 아니고 아예 결혼을 하겠다니, 마누라를 둘 데리고 살겠다는 도둑놈 심보 아냐."

학이 진저리치는 시늉을 했다.

"그런데 조금자와 결혼한다는 건 확실한 거야?"

"조금자 단짝친구한테서 나온 말이니까 틀림없다."

"그건 누가 들은 건데?"

"누군 누구야. 내가 직접 들었지."

"네가 직접? 어떻게?"

"야, 난 데이트도 못하냐?"

"어쨌든 난 이렇게 생각한다. 기영이 네가 그 기막힌 정보를 알아낸 이상, 책임이 크다. 그 여자를 잠시라도 사모했다면, 그 여자에게 이 사실을 어떻게든 알리는 게 네 도리고 의무 아닐까. 한 여자의 인생 길이 영 달라질 수도 있는 이 판에 모른 체할 순 없잖아."

정의파인 학이 흥분이 좀 진정되었는지 차분하게 말했다.

"나도 많이 생각해 봤다."

기영은 등받이에 깊숙이 몸을 묻으며 나직하게 말했다.

"돈 있는 집 자식의 횡포에 희생양이 되는 그녀를 그냥 모른 체 내버려둘 순 없다는 생각이 들었다. 그래서 실은 주소까지 알아둔 거지. 내 눈으로 확인하고 조금자에게 말해 주려고. 그런데 또 한편 그게 아니다 싶은 거야. 남의 일에 내가 왜 구질구질하게 나서는가 하는 생각이 들어. 솔직히 잘 모르겠다."

"야, 그래도 그렇지. 남의 첩이 되는 건 막아야 하잖아."

학이 다시 흥분했다. 흥분이 되면 학은 침까지 튀기면서 말이 빨라진다.

"하지만, 어디 그런 인간이 한둘이냐? 있는 집 자식 치고 있을 수 있는 일이잖아?"

"그건 또 무슨 소리야?"

"내 말은 있는 집 자식들 중에 그런 인간들이 어디 하나둘이냐 말야. 시골에는 촌색시, 도시에는 신여성. 그럴 듯하잖아?"

"미친놈."

학과 기영이 주고받는 말을 들어가며 영수는 계속 담배 연기만 후후 뿜어내고 있었다.

장우석. 그의 처와 아들. 그리고 조금자. 그들 모습이 마치 연극 장면처럼 무대에서 왔다갔다했다.

"신파도 이런 신파가 없구나."

영수가 불쑥 내뱉은 말이다.

"뭐라고?"

"시골에는 촌색시, 서울에는 신여성. 그 가운데 아들이 하나 있고, 이거 그야말로 눈물 짜내는 신파잖아."

"야, 농담할 때가 아니다. 기영이 정보가 정확하다면, 그 여자 구해야 하는 거 아냐?"

"네가 해라."

"내가 왜 껴들어?"

학이 신경질적으로 음성을 돋우었다.

"모르겠다. 우리가 그런 놈들을 양심도 없는 놈들이라고 비난하지만, 만약에 우리가 가난뱅이가 아니고 부잣집 자식이라면 우리도 그런 짓 하지 않을까? 난 그 물음에 자신이 없다."

기영이 침울한 표정으로 말했다.

"아마 있는 집 자식들 치고 숨겨놓은 마누라 없는 놈 별로 없을라. 마누라는 시부모 잘 모시고 살림 잘하는 촌색시, 연애는 신식 교육받은 멋쟁이, 이거 근사하잖아?"

"사기지, 임마."

"사기는 분명 사기지만, 솔직히 말해서 내가 부잣집 자식이라면 난들 안 그럴까? 난 절대 그럴 리 없다고 다짐할 자신 없다. 마누라는 부모가 정해 주는 순종형, 애인은 미모와 지성을 겸비한 순정형. 이거 말 되잖아."

"임마, 지금 농담할 때야?"

"천만에, 농담 아닙니다. 인생이라는 거 말이다. 아주 조금만 다른 각도에서 보면 모든 게 다 가능한 이야기 아닐까? 난, 사실 장우석 이야기 듣고 인생 공부를 했다 할까? 세상 보는 눈이 좀 넓어졌다 할까? 세상에서 옳다 그르다 하는 잣대가 과연 하나 뿐인지, 그런 생각이 들더라. 영수야. 너, 능력 있으면 열 여자 마다할 거야? 우리가 지금 시근덕대는 건, 그럴 처지가 못 되니까 괜히 이러는 거 아닐까? 정의감이냐, 열등감이냐, 이것부터 혼돈된다. 솔직히."

영수는 말장난도 귀찮다는 듯, 대꾸조차 하지 않았다.

"이리 줘. 목포 주소."

한참 만에 영수가 몸을 곧게 세워 앉으며 무엇인가를 비장하게 각오한 사람처럼 말했다.

'애수'의 문을 밀고 들어선 조금자는 잠시 미간을 찌푸리고 그 학생을 찾았다. 찻집 안이 어두워 금방 알아볼 수 없었다. 그는 창가 구석진 자리에 앉아 있었다. 그가 금자를 먼저 알아보고 벌떡 일어나 손을 들었다. 아주 친숙한 사이처럼.

"와세다 영문학부, 김영수라 합니다."

그가 정중하게 자신을 소개했다.

"이렇게 무례하게, 이리로 오시라 해서 죄송합니다. 친구 분들이 계시지 않은 곳에서 조용하게 말씀드리고 싶었습니다."

금자는 그의 맞은편 의자에 엉덩이만 살짝 걸치고 앉았다.

'말씀하시지요. 무슨 말인지 해보시지요.'

그녀의 시선이 영수에게 이렇게 말하고 있었다.

"저는 말재주가 없습니다. 그래서 단도직입적으로 하겠습니다."

금자는 꼿꼿한 자세를 흐트러뜨리지 않고 영수를 빤히 건너다보았다. 누군가가 그녀의 의자를 조금만 건드린다면 마룻바닥에 엉덩방아를 찧고 주저앉을 것처럼 그렇게 아슬아슬하게 의자 끄트머리에 앉아 있었다.

"장우석 군을 아시죠?"

장우석이라는 이름을 듣는 순간 그녀의 표정이 흔들렸다. 뭐라 할까? 빈틈없이 차곡차곡 쌓아놓은 장작이 금방이라도 허물어져 내릴 것처럼 위태해 보인다 할까? 스스로의 반응에 스스로가 놀랐는지, 그녀는 입술을 잘근잘근 씹으며 시선을 내리깔았다.

"저는 실은 장우석 군 친구도 아닙니다. 그러나 어찌하다 보니, 이런 말을 조금자 씨에게 전해야 할 의무 같은 것을 느끼게 되었습니다."

'무슨 말을 하려는 거지요?'

고개를 쳐들고 똑바로 바라보는 그녀의 표정이 이렇게 묻고 있었다.

"죄송합니다. 제가 굉장히 무례를 범하고 있다는 거, 저도 잘 압니다. 이 말을 하기로 결심할 때까지 나름대로 무척 생각을 많이 했습니다. 잘 알지도 못하는 사람들의 일에 왜 끼어드느냐고, 제 스스로에게 수차례 묻기도 했습니다. 하지만 이유야 어쨌든 간에 일단 내가 많은 걸 알게 된 이상, 말씀을 드리고 싶었습니다. 아니, 꼭 말씀을 드려야 할 것 같았습니다. 저, 담배 태워도 괜찮겠습니까?"

그의 목소리가 점점 커지는 걸 보아 아마도 흥분이 되는 모양이었다.

"장우석 군과 결혼을 약속하신 사입니까?"

그녀는 긍정도 부정도 하지 않고 여전히 빤히 영수를 바라보았다.

'애수'에 들어와 여태껏 그녀는 벙어리처럼 단 한번도 입을 열지 않았다.

"죄송합니다. 별 간섭 다한다고 욕하셔도 좋습니다. 여기까지 제가 알고 있는 게 틀렸습니까?"

틀리지 않았다고 그녀가 고개를 천천히 가로 저었다.

"방송국에 나가 드라마 연습을 합니다. 알고 계시겠지만 동경 유학생 드라마 그룹이 방학 때 서울에 나오면 방송극을 내보냅니다. 조금자 씨에 대한 정보를 방송국 사람들도 또 유학생들도 비교적 잘 알고 있더군요."

"……."

"장우석 군이 이미 결혼한 사람이라는 걸 알고 계시는지 아닌지 알고 싶습니다. 이미 다 알고 계시다면, 그러면서도 결혼하시는 거라면 지금 이 순간의 저의 무례함을 용서해 주시기 바랍니다."

조금자는 눈 하나 깜빡하지 않았다. 마치 그자리에 그대로 굳어버린 듯싶었다.

"고향 목포에 장우석 군에게는 아내와 자식이 있다고 합니다. 네 살짜리 아들이."

그는 단숨에 이 말을 토해 냈다.

"내가 왜 조금자 씨에게 이런 말을 하는지 나 자신도 실은 모르겠습니다. 굳이 이유를 붙이자면 처자식 있는 사람이 미혼 여성에게 결혼 약속을 한 게 옳지 못한 처사이기 때문이라 할까요. 좀더 거창하게 이유를 붙인다면, 같은 유학생의 한 사람으로써 책임감 같은 걸 느껴서라 할까요. 그렇습니다. 제 자신도 실은 이해가 잘 안 됩니다. 내 지금의 이 행동이. 며칠 동안 생각을 많이 해보았습니다. 이런 사실을 알린다는 게 비열한 짓이다, 그저 모른 체하자. 그게 편하다. 그런 결론이 나기도 했습니다. 그러나 그 결론에도 맘이 편하지 않았습니다."

"……."

조금자의 얼굴 색이 점점 변해 갔다. 새파랗게 그리고 다시 그 파래진 얼굴이 점점 새하얗게 변해 갔다. 왼쪽 눈 가장자리가 떨렸다. 신경이 너무 놀라 경련이 오는 모양이었다.

"죄송합니다."

그는 주머니에서 자그마한 종이 쪽지를 꺼내 탁자 위에 올려놓고 이제 할 말을 다 했다는 듯, 약간 고개를 숙였다가 뚜벅뚜벅 걸어나갔다.

목포

"네가 복은 있구나. 네가 하도 기특해 하느님이 너에게 복을 주신 거다."

금자 어머니, 서산댁은 장우석을 무척 좋아했다. 처음에는 서울 사람이 아니라 좀 찜찜했지만, 딸이 죽어라 좋아하는 청년이고 또 그가 부잣집 아들이라는 것도 솔직히 맘에 쏙 들었다.

어렸을 때 그 어느 집 자식 못지않게 호강하며 자란 아이다. 음악학교에 다니며 노래와 피아노를 배우며 그야말로 공주처럼 자란 아이다. 그러다 아버지가 세상을 떠나는 바람에 졸지에 처녀 가장이 되어 무거운 짐을 혼자 짊어지게 됐다. 그런 딸이기에 서산댁은 늘 큰딸애가 안쓰럽고 불쌍했다. 그런데 다행히 결혼할 상대가 동경 유학생에 집도 그리 부자라니 더 무엇을 바라랴 싶었다.

"좋은 집안이라 그런지 생김새도 다르구나. 예의범절도 남다르고."
"어머니도 참, 돈만 있으면 좋은 집안인가요?"
문호는 어머니가 툭하면 입버릇처럼 읊어대는 '좋은 집안'이라는 그 말이 굉장히 듣기 싫었다. 어째서 지주 집안이 좋은 집안이란 말인가. 이 땅의 지주들이 얼마나 선민들의 피를 착취하는 악독한 인간들인지, 어머니는 몰라도 너무 모른다. 어쨌거나 돈만 있으면 무조건 좋은 집안이란 말인가.
'우리 집안은 양주 조씨 가문이다.'
'사람은 출생 신분이나 자라난 환경을 무시할 수 없는 법이다.'
'아무리 가난해도 사람이 지켜야 할 예와 법도를 제대로 모르면 금수나 다름없다.'
그렇게 가문을 내세우는 분이 어떤 배경의 집안인지조차 모르는 장우석을 오직 대지주 아들이라는 그것 하나로 그렇게 맘에 들어하는 게 문호는 불쾌하기 짝이 없었다.
"아, 얼굴 훤하게 생겼겠다, 동경까지 공부하러 간 인재겠다, 게다가 부잣집 큰아들이니 네 누이 평생 고생 안 시키겠다, 그 이상 뭘 더 바라겠니? 그런데 왜 넌 그 사람 말만 나오면 그리 쌍지팡이를 짚고 나서는 게야?"
"난, 싫다고요. 지주 아들이라는, 그 사실이 실은 제일 싫다고요. 부끄럽다고요."
"부끄럽다고? 너 지금 그게 도대체 무슨 소리니?"
금자가 의아한 시선으로 남동생을 바라보며 물었다.
"그래. 난 부끄러워. 누난 몰라? 누난 지금 우리 조선의 현실이 얼마나 기막힌지 전혀 모르고 사는 거야?"
"지금, 너, 무슨 말을 하고 있는 거니?"
"지주라는 놈들이 농민들 피를 말린다는 거 알기나 해?"

"넌, 왜 그리 세상을 삐딱하게 보는 거냐? 나쁜 사람도 있고 좋은 사람도 있는 법이지. 지주라고 다 나쁜 사람들이겠니? 있는 자들, 가진 자들을 무조건 도둑놈 취급하는 건, 비뚤어진 심사다. 그건 자격지심이야."

금자가 동생을 타이르듯 말했다.

"그래. 누이 말이 맞다. 세상사를 비딱하게 보면 못쓴다."

"엄마는 모르세요. 지금 조선 사람들 중에 부자로 사는 사람들은 농민이나 노동자를 부려먹으면서, 그저 죽지 않을 만큼만 먹을 거 주면서, 돈을 번 거라고요. 그게 바로 노동착취라는 겁니다."

"왜 말투가 그러니?"

문호는 요즈음 와서 세상만사에 굉장히 비판적이 되어갔다.

"내가 뭐 틀린 말 하는 건가? 하여튼 누나, 효중 형이 왜 싫어? 난 효중 형이 훨씬 더 좋은걸."

"네가 좋아 뭐해? 누이가 시집가는 거지, 네가 가?"

"효중 형이 나한테 그랬어. 누나가 결혼만 해준다면 일평생 손에 물을 묻히지 않고 살게 하겠다고. 여왕처럼 호강시키겠다고. 피아노 치는 손은 막일을 하면 절대 안 된다고 했어. 그 형 집도 괜찮게 살잖아. 점잖은 집안이고."

교회에 다니면서 문호는 윤효중을 형처럼 따랐다. 물론 효중도 문호를 친동생처럼 귀여워했다. 그래저래 문호는 장우석이 집에 드나드는 것이 싫었다.

"효중 형도 피아노 사준다 했다고."

피아노. 금자는 피아노를 갖고 싶어 꿈에도 피아노 선반을 보곤 했다. 커다란 종이에 피아노 선반을 그려놓고 연습을 하기도 했었다.

"사주고말고, 내년에 사주마. 내년에는 꼭 사주마. 네가 피아노를 그렇게 잘 친다니, 암 사주고말고. 윤극영 선생님이 네가 아주 재주가 있다고 칭찬이 자자하시더라. 아빠가 꼭 피아노 사주마. 사주고말고."

아버지는 그 약속을 꼭 지키실 분이있다. 그런데 그만 그 약속을 지키지 못하고 떠나가셨다.

'떠나가셨다'라는 말이 처음에는 참 생경하게 들렸는데, 나이를 먹어가면서 금자도 '돌아가셨다'라는 말보다 '떠나가셨다'라는 말이 한결 좋았다. 떠나갔다는 말은 언제고 돌아올 수도 있다는, 설사 영영 다시는 이곳으로 돌아오지 못한다 해도, 어딘가 다른 곳에 가 있다는 그런 여운이 돌아 좋았다.

"피아노가 누나 소원이잖아?"

아리송한 표정으로 누이를 바라보는 문호. 아버지 대신 내가 공부를 시켜야 하는 문호. 금자는 동생을 바라보면서 속으로 동생에게 말했다.

'물론 피아노를 가지고 싶다. 그러나 피아노가 행복을 주는 건 아니란다. 피아노든 좋은 집이든 좋은 가구든 그 무엇이든 행복을 많이 도와줄 수는 있겠지만, 행복 그 자체를 가져다주는 건 아니란다. 어떤 조건이나 물건이 행복을 보장해 주는 거라면, 행복을 소유하기란 얼마나 쉬운 것이겠니? 그런데 행복은 그런 게 아니란다. 행복은 마음속에 모락모락 연기처럼 피어나는 순수한 기쁨, 그것이란다.'

"누나, 여자는 자기가 좋아하는 남자를 택하기보다 남자가 죽자 사자 해서 맺어지는 결혼이 훨씬 행복하대."

문호가 엉뚱한 소리를 하며 쿡 웃었다.

"어디서 그런 말을 다 듣고 다니니? 그나저나 누가 결혼한대? 그렇게 비약하지 마."

"내 눈에는 둘 다, 다 훌륭해 보인다. 장우석이나 윤효중이나. 둘 다, 다 훌륭한 신랑감이지. 하지만 생김새야 장우석, 그 총각이 훨씬 귀티가 나지. 집안도 훨씬 좋은 집안 같고."

"아 참 엄마, 또 그 집안 타령. 도대체 엄마는 그 집안에 대해 아는 게 뭐 있어요? 부모가 교양이 있는 사람들인지, 형제 친척들 간에 우애가 있는 집안인지, '예가 아니면 보지 말고, 예가 아니면 듣지 말고, 예가 아니면 말하지 말고, 행하지 말라. 집이 아무리 낡고 헐어도 조상의 산소가 있는 언덕에서 나무를 베어 집을 고치지는 않는 법이니라. 사람에게는 마땅히 지켜야 할 도리가 있는 법이니라.' 어쩌고저쩌고 하는, 그런 가르침을 밥보다 중하게 여기는 가문인지 아닌지 아시느냐고요."

문호는 아버지가 자주 하시던 그 말씀을 한바탕 읊어댔다.

"생판 무식꾼들이 그저 돈만 잔뜩 번 건지, 그 사람들을 한번 만나보지도 않고 왜 무조건 좋은 집안, 좋은 집안 노래를 하시는 거예요?"

"얘, 어머니한테 그게 무슨 말버릇이냐? 너, 요새 갑자기 왜 그러니?"

이제 막 연희전문에 들어간 문호는 학교에 들어가 얼마 되지 않아서부터 마치 항일운동을 하는 학생처럼 변해 갔다. 그러면서부터 부쩍 부자들, 관리들, 그런 사람들을 미워하기 시작했다. 미워한다기보다 마치 원수라도 되는 듯 증오하는 것 같았다.

"잘 사는 사람들이 거만한 것도 나쁘지만 못 사는 사람들이 잘 사는 사람들을 시기하는 것도 좋지 않은 거다. 잘 사나 못 사나 사람은 그저 겸손해야 한다. 익은 벼가 수그러든다고, 늘 겸손할 줄 알아야 복받는다."

'그래서, 엄마는 복을 받아서 이렇게 고생하세요?'

문호는 이 말이 목구멍까지 올라왔지만 침을 삼키듯 말을 삼켜버렸다. 아버지가 돌아가셨을 때 남들은, 은행 지점장까지 한 사람이니 구석구석에 처박아 둔 돈이 꽤 있을 거라 했지만 아버지가 남기고 간 건 누상동에 자그마한 집 한 채뿐이었다.

"너무 대나무같이 곧으신 분이셨다. 너희 아버지는 훈장을 해야 할 사람이었어."

서산댁은 때로는 자랑처럼, 때로는 원망처럼, 이런 말을 한숨에 섞어 하곤 했다. 남편이 떠나간 후, 서산댁은 누상동 집을 팔아 금자, 문호, 계호를 데리고 죽첨정, 자그마한 집으로 옮겨왔고, 맏딸인 금자가 이리저리 뛰면서 생활을 꾸려나갔다.

대학에 들어가자 부쩍 항일운동가처럼 변해 가는 문호가 금자는 은근히 걱정스러웠지만, 소년기에서 청년기로 변해 가는 과정이라 믿고 싶었다. 사춘기를 넘어 청년이 되면서 한때 사회주의 사상에 매료되어 보지 않는 사람이 없고, 자살이나 가출을 생각해 보지 않는 사람이 없다는 말이 있듯이, 세상 만사에 반항하는 나이가 된 탓이라 여기고 싶었다. 조국을 잃고 살아가는 나라의 청년이 민족운동, 독립운동에 전혀 신경을 쓰지 않고 살아가는 게 실은 더 이상한 게 아니겠는가. 금자는 막연히 불안하다는 생각이 들 때면 애써 이렇게 자신을 다독거렸다. 하건만 문호는 날이 갈수록 그 농도가 짙어지는 것 같았다.

"장우석, 그 인간 말야."

"아니, 너 그게 무슨 말버릇이냐? 그 인간이라니?"

"인간이지 그럼 짐승이야? 인간이라는 말이 뭐가 어때? 하여튼 그 인간, 밥 먹는 거 보면 밥맛 뚝 떨어져. 반찬을 들쑤셔가며 깨죽거리는 거 보면 정말 얌체 같다니까."

말대꾸조차 하기 싫다는 표정으로 딴청부리고 있는 누나에게 문호는 계속 느물댔다.

"누나, 그치 무슨 병 있는 거 아냐?"

"뭐?"

"농담 아니라고. 얼굴색이 너무 하얘. 혹시 불치병이라도 있는 거 아닐까?"

"오빠도 참, 너무 심했다."

계호가 오빠에게 눈을 흘겼다.

"그치 말야. 사람을 똑바로 바라보지도 않는다. 너, 그런 거 못 느꼈니? 사람을 훔쳐보듯 흘금흘금 옆눈으로 보는, 그 눈길도 영 맘에 안 들어."

"오빠 맘에 들고 안 들고가 뭐 그리 중요해?"

"야, 그게 무슨 말아? 결혼이라는 것이 딱 두 사람만의 문제냐? 두 사람만 섬에 가서 살 게 아닌 한, 식구들 모두의 문제지. 그러니 당연히 하나밖에 없는 매형이 될 사람이면 우리 모두의 맘에 들어야지. 하여튼 난, 그치 무조건 싫어."

"그치, 그치, 그게 어디서 배운 말버릇이냐? 도대체 매형 될 사람한테 쟤가 왜 저 모양일까."

"아 매형이 될지 안 될지는 두고봐야지요. 누나가 지금 당장 시집가요? 엄마는 왜 그 인간한테 그렇게 꾸벅 죽어요? 부잣집 아들이라는 게 그렇게 좋아요? 그림 공부하러 유학을 가다니, 돈이 울겠다 돈이 울어. 하고많은 공부 중에 그림 공부를 한다니, 지금 조선 청년들이 그림 공부할 땐가. 돈지랄이지."

"왜 누나 속을 북북 긁어대냐? 원 참 내 알다가도 모르겠네."

"엄마, 내가 하는 말, 공연히 하는 말 아니라고요. 난 정말 매형 될 사람이 대지주 아들이라면 말리고 싶어요. 정말 말리고 싶다고요. 지주는 농민의 피를 빨아먹는 악마들이라고요. 우리 농민들은 세계적으로 그 유례가 없는 50퍼센트 이상의 소작료를 내며 살고 있다고요. 아시겠어요? 신곡은 반드시 지주에게 바쳐야 하고 지주 집의 청소, 가축 사육, 온갖 잡역을 무보수로 제공합니다. 심지어는 지주가 소작인에게 태형까지 행하여 농민들이 피투성이가 되도록 얻어맞기도 하는 게 지금 우리 농촌의 현실입니다. 현대판 노예라고요. 현대판 노예, 아시겠어요? 그들은 철두철미 친일파들입니다. 일본 놈들이 그들을 앞잡이로 내세워 식량 수탈, 노동력 수탈을 일삼고 있는 거라고요. 그러니 제발 좋은 집안이라는 그 말만은 마세요."

"도대체 네가 뭘 안다고 그런 소리를 하고 있는 거냐. 아이고. 누가 들을까 겁난다. 아예 다시는 그런 말 입 밖에 내지도 마라."

"우리 조선 사람을 노예화하는 데 앞장 선 사람들이 바로 그 지주라는 놈들이라고요."

"넌, 학교에 들어가더니 그런 거나 배웠니?"

누나 말에 대꾸도 없이 문호는 휙 방을 나가버렸다.

"저놈이, 저놈이. 저게 어디서 배워먹은 버르장머리람. 누이한테. 아이고. 어째 저럴까. 공연히 대학에 보냈나 보다. 안 그러던 애가 요즘 와 왜 저러냐. 저런 소리, 밖에 나가 주절대면 어쩌려고."

"내버려두세요. 사춘기를 벗어나는 몸부림이라고요."

"뭐라고?"

"어른이 되어가는 과정이죠 뭐. 갑자기 어른이 된 것 같은 기분인가 봐요. 학교에 들어가 주워 듣는 것도 많겠고, 내버려두세요. 괜찮을 거예요."

금자는 괜찮을 거라고 어머니를 안심시켜 드리면서도 걱정스러웠다. 행여 지하운동 같은 데 관여하는 게 아닌가 하는 생각에 소름이 쭉 끼쳤다. 항일운동, 민족운동을 하다 쥐도 새도 모르게 송장이 되는 세상 아닌가. 하나밖에 없는 남동생이 제발 그런 데 신경 쓰지 말고 그저 공부나 열심히 하는 평범한 학생이길 바랐다.

평범한 학생. 평범한 사람. 나라도 없는 조선 사람들이 그나마 무난하게 살아가는 길은 그저 평범하게 살아가는 길밖에 도리가 없다는 게 금자의 생각이다. 그러나 며칠 후, 금자는 문호 방에 널브러져 있는 인쇄물들을 보았을 때 가슴이 철렁했다.

'1931년, 일제는 만주를 점령하고 중국 시장을 독점하려고 중국 대륙

침략을 시도했다. 그들은 이 전쟁을 뒷받침하기 위해 우리나라를 병참기지화하였다. 전쟁을 위해 후방에서 안전하게 물자와 인력 보급을 하려면 조선인을 더더욱 착취해야 했다. 그들은 병참기지의 안정을 위해 천황 귀족들에게 철저하게 복종할 것을 강요하며 민중들로부터 경제적 수탈을 강화해 나갔다. 이 정책을 이행하는 데 앞장 서 애국자 노릇을 하는 사람들이 바로 조선 지주들, 사업가들이었다.

굶주림을 면하기도 어려운 임금을 주면서 조선인들을 강제로 작업장으로 내몰아 노예같이 사역하고 있는 현실이다. 가혹한 수탈 체제에 저항하는 세력이 불어나기 시작하자 그들은 온갖 탄압을 위한 악법을 만들어 일체의 자유를 박탈해 버렸다. 항거하는 사람들은 투옥시키고 심지어 학살까지 하고 있다. 3·1 운동 후 문화정치로 정책을 전환해 조선어연구회도 생기고 했지만 이제는 정책을 바꾸어 조그만 민족독립운동도 탄압하고 있다.'

도대체 이런 글이 어디서 생긴 걸까. 언제고 신중하게 이야기를 해야겠다고 벼르고 있는 참인데 이틀 후에는 아예 심훈의 시가 벽에 붙어 있었다.

그날이 오면 그날이 오면은
삼각산이 일어나 더덩실 춤이라도 추고
한강 물이 뒤집혀 용솟음칠 그날이
이 목숨이 끊치기 전에 와 주기만 하량이면,
나는 밤하늘에 나는 까마귀와 같이
종로의 인경을 머리로 들이받아 울리오리다.
두개골은 깨어져 산산조각이 나도
기뻐서 죽사오매 오히려 무슨 한이 남으오리까

그날이 와서 오오 그날이 와서
육조 앞 넓은 길을 울며 뛰며 뒹굴어도
그래도 넘치는 기쁨에 가슴이 미어질 듯 하거든
드는 칼로 이 몸의 가죽이라도 벗겨서
커다란 북을 만들어 들쳐 메고는
여러분의 행렬에 앞장을 서오리다.
우렁찬 그 소리를 한번이라도 듣기만 하면
그 자리에 거꾸러져도 눈을 감겠소이다.

—심훈, 「해방의 기쁨」(1930)

'대학에 공연히 보냈나 보다. 차라리 기술학교에나 보낼걸.'

하나밖에 없는 남동생을 공부시키려고 방송국으로 유치원으로 교회로 그리고 최근에는 콜럼비아 레코드 사까지 쫓아다니며 아르바이트를 하고 있는 금자이기에 동생의 이런 변화에 가슴이 서늘해졌다.

방학이 끝나 동경 유학생들이 다 돌아갈 때까지 장우석에게서는 여전히 소식이 없었다. 이제는 어머니가 더 안타까우신 지 어찌 된 일이냐고 매일 물으신다. 적당히 얼버무려가며 대답하기 힘들어 집에 들어가기조차 싫을 정도다.

어찌해야 하나. 목포에 처와 그리고 자식이 있다? '목포'라는 말이 굉장히 낭만적으로 들리던 때가 있었다. 인심이 좋고 음식이 맛있고 그리고 바다에 펼쳐져 있는 환상적인 섬들. 섬에서 섬으로 돌아다니며 한여름을 보낸 적도 있다는 말을 듣고 언제고 꼭 나도 그렇게 한 달이고 두 달이고 섬에서 섬으로 돌아다녀 보고 싶다는 상상을 해보기도 했었다. 섬에는 항상 무엇인가가 숨어 있을 것 같은 신비함이 있다. 그 신비함이란 것이 바로 사람들이 알게 모르게 동경하고 갈구하는, 영원한 사랑

같은 게 아닐까.

사람이 막연한 기대심을 가지고 이름도 모르는 고장으로 여행을 떠나는 것은 자기 자신에게서 도피하기 위해서가 아니라 자기 자신을 되찾기 위해서라 한다. 하지만 자기 자신에게서 도피한다는 일도, 자기 자신의 정체를 찾는다는 일도 실은 다 불가능한 일 아닐까. 사람이란 자체가 불안정하고 불확실한 존재이니까. 하기에 사람들은 그저 막연하게 영원한 그 무엇인가를 동경하며 갈구하며 살아가는지 모른다.

목포. 지금 금자에게 '목포'는 낭만이 아니라 공포였다. '목포'를 머리에 떠올리는 순간, 신파극에서 봄직한 시골 여자와 그 여자 치맛자락을 붙잡고 서 있는 어린애가 떠올라 잠을 자다가도 화들짝 놀라 깨곤 했다. 입안이 갈기갈기 해어졌다. 열이 나는데 몸은 떨렸다. 어머니는 너무 무리를 해서 드디어 골병이 든 거라며 안타까워하셨다.

"그나저나 그 사람한테서는 소식 들었냐?"

"피치 못할 사정이 있어서 방학 내내 학교에 남아 있어야 한대요. 그래서 이번 방학에는 나오지 못한대요."

금자는 어머니에게 적당히 둘러대곤 했지만, 이제는 둘러대기도 힘들었다. 집을 나가고 싶었다. 아프더라도 어딘가 아무도 없는 곳에 가서 아프고 싶었다. 목 놓아 울어볼 장소조차 없다는 게 금자의 가슴을 짓눌렀다.

사람은 먹고 싸고 잠자는 하등 동물이 아닌 한, 혼자만의 장소, 혼자만의 시간, 혼자만의 공간이 절대로 필요하다. 다락방이든, 지하실이든, 움막이든, 창고든, 혼자만의 공간. 그런데 아버지가 돌아가신 후부터 금자에게는 그런 시간도 공간도 모두 사라져 버렸다.

김영수라는 사람. 쌍꺼풀이 굵직하게 파인 그 커다란 눈. 그렇게 사슴처럼 착해 보이는 눈이 거짓말을 할 수 있을까. 그렇다면, 진짜로 장우석에게 처자가 있다? 아니다. 잘못 안 거다. 김영수가 거짓말을 시키지 않은 거라면, 누군가가 중상모략을 한 거다. 그렇다면, 우석 씨에게서 소식이 끊어진 걸 어떻게 해석해야 하나.

이렇다 저렇다 무슨 말이라도 있어야 할 게 아닌가. 어쨌거나 소식을 주어야 할 게 아닌가. 헤어진다 해도 헤어지자는 말이라도 해야 할 게 아닌가. 장우석. 그가 그렇게 나쁜 인간일까. 사랑이라는 말로 한 여자의 순정을 장난질 치는 남자. 만약 그가 그런 남자라면 세상에 그보다 더 나쁜 인간이 어디 있으랴. 사람의 마음을 가지고 장난치는 건 도둑질보다 강도질보다 더 나쁜 게 아닌가.

"난 성격이 우유부단해서, 맺고 끊고를 잘 못하는 게 흠이라고요. 금자 씨, 날 너무 좋게만 보지 말아요."

"아뇨, 다 좋게만 보진 않으니 걱정 마세요."

금자가 장난스럽게 대꾸하자, 그는 금방 심각한 표정을 지으면서,

"뭐가 나빠요? 나쁜 점 있으면 지적하라고. 내가 뭐든, 뭐든 다 고칠게."

그렇게 말했었다.

그것인가. 그가 분명 그런 말을 한 적이 있다. 성격이 우유부단해서 맺고 끊고를 잘 못한다고. 그래서 지금 그는 이러지도 저러지도 못하겠으니 아예 소식을 끊어버린 건가.

"사랑해, 사랑해. 너 없인 살 수 없어. 너 없는 세상은 살고 싶지 않아. 내 곁에 늘 있어줘. 절대 떠나지 않는다고 약속해 줘."

그런 말이 모두 가짜였다면, 이 세상에 믿을 수 있는 게 무엇이란 말인가. 목포에 가봐야 한다는 마음과 절대로 가면 안 된다는 두 마음이 하루에도 골천번 뒤엎어지고 또 엎어지면서 가슴이 콩알 볶아대듯 했다.

"하루만 다녀올게. 딱 하루만."

"하루라니, 그건 말도 안 돼요. 부모님한테 가서 일주일은 있어야죠.

아무 말 말고, 일주일 다녀오는 거라고요. 알겠죠? 일주일?"

그렇게 하겠다고 단단히 약속하고 고향에 내려갔다 이틀 만에 올라오던 사람이다.

"우석 씨 나빠. 날 부모님한테 나쁜 사람 만들려고."

말을 막으며 입술을 포개오던 사람. 그 순간에도 거짓말을 할 수 있는 인간이라면 그게 인간일까. 의심을 하다니, 그 사람을 의심하다니. 어떻게 그 사람을 의심할 수 있을까. 너와 내가 헤어지게 된다면 난 차라리 내 목숨을 끊어버리련다고 말하던 사람 아닌가. 무슨 사정이 있겠지. 분명 피치 못할 사연이 있겠지. 무슨 좋지 못한 일이라도 생긴 걸까.

그가 언젠가 지나가는 말처럼 하던 말이 떠올랐다. 같은 조선인 학생들 중에 지주의 자식들을 증오하는 일당이 있다고. 그들은 공산주의자들이라 언제 어떤 식으로 나올지 예측할 수 없는 폭탄 같다고. 혹시 그런 사람들에게 어떻게 된 건 아닐까. 하지만 만약 그렇다면, 친구들이라도 소식을 전했을 거다.

김태기, 장명호, 양한욱…… 금자는 그의 친구들을 잘 안다. 장우석과 함께 저녁식사도 서너 번 같이 했었다. 그러니 그 친구들이라도 소식을 전해 줄 것이다. 하지만 겨울방학 내내 그들 역시 약속이라도 한 듯, '겨울 집'에 얼씬도 하지 않았다.

목포행 열차가 서울역 플랫폼을 빠져나가자 갑자기 가슴속이 땅기는 것처럼 쓰라렸다. 너무 빈속이라 그런가? 식도가 조여드는 듯 쓰라리더니 울컥 목구멍을 타고 신물이 올라왔다 내가 이래야 하는가. 이래야만 하는가. 자신이 속물 같아 진저리가 쳐졌다. 그의 고향에 찾아간다는 건, 그를 의심하는 것이다. 그를 의심하기에 남의 말을 듣고 이렇게 찾아나선 거다. 그렇게 사랑하면서, 사랑하면서, 사랑하기 때문에 의심한다?

'나중에 그가 이 사실을 알게 된다면 나에게 얼마나 환멸을 느낄 것인가.'

생각이 여기에 머물자 금자는 달리는 기차에서 당장이라도 뛰어내리고 싶었다. 사정이 있어서 소식을 전하지 못하는 것이라면, 지금 이 행동을 어찌 용서할 수 있을 것인가.

'사랑은, 오래 참고 기다리는 것.'

그렇다면 나는 그를 사랑하는 게 아니라, 사랑한다는 감정에 도취되어 그를 사랑한다고 착각해 온 것은 아닐까. 사랑이 오래 참을 수 있고, 기다리는 것이라면 나의 지금 상태는 그와 정반대다. 참지도 못하겠고, 더 이상 기다리지도 못하겠다. 그냥 돌아버릴 것만 같다. 내가 언제 어떻게 미쳐버릴지 나 자신도 모를 정도로 나는 지금 신경이 위태위태하게 곤두서 있다. 두 팔과 두 다리, 그리고 가슴과 배, 열 손가락 끝에서 발가락 끝까지 자글자글, 자글자글 팔팔 끓는 물이 지나가고 있는 것처럼 저릿저릿하다. 이게 과연 사랑일까. 이게 과연 그리움 탓일까. 이건 사랑이 아니라 자기 연민 아닐까. 내가 널 얼마나 사랑하는데, 내가 널 얼마나 그리워하는데 나에게 이럴 수가 있느냐, 하는 원통함? 분함? 그리움이란 이 원통함과 분함의 위장된 감정 상태인가.

"무슨 일이 있어도 내 곁에서 떠나지 않는다고 약속해 줘. 맹세해 줘."

툭하면 입버릇처럼 하던 그 말. '무슨 일이 있어도'라는 말 속에 의미가 들어 있었던 걸까. 자기에게 처자가 있다는 말을 그런 식으로 표현한 것이었나. 그것을 고백할 수 없어서? 그것을 숨기고 있자니 양심이 아파서? 그것이었나? 그것이었나?

"왜 그렇게 뚫어져라 쳐다봐요? 내 얼굴에 뭐 묻었어?"

"아니, 내 눈 속에 넣어두고 싶어서."

"어머머, 자기 시 써야겠다. 화가 대신에."

"누구나 사랑을 하면 시인이 된대요."

"아이 좀 그만 쳐다봐. 사람들이 웃겠어. 마주 앉아 그렇게 넋빠진 사람처럼 바라보고 있으니."

"내 주머니 속에, 내 눈 속에, 내 가슴 속에, 내 살 속에, 아니 내 뼈 속에 넣어 가지고 다닐 수 있다면 얼마나 좋을까."

"왜 곧 헤어질 사람처럼 그런 이상한 말만 해요?"

"공연히 늘 불안해. 금자 씨 두고 동경으로 돌아갈 때마다 가고 싶지 않아. 공부고 뭐고 다 때려치우고, 당장 살림방 하나 구해 살고 싶어. 우리 그럴까? 번거롭게 결혼식이다 뭐다 다 집어치고 당장 오늘부터 다시는 헤어지지 말고 함께 살까?"

"왜 무슨 죄진 사람들모양 몰래 살림 차리고 살아? 기다려요. 졸업할 때까지 기다렸다 하자고요. 그때까지 딴생각 말고."

"헤어지는 게 싫어서 그래. 하룻밤도 헤어지고 싶지 않아."

"얼마 남지 않았잖아요. 결혼하면 평생을 함께 있을 텐데 뭐. 그때 가서 아이고, 진력난다 하면 안 돼요."

"진력? 한 천년 후에 진력이 나면 괜찮겠어?"

천년 후에, 천년 후에.

금자는 두 손으로 눈을 가렸다. 눈을 가리고 세상을 보지 않고 싶었다. 깜깜한 굴속에 갇혀 잠들고 싶었다. 그가 와서 흔들어 깨울 때까지.

이게 아니야. 가는 게 아니야. 김영수라는 와세다 학생. 그가 분명 뭔가 잘못 안 거야. 내가 지금 목포에 가는 게 미친 짓이야.

"뭐니뭐니해도 밥이 제일입니다."

큰 소리로 외치며 지나가는 밥장수 소리가 금자를 현실로 불러들였다. 밥? 밥 먹을 시간이 되었나 보다. 너무 굶고 있으면 토한다. 덜커덩 덜커덩 기차가 흔들거릴 때마다 속이 울렁거린다. 살아남아 있기 위해서, 그를 만나기 위해서, 뭔가 먹어야 한다고 생각하면서 금자는 또 눈을 감았다. 돌아갈까. 지금이라도 돌아갈까. 돌아가 무작정 우석 씨를 기다리는 게 옳은 게 아닐까. 1년이고 2년이고, 그가 나타날 때까지 기다리는 게 내가 할 일 아닐까. 사랑한다면, 사랑을 믿는다면 설사 그가 나에게 거짓말을 한다 해도 믿어야 하는 게 아닐까. 사랑하는 사람이 가증스럽게 별의별 거짓말을 다 한다 해도, 죽는 순간까지 절대로 의심하지 않고 무조건 믿다가 죽을 수 있다면, 남들이 보기에는 세상에 둘도 없는 바보 같아도, 본인은 얼마나 행복할까. 얼마나, 얼마나!

난 왜 그런 사람이 될 수 없을까. 의심은 다툼을 낳고 다툼은 어지러움을 낳는다. 난 지금 어지럽다. 어지러워 쓰러질 것만 같다. 더 이상 내가 나 자신의 몸무게를 지탱할 수도 없을 것 같다. 누구냐고 물으면 누구라 답을 해야 하나. 누구를 찾아왔느냐 물으면 무어라 말을 해야 하나. 만약 장우석의 처라는 여자가 나와 묻는다면 나는 그녀에게 나를 누구라 해야 하나. 나는 과연 누구인가. 나는 장우석에게 무엇인가, 누구인가.

청혼

"에그, 어쩜 그리 복스럽게 밥을 먹누. 더 들어요. 더."

"감사합니다."

"하숙집에서 식사한다고요?"

"네, 아침만 하숙집에서 먹고 점심 저녁은 다 교내 식당에서 먹습니다."

"쯧쯧, 하숙집 음식이나 학교 식당 음식이 오죽 하겠소."

"그저 많이만 준다면 좋겠는데, 배고파 죽지 않을 만큼만 줍니다."

영수는 지금 밥을 두 사발째 먹고 있는 중이었다.

"남자는 그저 밥그릇이 커야 크게 되는 법이지."

서산댁은 그에게 하는 말인지 스스로에게 하는 말인지, 중얼거리며 웃었다.

장우석과 생김새부터 너무나도 다르게 생겼다. 장우석이 선비 같다면 김영수는 농군 같다 할까? 들판에서 하루종일 일을 하다 막 들어와 허겁지겁 밥을 퍼먹는 것 같다. 오죽이나 배가 고팠으면 저렇게 숨도 안 쉬고 먹을까. 부모님은 생존해 계신가? 뭘 하시는 분인가? 집은 어딘가? 서산댁은 그에게 묻고 싶은 게 한두 가지가 아니었지만 꾹 참고 있었다.

금자는 용정에 가 있다. 고모 아들, 그러니까 금자의 사촌 오라버니가 금자를 데리러 온 것이다.

"그까짓 놈, 잊어버려라. 그런 인간은 가슴 아파할 가치조차 없는 개 같은 놈이다."

원구네가 용정으로 이사를 가기 전까지 금자와 원구는 한 형제처럼 자라났다. 원구는 외아들이기 때문에 어렸을 때부터 눈만 뜨면 금자네 집에 와서 하루종일 놀곤 했던 것이다. 금자가 죽을병에 걸린 것처럼 시름시름 앓고 있다는 소식을 접하고 원구는 부랴부랴 서울로 달려왔다.

"오빠, 어머니와 동생들은 어떡하고 내가 용정에 가요?"

"걱정 마. 아버지가 다 알아서 하신다고 했다. 그러니 아무 걱정 말고 가자. 그리고 네가 학교에 나가겠다면 선생 자리야 용정에도 얼마든지 있다."

"그래라. 제발 오빠 따라 가서 좀 쉬다 오너라."

서산댁도 적극 권했다. 딸애는 뼈만 앙상하게 남아 바람이 조금만 불어도 쓰러질 것 같았다. 저걸 먹고 어찌 사나 싶을 정도로 겨우 몇 숟가락씩 뜨곤 하는데, 뭐가 들어갔다 하면 그게 속에 들어가 독이 되는지 속이 아파 쩔쩔맸다.

'저러다 뭔 일 나겠네. 저러다 아무래도 아이 하나 잡겠네.'

서산댁은 걱정만 하고 있을 때가 아니지 싶어 남편이 떠난 후 음양으로 울타리가 되어주고 있는 용정 시누한테 연락을 했던 것이다.

금자가 용정에 간 후였다. 하루는 사각모를 쓴 학생이 죽첨정, 금자네 집 대문을 두드렸다.

"누구세요?"

"여기가 조금자 씨 댁 맞습니까?"

조금자 씨?

계호는 문을 조금 열고 얼굴도 반만 내밀었다. 학생복에 사각모를 쓴 큼직한 학생이 문 앞에 떡 서 있었다.

"조금자 씨 계십니까?"

목소리도 우렁찬 씩씩한 남자였다.

"언니…… 없는데요."

"아, 네."

"누구신지?"

"아, 아닙니다. 나중에 또 오겠습니다."

그는 이름도 남기지 않고 휙 돌아섰다.

'언니는 서울에 없어요. 언니는 지금 용정에 가 있어요.'

이 말을 채 하기도 전에 그는 가버렸다. 계호는 대문을 활짝 열고 고개를 쑥 내밀어 보았지만 그의 뒷모습조차 보이지 않았다. 바람 타고 휙 나타났다가 바람 타고 공중으로 날아가 버린 듯싶었다.

"누구냐?"

방문을 열며 과부댁이 물었다.

"몰라, 언니 찾아온 사람인데, 이상하네. 이름도 안 대고 가버렸어."

"언닐?"

"응, 조금자 씨 계시냐고, 근사한 대학생이야. 동경 유학생. 키도 크고."

"그래? 언니를 찾아? 누구냐고 자세히 좀 물어보지 그랬냐?"

"글쎄, 물어볼 짬도 없이 눈 깜빡 할 사이에 사라져 버렸어."

"거, 누굴까. 여기까지 온 걸 보면 언닐 아는 청년인가 본데, 이상도 해라, 용정에 가 있는 걸 모르나?"

"모르니까 왔겠지, 안 그래요?"

"글쎄 말이다. 그거 참 이상도 하구나. 정림이나 인자한테 좀 물어봐라."

"엄마도, 아, 이름도 모르는데 뭐라고 물어봐?"

"그 애들이 혹시 알지 않을까?"

"우리 언니가 장우석 그놈 말고 아는 유학생이 또 있었는가, 그렇게 물어보란 말야?"

"집에까지 온 걸 보면, 분명 알고 지내는 사이 아니겠니? 거, 이상하네. 너, 언니한테 혹시 그놈 말고 딴사람 얘기 들어본 적 있니?"

이제 금자 집에서는 장우석이 아예 '그놈'으로 통했다. 놈이니 년이니 하는 말을 좀처럼 입에 담지 않는 과부댁조차 그를 가리킬 때는 주저없이 '놈' 자를 붙였다.

'아버지가 안 계시다고 업신여긴 건가. 과부 딸이라고 처음부터 우습게 본 건가.' 이런 생각이 들면 자다가도 벌떡 일어나질 정도로 분했다. 어떻게 키운 딸인가. 금이야 옥이야 해가며 키운 딸이다. 남편은 성격이 선비 같은 양반이지만, 그렇다고 케케묵은 구닥다리 사고 방식에 젖어 있는 사람은 아니었다. 여자는 그저 집구석에 틀어박혀 살림이나 하면 된다고 생각하는 분도 아니었다. 여자든 남자든 이 험한 세상을 헤쳐나가려면 실력이 있어야 한다고, 개인이든 국가든 실력이 없을 때 남의 지배를 당하게 되고, 남의 지배를 당하게 되면 그건 노예나 다름없다고 생각하는 분이었다. 그리고 노예는 개 돼지만큼도 대우를 받지 못하는 존재라고 했었다.

레이스가 달린 하얀 양말이며, 반짝반짝하는 에나멜 구두며 장밋빛 비로드 드레스 같은 것을 직접 사와 입히고 '내 딸이 꼭 공주 같구나, 공주님, 공주님' 하며 대견해하던 분이었다.

그렇게 공주님처럼 자란 아이가, 한 가정의 생계를 책임지는 가장이 되어 짤짤거리며 아르바이트를 쫓아다니는 게 안쓰럽고 측은해 죽겠는데, 야수 같은 놈한테 상처를 받았으니 억장이 무너지는 것만 같았다.

에그, 누굴까? 도대체 웬 청년이 우리 집을 다 알까? 과부댁은 그 청년이 궁금해 견딜 수가 없었다.

그날 밤. 집에 들어오다가, 문호는 담 밑에 뭔가 시꺼먼 물체가 웅크리고 있는 것을 보고, 바짝 긴장해 흘금흘금 쳐다보며 빨리 걸었다. 어둑한 가로등에 흐리마리하지만 사람이 웅크리고 자고 있는 것 같았다. 웬 사람이 남의 집 쓰레기통 옆에 자고 있을까. 거진가 보다. 하긴 요즈음 부쩍 거지들이 늘었다.

혹시? 혹시나 형사? 어 사각모? 웅크리고 잠들어 있는 사람 머리에 비딱하게 모자가 씌워져 있었다. 사각모? 문호는 급히 집 안으로 들어갔다.

"계호야, 계호야, 자니?"

"응, 아니. 아유, 오빠 지금 몇 신데 그렇게 소리 질러 싸? 엄마 깨시겠다."

"초저녁인데 벌써 주무셔?"

"초저녁은, 아홉시도 넘었잖아. 엄마는 아홉시면 한밤중이신걸."

계호가 볼멘소리를 했다.

"저기 쓰레기통 옆에 웬 사람이 자고 있다."

"뭐라고? 우리 집 쓰레기통 옆에?"

"그렇다니까. 나 골목 돌아서다가 기절할 뻔했다."

"거진가 보지. 요새 부쩍 거지 늘었잖아."

"학생인 것 같다. 사각모를 쓰고 있어."
"사각모?"
"그래. 분명 사각모야."
"사각모? 정말?"
"그렇다니까."
"혹시…… 혹시."
"왜? 뭐가 혹시야?"
"오빠, 글쎄, 아유. 혹시 그 사람인가?"
"왜 이리 떠들어?"
과부댁이 안방 문을 드르륵 열며 머리를 내밀었다. 문호가 방금 들어왔는지 마루에 걸터앉아 있었다.
"좀 일찍, 일찍 다녀라. 요즘 소문도 못 듣니? 쥐도 새도 모르게 남자들이 없어진대요. 노동자들이 모자라 그렇게 잡아다 강제로 일 시킨다더라. 일본이 중국을 쳐들어가려고 도로 확장을 한대요. 그래서 일손이 모자라 그렇게 잡아가는 거란다. 제발 조심해라."
과부댁은 바로 오늘 오전에, 시장바닥에서 주워들은 말을 아들에게 옮겼다.
"엄마, 글쎄, 아유 글쎄 말예요. 저기 저 쓰레기통 옆에 학생이, 사각모 쓴 학생이 자고 있대요."
"뭐? 사각모 쓴 학생?"
"글쎄, 그러니까 혹시 아까 왔던 그 학생일까?"
"그때가 언젠데, 설마?"
"도대체 무슨 말이에요?"
문호는 뭐가 어떻게 돌아가는 건지 몰라 멍한 시선으로 어머니와 누이동생을 번갈아 보며 물었다.
"아까 그 학생이라니?"

"오빠, 아까 말야. 저녁때 말야. 어떤 학생이 집에 왔었어. 언니를 찾더라고."

"누이를?"

"응, 사각모 쓴 유학생이었어."

"누이, 용정에 갔다고 말 안했니?"

"그 말 할 짬도 없었어. 언니 없다니까 휙 가버렸어."

"거 참 이상도 하군."

"설마, 그 학생이 지금까지 있었겠니. 거지겠지."

"거지가 사각모를 써요?"

"글쎄. 하여튼 빨리 나가서 좀 자세히 봐라. 만약에 그 학생이거든 데리고 들어와라."

"아니 누군지도 모르는 사람을 왜 이 밤중에 집에 들여요?"

'혹시, 날 미행하는 형사일지도 모르잖아요.' 문호는 이 말은 속으로 삼켰다.

"그러는 법 아니다. 네 누이 찾아온 사람 아니냐? 유학생 모자를 썼다며? 어느 집 귀한 자식일 텐데, 하이고, 쓰레기통 옆에서 잠이 들다니, 어서, 어서 나가봐라."

"글쎄, 그 학생인지 거진지 누군지 모를 일이고, 그 학생이라 해도 그렇지. 도대체 어떤 인간인지 알 게 뭐예요?"

"야야, 그런 말 하는 거 아니다. 우리 집을 찾아온 손님은 다 귀한 손님인 게야. 하다못해 거지라도 우리 대문을 두드린 사람에게는 밥을 먹이는 게 사람 인심인 거다. 있고 없고를 떠나 그게 사람 도리인 게야. 알겠니? 만약 아까 그 학생이라면, 여태까지 이 골목 근처에 있었단 말 아니겠니. 어떤 사인지는 모르지만 분명 누이를 찾아온 사람이라면, 그 사람이 이 밤중에 길에서 자고 있다는데 어떻게 모른 체하고 있냐? 말도 안 되는 소리지. 내 자식이 귀하면 남의 집 자식도 다 귀한 법이란다. 그러다 얼어 죽으면 어쩔 거야? 어여, 냉큼 나가봐라."

"하여튼 엄마 때문에 내가 못 살아. 엄마는 세상 사람들이 다 착하고 순한 양인 줄만 아시니 문제로다, 문제야."

문호는 중얼거리며 밖으로 나갔다.

"여보세요. 여보세요."

문호가 그를 흔들어 깨웠다.

"우리 딸애, 용정에 간 거, 몰랐소?"

"엄마도 참, 아 모르니까 언니 찾아오신 거 아니겠어요?"

"용정에요? 용정에는 왜요?"

"거기 가서 지금 선생 노릇 하고 있다오."

한사코 사양하는 그를 마루에 올라앉게 하고, 밥상을 내밀자 그는 밥상을 앞으로 와락 잡아당기더니 푹푹 퍼먹기 시작했다.

"찬도 없는데 그렇게 달게 먹어주니 고맙소. 그나저나 우리 큰애하고는 잘 아는 사이요?"

"아, 네. 아닙니다. 그저 조금 아는 사입니다."

그는 입안에 음식이 잔뜩 들어 있어 그런지, 손으로 입을 가리며 대답했다.

"그런데, 어쩐 일로 우리 딸애를?"

"아 별 일이 있는 게 아니고, 서울 나온 김에 그냥 한번 만나보고 가려고 기다렸습니다."

"그러니까 우리 애가 용정에 가 있는 걸 몰랐구려."

"예, 몰랐습니다."

영수는 조금자가 방송국에도 찻집에도 나타나질 않기에 집으로 들이닥친 것이었다.

"누이가 한 일이 넌 용정에 있을 것 같습니다."

참말로 괴짜라고 생각하며 문호는 그를 찬찬히 뜯어보았다. 행동하는 것도 말하는 것도 문호를 미행하는 형사 같은 느낌은 들지 않았다.

어떤 사이인지는 모르나 여자를 만나기 위해 아예 그 집 쓰레기통 옆에서 자고 있는 남자. 아무리 그 여자 어머니가 밥을 먹으라며 상을 내밀었지만, 처음 들어온 집에서, 넉살머리 좋게 밥을 먹고 있는 남자.

한데 이상했다. 괴짜라는 생각이 들긴 하지만 문호는 그가 그리 밉지는 않았다. 밥을 퍼먹다가 가끔 문호와 눈이 마주치면 식 웃는 모습이 아주 천진한 어린애 같았다.

"그러니까 마냥 기다리실 작정이셨습니까?"

"그렇죠. 밤중이든 새벽이든 언제고 들어오지 않겠나 생각한 거죠."

'언제고 들어오겠지, 이 골목만 지키고 있으면.' 영수 생각이 그랬다. 쇠뿔도 단김에 빼라고 만나봐야겠다는 생각이 들자 한시를 미룰 수 없었다.

'누이가 한 일이 년 용정에 가 있을 것 같다'는 문호 말에 그는 잠시 숟가락질을 중단했다가 다시 먹기 시작했다. 아무 일도 없는 것처럼 아주 태연하게 그리고 숟가락을 놓았을 땐, 마치 물장수 상처럼 남아 있는 반찬이라곤 없었다.

그날부터 영수는 동경으로 들어가기 전까지 서너 번 더 죽첨정에 놀러 왔다. 마치 오래전부터 자연스럽게 드나들던 집처럼 어색한 구석이라곤 없었다.

"저 왔습니다." 하고 찾아오는 사람을 가라고 내쫓을 수도 없는 일이지만, 그는 어찌나 재밌게 이야기를 하는지 그가 오는 날이면 저녁 시간이 거짓말처럼 후딱 지나갔다.

그는 일본에서 본 연극이나 영화를 줄거리만 그냥 이야기하는 게 아니라 열두 번도 더 목소리를 변해 가면서, 그러니까 성대모사까지 해가면서 이야기를 했다.

"엄마, 그 형, 좋은 사람 같지."

식구들 중에 그 누구보다 문호가 그를 좋아했다.

"뭐가 좋다는 거냐?"

"뭐라 할까? 굉장히 솔직해. 가식이 없다 할까? 아는 것도 참 많은 것 같은데 우쭐대지 않아. 우석, 그 자식은 되게 잘난 척했잖아. 그리고 참 유식해. 내가 무엇이든 물어봐도 척척박사야."

"에그, 밥그릇 큰 거 하나는 맘에 든다만, 살색이 좀 시커매."

"엄마도 참, 아직도 살색 하얀 게 좋아? 난 이제 살색 하얀 놈만 보면 다 그놈 같아 징그러운데."

게호도 그를 좋아했다.

"이야기할 때 보면 꼭 연극배우 같아. 그치?"

문호는 방송국으로 드라마 연습하는 것까지 구경 갈 정도로 급속도로 그와 가까워졌다.

"어유, 그 형, 유학생들 우두머리야. 총지휘자야. 그 형 명령 하나에 모두 움직여. 머리가 비상한가 봐."

방송국에 다녀온 날, 문호는 들뜬 목소리로 떠들어댔다.

"난, 정말 그렇게 멋진 사람 처음 봤어. 대단해. 모두 꿈쩍 못하더라고."

"그게 무슨 말이냐? 좀 찬찬히 설명해 보렴."

"응, 유학생들이 방송국에서 드라마 연습을 해요. 거 있잖아요. 유학생들 시간. 그때 나오는 드라마. 그 드라마를 그 형이 총지휘를 한다고. 각본도 그 형이 쓰고 연출도 그 형이 해."

"그래? 도대체 누이랑 어떤 사인지 슬슬 좀 알아보지 그러냐? 누이가 그 사람 우리 집에 드나드는 거 알면 좋아할까 싫어할까 난 도무지 감을 잡지 못하겠다."

"만약 누이가 싫어하는 사람이라면 엄마 큰일 나셨다. 엄마가 밤에 들어오라, 들어오라 해서 밥까지 먹였다는 걸 알면 아마 누이가 기절할 걸."

그가 방학이 끝나 동경으로 돌아갈 때까지 금자는 김영수가 죽첨정에 드나들며 식구들과 밥까지 먹고 지냈다는 걸 알 리 없었다.

"아무래도 내 예감에 말입니다. 우리가 서로 좋아하게 될 텐데, 미리, 아예 미리 좋아해 주시는 게 어떨까요?"

1년이 지나 금자가 서울로 돌아왔을 때, 그가 한 말이 이것이었다.

'이 사람, 하여튼 참 얼굴이 되게 두꺼운 사람이군. 내가 없을 때, 우리 집에 드나들며 식구들 혼을 쏙 빼놨네.'

그나저나 동생들은 말할 것도 없고, 어머니마저 김영수에게 많이 기울어져 있었다. 문호는 어려서부터 알고 지낸 사이처럼 형이라 불러가며 따르고 어머니도 편하게 말을 놓을 정도로 대하셨다.

당돌하다 할까. 뻔뻔하다 할까. 그런데 참으로 이상한 건 사람의 마음이었다. 무례하기 짝 없는 인간이라고 생각하면서도 밉진 않았다. 도대체 어떤 사람일까. 정말 동경 유학생 드라마 그룹을 총지휘하나? 문호가 직접 가 보았다는데, 정말 그렇게 대단한 사람인가?

이상한 호기심에 끌려 금자는 어느 날, 학생들이 드라마 연습을 하고 있는 방 앞에 가 보았다. 안에서는 대여섯 명이 연습에 열중하고 있었고 방 밖에서는 열 명도 넘는 젊은이들이 열심히 그들을 구경하고 있었다.

"설득력이 없어. 설득력이 없다고. 목소리에 힘을 넣어야지."

"……지금까지 수많은 아들들이 죄를 지어왔다. 우리는 그 보갚음을 해야 한다. 아버지가 운다? 땅을 팔았다? 그게 뭐 그리 큰 사건이냐? ……여기까지 다시."

"……아버지가 운다? 땅을 팔았다?"

"스톱. '아버지가 운다? 땅을 팔았다?' 그 대목에서 목소리가 떨려야지. 그리고 '땅을 팔았다?' 할 때는 한 옥타브 올라가야지. '아버지가 운다? 땅을 팔았다?' 거기만 다시. 그런 식으로 맥없이 하면 저자가 정말 통곡한다. 통곡해."

그들은 이무영의 「아버지와 아들」을 연습하고 있는 중이었다.

"그래. 연습하는 거, 보신 느낌이 어떠십니까?"

"어머, 내가 언제?"

"다 봤습니다. 연출가는 말입니다. 백 명이든 천 명이든 객석에 앉아 있는 관중이 한눈에 다 보이는 법이거든요. 하하하. 엊그제 구경 오시지 않았습니까. 이 김영수는 말입니다. 보이지 않는 사람 맘속까지 훤히 들여다 볼 수 있는 요술쟁이 눈을 가졌습니다. 하하하."

그가 어찌 신나게 웃는지, 금자도 저절로 웃음이 나왔다.

"시간이 없습니다. 저는 정말 돈도 없지만 시간도 없는 놈입니다. 일주일이 멀다 하고 써내야 하는 독후감에, 논문. 그리고 연극 연습에, 글쓰기까지 다 하자면 정말 잠잘 시간도 없습니다. 저는 낭만적으로 고상하게 데이트하면서 서로의 취미 같은 거 물어보고, 극장가고, 밥 사먹고…… 그럴 짬이 통 없습니다. 그러니까 단도직입적으로 말하겠는데 우리 결혼합시다."

금자는 하도 어이가 없어 두 손을 포개 입을 막았다.

"도대체 나에 대해 뭘 아신다고, 그리고 난 또 김영수 씨에 대해 아는 게 아무것도 없는데, 지금 장난하는 건가요?"

"어머니와 동생 둘을 책임지고 살아가는 처녀 가장. 초등학교 선생에 방송국 어린이 음악 시간 담당자. 아 참 또 있군요. 안국 유치원에도 파트타임 선생님이고 정동교회 피아노 반주자. 그리고 애인이 있었지만 현재는 없음. 자, 이 이상 더 알아야 할 게 있습니까? 그리고 이 김영수는 이미 말씀드렸듯이 와세다 영문학부 졸업반. 그리고 남동생과 여동생 둘, 어머니와 아버지. 아버지는 청진동 골목에서 구멍가게 하시는 분. 학비 미납자로 배재고보에서 쫓겨났다가 중동에 편입하여 최우등으로 졸업하고, 교비생으로 동경 유학 중임. 또 뭐가 있나? 아, 나에게도 애인이 있었는데 지금은 없음. 이상입니다. 또 알고 싶으신 거 있으면 물어보십시오."

"저와 그가 얼마 동안 교제했는지, 어떤 사이였는지, 그런 거 궁금하지 않으세요?"

"아뇨. 궁금하지 않습니다. 과거는 지나간 겁니다. 이 순간 이전의 일은 모두 필요 없는 것입니다. 그리워해 본들, 후회해 본들 아무짝에도 소용없는 짓입니다. 지나간 일에 대해 신경을 쓰는 것처럼 어리석은 게 없습니다. 그건 그야말로 아까운 시간 낭비, 정력 낭빕니다. 중요한 건 지금 현재, 이 순간부터 앞으로의 일만이 중요한 겁니다. 저는 유부녀와 동거 생활도 했었습니다."

"……."

"우리 결혼합시다."

"한평생 살아가야 할 일을 그렇게 쉽게 도박하듯 정하세요?"

"인생도 도박입니다. 하하하."

그가 또 한바탕 웃어젖히고 나서 자세마저 고쳐 앉으면서 진지한 표정을 지었다.

"인생이 도박이라는 말은 농담입니다. 저를 무례한 사람, 속없는 사람으로 보실지 모르지만 실은 이래봬도 진지한 사람입니다. 절대 인생을 도박 식으로 살아가는 사람이 아닙니다. 전 정해 놓고 밀어붙이는 성격입니다. 내가 살아온 과정이 늘 그랬습니다. 공부를 반드시 하련다 하면 공부할 기회가 주어졌고, 우승기 타련다 하면 우승기 타게 되었고, 3년씩 쉬다 학교에 들어가 1등으로 졸업을 하겠다 했을 때, 남들은 미친 소리 한다고 웃었지만, 그것도 해냈고, 또 있습니다. 모르시겠지만, 동아일보와 조선일보 신춘문예에 희곡도 당선되었습니다. 그것도 첫번째 응모해서. 두 군데 한꺼번에 당선되었습니다. 내가 너무 내 자랑을 한 것 같군요. 한데 어떡합니까? 중신에미가 없으니 내가 내 선전을 하는 수밖에. 하지만 하나도 보태거나 과장한 것 없이 다 사실입니다."

'그런데 왜 나하고 결혼하고 싶은 건가요? 어째서요? 나를 잘 알지도 못하면서, 좋아할 수가 있나요?'

금자는 그를 빤히 건너다보면서 속으로 이런 말을 묻고 있었다.

"아까도 말했지만, 미리 좋아해 주십시오. 결혼하고 나서 취미니 희망이니 그런 거 실컷 이야기하도록 하죠."

"그때 가서 취미도 희망도 하다못해 음식 성향도 아무것도 맞지 않으면 그땐 어떡하는 거죠?"

금자가 손에 땀이 나는지 핸드백에서 손수건을 꺼내 손바닥을 문질러가며 농담하듯 물었다.

"당황하면 나도 손에 땀이 납니다."

그는 웃지 않고 말했지만, 그 말이 왜 그리 우습게 들리는지, 금자는 쿡 소리를 내며 웃어버렸다.

"뜯어고치는 겁니다. 취미도 희망 사항도 하다못해 음식 성향도 다 뜯어고치며 사는 겁니다. 산다는 게 말입니다. 모험 아닙니까. 모험은 늘 새로운 것에 부딪치게 마련입니다. 새로운 것에 부딪쳐 거듭거듭 자신을 고쳐가면서 살아야 사는 맛이 나지 않겠습니까. 완벽한 인간이란 없으니까요. 고인 물은 썩습니다. 고인 물처럼 내 방식, 내 주장만을 고집한다면 발전이 없습니다. 그러니까 금자 씨가 뜯어고치지 않으면 내가 고치지요. 난 뭐든 배우고 뭐든 고치겠습니다."

그는 군고구마를 먹어도 3인분, 자장면을 먹어도 곱빼기로 2인분이었다. 돈은 주로 금자가 지불했다. 그의 신분은 학생이고, 금자는 직장인

이기 때문이기도 했지만 그는 늘 주머니에 전차 값도 없을 정도였다. 어쨌거나 용정에서 돌아온 금자는 새사람이 된 것처럼 김영수와 데이트를 시작했다. 금자가 그와 만나기 시작하게 된 데는, 식구들의 힘, 특히 문호의 영향이 컸다. 문호는 그를 아예 천재라고 생각했다. 이 다음에 아주 훌륭한 사람이 될 거라며 무조건 결혼하라고 했다.

"정말 조선중앙일보가 손기정 가슴에 붙어 있는 일장기 마크를 일부러 없앤 걸까요? 아니면 프린트 실수였을까요? 형은 어떻게 생각하세요?"

문호는 1936년 8월 13일 조간 4면에 실린 「정상에 빛나는 월계관. 올림픽 최고 영예의 표창을 받은 손기정」이라는 기사를 보여주며 흥분한 목소리로 영수에게 물었다. 물론 영수는 동경에서 요미우리 신문에 난 기사를 이미 다 읽어본 후였다.

1936년, 독일의 독재자 히틀러는 독일과 게르만 민족의 우월함을 과시하기 위해 역사상 유례가 없는 대규모의 올림픽 대회를 계획했다. 히틀러의 광기 어린 선동으로 전 세계가 떠들썩한 가운데 일본에서도 대규모의 선수단이 베를린으로 갔고, 축구, 농구, 권투, 육상 종목에 조선의 많은 선수들도 일본 선수단의 일원으로 참가했다.

손기정은 이미 한 해 전, 예선에서 세계 신기록을 세웠기 때문에 온 겨레의 기대를 한 몸에 걸고 출전했다. 그리고 그는 예상했던 대로 세계 30여 개국에서 참가한 60여 명의 경쟁자를 물리치고 당당 1위를 차지한 것이다.

그가 분명 조선인임에도 불구하고, 시상대에는 태극기 대신 일장기가 나부꼈고, 그의 가슴에도 큼직한 일장기 마크가 선명하게 박혀 있었다.

"요미우리 신문에는 분명 손기정 가슴에 일장기 마크를 달았지요?"

"물론이지."

"그런데 그것이 어떻게 조선중앙일보에는 나오지 않았죠? 어떻게 그런 일이 가능했을까요? 프린트 실수였을까요?"

영수는 답 대신 고개를 가로 저었다.

"발행인. 그러니까 여운형하고 관계가 되는 일일까요?"

영수는 빙그레 웃었다. 홀어머니와 누이, 누이동생 이렇게 여자들 속에서 응석둥이로 큰 줄 알았는데 영 그게 아니었다.

"여운형은 대단한 사람이죠? 민족을 구할 사람인 것 같아요."

"어디 가서 그런 말을 들어?"

문호는 대답 대신 식 웃기만 했다.

"말을 조심하는 게 좋을 거야."

"물론이죠. 형한테만 하는 말이에요. 그런데 형, 누이와 결혼 언제 할 거예요?"

문호가 엉뚱한 방향으로 말을 돌렸다.

"뭐라고?"

"시치미 떼지 말라고요. 난 다 알아요. 누이와 결혼할 거죠?"

"왜? 누이가 나한테 시집오고 싶대?"

어이없다는 듯 문호가 히히 웃었다. 참, 재미있는 사람이다. 가난한 집 아들 같지 않게 매사에 자신이 만만하다. 세상 모든 것이 자기 손아귀에 있는 것처럼 당당하다. 나는 무엇이든 해낼 수 있다는 자신감이 넘치는 사람 같다. 그런 자신감에 찬 태도가 문호는 좋았다.

"누이한테 그래. 지금 나 놓치면 평생 후회할 거라고."

"그러니까 형은 누이와 결혼할 생각이라 이거죠?"

"아, 그럼 내가 왜 죽첨정에 드나들겠어? 문호 보러 드나들겠어?"

'애수'에서 조금자를 만나 장우석에게 처자가 있다는 말을 전하고 난 다음, 영수는 오랫동안 마음이 편하지 않았다.

그 말을 그녀에게 한 게 잘한 짓이었을까. 아니면 잘못한 짓이었을까.

그녀에게 관심이 간 건 사실이다. 성기영도 한때 짝사랑을 한 것처럼 그녀를 보고 마음이 동하지 않는 남자가 없을 것 같았다. 더군다나 피가 펄펄 끓는 청년이 어떻게 매력 있는 여자에게 맘이 쏠리지 않겠는가. 그러나 그렇다 해도 두 사람을 훼방놓고 그녀를 가로채기 위해 계획적으로 꾸민 수작은 아니었다. 기영도 학도 용기가 나지 않는다고 뒤로 물러서자 영수는 어떤 사명감 같은 것을 느꼈던 것이다.

힘겹게 살아가는 처녀가 있는 집 자식의 노리개가 된다? 이런 생각이 솟구치면 당장이라도 달려가 그녀를 구해야 할 것만 같았다. 그러지 않아도 동경에 와 있는 부잣집 자식들의 홍청거리는 한량 생활에 분노를 느끼고 있던 참이라 더욱더 그런 생각이 굳어졌다. 있는 그대로를 알려야 한다. 알리는 게 도리다. 알면서 모르는 체 한다는 것은 죄다. 죄를 보고 외면하는 것 역시 똑같은 죄다. 인연이 된다면 만날 수도 있겠지. 그나저나 영수는 졸업반에 올라가 졸업논문이다 뭐다 눈코 뜰 새 없이 바쁘기 때문에 한동안 그녀를 잊어버리고 살았다. 그러다 서울에 나왔을 때, 방송국에도 찻집에도 그녀 모습을 볼 수 없는 게 너무 이상하고 궁금해 영수는 죽첨정으로 무작정 들이닥친 것이었다.

"아이고, 난 싫다. 난 신식 며느리 무섭다. 뭐라고? 방송국에 다닌다고? 아, 그런 신식 여자를 내가 어떻게 부려먹어?"

영수 어머니는 조금자 이야기를 듣는 순간 손까지 저어가며 펄쩍 뛰었다.

"엄마도, 참, 오빠가 좋다는 데 왜 어때? 신식 며느리가 뭐가 무서워?"

"에그, 뭐라고? 무슨 조씨? 양주 조씨? 아서라, 아서. 난 그런 며느리 모시고 살지 못한다. 그런 색시가 여기 어딜 들어와? 내가 어떻게 부려먹어?"

"엄마는 왜 부려먹는다, 부려먹는다 해요? 며느리가 뭐 종이유? 부려먹게. 그나저나 오빠, 둘이 결혼 말은 오간 거야?"

"아니, 나 혼자 생각하는 거다."

영수가 흐흐 웃어가며 어깨를 으쓱했다.

"싱겁기는, 혼자 생각하는 거라고? 아 그런데 왜 당장 결혼식 올릴 것처럼 난리야?"

"아마 하게 될 거다. 한다고."

"오빠 맘대로?"

"그래."

"그렇게 대단한 여자가 오빨 뭘 보고? 집 한 칸 있기를 해? 집이 뭐야, 당장 둘이 살 방 한 칸도 없잖아. 버젓한 직장이 있기를 해? 나라도 오빠 같은 남자 거들떠보지도 않겠다."

"야, 사람이 어떻게 오늘만 보냐? 오늘만 날이야? 멀리 내다볼 줄 알아야지."

일이 그렇게 될 거다. 사람은 크게 두 타입으로 분리할 수 있다. 하나는 환경에 순종하는 타입이고, 다른 하나는 환경을 스스로가 만들어 가는 타입이다. 하고많은 날 투덜투덜 불평이나 해가면서 주어진 궤도를 싫든 좋든 로버트처럼 걸어가다 죽음이라는 끝에 당도하느냐, 아니면 궤도를 내가 만들어서, 내 뜻대로 걸어가느냐 하는 건 본인에게 달렸다.

내가 바라는 건 자유인이다. 그 어떤 기관이나 단체 또는 직위 따위에 나를 구속시키고 싶지 않다. 구속시키지 않으련다. 하루 세 끼를 먹지 못하고 두 끼만 먹어야 한다면 두 끼만 먹으련다. 그래도 자유인으로 살련다. 적당히 아부하고, 적당히 사랑하고, 적당히 타협하고 몸 도사리며 살지 않으련다. 그건 사는 게 아니다. 글을 쓰든 무엇을 하든, 내 목숨의 주인공은 나다. 나는 나 자신에게, 나에게 주어진 목숨을 멋지게 값지게 살아주어야 할 의무가 있다. 그러기 위해서 나는 노력하련다. 무섭게 노력하련다.

조금자도 내 노력 속에 들어와 있다. 아마도 그녀는 나의 아내가 될 것이다.

장르 파괴

연극 연습과 방송극 연습 사이에서 영수는 그야말로 잠잘 시간은 고사하고 밥 먹을 시간도 없을 정도였다. 연극은 연극대로 중요하고 방송극 또한 방송극대로 중요했다.

축지소 극장에서 '동경학생예술좌'의 첫 공연이 나간 후, 역시 학생 수준을 뛰어넘지 못한다는 혹평을 들었지만, 두번째 공연은 아예 서울에서 올리기로 했다.

동아일보에 실린 전일검의 평을 읽고 모두가 맥이 빠진 게 사실이다. 특히 이해랑이 팔딱팔딱 뛰면서 분노했지만, 연출을 맡은 장계원과 김영수가 오히려 그를 달랬다.

"말이야 옳은 말이지 뭘 그래. 우리가 아마추어지 프로냐? 그러니 그까짓 평에 너무 흥분하지 말자. 처음부터 그랬잖아? 우린 평론가들 평에 좌지우지되지 말자고. 평이란 어디까지나 그 개인의 의견일 뿐이니까. 아, 일본도 그렇잖아. 작품 하나를 놓고 근래에 보기 드문 걸작이다 하는가 하면 동시에 졸작이라 평하는 치도 있고, 안 그래?"

"그건 그렇다. 평론가들이란 어딘가 꼬집어야 밥값이라도 한다고 생각하는가 봐. '극연' 창립 공연도 두들겨 맞았는데 뭘. 거기 비하면 우린 잘 봐준 거다."

"어쨌거나 비평 따위 싹 무시하고, 2회 공연이나 준비하자."

1회 주영섭의 「나루」와 유치진의 「소」에 이어 2회 공연으로 그들은 채만식의 「인텔리와 빈대떡」과 임서방의 「비운」을 택했다. 톨스토이를 하자는 의견도 나왔지만 영수가 순 우리 작품만을 고집했다.

연극과 방송극. 방송극이 훨씬 쉬웠다. 극장을 빌려야 하는 문제도 없고 의상이다 무대장치 같은 것도 신경 쓸 필요 없으니 연극에 비해 아주 간단했다. 그리고 무엇보다 경성방송국에서 동경 유학생들이 하는 일이라면 대환영이었기 때문에 시간을 차지하는 것도 별 문제 없었다. 방송극이 여러 조건상 훨씬 편한 건 사실이지만 영수는 연극에 대한 매력을 버릴 수 없어 몸이 쪼개져라 양쪽으로 쫓아다녔다. 관중과 직접 호흡하는 연극. 이 매력은 거기에 한번 빠지면 벗어나기 힘든 늪과 같다.

영수는 행복했다. 전차 값도 없어 걸어다닐 정도로 주머니는 늘 텅 비어 있지만, 각본을 쓰고 직접 연출까지 하는 데 자긍심과 보람을 느꼈다.

"오빠는 방학이라고 집에 와도 통 얼굴도 볼 수 없어."

명자가 불만을 할 정도로 영수는 서울에 와도 집에 붙어 있을 새가 없었다. 실은 시간이 남아 돌아간다 해도 집에 들어앉아 글을 쓸 수 있는 방이 없었다.

방. 나만의 방. 소년 시절부터 영수의 소박한 꿈은 나만의 방을 가져 보는 것이었다. 그래서 영수는 더더욱 인쇄소에서 살 때가 잊혀지지 않았다. 주인 아저씨가 집에 가고 나면, 인쇄소가 영수만의 공간이었으니까. 그때 영수는 시도 쓰고 수필도 써서 ≪소년≫ 잡지 같은 곳에 보냈고, 어쩌다 자신의 글이 잡지에 실려 나올 때면, 가슴이 그렇게 두근거릴 수가 없었다.

"자, 한번만 더. '웬일로…… 여기까지? 무슨 일인가요?' 정말 깜짝 놀란 사람처럼 감정을 넣어서. 그냥 책 읽듯 하지 말고. 지금 이 대목은 놀라서 아주 당황한 상태니까."

"웬일로…… 여기까지? 무슨 일인가요?"

"좋았어. 하지만 한 번만 더 해봅시다."

"야, 이제 그만 하자. 배고파 쓰러지겠다."

"한 번만, 딱 한 번만 더 해보고 밤참 먹으러 가자."

거의 매일 밤, 드라마 연습을 했다. 누가 돈을 주고 상을 주는 것도 아니건만, 그들은 연습에 연습을 거듭했다. 연습은 주로 스튜디오가 한가해지는 느지막한 저녁 시간부터 시작하기 때문에 자정을 넘기는 날이 태반이었다. 늘 잠이 모자라 두 눈이 충혈돼 있지만, 영수는 잠자는 시간이 아까울 정도로 하고 싶은 일들, 해야 할 일들이 많았다.

내가 너무 욕심이 많은 건가. 쓰고 싶은 글들이 너무 많다. 드라마도 쓰고, 희곡도 쓰고, 또 연출도 하고, 뿐인가. 소설도 본격적으로 쓰고 싶다. 글에 대한 욕심은 마치 화산이 언제 터질지 모르게 부글부글 끓고 있는 것처럼 가슴에서 부글거렸다. 드라마 작가는 드라마만, 희곡 작가는 희곡만, 소설가는 오직 소설만, 이런 식의 사고 방식을 영수는 철저하게 거부했다. 그런 굳어진 고정관념이야말로 공자 맹자가 우리나라를 망쳐놓았듯, 우리나라의 근대화를 망치는 편견이라 믿는다. 희곡 작가가 소설도 시도 쓸 수 있다. 동화도 쓸 수 있다. 어째서 작가가 한 장르에만 머물러야 하는가. 이런 가치 판단이야말로 얼마나 케케묵은 전근대적 발상인가. 서구의 경우, 대문호들이 소설, 희곡, 그리고 시까지 쓰는 예가 얼마든지 있다. 작가가 어떤 주제를 설정했을 때, 그 주제를 가장 잘 표현할 수 있는 방법으로 쓰면 되는 거다. 그 방법이 시든 소설이든 희곡이든 표현 방법은 상관없다. 한 분야만 고수해야 한다는 사고관이 여태껏 조선 문단을 지배해 온 통념이었다 할지언정 새 세대는 그 고정 관념을 넘어서야 한다. 그래야 발전이 있다.

조선 문단은 1930년 김동인이 동아일보에 장편소설 연재를 시작하기 전까지, 신문에 연재를 실린다는 걸 타락으로 간주할 만큼 봉건적이었다.

'아직껏 청초하고 고결함을 자랑하던 나였지만 몇 푼의 원고료를 받아서 생활을 유지하기 위하여 여지껏 거절해 오던 동아일보 연재소설 집필을 수락한 것이었다. 신문 소설을 써도 괜찮다. 김동인도 쓰지 않느냐? 신문 소설을 쓰는 것이 결코 흠절이 안 된다.'

「젊은 그들」을 동아일보에 연재한 김동인의 고백이 이러했을 정도로 문단은 이상야릇한 순수성을 고집하고 있었다.

'청초하고 고결함을 자랑하던 나였지만'이라는 대목 하나만 봐도 이 얼마나 가당찮은 말인가. 문인이 청초하고 고결하다? 그래야 순수하다? 그런 자세로 문학을 한다는 자체가 허구요 모순이요, 위선 아닌가. 그런 순수성은 순수가 아니라 오만에 가까운 완고함이요, 아집이다. 그 완고함은 비단 문단뿐 아니라 조선을 지배하고 있는 어떤 이념, 사상 같은 것이고 바로 그런 낙후한 사고 방식 때문에 조선은 나라를 잃었다. 새로운 것을 이해하고 받아들이려는 노력은커녕, 내가 잘 모르는 세계, 가치관은 무작정 이단시하고 배척하는 태도, 이게 개인도 국가도 망하게 하는 근본 원인이다. 이런 배타심은 실상 무지에서 기인한다. 하건만 그 근본 원인을 아직까지도 파악하지 못하고, 반성은커녕 조금도 변하지 않은 자세로 더더욱 권위주의로 흘러가고 있는 것이다.

이런 시류에 신인들조차 합류해야 하는가. 아니다. 절대 아니다. 신인들이 달라져야 한다. 젊은이들이 달라져야 조선이 변한다. 조선의 가치

관, 문화가 변한다. 이 길이 험한 가시밭길, 말할 수 없이 외로운 길이라 해도, 나는 이 길을 가리라. 영수는 문학계의 완고함을 생각할 때마다 이런 생각을 신앙처럼 굳혔다. 김동인은 춘원의 문학을 가리켜 일종의 사회 개혁 무기요, 이상 건설의 선전문이라 폄하고 문학은 오직 문학을 위한 문학이 존재할 뿐이라고 주장하며 자신이 조선 신문학 건설의 주춧돌이라 자처했다. 그는 신문 소설을 쓰기 전까지 독자에게 아첨하려는 소설을 쓰는 것은 문학자로서 부끄러운 짓이라 단언했던 것이다. 그러다 생활고 때문에 연재를 맡아야 한다고 고백을 할 때, 그 심정이 어떠했을까. 본인은 본인의 그 태도 변화를 타락이라 생각했을까. 아니면 늦게나마 시대에 눈을 떴다고 위로했을까.

독자가 없는 문학이 존재할 수 있을까. 순수문학이든 계몽문학이든 반항문학이든 그 어떤 부류든 간에 일반 사람들에게 호응을 받지 못한다면, 그건 일부 지성인들의 지적 놀이 아니겠는가. 청초함과 고결함? 그게 어찌 문학인의 자세일 수 있겠는가. 문학은 특수층을 위한 것이 아니다. 문학은 절대 특수층을 위한 것이 아니어야 한다. 문학은 글을 읽을 수만 있다면 누구든 읽고 감상할 수 있는 작품이어야 한다. 더러우면 더러운 대로, 처절하면 처절한 대로, 같이 웃고 같이 울며 가능하면 많은 사람들과 공감대를 형성할 수 있는, 그것이 살아 있는 문학, 참문학 아니겠는가. 문학인이 보통사람들보다 한층 높은 위치에 있어야 한다는 생각, 고결하고 청초하다는 생각 자체가 얼마나 오만한 자기 도취인가.

어쨌든 영수는 이광수든 김동인이든 염상섭이든 문단 선배들의 작품을 두루두루 다 읽어가며 공부는 하지만, 사사(師事)하고 싶을 정도로 좋아하는 선배 문인이 드물었다.

문학이란 오직 사회 개혁만이 목표일 수도 없는 것이고 또 문학을 위한 문학이라는 궤변으로 대중적 흥미를 아주 무시한 생경하고 까다롭고 싱거운 것일 수도 없으리라.

'작가가 지녀야 할 자세는 첫째 확고부동한 자기 세계를 가져야 하며, 둘째 물욕을 내지 말아야 하며, 셋째 소재 탐구를 위해 항상 마음속에 현미경을 지니고 다녀야 한다.'

영수의 작가, 작품에 대한 가치관이다. 이 세 가지 원칙 아래 자신이 자신에게 솔직하다면 다른 사람들의 칭찬이나 비평에 휘말릴 필요가 없다.

"한 우물만 파라. 이것저것 다 건드리면 찍힌다, 찍혀."

친구들이 영수에게 충고 삼아 하는 말이었다.

"야. 누구한테 잘 보이자고 문학하는 거냐? 그러자면 문학 일찌감치 때려치우고 은행원이나 공무원이 되겠다. 남에게 잘 보이자 하는 게 목적이라면 아, 그보다 더 쉬운 게 어딨어? 간, 쓸개 다 빼버리고 살아가면 척척 진급할 거 아냐? 철두철미 자유인이 되고 싶어 문학하는 게 아니냐고."

"너 위해 하는 소리다. 좁은 바닥에서 문단 선배들 눈에 나봐라. 크기도 전에 죽는다."

"야, 시퍼렇게 젊은 우리들조차 눈치보기부터 한다면, 이거 정말 한심한 거 아냐?"

"그건 어디까지나 이상론이다. 하지만 우린 꿈나라에 살고 있지 않다. 이상 하나만으로 살아갈 순 없어. 우리 조선 문단은 굉장히 보수적이다. 외국물 먹은 사람들보다 서당 출신 작가들이 대부분이라는 거, 이거 무시 못할 우리 현실이다. 알겠어? 그들은 우선 자기네들보다 공부를 많이 한 사람들한테 거부감을 가지고 있고, 신교육 물을 먹은 유학파들에게는 자격지심과 반감을 느낀다고, 알겠어? 무조건 역겨운 거야. 알겠어? 이게 우리의 현주소라고."

"그건 맞는 말이다. 현실을 무시할 순 없어. 기존 문단에 반항하는 기색이 보이면 삼류 잡지 지면 하나도 얻지 못해."

기영이 화삼의 말을 받았다.

"형이 그러더라. 문단처럼 보수적인 단체가 없다고. 가장 진보적이어야 할 것 같은데 실은 그 반대래. 나보고 거기 순응하지 못하겠으면 문학 포기하라더라. 그래서 난 일찌감치 포기했다. 히히히."

기영의 형은 신문사 학예부 기자라 문인들과의 접촉이 잦았다.

"실은 등단 제도가 있다는 것 자체가 모순이다. 몇몇 사람이 자기 구미에 맞는 글을 뽑아 등단시킨다는 거, 이거 문제 있다. 서방 나라들처럼 글을 써서 출판사에 보내고, 출판사에서 편집위원들이 공정하게 출판 여부를 결정해 책이 나와야 한다. 이게 정상 아니겠어?"

"말해 뭐해. 그러니 누구 파다, 누구 파다 해가며 그룹이 형성되는 거지. 형 말 들어보니까 신춘문예 심사위원이 누군지 아예 그것부터 무슨 수를 써서라도 알아놓고 나서, 그 심사위원 구미에 맞는 글을 쓰는 응모자들이 수두룩하대요."

"에이, 설마."

"그러니까 넌 뭘 몰라도 한참 모른다 이거다. 넌 그저 정열 하나로, 꿈 하나로 세상을 살아가려 하는데, 그게 네 큰 흠이다. 그러니까 넌 사실 똑똑한 놈이 아니고 좀 모자란 놈이란 말야. 가뜩이나 유학파들을 아니꼽게 여기는 판인데 희곡 씁네, 소설 씁네, 드라마까지 설쳐대고 있으니 생각해 봐. 얼마나 아니꼽겠어?"

"상관없어. 선배들이 만들어놓은 틀에 맞춰 살아가는 게 정도(正道)라면 난 정도를 가지 않으련다."

"야, 김영수. 문학 집어치우고 정치로 나서지 그래? 사회개혁. 어때?"

기영이 쿡 웃어가면서 말했다.

"우리 문단에 소설도 쓰고 희곡도 쓰는 선배들이 아주 없는 것도 아니다. 유진오, 이기영, 채만식, 이무영. 그들도 희곡을 간간이 발표하잖아?"

"내 말은 그저 조심하라는 거야. 단단하게 뿌리 박힌 문단의 보수성을 너 혼자 뜯어고칠 생각은 말라고. 그러다 외톨이 될까 걱정돼서 하는 소리다."

"임마, 개혁이라는 건 확 뜯어고치는 거야. 슬슬 눈치보면서 이루어내는 개혁이 어디 있어?"

"글쎄, 난, 네가 좌절하게 될까 봐 그게 염려스러워 하는 말이라니까. 열 내지 마. 자식, 성미는."

"알아."

영수의 단편소설 「여심」이 중앙일보에 발표되자, 주변의 친한 친구들은 너무 급작스레 나타나 장르를 넘나들며 글을 쓰는 영수를 걱정했다.

'나는 벽을 뛰어넘고 싶다. 나는 나를 어떤 틀에도 구속시키고 싶지 않다.' 친구들의 진심 어린 충고가 고맙긴 했지만 영수는 아직 그런 데 신경 쓰고 싶지 않았다. 우선은 그저 열심히 쓰고 싶었다. 희곡도, 드라마도, 또한 소설도 영수에게는 어느 것 하나 버릴 수 없는 대상이었다. 영수에게 글을 쓴다는 건, 존재의 확인, 그 자체였다.

"우리들이 가야 할 방향은 자연스레 사회주의 아닐까?"

어느 날, 서향이 읽고 있던 책을 덮으며 불쑥 내뱉은 말이다. 영수와 서향은 하숙비를 줄이기 위해 상급반에 올라와 방을 같이 쓴다.

1934년 7월, 동경학생예술좌가 창립된 후, 1935년에는 안영일, 차응세 등이 중심이 된 '재동경조선극인조선예술좌'가 창립되었다.

'조선예술좌'의 창립 목적은 다음과 같았다.

'민족연극연구로 진보적 예술을 추구하며 조선인 민족의 오랜 연극적 전통을 계승해 새로운 연극을 창조하고자 함.'

이들이 추구하는 목적은 '조선신극의 건전한 연극 발전을 기하기 위하여'라는 '학생예술좌'에 비해 훨씬 진보적인 것이었다. 이 목적문은 일본프롤레타리아연극동맹의 목적문과 내용이 거의 흡사했다.

"우리들이 가야 할 방향은 역시 사회주의 아닐까?"

영수에게서 아무런 반응이 없자 서향이 똑같은 말을 반복했다.

"왜? 가난하기 때문에?"

영수가 잠시 뜸을 들이다가 반문했다.

서향이 요즈음 들어 무서운 속도로 진보적 성향을 띠어가고 있었다.

"반드시 그 이유만은 아니지만."

"가난하기 때문에 사회주의를 택한다? 난 그건 반대다. 가난한 사람들이 있는 자들을 몰아내고 이룩하는 사회는 유토피아일까? 과연 그들은 정말 공평할까? 있는 자와 없는 자가 다 똑같이 공정하게 부를 누릴까? 가난한 사람들은 가난하기 때문에 의식 자체가 비뚤어지기 쉽다. 편견에 치우치기도 쉽고. 우리는 보다 냉철하게 객관적으로 사회를, 그리고 우리 스스로를 바라볼 필요가 있다고 생각한다."

"난 때로 너를 이해하지 못하겠다. 넌 빈궁(貧窮)이 뭔지 몸소 체험해 가며 살아온 가난뱅이 아니냐."

"물론이다. 하지만 가난뱅이이기 때문에 무조건 사회주의에 손든다? 그건 아니지. 그래선 안 된다. 내가 대기업가, 대지주들이 저지르는 비행을 모르는 것도 아니고 두둔하는 것도 아니다. 가난한 자들의 설움을 모르는 것도 물론 아니고. 하지만 가난하기 때문에 무조건 있는 자를 혐오하고 그들을 한 묶음으로 싸잡아 악마 취급하는 것도 옳은 자세는 아니다. 이런 증오감과 혐오감으로 사회주의에 기운다는 건 절대 건강한 자세가 아니다."

"난 현재 조선 연극인들이 하고 있는 신극은 대중을 기만하는 자위행위라 본다. 저급해."

"그건 너무 가혹한 평 아닐까? 그들 중에 홍해성, 유치진, 박진, 이서구 같은 선배들이 있다. 그들은 나름대로 우리 땅에 연극다운 연극을 뿌리내리려 애쓰고 있다."

"물론 그런 선배들을 무시한다는 말은 아니다. 그저 너무 대중을 기만하는 고차원 자세 문학이라 할까? 그런 자세가 역겹다는 거지. 오히려 난 신불출, 함대훈, 박영호 같은 사람들한테 호감이 간다."

"박영호?"

의외라는 듯, 영수 목소리가 커졌다.

"그래. 너 「프로연극의 대중화문제」라는 글 읽어봤어?"

"물론."

"어떻게 생각해?"

"글쎄."

영수는 잠시 뜸을 들이기 위해 담배 한 개비를 꺼내 물었다.

이서향. 머리가 비상한 친구다. 이 친구가 왜 최근에 와서 갑자기 사회주의에 이토록 심취할까. 영수는 천천히 담배를 빨아 연기를 후, 후 날려보내고 나서 말문을 열었다.

"전투성이란 말이 영 맘에 안 들더라. '연극운동의 당면적 임무는 근로대중의 생활적 전투성이 임무가 되어야 한다'고 했지?"

"'프롤레타리아 작품을 심각한 조선의 현실적인 정세 위에 새로운 조화를 갖도록 개작해도 좋을 것'이라고 했지. 모든 문제의 중심적 요소는 빈농, 빈노의 조직화이며 사회화인 데 있다고."

"정통적 신극을 부르주아 연극이라고 비난하는 건 곤란해. 프로연극은 전투적 자세로 마르크스주의 선전극을 시도하는 게 아니겠어? 그건 예술이 아니지."

"어쨌든, 지금 우리가 나아가야 할 방향은 식민지 사회의 질곡을 파헤치고 고발하는 주제를 작품 세계로 삼아야 한다고 본다. 일제의 수탈착취에 의한 민족의 고통이 최대 관심사가 되어야 당연하다고 믿는다. 네 작품 세계 역시 그렇잖아. 밑바닥 인간들의 고통이잖아? 안 그래?"

"민족의 궁핍과 인간의 조건, 이 문제는 우리 모두의 공통 주제다. 그것을 문학으로 승화시키는 연료는 인간에 대한 애정이다. 배반당하고 짓밟히고 갈래갈래 찢어져도 역시 인간에 대한 신뢰, 애정, 이것이 문학의 밑바탕이 되어야 한다. 이게 내 신념이다. 민족의 비극상을 애정을 바탕으로 문학의 차원으로 이끌어가는가, 아니면 전투적으로 밀고 나가느냐 하는 건 선택이다. 그러니까 우리, 동의할 건 동의하고, 또 서로 동의하지 않음이 있음도 동의하자꾸나."

그쯤에서 영수는 말머리를 돌리기로 했다. 이서향과 연극의 방향, 연극인의 자세를 논하다 보면 밤이 새도록 제자리걸음이었다.

"순수 연극론이든 리얼리즘 연극론이든, 그저 열심히 공부하고 열심히 쓰자꾸나."

입을 꾹 다물고 있는 서향에게 영수가 결론처럼 말을 맺었다.

1930년대는 사회주의와 아나키즘이 젊은이들에게 유행처럼 인기를 끌고 있었다. 1934년, 전북을 기점으로 하여 경기 충남 함남 평북 등 8개 도에 걸쳐서 80여 명의 좌익 문인 및 연극인들이 일경에 의해 대량으로 검거된 '신건설사' 사건으로 인해 프로극의 기세는 일단 꺾였지만, 유학생들 중에는 근대적 자각의 정신적 배경을 사회주의에서 찾고자 하는 학생들이 점점 늘어갔다.

사실 민족의 장래를 생각하는 젊은이들에게, 전통 인습으로부터의 벗어남과 식민지 사회의 굶주림과 헐벗은 쓰라림에서 벗어남, 이 두 가지 목적은 사회주의가 지향하는 유토피아와 맥을 같이하는 것이라, 자본주의보다 사회주의에 솔깃해하는 것이 당연하기도 했다.

'너는, 너 스스로 대학을 부르주아 기관이라 생각하고 있다. 그 때문에 고민도 하고 있다. 그러면서 어째서 서향이나 화삼이 같은 친구들의 주장에 찬성을 못하는 건가.'

영수는 혼자 있는 시간이면 이 물음을 골천번 자신에게 던지곤 한다.

'어째서 늘 그들이 주장하는 것에 제동을 거는 건가? 무엇 때문에?'

뾰족한 답이 논리 정연하게 나오지 않지만, 사회주의가 답이라고는 생각되지 않았다. 착취자에 대한 참을 수 없는 미움. 없는 자에 대한 뜨거운 연민. 이것이 사회주의라면, 영수 역시 그 누구보다 가장 열렬한 사회주의자가 될 수 있다. 그러나 과연 그럴까. 과연 사회주의 사회에는 높고 낮은 사람도 없고 더 먹고 덜 먹는 사람도 없을까. 그 사회를 이끌어가자면 누군가가 지도자 노릇을 해야 한다. 그 지도자도 인간이다. 그런데 그 지도자가 과연 개개인의 인권과 자유를 존중할까. 여기에 대한 답이 '아니다'라고 나온다.

단체의 목적을 보다 더 중요하게 여기는 제도에서 어떻게 개인의 자유가 보장될 수 있겠는가. 벌판에 아무렇게나 피어 있는 들꽃 하나하나도 다 생김새가 다르고 색깔이 다르다. 단 두 개도 똑같은 게 없다. 하물며 인간이야.

개개인의 개성을 존중하고 자유를 중요시하지 않는 제도가 과연 민중을 위한 제도일 수 있겠는가. 아무리 민족의 궁핍과 인간 조건 문제를 다룬다 할지라도, 지나치게 반항과 폭력을 예찬한다면, 지나치게 인간을 저주, 증오한다면, 그것이 문학의 주제, 문학의 동기라면, 그건 순수하지 못하다. 부조리가 많아도, 인간을 사랑하는 마음. 인간에 대한 끝없는 희망과 신뢰 그리고 가능성의 모색, 이것이 문학의 원천이 되어야 한다.

그릇된 것은 피를 대가로 청산해야 한다면, 그 후의 세상은 얼마나 무시무시할까. 증오심으로 적개심으로 이룩하는 사회가 어찌 건강할 수 있겠는가.

피가 뜨거워, 젊은 피가 너무 뜨거워, 연극이든 문학이든 어떤 방법을 통해서든 민족을 깨우치려는 마음 하나만은 다들 똑같았지만, 동기간 같은 친구들 사이에서도 노선을 놓고 때로 심한 입씨름을 해야 했다. 그만큼 그들 젊은이들은 저마다 고뇌하고 방황했다.

조선 학생과 일본 교수

영수는 연극에 심취되어 갈수록 학교 가는 시간이 아까울 정도였다. 그야말로 학교가 연극 공부를 방해한다는 생각조차 들었다. 연극은 학교에서 하는 게 아니라 극장에서 하는 것이라는 홍해성 말에 백번 동감이 갔다.

강의실에서 배우는 문학이나 연극은 서점이나 극장에 비해, 죽은 교육장이나 다름없었다. 특히 신극과 미국 문학을 가르치고 있는 일고(日高) 교수는 정년 퇴직을 눈앞에 두고 있어 그런지 너무나도 성의가 없었다.

사람이 늙으면 자연히 의욕이 떨어져 그렇게 되게 마련인지 모르지만 그는 한때 꽤 이름을 날리던 교수라는데 했던 소리 또 하고, 또 하고 해서 때로는 노망기가 들지 않았나 의심이 들 정도였다.

"체홉의 작품 세계가 보여주는 공통성이 「세 자매」에서는 찾아볼 수 없는 것 같은데 여기에 대해 설명 좀 해주십시오."

영수의 질문에 그는 들은 척도 하지 않았다.

"야, 너도 참 어지간하다. 아, 우리 질문은 아예 무시해 버리는데 왜 자꾸 질문하냐. 그만큼 무시당했으면, 이제 단념하라고."

효동이 영수를 쿡 찔러가며 중얼거렸다. 한효동과 김영수. 일고 교수 강의를 듣는 단 두 명의 조선 학생이다. 일고 교수는 여느 교수들과 달리 눈에 띄도록 조선 학생을 차별했다. 예과, 본과를 통틀어 그처럼 드러내놓고 조선 학생을 차별하는 교수는 없었다. 학기초에 두어 번 겨우 답해 준 것 외에 그는 계속해 효동과 영수의 질문을 들은 척도 하지 않았다.

"교수님, 「세 자매」를 집필할 당시, 그의 생활 배경을 알고 싶습니다. 당시 사회 배경에 변화가 있었는지 아니면 작가 신변에 변동이 있었는지, 그게 궁금합니다."

영수가 이번에는 더 큰 소리로 물었지만 여전히 못 들은 체하고 다른 학생의 질문을 받았다.

"야, 우린 싹 무시하는데 그만둬. 성질 나서 못 봐주겠다. 그저 적당히 시간 때우고 나가자. 논문도 다 낸 마당에, 열 올릴 거 없잖아."

"야, 야. 그놈의 성격. 제발 그만둬. 그렇게 밉상 받치면 학점도 안 나올라."

교수는 신간에 실려 있는 작자 소개를 앵무새처럼 외운 다음, 칠판에 저작연대표(著作年代表)를 쓰고 나서 이제 할 일 다했다는 듯, 손에 묻은 백묵 가루를 탁탁 털었다.

"학생의 질문을 무시하는 교수가 교숩니까?"

영수가 벌떡 일어나며 소리 질렀다.

"……."

역시 일고 교수는 들은 척도 하지 않았다.

"그따위로 교수 하려거든 집어치우시오."

너무나도 돌발적인 외침이었다. 학생들 시선이 일제히 조선 학생 김영수에게 쏠렸다. 산들바람이 유리창을 살짝 흔들고 가는 소리가 들릴 정도로 강의실이 순식간에 조용해졌다. 일고 교수는 아주 천천히 안경을 벗어 수건으로 안경알을 닦았다. 지금 당장 할 일이 안경 닦는 일이라는 듯, 그렇게 한참 동안을 아주 조심스럽게 안경알만 문질러댔다.

'그따위 강의.' 조선 학생이 일본인 교수에게 '그따위 강의'라 했다. 이건 대단한 도전, 상상을 초월한 반항이었다.

"나는 역사와 전통을 자랑하는 와세다 대학 영문학부 졸업반 학생입니다. 그런 식의 강의는 우리 학생들의 지적 수준을 무시하는 겁니다. 우리들 수준을 너무 우습게 보지 마십시오. 지금 칠판에 적혀 있는 연대표는 지난주 새로 나온 명암사 희곡 전집 제6권 뒤에 실려 있는 것입니다."

영수는 또박또박 이 말을 끝내고 교실을 걸어나갔다.

"이 미친놈아. 당장 가서 빌어. 빌라고. 교수님 찾아가 머리를 땅에 박고 사죄하라고. 그저 손발이 닳도록 용서를 빌어라. 일고 교수 과목이 모두 필수과목인 걸 알면서도 그 지랄을 해? 도대체 어쩌자는 거냐?"

효동이 주먹으로 제 가슴을 팡팡 쳐가면서 안타까워했다.

"졸업논문 점수까지 받아놓은 판에 이게 무슨 짓이냐. 누구는 강의가 엉터린지 몰라 잠자코 듣는 줄 아니? 누군 너만 못해 입다물고 있는 줄 알아? 미친놈, 정말 너 미친 거 아냐? 어떻게 졸업을 앞두고 그런 광기를 보이냐?"

영수는 졸업논문으로 유미주의(唯美主義) 연구 「월터 페터론」을 써서 이미 우(優)를 받아놓은 상태였다.

"참을 수 없었어. 정말 더는 참지 못하겠더라."

"어쩌자는 거냐. 너 임마, 그렇게 바보야? 계산도 못해? 그 간단한 계산도 못하느냐고. 무조건 가서 빌어."

"잘못한 게 있어야 빌지."

"빈다고 될까 모르겠지만, 어서 가서 빌어라."

옆에서 묵묵히 효동이가 동동거리는 것을 지켜보고만 있던 이서향이 한마디 했다.

"야, 이서향. 너마저…… 너마저 빌라고 하니? 너마저?"

영수는 서향이 입에서도 교수에게 빌라는 말이 나온다는 게 신기했다. 다른 친구는 몰라도 서향이만은 영수를 이해해 주려니 생각했었다.

"반항할 때가 따로 있다. 불의에 항거하고 목에 칼이 들어와도 굽히지 않을 때가 따로 있다. 지금 너는, 와세다 졸업장을 손에 쥐고 돌아가는 게 급선무다. 그게 널 여기 보내준 모교에 대한 의무다. 네가 그랬지? 가난 속에서 꿈 하나 붙잡고 견뎌냈다고. 꿈 하나 붙잡고 견뎌온 놈이 그 정도도 못 참아? 목적이 있으면 그 교수에게 빌 수 있다. 목적을 위해 비는 거지, 그에게 굴복하는 게 아니다."

"너, 지금 무슨 말을 하는 거야?"

영수가 어찌나 세게 주먹으로 탁자를 내리쳤는지 탁자 위에 있던 물컵이 바닥에 떨어지며 쨍 깨져버렸다.

"목적을 위해서는 불의와도 타협할 수 있다, 목적을 위해서는 비굴해질 수도 있다, 이 말 하는 거야? 이서향 입에서 그런 말도 나와?"

"그래. 목적을 위해서는 불의와도 타협할 수 있다."

서향이도 벌떡 일어나며 음성을 높였다. 두 친구는 마치 주먹질이라도 할 것처럼 시근덕거렸다.

"야, 왜들 이래? 앉아, 앉아서 이야기하라고."

효동이 바닥에 깨어진 유리잔 조각들을 집어가며 말했다.

"열 올릴 게 따로 있지, 영수 널 위해 하는 소린데 왜 그래?"

"목적이 분명하게 순수한 것이라면, 잠시 악마와도 손을 잡을 수 있고말고."

서향이 자리에 앉으며 계속 했다.

"지금 그 노교수에게 비는 건, 악마와 손잡는 것도 아니고 불의와 타협하는 것도 아니다. 그저 좀 비굴해지는 거지. 잠시 비굴해지지만 이상을 위한 거다."

"이상을 위해 비굴해질 수 있다는 건, 자기 기만이다. 위선이다. 이상을 위해 비굴해질 수도 있고 불의와 타협할 수도 있다는 말은, 친일파들이 읊어대는 소리다. 다 민족의 앞날을 위해, 지금은 뭇사람들의 돌팔매질을 당할망정, 다 민족의 장래를 보고하는 행동이라고, 자신을 희생양으로 신화하는 거지. 어떤 구실, 어떤 변명도 불의와의 타협은 비겁한 거다. 특히 민족이나 국가를 위한 것도 아니고 자신의 졸업장을 위해 굴하는 것이라면 그보다 더 치사하고 비열한 짓이 어디 있냐. 절대 잘못했다고 생각하지 않으면서 졸업장을 위해 빌어야 한다고? 난 이미 졸업한 거나 다름없어."

"저자들이 그냥 넘어가지 않을걸. 생각해 봐. 넌 조선 놈이다. 조선 놈이 일본 교수님에게 반항한 거야. 일본 학생들도 감히 하지 못하는 말을 조선 놈이 한 거라고. 졸업논문 따위 얼마든지 무시할 수 있어."

"설마 명문대 와세다에서 그 정도 일로 학생의 졸업논문을 무시해 버릴 순 없겠지."

"조선 놈이다. 와세다 대학생이지만 조선 놈이야. 그걸 넌 자꾸 잊어버리는 모양인데, 분명히 넌 조선 놈……"

"야, 거, 조선 놈 소리 좀 작작해."

영수가 서향이 말을 중동이질 치며 냅다 소리를 질렀다.

"미친놈. 넌 왜 그렇게 생각이 짧아? 욱하는 성미대로 어떻게 이 세상 살겠다는 거야? 나라도 없는 조선 놈이."

"거 조선 놈 소리 좀 그만 하라니까."

"그럼 네가 조선 놈이지 일본 놈이냐?"

영수와 서향의 입씨름이 끝이질 않았다.

"야, 너희들 왜 이래? 지금 입씨름 할 때야? 영수, 너 지금 흥분하지 말고, 어서 일고 교수한테 달려가 빌라고. 일이 커지기 전에."

효동이 연신 일고 교수에게 가서 빌라고 애원하다시피 했다. 조선인들은 툭하면 '조선 놈'이란 말을 잘한다. 심지어는 '우리끼리'라는 말 대신 '엽전끼리'라고도 한다. 영수는 아무리 친한 친구지만 그런 투로 우리 자신을 비하시켜 부르는 게 소름이 끼칠 정도로 싫었다.

"야, 이 조선 놈아. 그러니까 목적을 위해 지금은 비굴해져라, 이거다. 넌 일본 놈이 아니니까, 정당하게 항의를 할 수 있는 입장이 아닌 거 잊어먹었어? 나라도 없는 놈의 항의가 통한다고 생각하냐? 김영수 대가리가 그렇게 나빠?"

서향은 여느 때와 달리 불퉁스럽게 영수를 다그쳤다.

그런가? 내가 교수에게 대든 게 이성을 잃은 짓인가. 결국 나는 나 자신의 이득을 생각해 끝까지 굴욕을 참아야 했던 것인가. 그리고 친구들 주장처럼 교수를 찾아가 손이 발이 되도록 용서를 구하는 게 현명한 처사인가.

그런데…… 내가 옳다고 생각하는 원칙을 외면한다면, 내가 가지고 있는 단 한 가지, 단 하나뿐인 재산, 나의 자긍심, 나의 자존심은 어떻게 되는 건가! 불의와 적당히 타협하고 부정에 적당히 동조하는 사람들이 내세우는 명분이 그거다. 보다 더 큰 목적을 위해서라고. 그러나…… 더 큰 목적을 위해 자긍심을 굽힐 수 있다는 건, 언제든 나 자신을 정당화하기 위해 비굴해질 수도 있다는 것이나 다름없는 말이다. 그러면서 내가 과연 앞으로 당당한 인간의 몫을 해낼 수 있을까.

우리가 약자가 된 참 이유는 강대국 탓이 아니라 우리 자신의 비겁함, 비굴함 때문이다. 우리 조선 사람들은 강자에게 비굴하다. 강자에게는 치사할 정도로 공손하고, 약자에게는 무자비할 정도로 잔인하다. 이게 우리 민족의 고약한 근성이다.

나는 빌 수 없다. 그가 강자이기에 더더욱 빌 수 없다. 도대체 무엇을 빈단 말인가. 대학생이 교수에게 교수법에 대해 항의하는 게 그렇게도 죽을죄란 말인가. 그가 올바른 교수라면 학생의 그런 지적을 고맙게 받아들여야 하는 게 아닌가.

영수는 끝내 그에게 빌지 않았고 더 이상 일고 교수 시간에 들어가지도 않았다.

“도대체 무슨 일입니까? 이유라도 알아야 가든 말든 할 게 아닙니까?”

세광 서점에 순경 서너 명이 들이닥쳐 마구 학생들을 연행하기 시작했다. 주말이었다. 그러니까 일고 교수에게 항의하고 강의실에서 걸어나온 지 딱 사흘째 되는 날이었다.

“서에 가보면 알아.”

순경들은 서점 안에 있는 학생들을 모조리 연행했다.

세광 서점 주인이 조총련 단원이라는 것. 그래서 그 서점에 드나드는 학생들 중에는 공산당 연락망이 있을지도 모른다는 것. 이것이 불시 습격을 한 이유라 했다.

서점 주인이 조선인이라 조선 학생들이 대부분이었지만 일본인 학생들도 서넛 있었다. 물론 그들도 다 같이 차에 실렸다. 그러나 그날로 모두 풀려났고 유치장에 들어간 건 김영수 한 명뿐이었다. 물론 이 사실은 한참 후에야 알았지만.

“신원 조회라니요? 그건 이미 유학 올 때 샅샅이 한 것 아닙니까. 나는 와세다대학 영문학부, 졸업반 학생입니다. 학교에 알아보면 금세 내 신원 파악을 할 수 있습니다."

"입 닥쳐. 그 서점 주인하고 잘 아는 사이지?"

순경은 영수의 정수리를 구둣발로 걷어차며 욕을 퍼부었다.

"억."

"엄살 부리지 마, 이 새꺄."

억 소리와 함께 몸이 앞으로 구부러지는 순간, 그는 손에 들고 있던 가죽 채찍으로 영수 등을 내리쳤다.

"신원조회, 신원조회라면 학교로 연락해 주십시오. 학교로."

"이 새끼, 아직도 정신 차리지 못했나? 너 빨갱이 앞잡이지? 그렇지? 이 새끼, 아니긴 뭐가 아냐? 조선 놈들은 하나같이 거짓말쟁이라고. 고약한 놈. 아직도 정신 차리지 못해 거짓말을 하고 있어?"

"거짓말 아닙니다. 정말 저는 영문학부 졸업반입니다."

"영문학부? 영문학이라? 하하하…… 야, 이 새끼 정말 웃기는군. 너 하나쯤 여기서 죽여 거적에 둘둘 말아 내다버려도 그만이다. 알겠어? 그러니 순수하게 자백해. 공산당 앞잡이지?"

"으윽. 으흐흐, 으흐흐. "

영수는 울부짖으며 시멘트 바닥에 엎어졌다.

일주일이 지나갔다. 일주일 동안 영수는 매일같이 초주검이 되도록 얻어맞았다. 똑같은 사람이 들어오지 않았다. 매일 조사관이 바뀌었고, 그때마다 똑같은 질문을 반복하면서 거짓말이라며 때렸다. '조선 놈들은 거짓말쟁이, 조선 놈들은 거짓말쟁이'라는 말을 수없이 되풀이하면서.

하루는 매를 맞다 기절을 했는데 양동이로 물을 끼얹고 또 때렸다. 채찍에 살이 묻어 나오자 그제야 매질이 끝났다. 그들은 이미 죄를 만들어놓고, 영수에게 자백서에 사인을 하라는 것이었다.

영수는 꼼짝달싹할 수 없게 공산당과 내통하는 서점 주인의 끄나풀이 되어 있었다.

"학교에 연락해 주십시오."

"친구에게 연락해 주십시오."

아무리 간청을 해도 돌아오는 건 매질뿐이었다. 억울함과 원통함에 미칠 것만 같았다. 인간이 인간 대접을 받지 못하고 사는 게, 인간이 인간의 조건을 따질 수 없는 게, 식민지 백성이라는 것을 영수는 이제야 뼈저리게 느낄 수 있었다. 왜 서향이가 그렇게 눈을 부릅뜨고 너는 '조선 놈이다, 조선 놈이다' 했는지 이제사 그 속을 알 것 같았다. 아아. 나는 나 자신을 깜빡 잊고 있었구나. 나도 당당하게 여느 와세다 학생들처럼 법으로 보호받을 수 있는 자격이 있다고 생각하다니, 정말 등신이 따로 없구나.

"김영수 대가리가 그렇게 나빠?" 하고 소리 지르던 서향이가 옳았다. 살점이 뚝뚝 떨어져나간 등짝보다, 얼음장 같은 시멘트 바닥 추위를 발가락이 견뎌내지 못했다. 퉁퉁 부은 발가락이 미치게 가렵더니 점점 붓기가 가라앉으면서 발가락이 진보라색으로 변해, 나중에는 감각마저 느낄 수 없었다.

'한 사람의 어린 학생이 오른손에 국기를 들고 만세를 부르고 있었다. 일본군이 칼로 그 손을 베어 떨어뜨리자 그 학생은 왼손으로 기를 주워서 독립만세를 크게 외쳤다. 일본군은 또 그 왼손도 베었다. 그는 다시 큰 소리로 독립만세를 외치다가 일본 헌병에게 머리가 잘려 죽었다.'

중국 5·4 운동의 본거지였던 북경대학에서 발행되는 잡지에 실린 기사 내용이 떠올랐다.

아아. 내가 착각을 해도 이만저만 착각한 게 아니다. 그들은 우민화 정책을 위해 말끝마다 말했다.

'조선과 일본은 같은 뿌리의 조상을 가지고 있다. 조선과 일본은 똑

같은 국민이다. 우리는 조선인을 일본인과 똑같이 사랑할 것이다.'

나는 나도 모르게 그들의 그런 말에 넘어갔다. 나는 나에게도 똑같은 권리가 있다고 생각했던 것이다. 그들이 조선인에게 가한 처참한 학살만 생각해도 우리를 어떻게 취급하는가 알고도 남는데, 어쩌자고 나는 잠시나마 내 신분을 망각했던가.

시퍼렇게 변한 열 발가락보다, 구두 발길로 차인 정강이며, 살점이 떨어져나간 등짝보다, 가슴이 더 아팠다. 가슴 속살이 단도질을 당하는 듯 쓰라렸다. 살아야 한다. 살아 나가야 한다. 나는 일고 교수에게 빌지 않는다. 나는 절대 빌지 않는다.

「소복」

신춘문예병.

그건 무서운 병이다. 폐병이나 심장병이나 백혈병같이 병명만 대단하지 않을 뿐, 실은 그런 치명적인 병 못지않게 무서운 병이라는 것을, 한번 그 병에 걸리면 정신병동에 들어가기 일보 직전 상태까지 된다는 것을, 신춘문예에 응모해 본 사람은 안다. 그 세계는 신춘문예에 도전해 보지 않은 사람은 상상도 할 수 없는 미치광이 세계다.

1938년. 조선일보 신춘문예 모집 사고를 보는 순간부터 영수의 가슴은 쿵쾅쿵쾅 뛰기 시작했다. 그동안 중앙일보에 단편 「여심」을 비롯해 신문, 잡지에 소설을 몇 편 발표하고, 연극 평론도 여러 편 발표했지만 영수는 그 정도로 만족할 수 없었다.

조선 문단에는 영수와 비슷비슷한 연령의 젊은이들이 등장하여 참신

한 글을 새록새록 발표하고 있었다.

1934년 영수가 동아와 조선 신춘문예에 희곡이 당선될 때, 김동리는 시로 동아일보에, 박영준은 소설로 조선에 당선됐다. 그 이전 1933년에 이미 황순원은 열여덟 살 어린 나이로 동아에 시가 가작으로 당선됐다. 김동리는, 36년에 다시 소설로 동아에 등단하고 서정주가 시로 등단했다. 1937년에 정비석은 소설 「성황당」으로 1등을 차지하고, 1938년에는 곽하신이 동아에 소설 「실낙원」으로 당선했다. 서정주는 스물한 살, 곽하신은 열여덟 살이었다.

그러니까 영수는 스물세 살에 동아, 조선에 희곡이 당선된 후 계속 습작으로 시간을 보낸 셈이다. 물론 그동안 연극과 드라마에 정열을 쏟아 부어가며 지냈지만 소설가로서는 아직 정식으로 문단에 들어서지 못한 셈이다.

소설을 쓰고 싶다는 욕망과 동양극장 전속작가라는 책임 사이에서 영수는 밤마다 원고지와 씨름을 해야 했다. 어서 극본을 끝내놓고 소설을 쓰고 싶어 몸이 근질거릴 정도였다. 그러다 보면 밤은 하얗게 밝아지곤 했다.

세광 서점에서 책을 읽고 읽다가, 갑자기 들이닥친 일본 순경한테 이유도 모르면서 잡혀가 두 주일 동안 모진 고문에 시달리다 풀려 나왔을 때, 영수는 미련 없이 짐을 꾸렸다. 나중에 안 일이지만 빨갱이 끄나풀이라는 죄목은 잡아넣기 위한 죄목이고 진짜는 일고 교수에게 대든 괘씸죄였던 것이다. 조선 학생이 감히 일본인 교수에게 '그따위 강의'라고 항의한다는 건, 사상이 불온하다는 증거였던 것이다.

'건방진 놈'이라는 소리가 김영수 이름 석 자 옆에 따라다녔다. 일본 유치장에 갇혀 샌드백처럼 얻어맞을 때도 두 주일 동안 내내 귀에 못이 박히도록 들은 말이 '건방진 놈'이었다. 그리고 서울에 와서 신문, 잡지에 연극평을 쓰면서 듣는 말이 또 '건방진 놈'이었다.

'그래. 난 건방진 놈이다. 어쩔래. 건방진 놈 소리 따위에 내가 주눅이 들 것 같으냐? 난, 내가 느끼는 대로 쓸 뿐이다. 내가 쓰는 글이 그렇게 싫으면 읽지 않으면 될 게 아니냐. 쓰는 건 내 자유요, 읽는 건 네 자유다.'

1937년 동아일보에 김영수의 「조선 신극운동의 현 단계와 그 전망」이란 글이 나가자 여기저기서 '건방진 놈, 겁도 없이 까분다'는 소리가 터져나왔다.

"스테이지에서 노출된 그들의 마비된 동심과, 한발 나아가서 소위 중간 극이란 의태가 숙명적으로 내포하고 있는 만성적 매춘부성을 지적 아니치 못할 곤경에 함몰하고 말았음을 해당 극단을 위하여 또는 내 자신을 위하여 심히 괴롭게 여기는 바이다."

이런 투로 시작한 글은 시종일관 새 극단 '중앙무대'를 난도질한 것이었다.

"도대체 그런 글이 어떻게 실렸을까 모르겠네."

학의 말에 서향이 식 웃어가며 대꾸했다.

"신문사야 신나는 일이지. 생각해 보라고. 신문사에서는 서로 안면도 있겠다, 이래저래 아무리 까고 싶어도 그렇게 심하게 깔 수 있겠어? 기성 평론가들도 마찬가지지. 막걸리라도 한 잔 얻어먹은 입장이라면 더군다나 심하게 쓸 수 없는 건 빤한 이치 아냐. 그런 판에 신인이 나타나 대신해서 속 시원하게 해대고 있으니 얼마나 후련하겠어."

"듣고 보니 그럴듯하군."

"아마 청탁이 쏟아져 들어올 거다. 보나마나 조선에서도 써달라 할 거다. 이제 김영수, 연극 평론가로 나가도 되겠다. '극예술의 제1프린시플인 심미적 탐구와 건전한 예술성과는 노골적으로 절연 내지 거부를 급급하고 있는, 문화사적 지위는 과연 무엇일까?' 야, 이런 독필을 어디서 읽냐. 정말 시원하다, 시원해."

"난 무엇보다 이 대목이 맘에 들더라. '중간연극의 좌절이 어디에서 기인하는가?' 하는 지적 말이다. '질적 향상을 극작가에게만 혹은 극작가의 사회적 명성에만 의탁한 것'이라는 지적, 이거 정말 정곡을 찌른 말이다."

"어쨌거나 과연 동아일보다. 비평가도 아닌 학생에게 6회에 걸쳐 지면을 주다니, 이건 정말 대단한 거다. 부럽다, 부러워."

"그런데 말이다. 야, 김영수. 다음에는 단어를 좀 골라가며 고상하게 쓰면 안 될까? '매춘부적'이라니, 그건 좀 너무 하잖아? '중앙무대'의 송영(宋影)이 이를 갈겠다 이를 갈겠어. 너, 그렇게 적을 많이 만들어도 되는 거야?"

"야, 일본 놈 감방에서도 살아 나왔는데, 내가 뭐가 무섭겠냐?"

영수는 해외문학파들이 주를 이루고 있는 유치진 대표 체제의 '극연좌'에 들어갔다. 일본에서 돌아온 친구들, 이서향, 김진수, 이화삼, 박학, 이병찬도 모두 '극연좌'에 합세하고 또 이해랑, 김동원도 귀국하여 '동경학생예술좌' 좌원들이 모두 '극연좌'에 모여 활동을 같이하게 되었다.

그러나 '극연좌'는 얼마 가지 않아 의견 대립으로 심하게 몸살을 앓기 시작했다. 1939년에 들어서 '신극 대동단결'이라는 기치 아래, 노골적인 친일 연극을 지향하는 '협동예술좌'의 가입 문제로 내분이 발생한 것이다.

"야, 무슨 소리야. 다 같이 가야지."

학이 핏대를 올렸다. 이서향, 이화삼, 그리고 자기도 모두 '협동예술좌'로 가는데 왜 혼자만 떨어지느냐고 골부림을 하는 것이었다.

"동양극장으로 가자."

"동양극장?"

"그래. 청춘좌에 들어가자. 거기가 훨씬 날 것 같다."
"거긴 다를 것 같아? 어디나 다 마찬가지, 지금 이 시점에 총독부 눈치 안 보고 활동할 수 있을 거 같아? 너, 아직도 꿈에 사는구나. 이제 꿈 깰 때도 되지 않았냐?"
"그래도, '협동예술좌'는 너무 노골적이다. 난 그게 싫어. 동양극장 청춘좌에서는 신극만 올릴 계획이라니까, 좋잖아? 그것도 창작극을 기본으로 한단다. 그러니 좀 좋아? 홍해성이 동양극장 연출 책임자로 갈 때는, 뭔가 생각이 있어 갔을 게 아냐? 홍해성, 박진, 쟁쟁한 선배들이 다 거기로 갔다. 우리도 동양극장으로 가자."
"상업 극단보다는, 예술좌가 훨씬 낫지, 안 그래? 명색이 그래도 예술좌잖아."
"야, 너 언제부터 그렇게 속물이 됐냐? 그딴 이름 따위가 무슨 상관이야? 예술좌는 고상하고 청춘좌는 저속하다 이거야? 번안극은 예술이고 창작극은 유치하다 이거냐고? 속물 따로 없네."
영수가 얼굴마저 벌게지면서 열을 올렸다.
"임마, 열 내지 마. 내 말은 이러나저러나 우리는 총독부 지시 아래 공연을 해야 되는 현실이다. 안 그래? 우리는 식민지라는 걸 잊어버리면 안 된다고. 그러니 이왕이면 활동 조건이 훨씬 좋은 쪽에서 대우도 받아가면서 연극을 하자, 이 말이다. 같은 값이면 과부 집 머슴살이가 난 거 몰라? 자식, 흥분하기는."
"말이 예술좌지, 그게 예술 기관이야? 타이틀만 근사하면 고상한 연극 단체냐고? 그야말로 총독부 직속 기관이나 다름없잖아. 거기 가서 선전극이나 하자 이거야? 난, 안 간다. 난, 안 가."
"임마. 툭하면 똥 넉가래 내세우듯, 그 강변 좀 집어쳐. 너, 그렇게 당하고도 아직 정신 못 차렸구나. 이젠 꿈을 싹 버리라고. 우린 나라가 없다고, 알겠냐? 어디 간들, 순수하게 맘껏 문학성을 살려가며 작품 쓸 수 있을 것 같냐? 총독부의 손아귀를 벗어날 수 있다고 생각한다면 오산이다. 그러니 이왕이면 그들 지원을 받아가며 생활 보장이 되는 쪽을 택해야 할 게 아냐? 무슨 짓을 하든 먹는 문제는 해결해야 할 게 아냐. 미친놈. 미친놈은 너다."

"그래. 난 미친놈이다. 미친놈이야, 이제 알았냐? 난 미친놈이라고. 그러니 내버려둬. 네놈들이나 가라. 다 가라. 나는 미친놈이니까, 내버려둬."

영수가 주먹으로 가슴을 팡팡 쳐가며 소리소리 질렀다.

"나는 인간의 모순을 파헤치고, 인간의 진실을 추구하고 인간의 참모습을 그려보고 싶다. 오직 이뿐이다."

단짝 친구들은 다 '협동예술좌'로 가고, 영수 혼자만 동양극장으로 갔다. 친구들과 떨어져 혼자만 자리를 옮길 때 마음이 몹시 울적했지만 영수는 총독부 직속 기관이나 다름없는 단체에 들어가고 싶지 않았고, 무엇보다 창작극을 쓰고 싶다는 욕망에 동양극장을 택했다.

대부분의 연극인, 연극 단체들 아니 그들뿐 아니라 조선의 지성인이라는 사람들 거의 모두가 창작극보다 번안극을 문학이라 간주한다. 조선인의 손으로 씌어지는 작품은 무조건 저속하다고 깔본다. 서구 작품을 공연해야, 참다운 예술인 줄 안다. 영수는 그게 싫었다. 싫은 정도가 아니라 그런 태도에 혐오감을 느꼈다.

연극을 공부하는 사람이면, 물론 조선의 작품뿐 아니라 북유럽 희곡을 공부해야 한다. 문학이든 연극이든 음악이든 미술이든 모든 예술이 본국 작품뿐 아니라 외국 작품도 두루두루 공부해야 하는 건 당연하다. 그러나 그 공부는 어디까지나 창작을 위한 것이다. 그게 외국 문학, 외국 연극을 공부하는 참 의미다. 그러고 나서, 미흡하면 미흡한 대로, 유치하면 유치한 대로, 창작을 해야 언젠가 가서는 우리 땅에도 고차원적 예술이 자리를 잡게 될 것이다.

남보다 하나라도 더 배웠다는 지성인들조차, 우리 것을 저속하다 유치하다 무시해 가며 외국 작품만 문학이라 간주한다면, 어느 세월에 우리 땅에 차원 높은 예술 풍토가 이루어진단 말인가.

영수는 이 현실이 안타까워 가슴을 치며 통곡하고 싶었다. 창작극. 작가에게 창작은 생명이다. 홍해성. 그가 극연좌에서 이제 막 걸음마를 시작하는 동양극장으로 자리를 옮긴 건, 분명 우리 땅에 창작극을 발전시키겠다는 열정 탓이리라. 영수는 그에게 그 말을 굳이 듣지 않아도 그의 심중을 훤히 알 수 있을 것 같았다. 홍해성은 그야말로 인간 멋쟁이일 것 같았다.

사람들은 자유로운 삶을 갈망하면서도 보이지 않는 그물에 갇혀 살아가는 듯, 남의 이목이나 평가 같은 것에 갇혀 살아간다. 내가 행복한 것보다 남이 행복하다고 봐주는 것에 더 신경을 쓴다. 스스로 솔직하게 느끼는 만족함이나 보람보다 남의 눈에 비추는 만족이나 보람에 더 비중을 둔다. 그래서 사람들은 어깨가 무겁도록 위선과 가식이라는 포장으로 자신을 둘둘 감싸고 살아간다.

60고개가 넘어 자신의 삶을 돌이켜보며, 과연 나는 후회 없이 살았노라고, 다시 태어난다 해도 이 발자취를 고스란히 밟겠다고 자신에게 솔직하게 말할 수 있다면, 그보다 더 보람되고 흡족한 삶이 어디 있겠는가. 영수는 하고 싶은 일이 너무 많은 게 흠이라면 큰 흠이었다. 이상하게 돈 욕심은 어리석을 정도로 없는데 일 욕심은 놀부처럼 많았다.

「메밀꽃 필 무렵」을 《조광》에서 읽으며 숨이 막혀오는 것 같아 눈을 질끈 감아야 했다. 허 생원과 동이가 '달빛을 받으며 메밀꽃이 하얗게 핀 산길을 걸어간다'는 대목이 왜 그렇게 감동적이던지, 눈앞에 달빛을 받고 흐드러지게 펼쳐져 있는 메밀꽃밭이 보였다. 허 생원이 자기와 똑같은 왼손잡이인 동이를 보며 마음이 뒤숭숭해지는 그 얼굴 표정이 생생히 보여 가슴이 두근거렸다.

이효석, 김동리, 정비석, 박영준, 서정주……. 그들 모두 저 나름대로의 색깔로 열심히 글을 발표하고 있다. 나도 소설로 당당하게 그들 대열에 서고 싶다. 욕심이 많은가? 때로 영수는 스스로도 스스로를 이해할 수 없었다. 만약 욕심이 많다면 눈치를 봐가면서 누가 문단에 영향력을 행사하는 선배인지, 재빨리 줄서기를 해야 할 것이다. 대부분 신인들이 그런 식으로 줄을 서서 등단한 지 몇 년 내에 어느어느 파에 속해버린다. 하지만 영수는 곰처럼 둔하게 그런 면에는 깜깜했다.

27살. 젊은 나이에 극단 전속작가가 된다는 건, 희곡을 쓰는 사람에게 여간한 행운이 아니다. 자신이 쓴 작품이 석 달이 멀다 하고 막에 올려진다는 것은 그야말로 복 중에 복이다. 뿐 아니라 동양극장에서는 단원들에게 고정 월급을 지불했다. 그건 순전히 박진, 홍해성, 그리고 최독견의 연극과 연극인에 대한 애정 때문에 가능한 것이었다. 전문인이 전문인답게 긍지를 가지고 일하려면 무엇보다 생활이 안정되어야 한다며 월급제를 실시한 것이다.

"아, 잘했어. 잘 결정했어. 자, 같이 일해 보자고."

동양극장을 찾아갔을 때, 문예부 책임자 박진이 영수 두 손을 꽉 잡고 흔들어가며 호탕하게 웃었다. 그는 1927년 최초로 우리 땅에 경성방송국이 설립되었을 때 드라마 연출을 맡은 사람으로 영수와는 이미 인사를 나눈 사이였다.

1935년 서대문 충정로에 문을 연 동양극장은 조선인의 손에 의해 세워진 최초의 극장이었다. 그 전까지 조선 땅에 있는 극장들은 거의가 다 일본인 소유였다. 서울의 극장 대관료는 엄청나게 비쌌기 때문에 조선인 연극 단체들이 극장을 빌리는 일이 하늘의 별 따기만큼이나 어려웠던 것이다.

높은 이상을 가지고 시작한 연극 단체들이 얼마 버티지 못하고 줄줄이 무너졌다. 현실을 지키며 이상을 좇는다는 뜻에서 1925년에 발족된 토월회, 그리고 박승희, 김기진, 김진섭, 유치진, 이헌구 등, 주로 일본에서 외국 문학을 전공하던 유학생들이 1931년에 발족한 극예술연구회, 그들 또한 토월회처럼 조선 땅에 신극의 기틀을 마련하려고 무진 애를 썼지만, 관객의 몰이해와 공연장 부족이라는 악조건 속에 해산 위기에 놓여 있는 실정이었다.

동양극장은 시작하면서부터 전속극단으로 청춘좌, 동극좌, 희극좌를 만들어 연중무휴로 공연을 하게끔 일정을 짰다. 청춘좌는 리얼리즘에 입각한 사실주의 연극만을 공연하고 동극좌는 역사극, 그리고 희극좌는 희극 배우들의 즉흥 무대였다.

날이 갈수록 조선총독부의 강압은 더욱 심해졌다. 중일전쟁을 일으킨 그들은 1938년 4월에 국가총동원법을 공포하여, 한반도를 병참기지로 삼았다. 그들은 전쟁에 협력하지 않는 사람은 아예 비국민으로 지탄해 가며 조선인의 목을 조였다. 이런 상황에서 조선인들의 궁핍한 삶은 하루가 다르게 악화되어 가고 있었다.

'한 50년 전이나 아니면 한 100년 후에 태어났다면, 나의 인생이 달라지지 않았을까. 하필이면 나는 한일합방이 된 다음해에 태어나 이 험한 세파에 휩쓸리고 있는 건가.'

때로 이런 생각에 가슴이 무너져 내렸지만 그래도 영수는 그나마 동양극장에서 월급을 받아오기에 쌀을 팔아먹고 살아갈 수 있어 천만 다행이었다.

전속작가. 연극 단체의 전속작가라는 위치는 겉으로 보기에는 대단한 것 같지만 실은 신경쇠약에 걸릴 정도로 애간장이 타는 지위다. 극작가가 설사 불굴의 명작을 쓴다 해도 관객이 들지 않으면 수입이 없다. 수입이 없으면 극장은 문을 닫아야 한다. 극장이 문을 닫으면 연기자들이 밥을 굶고 거리를 헤매야 한다. 관객이 드느냐 들지 않느냐 하는 건 우선 작품에 달려 있다. 이 무거운 책임감에 영수는 질식할 것만 같았다. 원고지를 앞에 놓고 밤을 밝혀가면서 고뇌해야 했다.

'어느 정도 문학성을 살리면서 흥행과 타협하는가.'

학생의 입장에서 각본을 쓸 때와 전문인으로서 각본을 쓸 때의 현실이 너무나도 달랐다. 특히 조선의 현실은 신극이 환영을 받기에는 너무 황무지였다.

영수는 방문을 첩첩이 닫고 금자가 시집올 때 가지고 온 조그마한 밥상을 앞에 놓고 그 위에 원고지를 펴놓았다.

'너무 기대하지 말아라. 너는 지금까지 운이 좋았던 거다. 지금 이 순간, 김영수 너말고도 수많은 문학도들이 조선일보 신춘문예를 겨냥하고 칼날을 갈고 있다. 너만 글재주가 있는 게 아니다. 너는 이날까지 도전하는 것마다 운좋게 이루어졌기 때문에 간덩이가 부어 있는 거다.'

원고지가 무서웠다. 원고지 칸칸에서 이런 소리가 들려왔다. 간덩이가 부었다는 말이 가슴 서늘하도록 무서웠다.

'내가 너무 건방져진 걸까. 아직 한참 공부를 더 해야 하는 게 아닐까. 아니, 그보다 소설을 응모해 본다는 자체가 무모한 거 아닐까. 희곡으로 등단했으니 소설은 단념할까.'

'아니다. 단념하지 못한다. 소설도 희곡도 다 쓰고 싶다. 어느 것 하나 버릴 수 없게 다 소중하다.'

"틀림없이 당선될 거예요."

'틀림없이'라는 말에 힘을 주어가면서 격려해 주는 아내. 그녀는 신기할 정도로 남편의 능력을 믿는다. 무슨 일이든 마음만 먹으면 해내고 마는 사람이라고 믿는다. 마치 남편에게 요술방망이가 있는 것처럼.

"난, 절대 당신과 결혼 안합니다."

"절대라는 말은 아주 위험합니다. 지나친 부정은 긍정을 뜻하거든요."

그렇게 장담하다가 나중에는 자장면 값을 치를 정도로 변했고, '이왕 좋아하려면 미리 좋아해 달라'는 말에, 어이가 없다고 웃어버렸지만 결국 영수의 아내가 되었다.

영수는 잠시 펜을 멈추고 벽에 기댄 채 곤히 잠자고 있는 아내를 바라다보았다. 지금도 조금자가 나의 아내가 되었다는 것이, 이 자그마한 방 안에 쪼그리고 잠들어 있다는 것이 믿어지지 않았다. 서울 장안 남자들이 군침을 흘리던 조금자. 그 도도한 조금자가 돌 지난 딸, 나미를 품에 안고 곤히 자고 있다. 머리 한 올이 이마를 덮어도 속옷이 보인 것만큼이나 질색을 하는 그 깔끔한 여자가, 찌는 듯한 한여름에도 절대 발가락이 드러나는 샌들을 신지 않는 그 여자가, 머리카락이 마구 흐트러진 줄도 모르고, 가늘게 코마저 골고 있다. 냉동실에서 방금 걸어나온 듯, 차갑게 굴던 여자다. 김영수 따위 콧방귀도 뀌지 않던 여자다. 그녀는 뼈대가 있는 집안이라 그런지 하다못해 밥 먹는 태도조차 다르다. 절대 입을 벌이지 않고 먹는다. 물론 입안에 음식물이 들어 있을 때는 절대 말을 하지 않는다. 씹어먹는지 삼키는지 먹는 소리도 나지 않는다.

"저, 저 말이죠. 국을 그렇게 후르륵, 후르륵 소리내지 말고 조용하게, 조용하게 먹도록 해봐요."

결혼하고 나서 얼마 안 돼서였다. 하루는 금자가 조심스럽게 밥상 앞에서 이런 부탁을 했다.

"왜? 내가 소리를 내?"

"소리도 보통 소리가 아니고 후륵, 후르륵…… 아주 요란해요."

"그래? 난 느끼지 못하겠는걸."

"본인이 그걸 알면 설마 그렇게 소릴 내며 먹겠어요?"

영수는 금자가 지적하는 것은 무엇이든 다 고치려고 노력했지만 그야말로 습관이란 하루아침에 고칠 수 없는 것인지 그게 잘 되어주지 않았다.

"아, 난 상놈인데 어쩌란 말야?"

하루는 그만 버럭 소리를 지르며 숟가락을 벽에 내동댕이쳤다. 쓰고 있는 글이 잘 풀려주지 않은 탓이었을까? 평소에 무슨 말이든 '네, 네 여왕 마마' 해가며 웃음으로 받아넘기던 것을, 그날따라 그렇게 신경질을 냈던 것이다.

"당신과 나, 단둘이만 살아가는 게 아니잖아요."

금자의 목소리가 한 옥타브 착 내려갔다. 그녀의 성격이 그랬다. 상대방이 이성을 잃거나 억지를 쓸 때면 정반대로 침착해졌다. 그럴 때면 목소리도 더 차분해졌다.

"나미가 커가면서 당신한테 그런 매너 배운다면 좋겠어요? 숙녀가 되었을 때, 밖에 나가 국이나 찌개를 후룩후룩 소리내 가며 먹으면 좋겠어요? 당신 딸이 그런 여자가 되면 좋겠어요?"

"참, 누가 선생 아니랄까 봐. 아, 나한테까지 선생 노릇 하려 들지 말라고."

영수는 말은 그렇게 했지만 하나부터 열까지 아내가 하는 말이 틀린 말이 아니기에 고치려고 노력했다. 조금자와 김영수. 장미와 잡초라 할까. 그녀는 어렸을 때 칠피 구두에 비로드 드레스를 입고 자라났고, 영수는 흙구덩이에서 뒹굴며 자라났다. 가난한 문학도의 아내. 그것도 아직 소설가 대열에 정식으로 등록도 하지 못한 소설가 지망생의 아내다. 물론 동양극장에서 월급을 받아오기에 밥은 먹고 살지만 그래도 아직 방 한 칸도 제대로 얻을 수 없어 아내의 고모 집에 방 한 칸 얻어 살고 있는 그들 생활이었다.

덧문까지 닫고서도 그래도 마음이 뒤설레어 영수는 방 안에다 병풍을 동그랗게 둘렀다. 그러니까 책상으로 쓰는 밥상하고 영수 자신하고, 두 물체가 겨우 들어가리만큼 병풍을 둘러 방 안에 또 하나의 방을 만든 셈이다. 그리고 그 방 속의 방에서 영수는 절대 불가피한 일 이외에는 나가지 않은 채 보름을 살았다.

방 속의 방에서 끙끙거리며 원고지 200여 매를 다 없애고 마지막으로 얻은 것이 50매 조금 넘는 단편소설 「용녀」이었다.

「용녀」.

영수는 작품을 탈고한 다음에도 제목 때문에 꼬박 이틀을 끙끙거렸다. 아무리 궁리해도 마음에 쏙 들어오는 제목이 떠오르지 않아서였다. 마감일은 다가오건만 머릿속이 더 이상 돌아가기를 거부하는 기계처럼 딱 멈춰버린 것 같았다.

'에라, 모르겠다. 그냥 「용녀」다.'

이제는 끝났다. 최선을 다 했다. 잘 썼든 못 썼든 이게 내 실력이다. 보름이 넘도록 잠을 제대로 자지 못해 눈은 퀭 하게 들어가고 핏기가 서려 있었지만, 몸은 의외로 가벼웠다. 정신도 쌩하니 맑았다.

「용녀」를 신문사로 보내기 전에 영수는 가로수 다방으로 이서향과 김진수를 불러냈다. 그리고 그 두 친구 앞에서 단숨에 작품을 읽어 내려갔다.

"어떠냐? 솔직하게 말해 줘. 응모해 볼 만하냐?"

성미 급한 영수가 탁자 앞으로 바싹 다가앉으며 물었다.

"한턱이나 미리 내라. 당선작이다. 틀림없이 당선작이야."

진수가 책상을 탁 치며 말했다.

"괜한 소리 하지 마. 난 솔직한 평을 듣고 싶다."

"문제를 좀 일으킬 수도 있겠다."

서향이 담배 곽을 영수에게 내밀었다.

"문제라니?"

영수는 숨을 급하게 몰아쉬면서 더 바짝 다가앉았다. 서향에게서 그런 말이 나온다는 건 예삿일이 아니다. 1934년 동아와 조선에 희곡을 보낼 때는 "보내봐라."라고 선뜻 말하던 그였다.

"문제라니?"

영수가 다그쳤다.

"애욕 묘사가 너무 진한 것 같다. 그걸 심사위원들이 어떻게 받아들일지, 열쇠는 그게 아닐까 싶다."

"그건, 나도 같은 느낌이지만, 심사위원들이 단순하게 그런 묘사에만 비중을 두지 않을 것 같다."

진수의 말이었다.

"그럴까?"

"그거야, 소설을 흥미 있게 이끌어가는 기교에 지나지 않잖아? 김영수가 이 작품에서 말하고자 하는 건 약자에 대한 연민, 그게 주제 아냐? 나도 그걸 알겠는데 설마 심사위원들이 그걸 모르겠어?"

"그래. 바로 그게 주제다. 하지만 그걸 심사위원들이 제대로 볼까. 이게 의문이다."

"야, 조선일보 신춘문예 심사위원쯤 되면 알고도 남겠지, 안 그래?"

"심사위원이 누군지 모르지만 지금 우리 문단의 선배들, 대가들이라는 치들을 넌 그렇게 대단하다고 보냐? 빤하잖아. 얼마나 보수적이냐. 간통 장면이 너무 노골적인 것을 문제 삼을지 모른다. 통속적 요소가 짙다고 볼 수도 있지 않겠는가, 난 이게 걱정된다."

"그렇게밖에 보지 못한다면 심사할 자격도 없는 거지. 그 정도 에로티시즘은 이미 김유정의 「소낙비」에도 등장했잖아?"

"그러니까 심사하는 사람이 에로티시즘을 문학적 차원에서 보느냐 아니냐 하는 게 문제다 이거야. 그 사람들 생각에 따라 이 작품은 우수작이 될 수도 있고 낙제작이 될 수도 있다. 만약에 말이다. 심사위원들이 제대로 작품을 본다면, 내 말은 우리 문학이 지니고 있는 그 보수적 이상주의 시각에서 떠나기만 한다면, 당선작이 틀림없다. 문제는 문단 선배들이 자기네들 문학관에 어긋난다 해도 작품의 우수성을 인정할 만한 아량이 있느냐 하는 것이다."

"용녀와 상고머리가 간통하는 장면을 목격한 양 서방이 자기의 위치를 바꾸어 환상하는 장면은 가히 심미적이다. 대단해. 그 기법이 놀랍다."

"이 소설에서 애욕 묘사는 어디까지나 기법일 뿐, 주제는 약자의 슬픔에 대한 연민이다. 김영수가 갖고 있는 피해자들에 대한 휴머니티, 그게 바로 김영수고 그게 바로 「용녀」의 주제다."

영수는 코끝이 찌릿찌릿 저려왔다. 작품 주제를 작자 이상으로 완벽하게 풀이하고 있는 친구. 새삼스레 좋은 친구 몇 명이 주변에 있다는 게 고마웠다. 최경희와 연애할 때 '미친놈아, 미친놈아' 해가며 말리던 기영. 연극 표와 책을 몽땅 사버리고 돈이 없어 이틀을 굶고 방에 쓰러져 있을 때, 들이닥쳐 옷가지와 책을 전당포에 들고 나가 군고구마를 사왔던 화삼, 학. 졸업장을 위해 일본인 교수에게 빌라고, 목적을 위해서는 악마하고라도 손을 잡아야 한다고 열변을 토하던 서향, 효동. 세상에 참 친구라고 자신 있게 말할 수 있는 친구가 단 한 명만 있어도 부자라지 않는가. 비록 그 친구들이 사상적으로 사회주의 쪽에 기우는 게 안타까웠지만, 그래도 영수에게는 보배나 다름없는 귀한 친구들이었다.

서향과 진섭의 지적이 정확했다. 바로 그것이었다. 영수가 애정을 쏟아 부어가며 쓴 글의 주제가 바로 약자에 대한 연민이었던 것이다.

연극이든 소설이든 영수가 쓰는 글의 주제는 빈민층 인생의 리얼리즘이었다. 외부적 힘에 의해 지배당하는 서민의 운명과 삶의 애환이 영수가 집요하게 파고 들어가는 작품 세계였다.

힘있는 자들, 유식한 자들에게 늘 당하면서 살아가는 사람들. 억울해도 억울하다고 어디 가 호소할 수도 없는 사람들, 그 속에서 서로 기대고 비비며 그래도 정 하나 믿고 의지하면서 살아가는 사람들. 영수는 그런 사람들의 이야기를 쓰고 싶었다. 더 밑바닥으로 떨어지려야 떨어질 곳이 없는 사람들, 남들은 비천한 목숨이라 깔보고 사람 취급도 안 하지만 그들 속에는 비관과 증오보다 꿈이 있고 사랑이 있고, 인정이 있는 그런 가슴 뭉클한 사람들의 살아 있는 이야기를 쓰고 싶었다.

소설이란 것이, 분명 허구이긴 하지만 인간의 삶을 말하는 게 아닌가. 인간의 삶, 살아 있는 사람들의 이야기란 그것이 누추하든 너절하든 야비하든 저속하든 구역질이 날 정도로 상스럽든 그것이 진실이다. 아름답고 고고하고 숭고하고 거룩한 것만이 인생 전부가 아니다. 가장 아름답고 도덕적인 인간형을, 가장 아름답고 고상한 단어들을 나열해 가며 지어내는 것이 문학일 수는 없지 않은가.

영수는 도덕성과 윤리성을 강조하며 이상주의적인 냄새가 풍기는 그런 글은 쓰고 싶지 않았다. 그런 글은 은연중에 작가 자신을 한 단계 높이 올려놓고, 뭇사람들에게 설교를 하는 위선적인 글로 흐르기 쉽기 때문이었다.

문학도 문학인도 서민의 수준 이상이 아니라는 게 영수의 믿음이었다. 문학이 그 이상일 때, 글도 사람도 이중성을 띠기 쉽다고 영수는 생각했다.

"어쨌거나 빨리 가서 내라. 오늘이 마지막 날이잖아?"

영수는 그 길로 조선일보사로 뛰어갔다. 그날이 바로 12월 15일, 신춘문예 원고 마감날이었다.

접수부에 원고를 맡기고 집으로 돌아오는 발길이 무거웠다. 가슴이 허허했다. 친구들이 술 한잔 하자는 것도 나중으로 미루고 서서히 경성방송국 앞으로 해 돌담을 끼고 걸었다. 입안 가득 모래알이 굴러다니는 것처럼 깔깔했다. 대단한 작품을 쓴 것처럼 우쭐하던 기분도 어디로 사라지고 한없이 우울하기만 했다.

겨우 그 정도밖에 쓸 수 없었나. 날이 지나갈수록 작품을 끝냈을 때 '이것이다' 하는 그 자신감은 사라지고, 겨우 그 정도밖에 쓸 수 없었느냐는 자괴감에 뼈마디 마디가 쑤실 정도였다. 어쩔 수 없는 일. 이제 곧 결과가 발표될 테니 어쩌는 수 없다. 이제는 모든 것을 운명에 맡기는 수밖에 없다.

그나저나 「용녀」만 생각하고 우울 속에 침몰할 형편도 아니었다. 「사랑의 노래」 각본을 써야 했다. 이미 동양극장 책임자 최독견 씨와 약속한 작품이기 때문에 시간이 급했다.

그날은 오랜만에 목욕을 막 다녀온 참이었다. 대문을 밀고 들어서자 아내가 너무 급해 신발짝을 찍찍 끌어가면서 달려나왔다.

"여보, 여보. 이거, 이거 왔어요."

조선일보에서 온 하얀 봉투를 내미는 금자의 팔이 떨렸다.

"신춘문예 1등 당선작 「용녀」, 김영수."

영수는 헉 소리를 내며 아내를 껴안았고, 어깨를 들먹이며 흐느끼는 아빠 엄마 옆에서 2살짜리 나미는 아무 영문도 모르면서 덩달아 소리내 울었다.

"어서, 어서 신문사에 가봐요. 어서. 아유, 아무리 급해도 셔츠는 새 것으로 갈아입고 나가요."

신문사로 찾아갔을 때 학예부장 김기림은 마지막 순간까지 제목을 정하지 못해 쩔쩔맸다는 영수의 말에 지금이라도 제목을 「용녀」에서 「소복」으로 바꾸는 게 어떻겠는가고 물었다.

> 신춘문예 선후감(選後感) 일기자(一記者)
>
> 전략(前略)
>
> 김영수 씨의 「소복」 1등 당선작.
>
> 이 작품은 이미 발표 중에 있으니 비록 1구 1절만 보더라도 이 작품

의 탁월한 면목을 추찰(推察)할 수 있겠지마는 전편을 통해서 유창한 서술과 응축된 결구(結構)와 적절한 묘사가 단편소설로서 거의 상류에 속한다는 것을 선자로서 단언할 수 있다. 후략(後略) (1939년 1월 10일)

같은 날, 조선일보 같은 지면에 영수의 몇몇 친구들이 발기인이 되어 당선 축하회를 해주는 기사도 한 구석에 났다.

본보 당선 작가 축하회

본보 신춘현상문예에 1등 당선된 김영수 씨의 「소복」 당선 축하회를 좌와 같이 개최한다는 바 다수의 참석을 바란다고 한다.

· 시일 1월 9일(월) 오후 5시
· 장소 금각원(金閣園)
· 회비 2원
· 발기인 박태원 최영주 윤석중 정현웅

이렇게 하여 소설 「소복」은 김영수를 당당하게 소설가 대열에 올려놓았다.

동양극장 전속작가

「사랑의 노래」 막을 올릴 날을 며칠 앞두고 영수는 아예 동양극장에서 살다시피 했다. 영수뿐 아니라 연출가와 출연진이 거의 다 꼬박꼬박 밤을 새우다시피 해가며 연습에 연습을 거듭했다. 공연 날짜는 다가오는데 아직 대사조차 제대로 외우지 못하는 배우들이 있었다.

"몇 마디 되지도 않는 대사를 왜 외우지들 못하는지, 원 참. 도대체 그따위 자세로 연극을 하겠다고 덤벼드는 게 틀려먹은 생각 아냐?"

홍해성 감독이 짜증이 잔뜩 배인 목소리로 말했다. 며칠 밤을 제대로 자지 못해 그러지 않아도 신경이 곤두서 있는 참이었다.

"제대로 연극 공부를 한 전문인들이 아니니 어쩌겠어. 그저 불공드리는 심정으로 가르치며 할 수밖에."

홍 감독이 흥분할 때마다 박진은 그를 달랬다.

"하지만 신좌현은 좀 다르잖아. 배울 만큼 배우기도 했고 또 배우가 꿈이라 들어온 사람이니 뭔가 달라도 달라야 하지 않는가 말이야."

신익희 씨 조카인 신좌현은 다른 배우들처럼 가난과 굶주림을 면하기 위해 극단에 들어온 게 아니라 연극에 반해서, 어른들의 불같은 반대에도 불구하고 극단에 들어온 사람이었다.

"너무 긴장한 탓이겠지. 아까 보니까 대사를 다 외웠다고 하더구먼."

"아니, 또 딴청 부리고 있어? 또?"

홍 감독이 딱 딱 딱, 연필 자루가 두 동강이 나도록 책상을 때렸다.

"도대체 연극을 하겠다는 거야? 안하겠다는 거야?"

"미안합니다."

"미안? 지금 미안하다는 말이 나옵니까?"

홍 감독은 너무 화가 나면 평소에 쓰는 반말이 존대어로 변했다.

"자, 다시."

"뭐하고 있는 거야? 졸고 있는 거야?"

이번에는 신좌현은 제대로 했는데 연구생 고설봉이 주춤거렸다.

"아, 아닙니다. 죄송합니다."

"감독은 배우의 실수를 용납할 수 있어. 하지만 무대의 신(神)은 배우의 실수를 절대로 용서하지 않는다고. 알겠어? 자, 다시."

"아, 참 이거야. 원."

다시 똑같은 실수가 나오자 홍 감독은 도저히 참을 수가 없는지, 손바닥으로 이마의 땀을 닦아가며 잠시 쉬자고 밖으로 나갔다. 공연 날을 이틀 앞두고 아직 대사도 제대로 외우지 못하는 배우들이 있으니 똥끝이 탈 지경이었다.

"자, 우리 다시 해봅시다."

홍 감독이 집어던지고 나간 대본을 영수가 집어들었다.

'내 작품이다. 그것도 내 첫 공연 무대다. 이걸 망치면 어쩐단 말인가.'

영수는 홍 감독 이상으로 입안이 탔다.

"아니 어떻게 딱 한 마디뿐인 걸 자꾸 잊어먹나."

고설봉은 자기 차례가 오기만 하면 꿀 먹은 벙어리가 되어버렸다. 연구생인 그는 이번에 처음 역을 맡은 거다. 그는 손님이 사람을 찾아와 "안에 계시냐."고 물으면 "예."라고 한 마디만 하면 된다. 그런데 그 한 마디가 제때 나오지 않는 것이었다.

"자, 다시 해봅시다."

"감정 소화는 접어두고라도, 대사는 외워야지, 대사조차 제대로 외우지 못하면서 어떻게 배우가 되겠다고 나선 거요?"

고설봉은 연구생이니 그렇다 치지만, 신좌현까지 툭하면 말더듬이처럼 대사를 더듬거리고 있으니 한심한 노릇이었다.

"아니, 지금 졸고 있는 거야?"

영수가 소리를 꽥 지르며 대본으로 설봉 등짝을 후려쳤다.

"한 번도 아니고 도대체 뭐하는 거야?"

"죄송합니다. 죄송합니다."

설봉은 그저 죄송하다는 말만 연거푸 했다. 연구생들은 배역이 있든 없든 공연 두 시간 전에 나와 분장, 무대 장치, 소도구 등을 챙기고 나서 막이 오르면, 배우들처럼 분장을 하고, 무대 귀퉁이에 쪼그리고 앉아 선배들의 연기를 관찰한다. 연구생들에게 출연 여부와 관계없이 기초 분장을 한 채로 대기시키는 게 홍 감독의 특별난 지도 방법이었다.

막이 내리면, 연구생들은 장치 바꾸는 일을 거들고, 분장실 청소, 소도구 운반 등, 그리고 대본 베끼는 일까지 맡아 한다. 그러다 단 한 마디라도 역이 주어지면 이제 정말 배우가 된 것 같은 흥분에 들떠 잠을 다 설칠 정도다.

가난한 사람들. 처절한 가난에 시달리다 집을 뛰쳐나온 사람들. 연극마당에 뛰어든 사람들 대부분이 이런 사람들이었다. 하기에 여기에서 쫓겨난다는 건 바로 밥줄이 끊어진다는 절박한 문제였다.
"배우가 되겠다고 결심했으면 정신 바짝 차려야 할 게 아닌가."
"잘못했습니다."
"너, 내 작품 망치려고 아주 작심했냐?"
잘못했다는 말이 무색할 정도로 또 실수를 했을 때, 영수가 냅다 그의 정강이를 걷어찼다.
"잘못했습니다."
설봉은 정강이가 얼얼했지만 지금 그게 문제가 아니다. '예' 단 한 마디뿐이지만 무대에 선다는 게 꿈이 이루어진 거나 다름없었다. 그런데 잘못하다가는 역을 뺏길 판이다. 처음 맡은 역을 뺏길 순 없지 않은가. 정강이가 까진다 해도 지금 그게 문제가 아니다. 얼마나 힘들게 들어온 극단인가. 다섯 살 때 동네에 들어온 남사당패 공연을 보고 어린 마음에 하늘로 붕붕 떠가는 듯한 기쁨에 취했었다. 조막만 한 밭뙈기를 부치며 근근히 입에 풀칠을 하고 살아가는 그의 집안은 그나마 지독한 흉년이 들자 끼니를 잇는 날보다 거르는 날이 잦아졌다. 그런 궁핍함이 일부 사람들을 제외한 조선 사람들의 생활상이었던 것이다. 설봉은 그토록 간절하게 바라던 연극단에 들어왔다는 것만으로도 두 어깨에 날개를 단 듯싶었다. 하기 때문에 연출가, 작가 선생님들에게 정강이를 걷어 차이는 것쯤은 아무것도 아니었다. 그저 열심히 배워 언젠가는 주연도 맡을 수 있는 배우가 되고 싶을 뿐이었다.
"그 한 마디도 정 못하겠으면 집어치워. 당장 그만두라고."
"정신 차리겠습니다."
얼굴이 벌게진 그는 무조건 빌기만 했다. 어째서 번번이 "예." 소리가 몇 초 지나간 후에야 나오는지, 자신도 애가 타다 못해 환장할 지경이었다.

"야, 설봉아, 나하고 차 한 잔 하러 가자."

휴식 시간이었다. 순간, 설봉은 물론이고 연기자들이 모두 김영수를 바라보았다. 그가 지금 누구에게 말을 걸고 있는 건지 얼벙벙한 시선들이었다. 작가 선생님이나 연출가 선생님은 똑바로 쳐다보기조차 어려운 존재들이다. 그들은 배우들에게 있어 하느님과 맞먹는 높은 어른들이다. 그런데 작가 선생님이 정식 배우도 아닌 연구생에게 차를 마시러 가자니, 사람들이 얼떨떨할 수밖에 없었다.

"아, 뭐하고 있어? 차 한 잔 하러 나가자니까."

설봉은 대꾸도 하지 못하고 머쓱해 신발 코끝만 내려다보고 있었다.

'괴짜다. 정말 알다가도 모를 일이네. 지금, 분명 내 이름을 불렀는데, 나보고 차를 마시러 가자고?'

무서운 작가 선생님. 조금 전에 발길질을 해대던 그 호랑이 같은 선생님이 차를 마시러 가자니 네, 하고 답을 해야 하는 건지, 어쩨야 하는 건지, 머릿속이 띵하고 귀가 다 멍멍했다.

"야, 싫다 좋다 왜 말이 없어?"

"아, 네……. 네……."

"임마. '네'가 뭐야 '네'가, 친구 사이에."

친구 사이? 갈수록 태산이다. 어떻게 김영수와 고설봉이 친구 사이란 말인가. 김영수. 그는 동양극장 전속작가인 임선규, 김건 같은 사람들과도 또 다르다. 그는 동경 유학생 출신에, 신춘문예 당선 작가다. 그야말로 보통 사람들이 꿈도 꾸기 어려운, 그런 하이클래스에 속하는 인물이다. 그는 옷 입는 것도 어딘지 남들과 다르다. 양복을 거의 입지 않고 스포츠 차림으로 다니지만, 양복을 입을 경우에도 위아래 색이 다르게 입는다. 구두는 방금 닦은 것처럼 항상 깨끗하고, 언제나 시커먼 선글라스를 쓰고 다닌다. 한마디로 그는 아무렇게나 입는 것 같지만 아주 세련된 멋쟁이라는 인상을 준다. 그런 사람이 분장실 청소나 하는 연구생에게 친구라니. 내가 지금 귀신에 홀린 걸까? 설봉은 숨도 제대로 쉬지 못할 정도로 거북하기만 했다.

"임마. 놀라긴 뭘 그렇게 놀라? 너하고 내가 동기생이잖아."

동기생? 이거 정말 헷갈린다. 아리송한 건 설봉뿐이 아니었다. 이제 모두들 신기한 구경 거리라도 생긴 듯 그들 두 사람을 번갈아 가며 바라보고 있었다.

"우리 동기생이잖아. 내가 입사하면서 너도 극단에 들어왔으니 우린 입사 동기지. 내 동양극장 첫 작품에 너도 처음 출연하는 거니까 동기생이지, 안 그래? 그리고 또 있다. 너 나하고 동갑내기잖아."

그제야 사람들이 키들키들 웃어대기 시작했다. 김영수에게는 그런 면이 있었다. 연습을 할 때는 무시무시할 정도로 엄격하지만 일단 무대를 벗어나면 누구에게든 동등하다. 10년 후배든 20년 후배든, 선생과 제자 사이든, 주연 배우든 연구생이든, 다 똑같이 대한다. 연습 시간만 빼놓으면, 너무나도 소탈한 사람이다.

"이왕 이 길로 들어섰으면, 최고가 되어야 하잖니? 돈이 생기냐, 밥이 제대로 생기냐, 그렇다고 지금 이 사회에서 배우를 알아주길 하냐. 그러니까 목적이라도 뚜렷해야 하잖아. 안 그래? 언젠가는 반드시 첫 손가락 꼽는 배우, 고설봉이 되겠다. 안 그러냐? 사람은 무엇을 하든 말이다. 배우를 하든 미장이를 하든 백정 노릇을 하든, 자기가 하는 그 일에서 최고 소리를 들을 만큼 잘해야지, 안 그러냐? 우두머리가 돼야지, 하다못해 깡패를 해도 두목이 돼야지, 안 그래?"

영수는 차를 마셔가며, 정강이를 걷어차 미안하다는 마음을 이렇게 나타냈다. 세월이 흐르면서 김영수와 너나들이 해가며 지내는 사람은 고설봉뿐이 아니었다. 연구생 김승호는 어릴 적 골목친구라 아예 서로 이놈 저놈 했지만 박진에게도 처음에는 형님 선생님 하다가 나중에는 완전히 말을 트고 지냈다.

공연 첫날이었다. 첫날 막이 오를 때는 감독이 징을 치는 게 상례다. 한데 난데없이 김영수가 머리에 흰 수건을 질끈 동여매고 나타나 징을 쳐대기 시작했다. 분장실까지 달려갔다 다시 무대로 달려나오고, 숨을 몰아가며 덩실덩실 어깨춤까지 추며 징을 쳐댔다.

"저 광기. 저 광기는 아무도 못 말린다니까."

홍해성이 껄껄껄 웃어젖혔다. 그는 김영수의 그 광기가 좋았다. 그를 보고 있으면 마치 자신 속에 들어 있는 또 하나의 자신을 보는 듯한 느낌이 들 정도였다. 빈틈없는 전문성. 실수를 용서하지 못하는 철저함. 연습할 때 호랑이로 돌변하는 것. 예술에 대한 열정이 생살을 구어낼 정도로 뜨겁다는 것. 너무나도 흡사한 모습이었다.

"무당 따로 없다. 기막힌 일류 무당이다. 저 연기를 좀 배우라고. 저게 바로 연기다. 연기는 이럴 때 배우는 거야."

자기가 하는 일에 완전히 미치는 사람이라 할까. 수건을 동여매고 징을 치는 김영수 모습은 꼭 신들린 무당이었다.

"저래야 한다. 저렇게 미쳐야 한다고. 알겠어? 어떤 분야든 그 분야의 진짜 전문가가 되려면, 저렇게 완전히 미쳐야 한다고."

그런데 그만 일이 벌어지고 말았다. 무대에 나간 신좌현이 얼어붙어 버린 것이다. 연습할 때는 대사를 다 외운 그가 대사 도중 갑자기 입술에 경련이 온 것처럼 입술을 실룩거리더니 한일자로 꾹 다물어버렸다.

"야, 야, 꾸며서 해, 적당히 아무렇게나 꾸며대. 적당히 꾸며. 빨리."

커튼 뒤에서 홍 감독이 침이 튀도록 말했지만, 그는 완전히 돌덩이였다.

"아, 하다못해 「신라의 달밤」이라도 부르라고. 무슨 짓이든 하란 말야."

결국 그는 한참 동안 멍하니 서 있다 들어오고 말았다.

"내 첫 작품을 망쳐놓으면 어떡해? 당장 그만둬. 당장. 그딴 주제에 배우는 무슨 배우. 허영심 채우려고 배우가 된 거야? 그딴 안이한 생각으로 뭘 해먹겠다는 거야? 배우가 아무나 하는 건 줄 알아? 역이 아깝다, 역이 아까워. 썩 꺼져. 내 눈앞에서 꺼지란 말야."

공연이 끝났을 때, 영수는 시근덕거리며 소리소리 질러댔다.

"김 선생님이 화내시면 그저 빌라고. 그저 빌기만 하면 돼. 그럼 그만이다. 그때뿐이야. 그 순간만 면하면 된다. 그럼 금방 다 잊어버리신다고."

선배들이 후배들에게 일러주는 말이었다. 그들은 알고 있었다. 그 순간만 넘기면 그만이라는 것을. 김영수 성격이 그랬다. 아무리 화나는 일이 있어 난리를 해도 그것을 속에 꽁하니 묻어두는 성격이 아니었다.

밤샘 연습을 해가며 올린 연극도 길어야 5일 공연이 고작이다. 5일째 되면 객석이 텅텅 비기 시작한다. 다시 새 연극을 올리기 위해, 전속작가들 ― 이서구, 임선규, 김건, 송영, 김영수는 부리나케 작품을 써대야 했다.

"빤히 망칠 줄 알면서 왜 역을 또 주자는 거야?"

홍순언 사장이 이맛살을 찌푸리며 볼멘소리를 했다. 이제 막 들어온 김영수가 배역까지 간섭하려 드는 게 못마땅했다. 작가는 작품을 쓸 때, 작중인물에 대한 이미지가 있는 법이니까, 이왕이면 작가가 원하는 배우를 택하는 게 좋다고, 감독이 하는 말이다. 하지만 빚을 얻어 지은 극장이기에 홍 사장에게는 흥행이 최우선이었다.

배우들 월급날을 꼬박꼬박 지킨다는 것이 쉬운 일이 아니다. 1급 배우는 50원, 2급 배우는 45원, 3급이 40원, 4급이 30원, 그리고 연구생은 15원. 공무원 월급이 25원인 데 비하면, 이들의 대우는 파격적이라 할 만하다. 연기자들의 자존심을 살리기 위해 고정 월급은 필수라는 최독견과 박진의 주장에 원칙적으로 동의는 하지만 날로 힘들어져 가는 경제 사정에 가슴이 바짝바짝 타들어 왔다. 그런데 그런 사정도 모르는지, 김영수는 툭하면 연구생에게 역을 주자고 졸랐다.

"태어날 때부터 대가(大家)가 될 순 없지 않습니까. 기회를 주어야지. 그래야 언제고 가서, 우리 극단에도 훌륭한 연기자가 나올 수 있지요."

"아, 지금 무슨 소릴 하고 있는 거요? 여기가 배우 학교야? 우리가 지금 그렇게 여유가 있어? 월급이 나가지 못하면 몇 식구가 밥을 굶는지 알아요? 월급 생각을 하면 살이 직직 마를 판인데, 대사도 제대로 외우지 못하는 연구생들에게 역을 주자니, 그게 제정신으로 하는 소리요?"

"각본을 보면서 좀 연구해 보자고."

박진이 담뱃갑을 영수에게 내밀었다. 진정하고 침묵하라는 신호였다.

"한 마디라도 시키고 싶습니다. 그저 무대에 나왔다 들어가는 역이라도. 그래야 연극을 한다는 자긍심과 자신감이 생길 게 아닙니까."

"알았어, 안다고. 무슨 말을 하려는지."

최독견이 영수를 향해 눈을 끔벅했다. 이제 그만 입 다물고 딴 방으로 가라는 암시였다. 그는 항상 중간 역할을 했다. 작가들과 운영진 사이에 문학성 시비가 날 때, 또는 작가와 연출가 사이에 무대장치 관계로 각본을 고쳐야 하는 일이 발생할 때, 조금씩 양보하도록 무마시키는 사람은 으레 그였다.

"너무 감상적이야. 김영수, 이제 보니 센티멘털리스트구먼."

내내 입을 꾹 다물고 있던 홍해성이 한마디 하며 영수 등을 툭 쳤다.

작품을 쓰기가 쉽지 않았다. 습작을 하던 시절에 쓰는 것과 영 달랐다. 습작을 할 때는 아무런 제한 없이 쓰고 싶은 대로 쓸 수 있었다. 무대가 가능한지, 조명이 가능한지, 아무것에도 구애받지 않고 오직 문학성 하나만 골똘하게 파고들면 그만이었다. 하룻밤에도 수십 번 무대 장면을 바꿔가면서 쓰고 지우고 쓰고 지우고, 스스로 감격 감동해 가슴이 뻐근해지곤 했었다.

그러나 극단 전속작가의 입장에서 작품을 쓴다는 건 영 다른 세계였다. 현실적인 조건이 우선이었다. 무대장치와 소도구, 의상의 가능성까지 우선 타진해 보고 작품을 구상해야 했다. 뿐 아니라 책임감이 어깨를 무겁게 짓눌렀다. 단원들의 생계가 이 각본에 달렸다는 의무감은 원고지 한 장을 제대로 채워나가지 못하게끔 강박관념으로 목을 조여왔다.

"문학성도 물론 고려해야겠지만, 흥행도 생각해야 하네. 자네 손에 달렸어. 우리 단원들이 밥을 먹는가 못 먹는가 하는 게."

극단 총책임자인 최독견은 너털웃음을 웃어가며 농담하듯 말했지만 그 말이 농담이 아님을 영수는 잘 알고 있었다. 물론 그도 글을 쓰는 사람이기에 영수가 부딪쳐야 할 고민을 이해하고 있었다.

동경에서 막 돌아온 꿈 많은 문학도. 번안극보다 창작극을 주장하는 그의 사고 방식이 최독견은 너무나도 믿음직스럽고 자랑스럽기까지 했다. 연극판이 온통 번안극으로 들끓는 판이다. 더군다나 일본에서 공부깨나 좀 했다는 유학파들은 너나 할 것 없이 유럽 정통 연극만이 연극인 줄 안다. 자신들은 조선 놈이 아니라는 듯, 연극뿐 아니라 조선의 모든 예술을 개떡 취급한다. 그런 판에 내로라하는 와세다 물을 먹고 돌아온 젊은이가 칼날같이 날카로운 필치로 조선 희곡계의 사대주의 사상을 매섭게 힐책한다.

최독견은 동아일보에 실린 김영수의 글 「신인은 말한다. 희곡문학 : 나의 문단 타개책」을 읽고 너무나도 감복했다.

"바로 이거다. 바로 이거. 이렇게 속 시원하게 지적하다니. 외국의 명작이 절대적이어도 아니 되고 항구적이어도 아니 된다는 이 지적. 정말 통쾌해."

감탄하는 사람은 최독견만이 아니었다.

"그렇게 소신 있게 우리 창작극을 주장하는 젊은 친구. 정말 맘에 들어."

박진도 신문을 읽고 흥분할 정도로 기뻐했다.

"암, 신인이 이런 말을 해야 하고말고. 그러지 못하면 신인이 아니지."

나는 지금 창작 희곡의 빈곤을 어떻게 타개해야 좋을까 하는 극히 일반적이면서도 시급히 결론을 내리지 않으면 안 될 논리에 봉착하고 있다.

일반 문화의 발전 과정에서 우리는 그 문화가 계승해 내려오는 전통이라는 힘을 소홀히 하지 못한다.

우리의 신극은 고전(古典)을 가지지 못했다. 아니 가지지 못한 것이 아니라 가진 것이나마 그 가치에 대한 인식이 성실치 못했으므로 고전은 고전대로 화석(化石)이 되고 말았다. 화석이 된 고전이 신극의 맹아(萌芽)를 돌보아줄 리는 없다.

고전이 없이, 전통이 없이, 말하자면 이렇다할 유산이 없이 오늘의 신극은 저 혼자 제 길을 개척해 왔고 개척해 가고 있는 것이다.

여기의 첫 희생자로서 토월회(土月會)를 꼽게 된다. 그러나 토월회도 연극사에 있어서는 단지 한 페이지의 스페이스도 요구할 권리를 스스로 상실하고 말았다.

외국의 명작을 소개하는 것도 물론 우리는 그 문화사적 의의를 높게 평가해야 된다. 그러나 이것은 항구적이며 절대적은 아니다. 그리되어서는 안 된다. 토월회가 남긴 섭섭한 기억은 여기에 있다.

요약해 말하자면 우리의 신극은 신극으로서의 정열적인 기치를 들고 나왔음에도 불구하고 반드시 필요해야 될 '그 무엇'이 마이너스되고 만 것이었다.

'그 무엇'이란 창작 희곡이었다.

이렇게 불운한 세대에서 겨우겨우 지금까지 명맥을 이어 내려온 창작 희곡을 우리는 어떻게 무슨 방편으로 문단적으로 또는 극장적으로 융성을 도모할 수 있을까. 그 대답은 지극히 간단하다.

희곡 작가는 먼저 극장으로 돌아가자!

작가는 원고지와 잉크를 준비하기 전에 먼저 극장으로 가자!

그리고 무대를 배우자, 알자!

이렇게 선언한다면 누구는 극장다운 극장을 인도하라고 반문할 것이다. 나는 이러한 반문을 이 글을 구상하면서부터 가장 두려워한 하나의 중심적 테제였다는 것을 솔직히 고백한다.

우리는 우리들의 극장을 불행히도 소유치 못했다.

이것은 공통된 우리들의 고민이다. 그러므로 오늘날 우리들의 희곡 작가들은 천재가 되어야 한다. (나는 감히 천재라고 서슴지 않고 외친다.)

커머셜리즘이 범람하는 무대에서도 우리들의 양심적인 극작은 공부가 게을러서는 안 된다. 한 달에 1회나 두 달에 1회쯤일 수밖에 없는 신극의 무대에서는 우리들은 열 번이고 스무 번이고 정력적으로 공부를 되풀이해야만 된다. 이렇게 소극적으로나마 가장 가능한 범위 안에서 우리들의 양심적 극작가들은 일시라도 두뇌를 쉬어서는 안 된다. 이것은 우리들이 다 같이 정신적으로 육체적으로 겪어나갈 숙명적인 노동인 것이다.

오늘날 우리의 문단에서 특히 창작 희곡의 지위가 저하되고 무시되어 있는 것은 여러 가지 이유가 있겠지만 그중 무엇보다도 강력한 원인은 희곡 작가의 무기력에 있다고 본다. 여기에 말한 무기력이란 작가의 탐구성을 말함이다. 무대를 알고, 무대를 배우고, 그리고 무대의 리얼리티를 탐구하는 극히 생리적인 결함에 있다고 나는 생각된다.

저널리즘에서 학대를 받는다손 치더라도 그것이 참으로 무대를 알고 드라마 다루기를 아는 작품이라면 우리는 직접 무대로 이식할 수 있다.

창작 희곡의 빈곤은 제일 먼저 그 책임을 작가 스스로가 져야 된다. 그러고 나서야 다른 문제도 논의할 수 있고 사회적으로 요구할 수 있게 된다. 우리들은 이론을 떠나서 실제적으로 이것을 깨달아야 한다.

오늘날 문예 시평이나 창작 월평에도 희곡이 끼어보기란 그야말로 우연같이 되었다. 몇 개 안 되는 월간 잡지에도 매월 소설이나 잡문은 목차에서 빠지지 않지만 희곡이란 타이틀은 가뭄에 콩 보기보다도 얻어보기가 어려운 처지다. 우리들의 창작 희곡은 확실히 '잊어버린 존재'다.

이리해서 젊은 희곡 작가군은 저널리즘과 절교하고 가두에서 방황한 지 오래다.

기성, 신인을 막론하고 누구나 제일 먼저 찾아가는 곳이 문단이었다. 그러나 이것은 우리들의 크나큰 오산이었다. 문단 정책이 근본적으로 혁명을 일으키지 않는 한, 극작가들은 마음을 고쳐먹어야 한다. 극작가들은 문단으로! 가 아니라 먼저 극단(劇壇)으로! 가고 와야 한다.

여기서부터 비로소 진정한 출발이 약속된다는 것을 나는 믿는다.

해마다 신문에서 모집하는 신춘문예에서 우리는 몇몇의 낯선 신인을 만나게 된다. 그러나 그 후의 그들 신인 극작가들의 소식이 중단되고 마는 것은 무엇보다도 그들이 오로지 문단을 유일의 활로로 알고 믿은 증좌일 것이다. 이러한 오류를 거듭해서는 안 된다.

가장 값있는 희곡을 생산하기 위해서는, 가장 성실하게 무대적 약속을 지켜야 한다. 이것은 문단으로부터 얻을 수 있는 지식이 아니고, 극단에서만 체득할 수 있는 지식인 것이다.

무대적 약속은 어디까지나 냉정하다. 아무리 문학성이 풍부하고 순수한 희곡이라 할지라도 연극성이 결여된 희곡은 도태되고 만다. 여기에 말한 연극성이란 단어를 극장성(劇場性)이라고 정정해도 좋다.

극단으로 모이자!

이 같은 절규는 다만 오늘의 극작가만이 부르짖을 수 있는 정열이다. 정열은 항상 아름다운 것이다.

—「신인은 말한다. 희곡문학」, 1938년 9월 동아일보

1938년에 접어들면서 총독부의 강압은 더욱 서슬이 퍼렇도록 강해졌다. 그나마 문화 정책이라는 미명 아래 허용되던 자유마저 목을 조여오기 시작했다. 이런 살벌한 분위기 속에서 조선어 신문, 잡지, 연극 단체, 문학 단체들이 근근히 맥을 이어가고 있었다.

"너무 유치하지 않으면서, 사람을 울리고 웃기는, 그런 작품을 만들어보게. 반드시 심각해야 무게가 있는 작품은 아니잖아. 거, 번안극 하는 치들이 늘 하는 소리가 그거라고. 우리 땅에는 창작극을 쓸만한 작가가 없다고. 그래서 외국 작품만 한다는 거지. 거기에 영수, 자네가 쐐기를 박았네. '명작을 소개하는 것도 중요하지만 그것이 항구적이고 절대적이 되어서는 안 된다'는 지적이야말로 오늘날 이 땅에서 연극을 하는 사람들에게 바이블이네, 바이블이야."

"아, 김치 깍두기 먹는 사람들에게서 김치 깍두기 냄새가 나야지. 버터 냄새가 나면 두드러기가 나지, 안 그래?"

박진이 호탕하게 웃어가며 최독견의 말을 받아 이었다.

"뭐가 뭔지 어리둥절한 사람들 앉혀놓고, 남의 나라 의상을 걸치고 말만 우리말로 하는 거. 그게 코미디지, 안 그래? 그게 어디 순수한 예술이냐고. 누가 뭐라고 해도 난 우리 극단에 자긍심을 가지고 있어. 우리는 순 우리 작가에 의해 쓰여진 창작극으로 수천수만 명을 울리고 웃기잖아. 자, 영수, 너무 긴장하지 말라고. 우선 쓰고 싶은 대로 맘대로 써봐. 그리고 작품이 탈고되었을 때, 그때 문제가 있으면 현실성을 의논해 가며 수정하자고."

늠름해 보이는 체구에 늘 웃는 얼굴로 단원들 하나하나에 신경을 써 주는 최독견은 꾸밈이 없고 사심이 없는, 그런 멋진 사람이었다. 최독견, 박진, 홍해성. 인간적으로 멋진 사람들이 모여 있는 곳. 이것이 영수가 동양극장에 들어와 느낀 인상이었다. 사장은 홍순언이지만 실제 운영자는 그들 세 사람이었다. 그 세 사람이 우직할 정도로 창작극만 고집하며 조선 땅에 신극 발전을 위해 혼신을 쏟아 붓고 있었다.

"문학성을 살리면서 흥행도 되는 작품. 이게 얼마나 모순된 말인지, 나도 잘 아네. 현실과 이상의 괴리 속에 작품 생활을 한다는 게 쉽지 않다는 거, 잘 알아. 자네 심정 백번 이해해."

공연 시간을 칼처럼 지키는 사람이라 '시계바늘'이라는 별명을 가지고 있는 홍해성이 말하기도 면구스럽다는 듯, 상을 찌푸려가며 한 마디 했다.

"흥행이 잘 되면 작품 탓이고, 흥행이 안 되면 연출가 탓이다라고 생각하고 쓰게. 하하하."

홍해성 역시 일본에서 돌아와 문학성과 흥행 사이에서, 수십 번 연극을 때려치울까 고민했었기 때문에 이상과 현실의 괴리에서 때로 참담하게 좌절해야 할 김영수에게 가슴 찡한 연민이 갔다. 8년 동안이나 동경에서 연극 공부를 하고, 스키지 소극장에서 「밤 주막」, 「검찰관」 같은 연극에 직접 출연까지 했던 그에게, 조선의 현실은 좌절감과 허무감만을 안겨주었던 것이다.

그는 일본에서 귀국하자마자 서항석, 유치진, 이헌구 등이 주축인 극예술연구회에 합세하여 공을 들이다가 극연에서 조선연극사로 자리를 옮겨 신파 극단을 리얼리즘 극단으로 바꿔놓았고, 동양극장이 설립되자 다시 연출 총책임자로 옮겨와 창작극 기틀을 잡기에 주력하고 있었다. 그러니까 그는 한 곳에서 어느 정도 자리가 잡히면 거기에 안주하지 않고 다시 황무지로, 또다시 황무지로 옮겨다니며 기초 작업을 하는 선구자였다.

"끊임없이 노력하는 배우여야 성공한다."

"연극으로 성공하려면 광산에서 금맥을 찾아내듯 세밀하게 노력해라."

그는 연기자들에게 철저한 예술 정신을 강조하면서 그 누구보다 자신이 그것을 실천하는 사람이었다. 연극에 나만큼이나 미쳐 있는 후배. 내가 귀국하여 느꼈던 그 좌절감과 허무감에 부딪치리라. 내가 고뇌하던 그 길을 고스란히 걸어갈 김영수. 이 황무지 같은 벌판에서 견뎌낼까. 살아남을까. 홍해성은 이제 막 꿈을 가지고 시작하는 신인에게 문학성도 살리면서 흥행도 생각하라는, 말장난 같은 말을 하는 자신이 너무너무 부끄러웠다.

조금이라도 시대성이나 정치성, 민족성이 배어 있으면 검열에 걸린다. 검열에 걸릴 정도가 아니라 사상 문제로 잡혀가기 십상이다. 그러니 그런 예리한 문제는 다 외면하고 그저 남녀 사랑타령이 제일 무난하다. 가난한 민중들의 억눌린 삶도 자칫 항일운동으로 간주되기 쉽다. 이래저래 이 눈치 저 눈치 다 살펴가면서, 그래도 문학성이 들어 있고 흥행이 되는 작품을 써야 한다는 게, 얼마나 모순이란 말인가. 그러나 이게, 식민지 조선, 외면할 수도 도망칠 수도 없는 조선 연극의 현주소였다.

족쇄

"오빠, 언니는 참 이상해. 난 언니를 통 이해하지 못하겠어."

오랜만에 오빠와 둘이 소공동에서 물만두를 먹으며 명자가 꺼낸 말이다.

같은 서울 안에 살고 있지만 코빼기도 보기 힘든 오빠 내외였다. 아무리 시어머니가 신식 며느리 무섭다며 같이 살기를 거부했다손 쳐도 그렇게 발길을 딱 끊을 정도로 시댁에 오지 않다니, 괘씸하다는 생각조차 들었다. 그래저래 명자는 오빠와 단둘이만 이야기를 하고 싶어 점심시간에 신문사로 찾아온 것이다.

그동안 영수는 동양극장 전속작가를 그만두고 조선일보 학예부 기자가 되었다. 그건 순전히 학예부장 김기림 씨의 배려였다. 동양극장이 재정난으로 단원들에게 월급도 제대로 주지 못하고 있다는 소리를 듣고 영수를 신문사로 부른 것이었다.

"소설을 쓰게. 소설을 써. 내 생각에 자네는 재주가 너무 많아 탈이야. 아무리 연극을 좋아하지만, 밥은 먹을 수 있어야 할 게 아닌가. 쌀밥이든 보리밥이든 어쨌든 먹는 문제가 해결되어야 글을 쓸 게 아닌가. 굶어가면서 쓸 순 없잖아. 중편을 하나 쓰게."

"중편? 제가 중편을?"

이제 막 문단 말석에 들어선 신인에게 중편 연재를, 그것도 대 조선일보에 중편을 써라 하는 건 그야말로 상상을 초월한 일이었다.

"고맙습니다. 고맙습니다."

"고맙긴, 어서 쓰기나 하라고."

"감사합니다."

김기림은 어느 모임 자리에서든 대단한 작가가 탄생했다는 말을 서슴없이 할 정도로 영수를, 좀더 정확히는 김영수의 작품 세계를 좋아했다.

"뭘 이해하지 못하겠다는 거냐?"

식구들 중에 제일 먼저 금자를 환영한 명자였다.

"내가 왜 잘난 며느리 모시고 살아? 맙소사. 뭐라고? 방송국에 나간다고? 하이고, 인텔리 여자 난 싫다. 무섭다, 무서워. 정 살고 싶으면 니가 둘이 살아라."

영수 어머니가 이렇게 펄쩍 뛰며 반대할 때 명자가 적극 나서서 오빠 편을 들어주었던 것이다.

"엄마는, 아, 신식 며느리가 왜 싫어? 엄마는 오빠가 시골 색시와 맞을 것 같아? 한 달이라도 살 수 있을 것 같아요? 어림도 없지. 부려먹을 며느리를 엄마는 원하는데, 그럼 오빠보고 식모랑 살란 말이요?"

"저년 말하는 것 좀 보게. 누가 식모 데려다 살래? 참한 시골 색시

데려오잔 말이지."

"엄마가 만만한 여자 말이지? 만만해서 마구 부려먹게."

"저게 에미한테 말버릇이 그게 뭐냐?"

"내가 뭐 틀린 말 했어요? 그러니까 오빠는 내버려두라고요. 내가 만나봤는데 교양 있고, 미인이고, 아유, 내가 남자라도 홀딱 반하겠더라고."

그렇게 힘이 되어주던 명자가 금자를 이해할 수 없다니, 무슨 말을 하려는 건지, 영수는 냄비 우동이 식기를 기다리며 동생 말을 기다렸다.

"언니는 피곤해 죽겠다, 죽겠다, 하면서 왜 감화원에까지 나가는 거요? 왜 그런 데까지 가서 노래를 가르치는지 모르겠다니까."

"그거. 난 또 무슨 말인가 했다. 그건 좋아서 하는 거란다."

"글쎄, 그걸 이해 못하겠다니까. 감화원에 있는 애들이 보통 애들이오?"

"순진하단다. 생각보다 아주 순진하대."

"양아치들이 순진하다니, 언닌 도대체 세상을 거꾸로 보는가 봐."

그러지 않아도 영수가 아내에게 신문사 월급이 괜찮으니 집에서 쉬고 싶으면 방송국도 그만두는 게 어떤가고 의중을 떠보았었다. 삐삐 말라가지고 늘 짤짤거리며 바삐 돌아다니는 게 안쓰러워서였다.

"좋아서 하는 건데 왜 그만둬요? 난 방송국도 유치원도 감화원도 뭐 하나 빼놓을 수 없게 중요한걸요. 난, 노래 가르치는 게 정말 즐거워요. 물론 방송국도 유치원도 월급을 주니까 중요하지만, 감화 원은 정말이지 내가 필요한 곳이라고요. 내 말은, 돈을 받지 못하지만 정을 받아요."

"뭘 받아?"

"정(情)."

금자가 환하게 웃었다.

"그 애들은 결코 나쁜 애들이 아니에요. 세상 사람들은 감화원에 있는 애들은 무조건 불량아들이라고 단정짓는데 알고 보면 정말 나쁜 애들이 아니라고요. 불행한 이 시대가 그 애들을 소매치기로, 도둑놈으로 만든 것이지, 정말 나쁜 애들이 아니라고요."

"그럼 착한 애들이란 말이오?"

"착하고말고요. 그 애들 정말은 하나하나 알고 보면 그렇게 착하고 순진할 수가 없어요. 아직 어린애들이라고요. 어린애들을 자꾸 나쁜 놈들, 나쁜 놈들이라 단정해 버리는 건 얼마나 불공평한 거예요? 날 기다려요. 식당 아줌마가 그러시더군요. 아이들이 노래 선생님이 오기를 목 빠지게 기다린다고. 노래를 한 소절, 한 소절, 따라 부르는 애들 눈이 그렇게 선할 수가 없어요. 뭐라 할까? 정에 굶주린 아이들 눈빛이라 할까? 난 그 애들 눈빛을 볼 때마다 내가 아무리 고단해도 여기는 꼭 와야겠구나 마음속으로 다짐하곤 해요."

금자는 홍제동 너머에 있는 소년 감화원에 다니며 때로 그 애들이 가꾼 밭에서 무, 배추 같은 것을 서너 개 가슴 가득 안고 들어오기도 했다.

"이것 좀 봐. 이게 글쎄, 그 애들이 직접 가꾼 거라고요. 글쎄, 이걸 뽑아주겠지. 이 무 좀 봐. 나미 팔뚝보다 더 크지?"

금자는 눈물까지 글썽거리며 그 무와 배추를 대견해했다. 그런 금자이기에 영수는 감화원에 나가지 말라는 말은 차마 할 수 없었다.

가난한 나라. 가난한 부모에게서 태어났기 때문에 순진하게 커야 할 나이에 범죄를 저지르는 아이들. 그 아이들에게 애정을 느끼는 아내가 영수는 마음속으로 실은 존경스럽기까지 했다.

"네 언니, 좋아서 하는 일이니까 내버려둬야지, 어쩌겠니?"

"글쎄, 돈 한 푼 안 생기는 일을 왜 하는 건지. 참말로 그게 이해 안 된다니까."

"봉사하는 거, 좋잖아."

"맙소사. 봉사는 무슨 놈의 봉사람. 나 살기도 숨찬 세상에."

"그 말 하려고 나왔냐?"

"딱 그런 건 아니고, 요즈음 아버지가 자주 편찮으셔. 가끔 집에 얼굴 좀 디밀라고."

"알았다."

"언니도 데리고 와. 엄마가 말이지. 참 웃겨. 꼭 옛날에 아버지가 오빠 농구 선수 할 때 자랑하듯, 엄마가 그런다고. '여섯시 어린이 노래시간 들어보세요. 거기 나오는 노래 선생님이 내 며느리랍니다.' 해가며 자랑하신다고."

"알았어. 다음 일요일에 가도록 할게."

"엄마한테는 내가 오늘 여기 왔다는 말 마."

"알았다니까."

어떻게 구리 반지라도 하나 장만하지 않았느냐고 눈을 흘겨가며 오빠를 면박 주고, 진주 반지를 사온 명자다. 구두창을 몇 번이고 갈아대 신으면서 모은 그 금싸라기 같은 돈으로 금자의 진주 반지와 목걸이를 마련한 동생이었다.

나는 어떻게 해야 하나.

동생과 헤어져 영수는 무거운 마음으로 덕수궁 담 길을 걸었다.

여러 선배들이 친일 작품을 쓴다. 살아남기 위해 하나 또 하나 휘어지고 있다. 결국 나 역시 살아남기 위해 휘어질 수밖에 없는 거 아닐까.

일제의 민족문화 말살정책은 드디어 연극계에도 손을 뻗쳤다. 그들은 유치진으로 하여금 극단 '현대극장'을 조직해 친일 작품을 공연하도록 했다. 그들이 내세우는 '국민정신총동원'이라는 강압 정책은 모든 문화 활동을 전시 체제에 맞게 개편하는 것이었다.

"야, 그렇게 아부할 수가 있냐. 어쩜 유치진이 그렇게까지 노골적인 친일 작품을 쓴단 말이냐?"

학이 열을 올려가며 선배들을 성토했다.

"그럴 수밖에 없는 환경이면 어쩌겠어. 우린들 안 그러겠어? 우리는 피라미들이니까 건드리지 않는 것뿐이지. 공갈 협박하는 데야 어쩔 거야?"

그래. 화삼이 말이 백번 맞다. 저들한테 끌려가 고문을 당해 본 사람은 안다. 저들이 요구하는 대로 복종할 수밖에 없다는 것을.

물론, 모진 고문에도 굴하지 않고, 손이 잘려나가고 발이 잘려나가고 급기야는 죽임을 당하면서까지 지조를 굽히지 않는 대단한 사람들이 있다. 그런 열사들이 있기에, 우리 민족은 언제고 나라를 찾을 거다. 그런 대단한 사람들이 있기에. 그러나 대부분의 사람들은 고문을 견뎌내지 못한다.

의식 있는 선배들이 일본 놈들의 요구에 응하는 그 심정을 영수는 이해할 수 있었다. 어쩔 것인가. 어쩔 것인가. 어찌하여 나는 이런 시대에 태어났는가. 이제 저들은 보안법을 만들어 조금이라도 저항 눈치가 보이는 자들은 투옥시키고 고문 학살까지 서슴지 않는다. 이런 현실에 글을 쓰는 사람이 무엇을 할수 있단 말인가.

나는 사실 마음이 강하지 못하다. 실은 아주 겁이 많다. 나라와 겨레를 위해 목숨을 헌신짝처럼 내버릴 수 있는 그런 대단한 인간도 못 된다. 사실 벌써부터 겁에 잔뜩 질려 있다. 어느 순간, 나를 끌어내지 않을까. 나를 보고 지방에 다니며 강연을 하라면 어쩌나. 이렇게 잔뜩 불안에 떨고 있는 것이다. 이렇게 아주 평범한 소시민일 뿐이다.

나에게까지 압력이 가해 온다면 저들의 명령에 굴하지 않고 끝까지 버틸 수 있을까? 과연? 투옥이 되어도 고문을 당해도 견딜까? 아니, 솔직히 자신 없다. 그러니 어떻게 유치진을 비롯해 문단 선배들을 비난할 수 있단 말인가.

전쟁이 불리하게 돌아가고 있는지 저들은 날이 갈수록 극악하게 나오고 있다. 조선어 신문, 조선어 잡지들에 대한 탄압이 노골적으로 본격화하기 시작했다.

무엇을 쓸 것인가. 무엇을 어떻게 써야 저들의 검열에 걸려들지 않고 작품 생활을 계속할 수 있을 것인가. 이래 가면서도 글을 써야 하는가. 이렇게 치사하게! 차라리 붓을 꺾어버리고 길에 나가 인력거를 끄는 게 백 번 낫지 않을까!

"요 아래 목욕탕 골목에 말예요. 방 두 개에 부엌까지 달린 방이 나왔어요."

아내가 얼마 전 조심스레 꺼낸 말이다.

"언제까지 고모님 댁에 살 순 없지 않겠어요? 이젠 나가야지."

"그래. 그래야지."

"거기 알아볼까요?"

"알아봐."

영수는 건성으로 대꾸를 했지만 마음이 무거웠다.

"그동안 내가 좀 모아둔 게 있어요."

아내는 마치 영수 속을 들여다보기라도 한 듯 말했다.

"어떻게, 당신이 돈을?"

"덜 먹고 덜 썼지 뭐. 당신하고 데이트 할 때부터 내가 생각했다고요. 저렇게 무엇이든 곱빼기로 먹는 사람이니까, 난 남보다 훨씬 적게 먹고 모아야겠구나 했다고요."

입꼬리로 살짝 미소를 짓는 아내를 보면서 영수는 마음이 뭉클했다.

"고마워. 고맙소."

어찌하여 나의 삶은 이토록 가시밭길일까. 나는 대단한 것을 바라는 것도 아니다. 부자가 되겠다는 욕심도 없고 출세하겠다는 야망도 없다.

그저 끼니 걱정 안할 정도로 조촐하게 살면서 쓰고 싶은 글이나 실컷 쓰며 살고 싶을 뿐이다. 그런데 그것이 이토록 어렵다. 이제 막 소설가가 되었는데, 소설을 맘대로 쓸 수가 없다. 검열을 미리 생각해 가며 글을 써야 한다는 건 작가로서 얼마나 비참한 일인가. 그렇다고 다른 짓으로 밥벌이를 할 재간도 없고. 이제 나는 무엇을 어떻게 해야 한단 말인가.

교육 과정에서 조선어가 완전히 사라져버렸다. 저들은 학교에서 조선어를 폐지한 것으로 그치지 않고, 관공서에서는 집무 중에 조선 말 대신 일본 말만 사용하라고 명령했다. 이런 명령에 어기는 자는 가차없이 처벌했다.

하루가 다르게 살벌해지는 분위기 속에서, 조선어 신문, 조선어 잡지들은 근근히 맥을 이어가고 있었다.

1939년 7월 드디어 징용령이 공포되었다. 조선의 젊은이들은 꼼짝없이 총알받이로 전쟁터에 끌려나갔다. 저들은 천황과 국가를 위해 목숨을 바치는 것이 얼마나 거룩한 일인가를 문인, 학자들을 앞세워 선전하기 시작했다.

조선의 문사들은, 조선의 젊은이들에게 전쟁터에 나가 총알받이가 되는 것을 영광으로 생각하라고 열을 올려가며 글을 쓰고 전국을 누비며 강연을 해야 했다.

일본에서는 아쿠다가와 상을 받은 작가 '히로'가 중국 전선에 종군하였다. 뿐 아니라 그는 「흙과 병대」, 「꽃과 병대」 같은 작품을 계속 발표해 가며 전쟁을 미화시키고 있다. 일본의 문단이 이럴 정도니 조선 문단에 가해지는 압력은 말할 것도 없었다.

총독부는 우선 이광수, 박영희, 유진오, 최재서 같은 사람들을 앞세워 조선문인협회라는 것을 발족시켰다. 겉으로 보기에는 문인들이 자발적으로 만든 단체 같지만 실은 총독부 지시에 의한 것이었다. 저들은 조선 문인들의 동향을 살피기 위해, 문인협회 발기인 대회에 경성제국대학의 가라시마 교수를 비롯해 학자들과 문인들까지 참석시킨 것이다.

"춘원이 직접 돌아다니며 후배들에게 협회에 들어오라고 권유한다며?"

"그렇다는데, 그건 아마 위험을 느껴서 그러는 게 아닐까? 문인들의 신변이 위험한 것을 짐작하고 불상사를 막기 위하여. 나는 그렇게 보네. 선배로서 우리들을 아끼는 마음에 그럴 거라고 말일세."

"모를 일이야. 어떤 사람들은 그가 솔선해서 단체를 만들었다고 하더라고. 조선의 희망은 일본과 영구히 한 나라가 되는 게 살 길이라고, 그가 정말 그렇게 믿는다는 거야. 그러니 어떤 말이 진짠지 알게 뭐야."

"그건 아닐 거야. 춘원이 그럴 리 없어. 압력이 오죽 심했겠어? 뭐니 뭐니해도 춘원 아닌가. 그 자만 굴복시키면 조선 문단은 손아귀에 쥔 거라는 속셈이 왜 없겠어? 그러니 난 춘원 이해하네."

"그나저나 결국에 가서는 우리들도 다 협회에 끌어들이는 거 아니겠어?"

윤석중이 한숨을 내쉬며 말했다. 열네 살 어린 나이로 동아일보에 동화로 등단한 그는 영수와는 열다섯 살 때부터 친구다.

"좀더 두고보자고."

김동리의 목소리는 착 갈아앉아 있었다. 다혈질인 영수에 비해 동리는 신중을 기하는 차분한 타입이었다.

"어유. 살벌해. 모두들 눈치만 보고 있어."

어디를 다녀오는지 땀을 뻘뻘 흘리며 들어온 박태원이 자리에 펄썩 주저앉으며 이마에 흐르는 땀을 닦았다. 그는 조선일보에 장편 「우맹(愚氓)」을 막 끝낸 참이었다.

"우리들을 가만 놔둘 리 없지. 거목부터 시작해 중견 작가들, 그리고 그 다음이 우리들이겠지."

"동우회 사건 때 시체가 되어 나온 최윤상, 이기윤 같은 선배들을 생각을 하면 아찔해. 지금 우리가 그 꼴 당하게 생겼잖아."

1937년에 동우회 사건으로 잡혀 들어갔던 문인들이 시체가 되어 나왔거나 불구자가 되어버린 예가 있기에, 문인들은 사색이 되어 떨 수밖에 없었다. 처벌하고자 하는 사람은 이 '치안유지법'으로 옭아버리면 사형도 정당화되는 무시무시한 세상이었다.

"우리가 언제까지 이렇게 눈치를 봐가며 살아야 하는 건가. 명색이 작가면서, 이렇게 비굴하게 살아가야 하는 건가?"

이무영이 줄담배를 펴대며 분통을 터뜨렸다.

"내 귀에도 다 들려요."

유 마담이 탁자 위에 엽차를 내려놓으며 눈을 찡긋 감아 보였다. 아마 찻집 안에 누군가가 있는 모양이었다.

"산에나 들어가 버렸으면 좋겠구먼."

"산 속인들 안전하겠어?"

"그런 소리 들었어? 김동인, 박영희, 임학수가 화북 지방으로 위문 떠난다며?"

"들었지. 그러지 않아도 임형이 걱정하더라고."

"뭘?"

"다녀오면 보고문을 제출해야 하잖아. 왜 보내겠어. 보고문 그럴듯하게 써내라고 보내는 거지. 그걸 쓸 생각을 하면 지금부터 잠이 안 온다 하더라고."

"어유, 이제 슬슬 우리 차례가 되어가는 거 아냐? 문장사의 이 태준, 학예사의 임화, 인문사의 최재서도 자금을 모아 위문단을 파견하기로 했대요. 기가 막혀서 원 참."

"모두들 알아서 기는군."

"그게 아니지. 살아남기 위해서 선수 쓰는 거겠지. 그나마 그잡지들이라도 있어야 우리가 잡문이라도 쓸 게 아닌가."

"나라도 없어지고, 언어도 없어지고 우리는 불행한 시대에 태어난 게 죄야. 지방 강연에 나가라면 안 나겠다, 못 나가겠다 버틸 재간 있어? 춘원을 욕하는 치들, 그렇게 함부로 매도하면 안 되지. 애국한다고 너나 할 것 없이 다 죽어버릴 순 없잖아. 그래도 살아남아야…… 살아 있어야 문학이고 나발이고 할 수 있을 게 아닌가."

이무영의 목소리가 떨렸다. 문학 공부를 하고 싶어, 학교를 때려치우고 부산에 내려가 잡부 역을 하며 일본으로 건너갈 노자를 마련했고, 일본에 가서는 1년 이상을 빵 껍질 1원어치를 사서 하루 종일 먹으며 굶기를 떡 먹듯 했다는 이무영이다. 그래 가면서 『죄와 벌』을 다섯 번이나 읽었단다.

'세상을 그렇게 흰색과 까만색 둘로만 볼 수 없다. 그 중간 지점에서 고뇌하며 살아가는 게 식민지, 이 시대를 살아가는 우리들의 모습이다. 선배들이 그들에게 협조하는 척이라도 해야 살아남을 게 아닌가.'

그에게 이미 총독부가 손을 뻗친 걸까? 그의 눈에 물기가 번득거렸다. 악마는 정직하고 착한 사람부터 공격하는 것 같았다.

조선 문단의 제1인자라 자타가 공인하는 그 이광수가 조선문인협회 회장이 되어 징병제를 두둔하고 있다. 뿐 아니라 그는 조선의 젊은이들에게 일본을 위해 목숨을 바치기를 권고하고 있다.

춘원이 누구인가. 2·8 동경유학생 독립선언문을 기초하고 3·1 운동 당시 우리 민족을 지도하고 상해 임시 정부에서도 활약했던 그 이광수 아닌가. 춘원이 그렇게 되고 유치진이 그렇게 된 이 마당에 이제 우리들, 글 쓰는 걸 평생 업으로 택한 우리들은 무슨 재주로 저들의 사슬을 피할 수 있단 말인가.

영수는 문단의 거목들이 총독부의 강압을 견뎌내지 못하고 구부러지는 것을 목격하면서, 식민지의 착취가 가장 첨예하게 나타난 빈민층의 운명을 주로 주제로 삼아 글을 썼다. 이런 글들은 겉으로 보기에는 사상이나 정치와 무관한, 하류 인생의 넋두리 같지만, 가난을 벗어나기 위한 없는 자들의 몸부림은, 식민지 치하에서 벗어나고자 하는 피착취 민족의 몸부림이었던 것이다.

드디어 언론에조차 족쇄가 채워졌다. 1940년, 총독부는 "정세가 언론 통제가 불가피하게 되었으며 용지 사정도 어려워져 전시 보국 체제를 일원화할 필요가 있다"는 이유를 내걸어 2월 11일, 일본의 건국기념일을 기해 조선, 동아 양 신문을 모두 폐간하고 매일신보와 통합하라고 종용하였다. 물론 두 신문사가 다 이에 불응하고 신문을 계속 찍어대고 있었지만 그들이 가만있을 리 없었다.

7월 중순, 동아일보에 종로경찰서의 고등계 형사가 나타나 백관수 사장을 연행해 갔다. 백 사장은 "내 손으로는 죽는 한이 있더라도 폐간계에 서명 날인하지 않을 것이니 사원 여러분은 낙망하지 말고 계속 신문 발행에 일치 협력하여 주기 바란다"라는 말을 남기고 모시 두루마기에 의관을 갖추고 태연자약한 모습으로 인력거에 몸을 싣고 사라졌다.

저들은 비밀 독립 결사 등등, 유령 단체를 조작하여 수많은 언론인을 구속하기 시작하고, 마침내는 8월 10일을 기해 동아와 조선에 폐간령을 내렸다.

"조선일보는 신문 통제의 국책과 총독부 당국의 통제 방침에 순응하여 금일로서 폐간한다. 물건은 본(本)과 말(末)이 있고 일은 시(始)와 종(終)이 있다. 유(有)가 있으면 무(無)가 있고 생(生)이 있으면 사(死)가 있는 것은 일정 불변의 원칙이다. 본보는 말과 종이 왔다. 금일로써 본보는 무(無)와 사(死)의 막(幕)이 내리었다. 이 순간에 일어나는 일절

(一切)의 감회는 주관과 객관의 가치 판단에 있거니와 뚜렷한 사실은 이 조선일보가 영영 조선 사회에서 없어진 것이다."

이렇게 시작하는 폐간사를 끝으로 울음바다 속에서 조선일보가 문을 닫았다.

영수의 짧은 신문기자 생활은 이렇게 끝이 났다. 1939년 6월에 시작한 학예부 기자. 말단 기자였지만 기자라는 데 자긍심을 가지고 뛰었었다. 대화동맹 강연이 있던 날, 부민관에 취재를 나갔다가 폭탄이 터지는 바람에 다리를 다쳐 절뚝거리고 다니면서도 단 하루도 결근을 하지 않을 정도로 시간과 정열을 신문사에 다 바쳤던 것이다.

이제 어쩐단 말인가. 무엇을 쓴단 말인가. 글을 쓴다는 것이, 지금 무슨 의미와 가치가 있단 말인가.

언어가 문화다. 언어를 잃어버리면 문화를 잃게 된다. 문화를 잃으면 민족이 없어진다. 혼이 없어진다. 이런 판국에 조선의 문인은 무엇을 해야 하는가. 정신적으로 아무런 대책 없이, 이런 순간에 직면하도록 아무런 준비 없이 살아온 자신이 부끄럽기 짝이 없었다.

그래도 써야 하는가. 목구멍이 포도청이라는 이유 때문에? 그래도 원고지 칸을 메우며 살아야 하는가? 언어가 말살되는 판에, 계몽주의는 무엇이고 예술지상주의는 무엇이란 말인가. 문인이란 방구석에 틀어박혀 예술이란 미명 아래 허황한 꿈이나 좇아가면서 원고지 칸을 메우고 있어야 한단 말인가.

신문사가 문을 닫아버렸으니, 당연히 신춘문예제도도 없어졌다. 1928년부터 시작한 신춘문예는 동아, 조선을 통해 박영준, 김동리, 황순원, 정비석, 서정주, 곽하신 등등의 신선한 작가들을 발굴해 내고, 김영수를 마지막으로 문을 닫고 만 것이다.

문단 말석에 겨우 올라와, '이제부터다! 이제 당당하게 어깨를 활짝 펴고 무섭게 글을 쓰리라! 나는 잘 먹으니까, 남들보다 곱절은 먹으니까, 이틀 사흘 밤도 거뜬히 새울 수 있다. 쓰리라. 앞만 내다보면서 달리리다.' 그렇게 하늘 높은 줄 모르고 부풀어오르던 가슴이었다. 그러나, 이제는 쓰고 싶어도 쓸 지면이 없게 되어버렸다. 잡지가 몇 개 간신히 목숨을 유지하고 있지만, 신문을 폐간시키는 마당이니 잡지는 시간 문제였다.

이제 이 뜨거운 불길, 이 뿜어낼 길 없는 화산을 어쩔 것인가. 지면이 없는 작가. 그건 죽은 작가나 마찬가지 아닌가.

총독부는 신문에 이어 출판계에도 마수를 뻗쳤다. 저들은 ≪인문평론≫을 폐간시키고 친일 잡지인 ≪신시대≫를 창간했다. 이제 오직 ≪문장≫ 하나가 남아 하루살이 같은 목숨을 가련하게 부지하고 있었다.

≪문장≫을 통하여 작가들이 단편을 발표했다. 정비석의 「제신제」, 김동리의 「다음 항구」, 임옥인의 「후처기」, 곽하신의 「신작로」, 조용만의 「여정」, 그리고 김영수는 「범주」를 발표하면서, 신문의 광장을 잃은 목숨을 근근히 이어가고 있었다.

문인들이 반국가범으로 잡혀 들어가지 않을 범위 내에서 조심조심 글을 쓰고 있는 동안, 가난에 너무 넌덜머리가 난 탓인지, 아니면 아무도 모르게 잡혀가 사경을 헤맬 정도로 고문을 당하고 나온 탓인지, 총독상까지 받으며 경제적으로 호황을 누리는 문인들도 생기기 시작했다.

총독부는 조선어 잡지들을 하나씩 하나씩 폐간시키더니 4월에는 그나마 문인들의 발표 지면이 되어주던 ≪문장≫마저 폐간시키고 말았다. 이제 문인들에게는 선택의 길이 없었다. 친일 잡지에 글을 쓰면서 생활비를 버느냐 아니면 전업을 하느냐뿐이었다. 그러나 전업도 쉬운 일이 아니었다. 글쟁이들이 할 수 있는 건 국어 교사인데 문협 지시에 협조하지 않은 작가에게 교사 자리가 주어질 리 만무했다.

시장바닥에서 막 장사를 한다 해도 얼마간의 밑천이 있어야 하니 문인들은 그것도 할 수 없었다. 쥐꼬리만 한 원고료 받아 겨우겨우 쌀 팔아먹고 지내는 문인들에게 장사 밑천이 있을 리 없었다. 어깨가 축 쳐진 작가들은, 하루 벌어 하루 먹고 사는 노무자들처럼 초췌한 모습으로 일자리를 구해 온종일 거리를 방황했다.

영수도 예외가 아니었다. 매일같이 아침에 눈만 뜨면 무작정 밖으로 나갔다. 자그마한 방 안에서 온종일 뭉그적거릴 수도 없는 노릇이라 목적지도 없건만, 급히 가야 할 곳이 있는 것처럼 아침 밥숟가락을 놓기 무섭게 나갔다.

"어이. 어디 가?"

"갈 데가 어디 있어? 그냥 나왔지."

"뭐, 좋은 거 생기면 나한테도 좀 알려."

"물론."

서대문 로터리에서 만난 박영준은 오늘 따라 어깨가 더 축 늘어져 보였다. 그는 말이 별로 없는 편이지만 물렁뼈만 있는 것처럼 성격이 유한 친구다. 그래서 영수는 그를 '싱검지'라 불렀다. 늘 추운 듯 어깨를 움츠리고 다녀서 나중에는 '으스스'라는 별명으로 통했다.

이제는 거리에서 친구를 만나도 찻집에도 들어가지 못하고 선 채로 몇 마디 주고받다가 헤어질 정도로 모두가 궁했다.

"저, 영화사에서 일하는 거 어떻게 생각해요?"

어느 날, 아침 밥상 앞에서 금자가 조심스럽게 운을 뗐다.

"영화사?"

"고려영화사 홍보 담당 이사님이 안국유치원 학부형이세요."

"그래서?"

"그래서 실은 두어 주일 전에 그 사모님께 말을 꺼내봤거든요. 그랬더니, 괜찮으면 이번 목요일에 사무실로 와보라고 하네요."

"무슨 영화사?"

"고려영화사. 왜? 영화사는 싫어요?"

"내가 지금 진자리 마른자리를 가릴 때요? 고려영화사라면 꽤 큰 곳이오."

"어떤 일인지는 모르겠지만."

"그게 문제요? 지금 일자리만 생긴다면 무언들 못하겠소? 급사라도 하겠소."

"서기훈 이사님. 홍보 담당 상무님이시래요."

금자는 발이 넓었다. 방송국뿐 아니라 정동교회 반주를 맡아 하고, 안국유치원에도 나가고, 또 레코드사에도 나가기 때문에 꽤 많은 분야의 사람들을 알고 있었다.

영수는 아내 덕분에 고려영화사 선전부장으로, 그리고 얼마 안 가 영화사가 문을 닫자, 이번에는 유한양행 학술부장으로 문학과는 전혀 관계가 없는 일로 밥벌이를 하게 되었다.

1943년 가을부터 쌀 공출 제도가 실시되자, 그야말로 쌀 한 톨 때문에 살인이 날 지경에 이르렀다. 쌀 공정 가격은 실제의 암시장 가격과 유리되어 겉돌기 시작했다. 쌀 소두 한 말에 공정 가격은 2원 안팎인데 비해 암시세는 10원에서 20원으로 껑충 뛰어오르고, 벼 한 가마를 7, 8원에 거두어갔으나 암시세는 70원, 80원이었다.

'가난한 것은 수치가 아니다. 하지만 가난에 안주하는 것은 수치다. 나는 어떤 일이 있어도 내 자식에게는 가난 때문에 눈에서 피눈물이 나오는, 그런 삶을 살게 하지 않으련다. 내 자식들은 남의 교복을 얻어 입고 학교에 다니지 않게 하리라. 내 자식들은 공주님 왕자님 못지않게 잘 먹이고 잘 입히고 피아노든 무용이든 승마든 다이빙이든, 그 무엇이든 다 가르치리라. 내 붓을 꺾을 수 있는 건 오직 내 자식들뿐

이다.'

나미, 유미 두 딸아이에 이어 아내는 만삭의 몸이었다.

나라 찾고 집 얻고

'일제에 적극적으로 타협하지 않았다는 것으로 스스로를 위안할 수 있을까.'

해방의 흥분 속에 열띤 나날을 보내면서도 영수의 가슴 한구석에서는 이런 자책의 소리가 들려왔다.

'적극 협력하지 않았다? 야, 김영수. 그따위 변명이 네 자신에게 통해? 자진에서였든 강압에서였든 어쨌든 간에 협력한 건 사실 아냐.'

'구구하게 변명하고 싶진 않다. 그러나 어쩔 수 없지 않았는가.'

'어쩔 수 없었다는 말처럼 비겁한 말이 없다. 김영수. 너는 그 어휘를 누구보다 싫어하지 않은가. 싫어할 정도가 아니라 혐오하지 않은가. 그러면서도 너 자신에게는 관대하게 어쩔 수 없었다고? 그게 바로 지성인들의 위선이다. 비열한 자기 옹호다.'

'적당히 의롭고, 적당히 타협하고, 적당히 변명하면서 또 적당히 고뇌하는 지성인이라는 이름의 비겁한 인간.'

'하지만 사느냐, 죽느냐 하는 갈림길에서 죽음을 택할 수는 없지 않았는가. 굴욕을 참아내면서도 이런 날을 기다려야 했던 우리 조선의 문인들 아니었던가.'

영수를 유난히 아끼고 사랑해 주는 선배 염상섭도 그리고 이무영도 영수의 욱하는 성격을 잘 알기 때문에 얼굴을 대하면 한두 마디씩 해주곤 했었다.

"영수, 몸조심하게. 몸조심해. 지금은 그저 살아남는 게 우선이네. 한번이라도 잡혀 들어가면 끝나는 거야. 죽지 않고 다행히 살아 나온다 해도, 성한 사람으로 나오지 못하네."

"우린 글쟁이네. 두고두고 작품을 써야 하지 않은가. 하나같이 애국투사 노릇을 할 순 없잖아. 조심해요. 몸조심. 말조심."

'그래. 살다 보면 어쩔 수 없는 경우에 처할 수가 있다.'

꿈속에서조차 두 목소리가 맹렬하게 싸웠다. 두 사람이 서로를 지독하게 미워해 가면서 싸웠다.

어제까지는 친일 작품을 쓰던 작가들이 오늘부터는 친미 또는 친소 작품을 써야 하는 건가. 어제까지는 일본인들에게 굽실거리던 조선인들이 이제 다시 소련인이나 미국인들에게 굽실거려야 하는 건가. 이게 우리 민족의 운명인가. 해방의 기쁨과 함께 이런 서글픔이 범벅이 되어 가슴을 짓눌렀다.

이제 다시는 나라를 빼앗기지 말아야 한다. 다시는 후손들에게 나라 없는 설움, 종살이는 물려주지 말아야 한다. 이 비극은 우리 세대에서 끝나야 한다. 하지만 사람들은 이미 미국과 소련, 어느 쪽에 우호적이냐에 따라 갈라지고 있었다.

해방과 동시에 결성된 건국준비위원회는 미군의 상륙을 앞두고 인민공화국을 수립했다. 미군은 중경임시정부를 과도정부로 인정하지 않았다. 이런 혼란 속에 북쪽에서는 반민족적 친일 세력을 배제하는 대신, 남쪽에서는 친일 세력을 기존의 정치 세력으로 활용했다. 지도자라는 사람들이 이념의 고집과 세력 쟁탈에 눈이 어두워 저마다 자신들이 주장하는 길만이 애국하는 길이라고 부르짖고 있었다.

이토록 8·15 해방은 조선인들에게 기쁨과 동시에 혼돈 상태를 가져왔다. 스스로의 힘이라기보다 강대국의 힘으로 독립을 한 탓에 어쩌면 그런 혼란은 당연한 결과인지도 모른다. 어쨌거나 일제의 오랜 억압에서 독립된 대한민국은 정치적으로도 문화적으로도 어수선하고 살벌하기까지 한 나날이 계속되었다.

억압되어 왔던 민족이 자유를 얻자, 수많은 정당과 사회 단체가 저마다 애국애족을 들고 나와 권력을 장악하려고 운동을 펼쳐 나갔다. 그런 와중에 그 누구도 미국과 소련에 의해 그어진 38선의 의미를 제대로 이해하지 못했다. 38선은 일본군의 무장이 해제되고, 자주독립정부가 들어서면 자연히 없어지리라고 가볍게 생각했다.

신문이 새롭게 간행되기 시작하고 각종 잡지가 쏟아져 나오기 시작했다. 문학인들의 창작 의욕이 고취되어 작품 활동이 활발해졌지만 이념적 지향에 따라 대립되자, 이편 아니면 저편이 강요되는 분위기가 시커먼 먹구름처럼 몰려들기 시작했다.

민족의 장래를 사회주의적인 시각에서 찾아보려는 그룹, 서방식 민주주의적 시각에서 모색하려는 그룹, 그리고 어떤 주의주장이나 이념에 비교적 초월한 자세를 취하는 그룹. 정치판뿐 아니라 문학계를 비롯한 모든 예술계에도 파벌이 급속하게 형성되어 갔다. 그들은 저마다 일본의 식민통치에 협조했던 반민족적 세력을 척결하고, 자기 반성과 비판으로 새로운 민족문학의 진로를 모색하는 데 기반을 두고 있었지만, 그것을 이행해 나가는 방법론에 있어서는 이론과 주장이 대립되었다. 문학의 경우, 사회주의 리얼리즘과 계몽적 리얼리즘이 지향하는 방향은 판이하게 달랐다.

조선, 동아가 강제로 폐간되고 난 후, 영수는 문학과 아무 관계 없는 일로 시간과 정력을 소모했다. 물론, 당장 생계를 위해서이기도 했지만, 강요되는 단체나 기관에 들어가 노골적인 어용 문학을 하지 않기 위한 나름대로의 계산이기도 했다.

"문학도 좋고 연극도 좋지만, 저는 당장 벌이를 해야 합니다. 저는 제가 벌지 않으면 식구들이 밥을 굶습니다. 저는 정말이지 어디 한 곳, 비빌 데가 없습니다. 그러니, 저는 당분간 잊어주십시오."

유치진, 이서구, 함세덕 같은 선배들이 '극작가 동우회'에 들어와 함께 활동하자고 종용할 때마다 영수는 이렇게 애걸하다시피 입장을 설명해 가며 피해 왔다. 그러나, 언제까지 그게 통할 리 없었다.

"자네 입장은 이해하지만 총독부 눈에 나면 어찌 되는지 잘 알잖소. 사상이 불온한 자로 낙인찍히기 전에 한두 번이라도 순회 강연에 참여하라고요."

"누군 속이 없어 이따위 글이나 쓰고 있는 줄 알아? 어쩔 거여? 하라는 대로 해가며 살고 봐야지. 그러다 좋은 세상 오는 거 구경하고, 눈 감아도 감아야지. 나라 없는 백성이 달래 서러운 줄 알아?"

선배와 문우들의 충고와 우려뿐만 아니라 영수 자신 시시각각으로 위협이 느껴져 더 이상 직장 핑계로 몸을 사릴 수 없었다. 결국 영수도 '극작가 동우회'에 가입했고, 극회에서 짜주는 스케줄대로 지방 강연도 나가고, 신체제 연극을 위해 각본도 공급해야 했다.

성전의 용사로
부름 받은 그대 ── 조선의 학도여

지원하였는가, 하였는가.
——특별지원병을——
그래 무엇을 주저하는가
부모 때문인가
충 없는 효 어디 서리,
나라 없이 부모 어디 있으리.

매일신보에 이런 시를 발표했던 춘원. 그도 최남선도 유치장에 들어가 있다. 그들의 이런 글들만 문제 삼는다면, 그들은 마땅히 민족의 이름으로 처벌받아야 할 것이다. 그러나 그들에게 당당하게 돌팔매질을 할 수 있는 사람이 과연 몇이나 될까. 그들은 그 누구보다 용감하게 앞장 서 민족운동을 했던 사람들 아닌가. 그들을 과연 민족 반역자로 낙인찍을 수 있을까. 그들이 문단의 거목이 아니었다면 그렇게 되었을까. 내가 만약 자타가 인정하는 문단의 1인자였다면, 그리하여 나에게 끈질기게 협박이 가해진다면, 나는 어떠했을까. 과연 그 입장에서 버틸 수 있는 사람이 몇몇이나 되었을까. 난 절대 버티지 못했을 것이다. 나도 굽혔을 것이다.

남을 비판, 비난하기는 쉽다. 정치든 문학이든 무엇이든 남을 도마 위에 올려놓고 칼질하기는 아주 쉽다. 그러나 자신이 그런 처지가 되었을 때, 목숨을 내놓고 지조를 지킬 수 있느냐 하는 건 전혀 딴문제다.

어쩔 수 없지 않았느냐. 이광수도, 최남선도, 유치진도 꺾이고 말았는데 정말 어찌할 수 없지 않았느냐.

영수는 이렇게 스스로를 위로하면서도, 부끄러움에 마음이 한없이 착잡했다. 밖이 하도 어수선해 가능한 한 외출을 삼가고 집에 들어앉아 지내고 있는 어느 날, 북아현동 집 앞에 미군 지프가 나타났다.

북아현동 집은 영수 아버지가 사준 집이다. 셋째 다미를 낳고, 방 하나에서 다섯 식구가 뭉개며 살고 있을 때였다. 그때 돌연 김종성이 반듯한 한옥 한 채를 큰아들에게 사준 것이다.

"세상에! 세상에!"

식구들이 모두 기절할 정도로 놀랐지만, 제일 놀란 사람은 영수 어머니였다.

"세상에, 맙소사. 아니, 어디 가서 도둑질을 해왔나? 이게 도대체 웬 일이래요? 구두쇠 영감이, 세상에!"

'어디 가서 도둑질을 해왔나?'

그녀의 그 반응은 모든 식구들의 반응이기도 했다. 그러지 않고서야 어떻게 어디서 집 한 채 살 돈이 생겼단 말인가. 아이들 발가락이 나오도록 신발이 닳아도 신발 한 켤레 제대로 사주지 않던 구두쇠 아닌가.

청진동 구멍가게 시절 이전의 아버지에 대해서는 영수가 잘 기억하지 못한다. 너무 어렸으니까. 다만 돈암동 집 마당 한편에 꽃밭이 있었다는 것, 영수를 위해 할아버지가 모래밭을 만들어주셨다는 것, 할아버지 가게는 가게 안에서 뱅글뱅글 숨바꼭질을 할 수 있을 만큼 컸다는 것, 그리고 어머니 말에 의하면 그 시절에는 금박이가 둘려 있는 비단으로 친친 감고 살 정도였다는 것, 그러나 영수는 가게와 집, 그 어느 장소를 떠올려도 아버지 모습은 보이지 않는다. 아마도 젊은 시절, 그는 할아버지 돈을 풍풍 쓰는 재미로 밖으로 돌아다녔나 보다.

"이제는 내가 어느 때 눈을 감아도 감을 수 있겠다. 조상에게 물려받은 집도, 가게도 다 날려버렸으니 큰아들한테 집 한 채는 주고 가야 할 게 아냐."

"당신 같은 구두쇠가 세상에, 은행에 돈을 맡길 리도 없겠고, 아이고, 그 많은 돈을 다 어디다 여태 숨기고 살았대요? 자식 학비도 안 주던 구두쇠 영감이 집을 사주다니, 아이고, 그래, 그만 한 돈이 있으면서, 이

날 이제껏 거지 행세를 하며 살았대요?"

그녀의 놀라움은 원망으로, 원망은 노여움으로 변해 갔다.

"영수한테 집 하나는 물려주고 가야 저승에 가서 조상님들을 뵐 수 있을 게 아니겠어?"

"아이고, 장작 한 번 광에 가득 싸놓고 겨울 지내보는 게 소원이라고 그렇게나 읊어쌓는데, 그것도 못 들은 체하고, 어쩌면, 그리 시치미 뚝 떼고 살았대요? 아이고, 열 길 물 속은 알아도 사람 속 모른다는 말이 바로 당신 같은 독종을 두고 한 말이구려."

그랬다. 그는 아내의 그 소박한 '장작 소원'도 외면해 가며 살아왔던 것이다.

"나라도 없는 백성이 집이 무슨 소용 있어? 종노릇 하는 인간들이 집은 무슨 집이냐고. 목숨이 붙어 있으니 죽지 못해 사는 거였지. 하지만 이제는 다르잖아. 이제는 어엿하게 나라가 있는 백성 아니냐고. 이 날이 올는지, 이 날이 정말 온다고 상상도 못했지만, 이 날이 오면 집을 장만하려 했다고."

웬만해서는 감정을 내보이지 않는 김종성의 음성이 떨리고 있었다.

"영수 김?"

이제 스무 살이나 되었을까? 아직도 소년기가 묻어 있는 미군이었다. 마치 영화배우처럼 키도 훤칠한 미남이었다.

"내가 김영수요."

"아, 저는 방송국에서 나온 루이스입니다. 김영수 선생님 맞습니까?"

"그렇소만."

"저와 지금 방송국으로 같이 가주시겠습니까? 시간이 괜찮으시면 고문관님이 모시고 오라 했습니다."

"고문관?"

"브라운 고문관님. 방송국 총책임자이십니다."

방송국이라면 JODK를 말하는 것이었다. 해방이 된 후, 그 일본인 방송국을 미군정이 운영하고 있었다.

"왜 나를?"

"전 모릅니다. 그저 모시고 오라는 명령을 받고 왔습니다."

미 군정청 소속의 방송국 담당 고문관은 영어로 의사가 통할 수 있는 사람을 찾고 있는 중이었다. 연예 책임자인 이서구가 영어를 못하기 때문에 프로그램 재편성 등등, 여간 힘든 게 아니었다. 일본 말 하는 조선 사람들은 수두룩한데 영어 하는 사람은 눈을 씻고 찾아보려야 찾을 수가 없었다. 그러다 우연히 김영수 이름을 들은 것이다. 와세다 영문학부 출신이고 또 학생 시절부터 드라마를 쓰고 직접 연출했다는 데 귀가 번쩍 뜨였다.

"지금까지 낭독식으로 하던 교양 프로를 모두 드라마화하고자 합니다."

브라운이 영수에게 상세하게 설명을 했다.

"같은 내용일지라도, 낭독식은 지루합니다. 미국에서 새로 유행하고 있는 방법이 드라마 방법입니다. 여기서도 그렇게 확 뜯어고치려 합니다. 도와주십시오."

"아, 네. 그거 참 혁신적입니다."

"우선 미군정청 아워(시간)부터 시작하려고 합니다. 왜 우리들이 지금 조선에 들어와 군정을 하고 있는지 대중에게 홍보가 필요하니까요."

브라운은 정시 방송을 기본으로 하는 편성표를 마련했다. 뉴스도 일본식의 따분한 스타일을 벗어나 '리뷰' 방식으로 하고, 계몽, 교양 등을 위한 프로그램도 될수록 방송극화할 것을 원칙으로 했다. 무엇보다 그가 비중을 두는 프로는 '미군정청 아워'이었다. 미국의 한국 정책을 홍보하는 일이 무엇보다 시급하다는 게 그의 생각이었다. 이 모든 재편

과정과 새로운 프로그램을 이행해 나가자면 영어로 의사 소통이 가능한 한국인 대표가 절대로 필요했던 것이다.

"아직 고등학교 학생처럼 어려 보이는군요."

영수는 운전하고 있는 루이스에게 말을 걸었다. 루이스는 북아현동 영수 집에 찾아온 그날부터 드라마 작법을 가르쳐달라며 졸졸 따라다녔고 짬만 나면 영수를 집에까지 태워다 주곤 했다.

"고등학교는 벌써 졸업했습니다. 올해 스물두 살입니다."

"그래요? 내 눈에는 기껏해야 열여덟 정도로밖에 안 보이는데."

"두 주일 전에 왔습니다."

"그래요? 코리아는 처음이겠군요."

"네, 처음입니다."

"우리나라에 온 것을 환영합니다."

영수는 '코리아에 온 것을 환영합니다.' 하려다가 '우리나라'라고 고쳤다.

우리나라. 내 것이 아니다. 네 것도 아니다. 우리 한국인의 것이다. 한국인, 너와 내가 지키고 가꾸고 키워야 할 우리의 땅. 우리 언어, 우리 문화, 우리 민족의 터, 우리나라. 골천번을 불러도 흐뭇한 '우리나라'였다.

그날부터 영수는 분주해졌다. 방송국은 편제 및 편성의 대대 개혁 작업에 들어갔다. 미국에서 인기 있는 새로운 형식의 프로그램을 참고하여 방송 순서를 편성하는 작업부터 시작해 방송 희극, 우리 살림, 소설 낭독, 세계명작 순례 등등 새록새록 새로운 프로그램이 마련되었다.

'하나부터 열까지 일본인들의 지시에 의해 움직거리던 조선인들이, 이제는 미국인들의 지시에 의해 움직거린다.'

잠시 짬을 내 담배 한 대 태울 때면, 이런 생각이 때로 영수의 가슴을 쓸쓸하게 했다.

영수는 한국 사람들이 미국 사람들에게 정도 이상으로 친절한 것, 정도 이상으로 공손한 것이 몹시 거슬렸다. 미국 사람들, 그들은 우리와 똑같은 사람들일 뿐이다. 비록 그들이 지금 우리나라에 들어와 우리들 대신, 우리나라를 관리해 주고 있지만, 그렇다 하여도 그들은 우리와 똑같은 사람들일 뿐이다. 우리는 그들에게 저자세일 필요도 없고, 고자세일 필요도 없다. 미국 놈들, 미국 놈들, 말끝마다 놈 자를 붙여가며 증오하듯, 저주하듯 퉤 퉤 하면서 그들에게 봉급을 타 가는 사람도 안타까워 보이고 반대로 미국 사람들에게 정도 이상으로 굽실거리는 사람들도 역했다.

"당신, 미국 사람들과 일한다고 우쭐해하지 말아요."

방송국에 나가기 시작하면서, 아내가 따끔하게 충고한 말이다.

"우쭐해하긴? 내가 그래 보여? 실은 나도 모르게 그런 사람이 될까 봐 조심한다고."

"그래요. 지금 당신 위치가 미국 사람들 편으로 보이기 딱 십상이니까."

"편? 난 아무 편도 아닌 거 당신 잘 알잖아? 난, 어떤 편으로도 분류되고 싶지 않아."

"알죠. 나야 알죠. 하지만 남들에게 그렇게 보이지 않도록 각별히 조심했으면 해요. 당신, 그 미군 지프 꼭 타고 다녀야 해요?"

아내가 조심스레 물었다.

"지프? 루이스가 날 따라. 저도 드라마 작가가 되고 싶다며 그렇게 따른다고. 그래서 차가 비어 있을 때면 데려다주곤 해. 내가 그 차 얻어 타려고 해서 타는 게 아니야. 루이스는 우리 집에 오는 게 좋대요. 아직 애나 마찬가지라 집 생각이 나나 봐. 우리 집에 와 우리 식구들과 밥도 먹고 놀다 가는 게 그리 재밌대. 한국 사람 집에서 밥 먹어보는 게 처음이래."

나미, 유미는 처음에는 루이스 곁에도 가지 않았다. 그가 오면 무섭다고 방에 들어가 숨기까지 했다. 그러던 것이 차츰차츰 얼굴이 익숙해져 가자 이제는 무서워하지 않았다. 서로 말은 통하지 않아도 마음이 통하면 대화가 되는 듯, 루이스는 영어로, 나미와 유미는 우리말로 웃고 떠들고 장난을 치기도 했다.

영수는 아내가 하고자 하는 말의 깊은 뜻을 잘 알고 있었다. 전차를 타려면 그야말로 전쟁터에 나가는 것처럼 필사적으로 타야 한다. 한 시간 정도 기다리는 것이 보통이다. 그래서 그렇게 오래 기다리던 사람들은 전차가 오면, 서로 먼저 타려고 무섭게 달려들고, 힘없는 자들은 번번이 전차를 놓치고 만다. 전차 타기 하나에 목숨을 걸듯 하는 사람들 모습이 안쓰럽고, 자신도 그 중에 한 사람이라는 것이 슬퍼서, 영수는 주로 걸었다. 북아현동에서 정동방송국까지는 으레 걸어다녔다. 그렇게 걸어다니는 영수를 보고 루이스는 시간이 날 때마다 차를 태워주곤 했던 것이다. 여느 사람들, 다 그 고생하며 살아가는 마당에, 혼자 미국인 혜택받지 말라는, 아내의 충고는 참으로 갸륵하고, 눈물겹도록 고마운 것이었다.

"사람은 구할 수 없고, 방송극은 몇 곱절 늘어나고 이거 어쩐다?"

여태껏 낭송식으로 나가던 교양 시간을 모두 드라마식으로 바꾸자니 무엇보다 방송극을 쓸 사람이 형편없이 부족했다.

"어쩌겠어요? 드라마 쓸 수 있는 사람들을 구할 때까지 우리가 쓰는 수밖에."

"우리가?"

유호 말에 영수가 의아해하자,

"당장 딴 길이 없잖아요. 그러니 그저 우리가 이름을 서너 개 만들어 써대는 수밖에 없지 않겠어요?"

하며 유호가 식 웃어가며 어깨를 으쓱했다.

이서구, 박진, 최요안 같은 사람들도 열심히 썼지만, 유호와 김영수는 가명을 서너 개씩 만들어 매일 한 편씩 써내다시피 했다.

"영수는 참 재간덩어리요."

하루는 방송국으로 조풍연이 찾아왔다. 미군이 들어와 책상 걸상을 모두 새것으로 바꿨는지 가구들이 근사했다.

"나도 이럴 줄 알았으면 미리 드라마 쓰는 법을 좀 공부할 걸 그랬어."

"아, 써요, 제발 좀 쓰라고. 지금 드라마 쓸 사람이 모자라 난리요. 소설을 대화체로 죽죽 풀어 쓰면 된다고."

'죽죽'이라는 말을 하며 영수는 마치 오케스트라 지휘자가 지휘를 하듯 손을 휙휙 내저었다.

"부럽네, 자네가 부러워. 그런데 말야, 방송 일도 중요한 일이지만, 우리가 꼭 해야 할 일이 있네. 자네와 같이 할 일이 있어."

조풍연이 자세마저 고쳐 앉으며 구수하게 말을 꺼냈다. 한참 만에 만나도 바로 엊그제 만났던 사람처럼 편하게 느껴지는 친구였다.

"물론 지금 이 시점에 방송국 일도 중요하고 보람된 일이지만, 영수가 꼭 참여해야 할 일이 있네."

"뭔데? 뭔데 서론이 이리 길어?"

"잡지를 만들어야 해. 어린이 신문도 시급하고."

그러지 않아도 해방이 되자마자 영수도 잡지가 당장 필요하다고 생각하던 참이었다.

"어린이 신문? 잡지?"

"그래, 지금이야말로 제일 급한 게 어린이 계몽 아니겠어?"

물론이다. 어떤 민족이든 민족의 힘을 기르려면 여성과 아이들 정신이 올바르게 박혀 있어야 한다. 전부터 생각하고 있던 것이 바로 이것이라 영수는 귀가 번쩍 뜨였다. 억눌려 있던 뜨거운 피가 부글거리는 그들이기에 그들은 말이 나오자마자 급속도로 일을 진행시켰고, ≪민성≫지와 ≪어린이 신문≫이 얼마 안 가 탄생되었다.

조풍연, 윤석중, 최영수, 박계주 그리고 김영수가 고려문화사를 차리고 영수가 ≪민성≫의 편집국장과 ≪어린이 신문≫ 주필을 한꺼번에 맡았다.

"난 방송국 일도 죽겠다고. 매일 한 편 이상을 써내야 해요. 이거 정말 중노동이오. 그러니 난 그저 뒤에서 도웁시다. 뒤에서 열심히 도울 테니."

"아냐. 영수가 앞장 서야 해. 뒤에서 하는 일은 우리가 다 할 수 있다고.

"자네 정력을 따라갈 사람이 없어. 그러니 아무 말 말고, 총대 메라고."

1945년 12월에 유명한이 편집인 겸 발행인, 주간은 임학수, 편집국장은 김영수로 창간된 ≪민성≫은 건실하게 민중 속으로 파고들었다. 무엇보다 좌우익에 기울지 않으면서, 또한 무비판적이지도 않아 지식층을 비롯한 많은 사람들의 사랑을 받기 시작했다.

죽으려야 죽을 짬이 없다는 말이 실감 날 정도로 영수는 방방 뛰었다. 하루 24시간 꼬박 깨어 있어도 시간이 모자를 정도였다. 정상적으로 수입이 들어오는 곳은 방송국뿐이고 그 외, 하는 일들은 오히려 주머니 돈을 꾸려 박아야 될 정도였지만, 영수는 해방 후 최초의 한국인 잡지를 만든다는 것, 그리고 어린이 신문을 만든다는 것에 가슴 벅찬 자긍심과 보람을 느꼈다.

보람을 느끼는 일. 먹고 살아가기 위해 마지못해 하는 일이 아니라 뜨거운 피가 용솟음칠 정도로 보람을 느끼는 일을 할 수 있다는 게 얼마나 기막힌 행복인가.

하고 싶어도 할 수 없었다. 쓰고 싶어도 쓸 수 없었다. 그러나 이제는 할 수 있다. 이제는 그 어떤 제약이나 강요 없이 쓰고 싶은 거, 쓸 수 있고, 하고 싶은 거 할 수 있다.

자유. 이 자유가 영수는 눈물겹도록 고마웠다.

해방된 지 여섯 달쯤 지난 어느 날. 한겨울 찬바람이 쌩쌩 불어대는 매서운 날이건만 거리는 쏟아져 나온 사람들로 발디딜 틈이 없을 정도였다. 임시정부 개선 환영 행진이 있는 날이었다. 경관들과 MP가 가두에 늘어서 있고 광복군과 소년군의 행진이 지나갔다. 요란한 나팔소리에 애국가 멜로디가 울려 퍼졌다.

사람들 속에 끼어 행진을 구경하고 있던 영수는 울컥 울음이 북받쳐 올라왔다. 이제 다시는 나라를 빼앗기지 말아야 한다. 우리는 그 누구에게도, 미국이든 소련이든 누구에게도 너무 의지하면 안 된다. 그들은 남이다. 분명 남이다. 내 혈육보다 남을 더 믿어서야 되겠는가.

인민공화국 측과 한국민주당 측이 서로를 민족반역자라고 죽일 놈, 살릴 놈하고 있다. 이 무지하고 이기적인 정치광들이 선량한 민중을 구렁텅이로 몰아넣으면 어쩌나. 어쩌나. 그런 일은 없어야 할 텐데. 피 냄새가 나는 삐라가 나돌고 있으니, 이를 어쩌나.

영수는 이런 생각에 몹시 우울했다. 문학계도 그렇지만, 연극계 또한 좌익계가 훨씬 적극적으로 활동을 했다. 그 중 대표가 되는 단체가 '아랑'과 '고협'이었다. 동경에서 한 형제처럼 늘 어울려 지냈던 이서향, 박학 같은 친구들이 다 좌익계 대표적인 인물이 되어 열성적으로 활동하고 있었다.

세상이 어떻게 되어가겠다는 건가. 이제 겨우 일본 놈들 손아귀에서 벗어났다. 그 지긋지긋한 사슬에서 풀려났다. 한데, 좌익은 무엇이고 우익은 무엇이란 말인가. 왜 우리는 이토록 못난 민족이란 말인가. 소련을 우상화하느냐, 미국을 우상화하느냐에 따라 우리끼리 또 갈라져야 한단 말인가.

피 냄새가 난다. 혁명을 부르짖는 저들의 눈빛에서 피 냄새가 난다. 만나면 좋아라 시시덕거려야 할 친구들조차 자꾸 서먹서먹해진다. 그들이 새 세상을 말할 때는 눈에서 묘한 광채가 난다. 그 눈빛이 섬뜩하다.

"세상이 달라지면 내가 너 같은 놈부터 잡아가겠다. 너 같은 회색분자들이 실은 더 악질이라고."

서향이 그런 식으로 말할 때가 좋았다. 그때는 아무리 그가 심한 욕지거리를 퍼부어도 그에게만은 마음 턱 놓고 공산당 욕을 서슴없이 할 수 있었다. 막상 해방이 되자 그러던 그와 서먹한 관계가 되어버렸다. 그는 연극계뿐 아니라 좌익출판문화협회 일도 맡아보는 등, 적극적으로 좌익계 일에 뛰어들었다.

"미숙한 점이 있어도 기본 노선이 옳은 것이라면 밀고 가야지. 그렇게 남의 일 보듯 방관하면서 방구석에서 글이나 쓰면 다냐? 이 야비한 인텔리야."

"모두 정치판에 뛰어들어야 애국자냐? 정신 나간 놈."

"개혁을 하자는 거다. 예술가부터."

"개혁이 꼭 피 냄새를 내야 하냐?"

"미친놈. 피 흘리지 않고 개혁이 가능해? 저러니까 하난 알고 둘은 모르지."

그렇게 서로 독설로 퍼부어대던 시절이 그리웠다. 영수는 글을 쓰다가도 하숙방에서 밤을 패어가면서 격론을 되풀이하던 때가 떠오르면 잠시 펜을 멈추고 벽에 기대앉아 줄담배를 피워댔다.

어찌 되어가는 건가. 이 땅의 인텔리들이 말짱 선택을 강요당하고 있다. 중간은 비열한 회색분자다. 이쪽 아니면 저쪽. 모두가 애국, 애족이다. 그러나 이쪽과 저쪽은 하늘과 땅만큼 간격이 넓다. 해방은 되었지만 날이 갈수록 세상은 안개 속에 휩싸이는 것 같다. 그 안개밭 속에서 꿈과 희망에 부푼 젊은이들이 우왕좌왕하고 있는 것 같다.

"여보. 몸 생각해서 좀 천천히 하라고요. 그러다 쓰러지겠어요. 제발, 한 번에 한 가지씩만 했으면."

영수가 연극단체 '신청년'을 만든다 하자 웬만해서는 남편이 하는 일에 간섭을 하지 않는 아내가 간청하다시피 말리고 나섰다. 남편이 위태위태해 보였다. 저런 속도로 가다간 쓰러지지 싶었다. 어떻게 몸 하나로 열 가지, 백 가지를 다 하겠다고 덤벼드는가. 아무리 그동안 참고 참아왔다지만, 사람의 능력도 시간도 한계가 있는 법 아닌가.

"세월이 아까워. 어떻게 한 번에 한 가지씩만 하며 살아? 백년, 천년 살 수 있다면 또 몰라도. 죽으면 다 썩어 문드러질 몸뚱이 아니요. 난 잠자는 시간이 아까워 죽겠어. 하고 싶은 일, 쓰고 싶은 게 너무너무 많은데 어떻게 슬슬 해?"

"아무리 하고 싶은 일이 많아도 그렇지, 그러다 쓰러지면 한 가지도 못할 게 아니겠어요?"

"아, 쓰러지긴 누가 쓰러져? 이렇게 건강한데, 너무 건강해 탈이잖아?"

옆에만 갔다 하면 임신을 하느냐고 놀리는 말이었다.

"조마조마해서 그래요."

"잘 먹으니까 끄떡없어. 아, 남들보다 세 배는 먹으니까, 새 배는 더 일해야지. 안 그래? 그동안 쓰고 싶은 거 제대로 쓰지 못하고 살았잖아. 당신은 알지, 내가 얼마나 글 욕심이 많은 놈인지. 이제 누구 눈치 볼 필요 없고, 비위 맞출 필요 없으니, 실컷 하고 싶은 거 해야지. 안 그래?"

'그러다, 그러다가, 갱그린(괴저병)이 도질까 봐, 난 그게 무서워.'

금자는 차마 이 말은 하지 못하고 입술만 깨물었다.

동양극장 전속작가 시절이었다. 「행복한 가정」을 쓰고 있는 어느 날, 양말을 갈아 신는 남편의 발가락이 보라색이었다.

"어머머, 발가락이 왜 그래요? 어머나, 어디, 어디 좀 봐요."

"뭐, 어때서? 내 살색이 원래 좀 이렇잖아."

"아니, 원래 그렇다니, 그게 무슨 말이에요? 왜 그렇게 검은 자주색이지? 아무래도 정상이 아니야. 발가락이 아파요?"

"글쎄."

"글쎄라니, 아 자기 발가락이 아픈지 어쩐지도 몰라요? 안 되겠어요. 병원에 가보자고요."

"아니, 이 정도 가지고 병원엔 뭘. 나 시간 없어. 병원 갈 시간 없다고."

"안 돼요. 아무리 바빠도 병원에 가보자고요. 발가락이 이상하잖아요. 그런데 정말 아프지도 않았단 말이에요?"

"가끔 좀 욱신거리긴 했지만……."

보라색으로 변한 그 발가락은 갱그린이라는 무서운 병이었다. 피가 안 통해 살이 죽어가다가 썩어 드디어는 백설기처럼 푸슥푸슥 부서지는 병.

"이 길로 입원 수속하십시오."

김성진 박사는 연극인 복혜숙 씨의 남편이라 영수와도 잘 알고 지내는 사이였다.

"입원이라니요? 이까짓 정도로 뭘 입원까지 합니까? 연극을 끝내고 나서 치료받으러 다니겠습니다."

영수는 김 박사에게 지금 쓰고 있는 「행복한 가정」이 얼마나 중요한 연극인가를 열심히 설명했다.

"다 쓰셨다면서요?"

"예, 쓰긴 다 썼지만 제가 연출을 맡았습니다."

"그거, 다른 사람에게 맡기십시오."

김 박사가 이상하리만큼 단호한 음성으로 딱 잘라 말했다. 그가 그런 식으로 말할 사람이 아니라 영수는 의아한 시선으로 되물었다.

"다른 사람에게 맡기라니요?"

"지금부터 내가 하는 말을 잘 들어주시기 바랍니다. 저, 조 선생님도 여기 의자에 앉으시지요."

옆에 서 있는 금자에게 김 박사는 의자를 권했다.

"하루가 급합니다. 치료가 가능한 게 아닙니다."

"네?"

"갱그린입니다."

"그게 뭡니까?"

영수가 얼떨떨한 시선으로 김 박사와 아내 얼굴을 번갈아 보며 물었다.

"살이 썩어 들어오는 병입니다. 당장 잘라내야 합니다."

"네? 뭐? 뭐라고요?"

"엄지발가락을 잘라내야 합니다."

김 박사가 영수 팔을 잡으며 말했다.

"혹시 심하게, 아주 심하게 동상에 걸린 적 있습니까?"

"동상?"

동상이라면 어렸을 때, 그러니까 철 들면서부터 마룻방에 나와 잘 때 자주 걸렸었다. 그리고 동경에서 두 주일 동안 유치장에 갇혀 있을 때, 열 발가락이 꽁꽁 얼어붙었었다.

"동상이 원인입니까?"

"아직 의학적으로 딱 이것이다 하는 원인을 찾지 못하고 있습니다. 하지만 심한 동상이 원인일 가능성이 높습니다. 어쨌든 당장 잘라내야 합니다. 엄지발가락이 아주 상했습니다."

"꼭…… 수술을 해야 합니까? 그 길밖에 없습니까?"
아내가 들릴락 말락 한 목소리로 물었다.
"없습니다. 미안합니다."
그날로 입원실로 들어갔고, 다음날로 오른발 엄지발가락을 절단했다.
"아, 발가락이 열 개씩이나 뭐가 필요해? 아홉 개면 충분하지. 발가락 하나 덜 씻으니 물도 절약될 게 아니겠어?"
양말을 신고 벗을 때, 잘려나간 엄지발가락 부분을 보며 안쓰러워하는 아내를 영수는 이런 식으로 웃겼다. 그에게는 그런 재주가 있었다. 아주 슬픈 일, 마음이 콕콕 쑤시도록 아픈 일일지라도 우스갯소리로 돌려 사람을 웃기는, 특이한 재주가 있었다.

저 사람. 아무래도 너무 무리한다. 갱그린이 피로하다고 생기는 병은 아니라지만, 알 게 뭔가. 사람이 너무 피로하면 무슨 병이든 도질 수도 있는 게 아닐까. 금자는 남편이 너무 무리를 하는 것 같아 막연하게 늘 불안했다.

독무대

"어이, 상만이. 잘 있었어?"

서대문 사거리에서 영수는 이상만과 마주쳤다. 그는 해방 전, 영화사와 방송국에 대본 인쇄물 심부름으로 드나들던 청년이었다.

"요즘 뭐해?"

"뭐 별로 하는 거 없습니다."

해방이 되었다는 어수선함 속에 사람들은 무엇을, 어떻게 어디서부터 시작해야 하는지 방향을 제대로 잡지 못하고 우왕좌왕하고 있을 때였다.

"지금도 아버님 인쇄소 일 돕고 있나?"

"아닙니다. 인쇄소 그만두셨습니다."

"그래? 그럼 마침 잘 만났군. 나와 같이 일하지."

"제가? 뭘?"

상만이 면구스럽다는 듯 히죽 웃었다. 그렇지 않아도 일거리를 찾아 돌아다니고 있는 참이었다.

"방송국에 사람이 많이 필요해."

"하지만……."

"할 일은 얼마든지 있다고. 부지런히 일할 맘만 있으면."

"하지만…… 제가 뭘 할 줄 아는 게 있어야지요."

"아, 태어날 때부터 뭐 알고 태어나는 사람 있어? 다 배워서 하는 거지."

"그럼, 저…… 제가 정말 배울 일이 있을까요?"

"있다마다."

그가 시원시원하게 말을 해 상만은 기운이 났다.

"그럼, 언제 방송국으로 찾아뵐까요?"

방송국에 와서 무슨 일을 배우라는 건진 몰라도 어쨌거나 일자리가 얼마든지 있다는 말에 상만은 구세주를 만난 기분이었다.

"언제는 언제야? 나 지금 들어가는 길이니까 당장 같이 가자고."

무엇이든 하겠다 결정을 하면, 그자리에서, 그날 밤으로, 당장 뿌리를 뽑아야 하는 김영수의 그 성격을 이상만은 그날 알았다.

"배우들 집 알아볼 수 있어?"

"배우들 집요?"

"그래. 성우가 너무 모자라. 배우들을 총동원시켜야겠어. 좀 찾아보라고. 누구든, 연락이 되면 나한테 데리고 와."

"아무나요?"

"그래. 아무나. 연락이 되면 데리고 오라고."

"네."

상만은 영화배우들 집을 많이 알고 있었다. 인쇄소에서 영화 대본이 찍어 나오면 배달은 주로 상만이 다녔기 때문이다. 이해랑, 김승호, 김동원, 황정순, 한은진, 김복자, 최은희 등등 상만이 잘도 찾아냈다. 연기자들은 해방 후 아직 이렇다 할 일자리가 없이 놀고 있는 판이라 방송국 성우로 적격이었다.

A급이든 B급이든 C급이든 일단 방송에 출연했다 하면 보수가 똑같기 때문에 배우들은 단역이라도 하나 맡으려고 경쟁하다시피 열심히 했다. 해방 후 여느 분야도 마찬가지지만 특히 연기자들의 생활이란 말이 아닐 정도로 몹시 궁했다.

주선태는 다음 드라마에 역을 주겠다고 약속하지 않으면 아예 집에 갈 생각을 안했다. 그는 방송국에서 버티는 정도가 아니라 아예 북아현동 영수 집에까지 와 눌러붙었다.

"어쩜 저리 염치가 없죠?"

그가 돌아가지 않고 아예 사랑방에서 잠까지 자고 가는 날이면 아내가 머리를 절레절레 내둘렀다.

"어쩜 사람이 그렇게 무례하담."

예의와 경우를 중하게 여기는 성격에 주선태의 그런 행동이 눈에 들리 없었다.

"연기가 하고 싶어 그런 건데 뭘."

"하지만, 잠까지 자고 가다니 너무 한 거 아니에요?"

"연기인은 저렇게 집요한 구석이 있어야 해. 그래야 뭐가 되도 되는 법이지." 영수는 아무리 주선태가 그렇게 막무가내로 굴어도 이상하게 밉지 않았다. 오히려 그런 그에게 정이 갔다. 무슨 일이든 자기가 하고 싶어하는 일에 미치는 사람. 그런 사람을 영수는 좋아했다.

"선생님은, 평소에는 아주 인자하신 분이지만 연출하실 때는 전혀 딴 사람이 되세요. 그건 작품에 대한 애정 때문이죠. 연기자가 작품을 충분히 소화하기를 기대하시기 때문이라고. 그러니 연출하실 때 무섭게 구셔도 고깝게 생각하지 말라고요."

황정순은 새로 들어오는 성우들에게 자주 이렇게 귀띔을 해주곤 했다. 연습장에서 녹화실에서 호랑이로 변하는 김영수의 성격을 황정순은 이미 오래전 동양극장 시절부터 잘 알기 때문이었다. 하지만 성우 시험에 합격해 이제 막 성우 생활을 시작하는 초년생, 박현숙과 이혜경에게 김영수는 호랑이보다 더 무서운 존재였다.

"인물 성격을 파악해야지. 책 읽듯 하면 되나? 성우가 작중인물의 성격을 완전히 이해하지 못하면 청취자가 어떻게 감동을 받아? 연기자가 펑펑 울어도 청취자는 눈물이 날까 말까 한다고, 알겠어요? 자, 다시."

그가 연출할 때는 마치 괴기 영화를 보는 듯, 그에게서 괴기마저 감돌았다. 여자고 남자고 없이 잘못 할 경우 불호령이 떨어졌다.

"막 야단치실 때는 정말이지, 아무리 참으려 해도 눈물이 마구 쏟아져요."

"글쎄, 연필로 내 머리를 톡톡톡 때리시겠지. 아유. 어찌나 무안하던지. 정말이지 어떤 때는 당장 집어치우고 싶어."

박현숙과 이혜경은 쉬는 시간이면 복도에 서서 서로 하소연을 하기도 하고 때로는 질금질금 눈물을 짜기도 했다. 그런 신인들에게 황정순은 옛날 경험담을 해가며 그들을 위로했다.

"한번은 내가 생방송 할 때였어. 감기가 들어 콧물이 질질 나왔어. 콧물이 나와도 김 선생님이 무서워 콧물 닦을 생각도 못하고 있었지. 그런데 글쎄 갑자기 김 선생님이 주머니에서 손수건을 꺼내시더니 내 코를 확 잡고 콧물을 닦아주시겠지. 날 쳐다보지도 않고 정확하게 내 코를 꽉 잡아 비트시더라고. 그런 분이에요. 알고 보면 정말 정이 많은 분이라고요."

황정순의 말이었다.

"나는 자기 일에 그렇게 완전히 빠져 들어가는 사람을 일찍이 본 적 없어요. 우리 동경학생드라마그룹이 방송극을 할 때부터 알았다고. 정말 연출할 때 모습은 광기가 느껴질 정도지. 그 정열, 아무도 따라가지 못해요."

김동원도 남자 신인 성우들에게 김영수를 이렇게 설명했다.

광기. 영수 주변의 사람들은 그가 연극이나 드라마 연출을 할 때면, 그에게서 광기가 도는 걸 느낄 수 있을 정도로, 그는 그렇게 자기가 하는 일에 도취되는 사람이었다. 그런 사람이기에 연기자들은 연습할 때 호되게 야단을 맞아가면서도 그에게 감동을 받았다.

영수는 일일방송극 「미군정청 아워」 외에도 「미국인, 랜돌프」에 이어 아동연속극 「똘똘이의 모험」을 쓰기 시작했다. 뿐 아니라 방송 사상 처음으로 30분짜리 「일인드라마」도 시도했다. 30분 동안, 한 사람이 방송을 끌어나간다는 게 결코 쉬운 일이 아니건만, 「밤의 독백」, 「나무는 자란다」 등등이 계속해서 청취자들의 사랑을 받았다.

영수는 일인드라마를 황정순, 한은진, 김복자, 최은희에게 국한하지 않고 신인 이혜경과 박현숙에게도 맡겼다. 그들은 처음에는 겁을 냈지만 차츰 시간이 가자 기대 이상으로 소화를 잘 해냈다.

"그것 봐요. 현숙이. 내가 뭐랬어? 자넨 충분히 해낼 거라 했지? 성우 시험 볼 때, 여간내기 아니구나, 내 알아봤지."

"고맙습니다. 선생님."

"혜경이, 자네도 마찬가지야. 이제 자신감을 가지라고."

영수는 이혜경과 박현숙을 점찍어 놓았다. 어떤 역을 맡겨도 거뜬히 소화해 내는 게 신통하고 흐뭇했다. 그들은 정식으로 성우 시험에 합격해 들어온 성우들이기 때문에 쟁쟁한 실력파이기도 했다.

"잠깐 나갔다 오자."

어느 날이었다. 딱 소리가 나도록 만년필을 원고지 위에 내려놓고, 영수는 벌떡 일어나면서 코트를 집어들었다.

"어디를?"

상만이 채 물을 새도 없이 그는 방문을 열고 마당으로 나섰다.

"어디를 갑니까? 이 밤에?"

밤 열시가 가까워오는 시간이었다.

"이범석 집에 가자."

"누구요?"

"누군 누구야? 이범석, 민족청년단 단장."

그는 이범석이든 누구든, 장관이라든가 국장이라든가 그런 타이틀을 달지 않고 사람 이름 석 자만을 그대로 부른다. 방송국에서도 국장이든 말단 직원이든 미국인들에게 다 똑같이 이름을 부르는 사람은 김영수 딱 한 사람뿐이다. 한번은 이게 하도 신기해 상만이 물어보기도 했었다. 다른 사람들은 방송국장 월터 브라운에게 꼭 '미스터 브라운'이라고 부르는데 어째서 선생님은 그냥 '월터'라고 부르는 가고.

"월터가 나를 부를 때 '미스터 김'이라고 부르지 않잖아? 그냥 '영수, 영수' 하잖아? 그런데 왜 내가 '미스터 브라운'이라고 불러? 상만이도 그냥 월터라고 이름 부르라고."

"하지만 고문관님이잖아요."

"고문관이면 고문관이지. 더군다나 월터가 노상 말하잖아? '미스터 브라운'이라 부르지 말고 그냥 '월터'로 불러달라고. 한데도 굳이 '미스터'라고 존칭을 붙일 거 뭐 있어?"

"습관이 안 되어 그런지 이름 부르게 되지 않네요."

"이범석 집이 중부서 옆에 있지? 가자."

상만은 아무 소리 하지 못하고 따라나섰다. 한다 하면 밤이고 새벽이고 해야 하는 그의 성격을 이제 훤히 꿰뚫고 있기 때문이었다.

"딱 걸리는 장면이 있단 말야. 직접 이야기를 들어봐야겠어."

그는 이범석 이야기 「청산리 전적」을 쓰고 있는 중이었다. 그날 이범석은 사냥 가고 집에 없었다. 하지만 다음날 저녁, 그가 사냥에서 돌아온다는 시간에 맞춰 영수는 그를 다시 찾아갔고, 결국 듣고자 하는 것을 죄다 듣고 돌아와 글을 끝냈다.

"뭐든지 말이다. 하다못해 깡패 노릇을 해도 두목이 되어야지, 안 그러냐? 깡패 두목이 절로 되는 게 아니다. 남들보다 칼질을 잘하려면 남들보다 열 배, 백 배 노력을 해야 한다고."

그는 일본 깡패들 이야기를 자주 했다. 일본 깡패들은 꼭 칼을 가지고 다닌다고. 그리고 체격이 아무리 작아도 칼을 제일 잘 쓰는 사람이 두목이 되는 거라고.

「청산리 전적」은 드라마가 나간 후, 대한청년단 주최로 시공관에서 연극을 할 정도로 인기를 끌었다.

"이거야. 바로 이거라고. 어이, 상만이. 거기서, 그 방에서 들어봐."

방송극 연습을 하고 있을 때였다. 잠시 쉬는 시간에 성우들은 복도에 나가 있고 김영수 혼자 스튜디오 안에 있었다.

"이거다. 이거야. 상만이, 어이 스피커 틀고 들어봐."

그는 대본을 뜯어 한 장 또 한 장, 바닥에 떨구기 시작했다. 종잇장이 꽃 이파리처럼 사르르 사르르 바닥으로 떨어졌다.

"안 들리지? 전혀 안 들리지?"

그는 들뜬 목소리로 연신 물었다.

"여봐. 이리들 들어와 봐."

복도에 나가 쉬고 있던 성우들이 스튜디오 안으로 들어왔다.

"자, 들어봐. 안 들리지? 전혀 안 들리지?"

"네, 안 들립니다."

"바닥에 떨어지는 소리는 들리나?"

"아뇨. 전혀."

"됐어. 됐다고. 바로 이거야. 이제 잡음 없이 대본을 넘길 수 있다. 생방송 들어가기 전, 미리 대본을 다 뜯어놓는 거다. 그리고 이렇게 한 장씩 끝날 때마다 바닥으로 슬그머니 떨구면 된다."

마치 다락 속에 감추어둔 꿀 항아리를 찾아낸 어린 소년처럼 그는 그렇게 싱글벙글 웃어가며 좋아했다.

"정말, 효과가 만점입니다."

상만도 식 웃었다. 잡음 때문에 신경이 곤두서 있기는 효과를 맡아 보는 그도 마찬가지였던 것이다. 아무리 성우들이 조심한다 해도 종잇장을 넘길 때마다 마이크에 그 소리가 잡혔던 것이다.

"하여튼 김영수 씨, 그 머리 하난 알아줘야 해. 비상해. 대본 미리 뜯어놓고 바닥에 떨어뜨리는 거, 그거 정말 대단한 발상이야."

"잘난 사람, 더 잘난 체하게 됐구먼."

이한서가 비아냥거리는 투로 유호 말을 받았다.

"잘난 척?"

"잘난 척하잖아."

"잘난 척하는 게 아니라 실은 잘났잖아요. 많이 쓰지, 게다가 연출까지 하지, 영어도 잘하지, 그러니 잘나 보이는 게 당연하지, 안 그래요? 굳이 잘난 척할 필요도 없지 뭘. 잘난 사람인걸."

유호는 웃지도 않고 따끔하게 말했다. 사람들은 남이 잘 되는 걸 배가 아파 보지 못한다. 꼭 꼬집어 흠 잡을 게 없으면 잘난 척한다, 건방지다 하는 식으로 깎아내리려 든다.

"방송국장이 브라운이 아니고 김영수란 말 들었어? 브라운은 비서 같잖아? 영수 맘대로 쥐고 흔들고."

"그거야 통역도 도맡아 하니 영어를 모르는 우리들 눈에 자연 그래 보일 수밖에. "

"자네도 김영수 파군."

"아, 파는 무슨 얼어죽을 놈의 파? 파벌이다 뭐다 난 그 소리만 들어도 넌덜머리가 난다고요."

유호는 더 말대꾸도 하기 싫어 자리를 떴다. 그는 방송국에서만 질투를 받는 게 아니라 문단에서도 질투를 많이 받는다. 신문 연재를 하나 따내기도 힘든 좁은 바닥에서 서울신문에 「별」을, 동아일보에 「길」을 동시에 연재하고 있으니 하긴 질투와 시기를 받을 만도 했다.

"혼자 다 해먹는답디다. 혼자 다."

어느 날, 용금옥에서였다. 유호가 낄낄거리며 말하자 영수는 들은 척도 안하고 추어탕 한 그릇을 후딱 비우고 나더니, 담담하게 말했다.

"아, 속상하면 쓰면 될 게 아닌가. 방송극이든 연극이든 소설이든 쓰면 될 게 아니냐고. 누가 말려. 속상하면 쓸 거지."

"순수문학을 고집하는 치들이 뭐라는지 알아? 김영수는 아예 문단에서 제명하자고 한대요."

옆에서 김광주가 한마디했다.

"제명하라 해. 누가 겁나? 마음대로 하라 그래. 그런 거 관심 없어. 순수문학이든 계몽문학이든 대중문학이든 무엇이든 쓰기나 하라고 해. 아 글쟁이가 글은 안 쓰고 왜 입방아들만 찧고 있담. 시간이 아깝지도 않나. 본인이 없는 자리에서 욕해 대는 사람들, 상대할 가치조차 없는 속물들이라고. 정, 할 말이 있으면 사람 앞에서 떳떳하게 할 거지, 왜 뒤에서 짓까불어? 그거 얼마나 치사한 짓이야."

"배가 아파서 하는 소리지 뭘. 그게 바로 유명세라는 거야."

김광주가 흐흐 웃어가며 술잔을 비웠다.

방송 프로그램이 재편성되어 방송계가 생기를 되찾듯 연극, 문학 모든 분야가 눈만 뜨고 나면 새 단체가 태어날 정도로 활기를 띠었다. 실은 활기를 띤다기보다 그만큼 혼잡스러웠다.

날이 갈수록 연극계는 우익계보다 좌익계가 훨씬 더 활발했다. 그들이 내세우는, 철저한 친일 세력의 척결과 토지 개혁안이 많은 사람들에게 호응을 받기 때문이었다.

대부분의 사람들, 일반 대중들은 말할 것도 없고 문학인들이나 연극인들조차도, 좌익과 우익의 사상적 차이점을 뚜렷하게 제대로 알지 못한다. 그러면서도 쉽게 좌익에 솔깃하는 이유는 모든 사람이 공평하게 부를 분배하여 너도나도 잘사는 나라를 이룩한다는 선전에 현혹되는 것이다.

그러나 영수는 일본에 있을 때, 이미 그 이론의 허구를 간파했던 것이다.

해방이 되자마자 송영, 안영일, 김태진, 이서향, 박영호, 나웅 같은 연극인들이 해방 전에 있었던 '조선연극협회'를 접수하여 '조선연극건설본부'를 조직하였고 얼마 가지 않아 그 단체가 갈라져 '조선프롤레타리아연극동맹'이 생겨났다.

하루가 멀다 하고 막을 올리는 극단은 거의 다 좌익계 단체들이었다. 일오극장은 「직공」을, 자유극장은 「망향」을, 낙랑극회는 「군도」를, 해방극장은 고리키의 「어머니」를 공연하고 김승호, 황철, 박상익, 이해랑, 김복자, 황정순, 김선초, 유계선, 박제행 등 거의 모든 연기인들이 총동원되다시피 했다.

배우들은 좌익 단체든 우익 단체든 상관없이 역이 주어지는 곳이면 어느 단체든 달려갔다. 오랫동안 무대를 그리워해 왔던 그들에게 우익이다 좌익이다 하는 게 전혀 중요하지 않았던 것이다.

그러나 1947년 중반에서 1948년으로 들어가면서 좌익계 단체의 미군정에 대한 저항 자세는 결국 미군정의 철저한 탄압으로 이어졌다. 1947년, 민중극장의 심영, 낙랑극회의 황철, 예술극장의 박학이 공연 도중 피검되는 사건을 계기로 좌익 연극은 운신의 폭이 좁아지는 반면,

미군정에 우호적 태도를 보인 우익 연극의 활동은 두드러지게 폭을 넓혀나갔다. 이즈음 박진과 김영수가 이끄는 '신청년'이 태어났다. 만주에 가 살고 있던 김상진이 돌아와 운영 자금을 댄 것이다.

"난 영수, 자네의 데뷔작 「광풍」을 읽고 반했었네. 그렇게 사람 냄새 나는 이야기를 쓰게. 자네가 고집하는 창작극. 순 우리 극만 올리도록 하자고."

영수는 무서운 속도로 작품을 써갔다. '신청년' 창단 작품인 「오 남매」를 시작으로 「사랑의 가족」, 「사육신」, 「가로등」, 「사랑」 등등 쉬지 않고 썼다. '신청년'은 미군정의 좌익계에 대한 탄압으로 침체되어 있던 연극계에 생기를 불어넣기에 충분했다.

김복자, 김양춘, 노재신, 황정순, 김승호, 박경주, 송미남, 백성희, 최은희, 김동원, 이해랑, 주현태 등등 숱한 연기자들이 영수의 작품을 거쳐갔다. 두 달이 멀다 하고 막이 올라갔고 '신청년' 작품은 거의 다 영수가 썼기 때문에, 대한민국의 연기자 치고 김영수의 작품을 거치지 않은 사람이 한 명도 없을 정도였다.

영수는 역에 딱 맞는 연기자다 싶으면 그가 좌익 단체 핵심 멤버든 보도연맹의 간부든 상관하지 않고 역을 맡겼다. 좌익이다 우익이다 하는 그 줄긋기가 싫었다. 그런 구별에 숨통이 막힐 것만 같았다.

연극은 어디까지나 연극이다. 연극인은 연기를 잘하면 그만이다. 그의 정치색이 파란색이든 빨간색이든 흰색이든 그게 연기와 무슨 관계가 있단 말인가. 작가도 연출가도 연기자에게 바라는 것은 오직 단 한 가지, 작품을 올바르게 해석해 제대로 소화해 내는 것뿐이다.

특히 해방이 되자마자 가장 활발하게 연극을 했던 단체가 좌익 단체였고, 한국의 배우란 배우는 거의 모두가 다 연극에 출연했다는 현실을 감안한다면, 좌익 연극 단체에서 활동했다는 이유로 연기자를 배제한다는 건, 너무나도 옹졸하고 또 현실적으로도 불가능한 일이었다.

영수는 이런 사고관 때문에 때로 김영수도 좌익으로 오해를 받기도 했지만 그런 모략 중상에 움츠러들 영수가 아니었다. 배우든 가수든 그 누구든, 영수는 진정한 프로를 좋아했다. 자기가 하는 일에 최선을 다하는 성실성. 자기가 하는 일에 긍지심을 가지는 전문성, 자기가 하는 일에 목숨을 걸 정도로 빠져드는 열정, 영수는 그런 배우면 더 바랄 게 없었다.

좌우 이데올로기로 심한 몸살을 앓는 혼잡 속에서 우익 진영을 대표하는 극단은 유치진이 이끄는 '극예술협회'와 박진과 김영수가 이끄는 '신청년'뿐이었다.

「혈맥」

'글쓰는 사람들은 다 저런가. 글쓰는 사람들은 저렇게 다 자신의 글 속에 빠져들어야 하는 건가.'

그는 헉헉 소리를 내가며 글을 쓰다가 때로는 흐흑 하며 울음을 들여 삼키기도 했다. 영수 옆에서 잔심부름을 하는 종철은 그의 그런 모습을 보면서 방에 가만히 앉아 있어야 하는 건지, 슬그머니 마당으로 나가야 하는 건지, 민망스러울 때가 한두 번이 아니었다.

이종철은 배우가 되고 싶어 친구를 졸라 김영수 선생님 집에 와서 그의 잔심부름을 하고 있다. 동양극장에서 「사랑의 노래」, 「사랑」, 「역마차」, 「오 남매」 등등…… 그렇게 재미있게 본 연극들이 모두 원영이 외삼촌이 쓴 작품이라는 소리를 듣고 그때부터 그에게 배우면서 배우가 되고 싶다는 마음이 굳어졌던 것이다. 처음에는 낮에만 북아현동에 있고 저녁때는 집에 갔지만 날이 갈수록 아예 북아현동에서 잠자는 날이 더 많아졌다.

어느 날 새벽이었다.

"야, 종철아, 종철아. 일어나."

"임마, 일어나라니깐. 공부하겠다는 놈이, 잠만 자다 마냐?"

발길로 엉덩이를 쿡쿡 치는 바람에 종철은 눈을 비비며 일어났다.

"아저씨는 잠도 안 주무세요?"

"임마. 뭔가가 되겠다는 포부가 있으면 잠이라도 줄여야지. 남들 잘 거 다 자면서 뭐가 되겠다는 거야?"

잠이 미처 덜 깬 종철은 머리만 북적거리고 있었다.

"마당에 나가라."

"네?"

"장독대에 올라가서, 이 대목을 해봐라."

"지금요?"

"냉큼 나가서 여기, 이 원칠이 대사 한번 해보라고."

"어이, 아저씨 내일 아침에 하면 안 돼요?"

"아, 어서 나가 해보라니까."

「혈맥」에 나오는 원칠이 대사를 장독대에 올라가 해보라는 것이었다. 이게 처음 있는 일은 아니었다. 그는 그야말로 글 속에 빠지기 시작하면, 극중인물이 되어 어떤 때는 스스로 장독대에 올라가 식식대면서 대사를 읊기도 했다. 그럴 때 보면 제정신이 아닌 사람으로 보일 정도였다.

"아저씨도 참, 이 밤중에 뭐가 보여야 하죠."

"임마, 한번 읽어보고 나가면 될 게 아냐? 그 짤막한 대사도 외우지 못해?"

종철은 신발을 질질 끌고 장독대로 올라갔다. 새벽 냉기가 옷 속으로 스며들어 저절로 몸이 움츠러들었다.

'아저씨 광기가 또 도졌구나. 하여튼 간에 괴짜다. 잠도 안 주무시나? 어떻게 밤이면 밤마다 저렇게 글을 쓰실까. 진력도 안 나나. 도대체 밤새 주무시는 걸 보지 못하겠다.'

"아, 왜 똥자루처럼 서 있어?"

"까먹었어요."

"아니, 방금 읽고 나간 걸 까먹어?"

"생각 안 나요."

"그럼 한번 더 읽어보고 나가."

종철은 방에 들어와 대사를 한번 더 읽어보고 나갔지만, 읽은 것을 모조리 외울 수는 없었다.

"야, 야, 그게 뭐야?"

"다 외우지 못하겠어요."

"임마. 그 서너 줄도 외우지 못하면서 어떻게 배우가 되겠다는 거야? 배우 되기가 그리 쉬운 줄 알아?"

호령이 떨어졌다. 아저씨가 글이 제대로 술술 풀리지 않는 날이면, 종철이 죽어나는 날이다. 그는 지금 문교부 주최 동아일보 후원인 '제1회 전국연극경연대회'에 출품할 작품을 쓰고 있는 중이었다.

"다시."

"…… 형! 나는 일을 했소! 돈을 벌었어. 나 하나밖에 없다! 나만 살면 된다! 이 소리가 귀에 들릴 때, 난…… 난…… 정말 울분했어, 형! 사십 년 동안을 그렇게 슬프게 비굴하게 살아오구두, 그래두, 아직두 모자라서 우리들은 나 하나만을 찾구, 나 하나만을 내세워야 되겠소?……."

"좋아. 좋아. ……그래두, 아직두 모자라서 우리들은 나 하나만을 찾구, 나 하나만을 내세워야 되겠소?…… 이것이다. 바로 이것이다. 지금 우리의 현실이 바로 이것이다. 나 하나만을 찾는 극심한 이기주의에 모두 반미치광이가 되어 있다. 나 하나만 올바르다. 너는 반동이다, 너는 친일 잔재다. 너는 미군정 꼬붕이다. 이 한심한 의식. 이것을 고쳐야 한다. 이 졸렬하기 짝이 없는 의식을 고쳐야 다 함께 살 수 있다. 그러지 못하면 우리는 또 강대국에 먹힌다."

그는 언제 뛰어나왔는지 장독대에 올라와 울부짖고 있었다. 그가 바로 원칠이었다. 원고를 쓰기도 전에 대사를 다 외워버리는 사람이다. 세상에 저런 사람이 있을까. 어쩜 저렇게나 머리가 좋을까. 그는 천재다. 천재는 약간 미치광이 비슷하다지 않은가. 그래, 틀림없이 아저씨는 천재다. 지금 저 모습이 딱 미치광이 아닌가.

'그래도 발가벗고 달밤에 춤을 추지 않으니 다행이지.'

시끄러운 소리에 잠이 깬 금자가 살그머니 문을 열고 남편 모습을 바라보다가 소리나지 않게 조심스럽게 문을 닫으며 입 속으로 중얼거렸다.

유호와 밤을 새워가며 글을 쓰던 날이었다. 밤참까지 해 디밀고 잠이 들었는데 새벽녘인지 갑자기 밖에서 어수선한 소리에 잠이 깨졌다.

낄낄. 끌끌. 킥킥. 쿵다당, 쿵다당 뭔가를 두들기는 소리도 들렸다. 이게 뭔 소린가? 아이들이 깰까 봐 금자는 아주 조심스럽게 띠살문을 열었다.

세상에! 두 남자가 홀라당 벗은 알몸으로 장독대 위에서 덩실덩실 춤을 추고 있었다. 달빛에 어른거리는 두 남자의 알몸 실루엣이 그야말로 장관이었다.

"에구머니."

금자는 나미와 유미도 깨어나 구경하고 있다는 것을 모를 정도로 넋을 놓고 그 장관을 바라보고 있었던 것이다.

안방 문이 살그머니 닫히는 걸 종철은 보았다. 아주머니는 늘 그러신다. 아저씨가 갑자기 한밤중에 마당에서 왔다갔다하거나, 장독대에 올라가 배우처럼 제스처를 써가며 대사를 외우거나 하면, 살그머니 문을 열고 내다보다가 아주 조용히 문을 닫으신다. 아주머니는 아저씨와 영 딴판이다. 아저씨는 감정적이고 아주머니는 이성적이다. 아저씨는 급하면 소리도 꽥꽥 질러대지만 아주머니는 아무리 급한 일이 있어도 음성을 돋우지 않는다. 언제나 침착하다.

"야, 종철아. 오늘부터 너, 이름 바꿔라."

장독대에서 내려와 툇마루에 걸터앉았을 때였다.

"네?"

"종철이가 뭐야. 임마 네가 종치기야, 종치기?"

종철이 쿡쿡 웃었다. 그러지 않아도 그가 시도 때도 없이 불러댈 때면 "아직 종칠 시간 멀었어요." 하며 돌아눕기도 했었다.

"추석양이다. 오늘부터 네 이름은 추석양이다."

"뭐요?"

"추석양. 얼마나 좋은 이름이냐? 이제부터 네 공식 이름은 추석양이다. 알았지?"

그날 이후 이종철 이름은 사라지고 추석양이 되어버렸다.

김영수는 일단 작품을 시작했다 하면 단 하루도 밤새도록 자는 적이 없다. 그저 쓰고 또 쓴다. 사람이 어떻게 하고많은 날 저런 식으로 살아갈 수 있는지 종철은 그게 너무나도 신기했다.

글쓰는 습관도 아주 이상했다. 마감 날짜가 코앞에 다가와도 원고지 한 장을 쓰지 않고 늘 잠을 잔다. 자는 건지 그냥 눈만 감고 있는 건지 모르지만 하여튼 쓰지 않는다. 그러다가 어느 순간, 쓰기 시작하면, 그 때부터는 몇 날 몇 밤을 꼬박 쓴다. 마치 꽉 막혔던 둑이 탁 터져버린 것처럼 거침없이 쓴다.

한번은 그게 하도 이상해 종철이 물어보았다.

"아저씨, 아저씨는 어떻게 한번 쓰기 시작하면 끝까지 다 써버리세요?"

"임마, 이미 머릿속으로 다 썼으니까, 펜이 그냥 나가는 거지."

"머릿속으로 다 쓰다니, 그게 무슨 말이에요?"

"난 무슨 글이든 원고지에 쓰기 시작할 때는 이미 다 끝난 원고다. 쓰면서 생각하고 생각하면서 쓰고 하는 게 아니라고. 대화 하나도, 장면 하나도 몇 날, 며칠 동안 궁리하면서 머릿속에서 다 탈고가 되는 거다. 그러니까 쓸 때는 펜에 잉크만 떨어지지 않으면 되는 거지."

"아, 그래서 아저씨는 작품 하나 시작하기 전에 매일 주무시는 거군요?"

"자는 게 아니다. 생각하는 거지. 그때 작품을 쓰는 거다."

그걸 남들은 모른다. 원고를 쓰면 아주 쉽게 써버리는 줄 안다. 유호도 같이 작업을 할 때 물었다. 어떻게 작품을 그리 빨리 쓰는 가고. 잠깐 눈을 붙였다 일어나 보면 작품 하나가 완성돼 있는 게 너무 신기하다고.

"눈에 보이는 세상만 세상이 아니듯, 책상 앞에 원고지 칸을 메우고 있을 때만 글을 쓰는 게 아니다. 사람들은 그걸 몰라. 그래서 나보고 빨리 쓴다고 하는데 그건 모르는 소리다. 내가 머릿속으로 작품을 완성시킨다는 걸 모른단 말야. 작가는 항상 깨어 있어야 한다. 늘 깨어 사물을 올바르게 관찰해야 하고, 그리고 자기 것으로 소화해야지."

그에게는 또 하나 특이한 점이 있었다. 글을 쓰기 시작할 때는, 방안이 아주 깨끗해야 한다. 재떨이에 꽁초가 남아 있는 건 고사하고 재도 묻어 있으면 안 된다. 쓰레기통 안에 종이 한 장이 남아 있어도 안 된다. 그리고 내의도 셔츠도 다 갈아입는다.

종철은 최선을 다해, 아저씨 시중을 들었다. 우선 방을 말끔하게 정돈하고 재떨이도 깨끗하게 닦아놓고, 그러면서 정이 들어갔다. 때로 글이 잘 풀리지 않을 때는 종철이를 못 살게 들볶아 대기도 했지만, "야,

우리 메밀묵 사 먹자." "야, 우리 굴레방다리 밑에 가서 군고구마 사 먹고 오자." 그럴 때는 꼭 천진난만한 어린애 같다. 그래서 화가 나는 날엔 "아저씨, 어디 혼자 지내보세요. 저, 가요." 하고 획 내빼고도 싶지만, 그럴 수가 없었다.

그는 굉장히 정이 많고 신사적인 사람이다. 절대 남들에게 비열하게 굴거나 치사하게 굴지 않는다. 여배우들에게도 여느 감독이나 작가들처럼 주접을 떨지 않는다. 신참내기 배우든 명배우든 연구생이든 똑같이 대한다. 지위가 높은 사람이라고 그에게 아부하지도 않고, 지위가 낮다고 무시하지도 않는다. 그야말로 그는 모든 사람을 평등하게 대한다. 뿐 아니라 그는 노력하는 사람에게는 동등하게 기회를 준다.

배우 박경주도 하루는 그런 말을 했다. 김 선생님은 윗사람들에게 아부하지 않아 좋다고. 여느 때는 묵직해 보이던 사람도 높은 사람이 나타나면 영 다른 사람으로 변해 아부하기에 정신없는데, 김 선생님은 미국 사람들에게도 당당하게 대하는 게 참 보기 좋다고.

종철은 그의 그런 고차원적인 멋이 참 좋았다. 겉으로 볼 때와 가까이 옆에서 같이 생활하면서 느끼는 그는 영 달랐다. 흔히 겉으로 볼 때는 위대하고 대단해 보이는 사람도 옆에서 생활을 가까이하다 보면 허점이 낱낱이 드러나 실망하는 경우가 허다하다. 하나 그는 정반대였다. 겉으로 보기에는 엄하고 무서운 사람 같고, 막걸리보다는 맥주를 즐기고, 또 늘 시커먼 선글라스를 끼고 다녀 건방지게도 보이지만 실은 그게 아니었다. 너무나도 인간미가 풍기는 멋쟁이였다.

'나도 어른이 되면 아저씨처럼 멋진 사람이 되고 싶다. 인간 멋쟁이가 되고 싶다.'

종철은 글쓰는 자세며, 세상을 보는 시각이며, 사람을 대하는 태도며, 하다못해 글씨체까지 김영수를 고대로 닮고 싶었다.

1948년 6월에서 7월까지 개최된 문교부 주최, 제1회 전국 연극 경연대회에는 유치진의 극예술협회에서 출품한 「검둥이는 서러워」를 비롯해 열 개가 넘는 극단이 참가했다. 그러나 이미 좌익계 단체들은 미군정 탄압으로 거의 다 강제 해산된 상태고 또 함세덕, 송영, 안영일 등 대부분의 좌익 연극인들이 월북한 후라서 '신청년'을 비롯해 '호동', '민예', '동방예술좌' 등등 우익계 극단들의 경연대회나 다름없었다.

'신청년'의 「혈맥」이 상이란 상은 모조리 휩쓸었다. 작품상을 위시하여, 연출상에 박진, 최우수 남녀주연상도 김복자와 박제행이 차지했다. '신청년'을 제외한 다른 극단에서는 제대로 된 창작극도 발표하지 못하고 어설프게 번안극을 공연했기 때문에 상대조차 되지 않았던 것이다.

「혈맥」은 성북동 근처 산비탈 방공호에 거적을 둘러 만든 토굴을 무대 배경으로 설정, 여기에 세들어 사는 세 집을 중심으로 진행된다. 복덕방 거간을 하는 홀아비 털보영감 부자, 땜장이 깡통 영감 부녀와 후처 옥매, 목판 담배 행상으로 살아가는 원팔네 가족이 핵심 인물로 등장한다. 이외에도 설렁탕 배달부, 댄서, 지게꾼 등등 하층 노동자들이 등장한다. 극의 상황은 권리금을 안 내려면 일주일 내에 집을 비우라고 주인이 통고한 직후로 설정되어 있다. 방공호에 살고 있는 사람들한테 권리금을 요구하는 땅 주인은 이 방공호를 적산재산 처분 과정에서 수완을 발휘해 소유하게 되었다는 설정, 털보영감은 아들 거북이를 미군부대에 들여보내려고 애를 쓰고, 옥희는 헬로 걸로 나서 댄스 홀을 전전한다는 설정, 원팔네는 일본 탄광에 징용으로 끌려갔다가 해방되어 귀국한 사람들로 설정한 것 등, 「혈맥」은 인물의 직업이나 상황 설정에 해방 이후의 환경 변화를 반영하고 있으며, 진정한 독립이 무엇인가, 진정한 독립을 위한 행동이 무엇인가 하는 것이 작품의 주제다.

그 후에도 계속 영수는 식민지의 착취가 가장 첨예하게 나타났던 빈민층을 주제로 글을 썼다. 와세다 대학 시절, 끼니를 걸러가면서도 축지소 극장에서 살다시피 해가며 심취했던 아일랜드의 문예부흥기 극작가 작품들이 영수의 작품 세계에 막대한 영향을 미쳤던 것이다. 영국의 식민통치 밑에서 굴하지 않고 민족의 좌절과 분노를 작품을 통하여 나타낸 작품들의 리얼리티와 해방을 맞은 한국의 계몽주의적 현실이 절묘하게 조화를 이루었던 것이다.

그러나 안타까운 것은, 그 어디에도 문학성을 살릴 수 있는 무대가 없었다. 쓰는 것마다 흥행성이라는 현실의 벽 앞에 좌절을 거듭해야 했다. 십 년 전, 동경에서 돌아와 동양극장 청춘좌의 전속작가를 하던 그 시절과 연극계가 달라진 게 별로 없었다. 시간도 많이 흘러갔고, 해방도 되었건만, 무대 장치, 소도구 등등, 초라하기 짝 없는 후진성은 그때나 지금이나 여전했다. 그때보다 오히려 더 신경이 지치고 피곤할 정도로 힘든 것은 이데올로기 분열로 어수선한 것이었다.

날이 갈수록 막막해지는 심정을 영수는 희곡 「단층」의 주인공 입을 통하여 고스란히 토해 냈다.

"우리가 못 사는 게 어째서 아버지 때문이에요. 다른 사람들 탓해서 뭘 해요."

"내가 불행한 것은 영원히 내 불행이지, 나 이외에 다른 사람이 간섭할 것은 아니겠지."

"얼마든지 걸작을 쓸 좋은 소질을 가지고 있으면서도, 여태껏 단 하나의 걸작을 쓰지 못 허구 있는 것은 무슨 때문인 줄 아우. 우선 생활을 정리해야 돼요. 이런 시시풍덩한 검부래기 같은 생활부터 정리해야 돼요. 그러잖구선 누님이 백 날을 간들 소설다운 소설 한 편을 써볼 줄 아우."

"나는 당장 죽으면 죽었지 그 쓸데없는 미친놈들같이 이데올로기니 뭐니 허구서 펀둥펀둥 놀면서 여관 구석으로만 떠돌아 댕기지는 않을 테예요."

주인공 정식의 절규가 영수의 절규였다. 그 절규는 소설다운 소설을 쓰지 못하는 자신에 대한 질책. 이데올로기에 날뛰는 지성인들에 대한 역겨움, 그것이었던 것이다. 영수는 소설을 쓰려면 시시풍덩한 검부래기 같은 생활부터 정리해야 한다고 외친 정식처럼 '신청년'에 매인 생활을 과감하게 청산했다.

"나, 가수가 될까 봐."

어느 날 잠자리에서였다. 금자가 불쑥 밑도 끝도 없는 말을 꺼냈다.

"뭐라고?"

"가수, 어때요?"

"도대체 뭔 소리요?"

"말이지, 나도 1등 했어."

금자는 단 둘이 있을 때, 특히 기분이 좋거나 농담이 하고 싶은 무드일 때면 가끔 말을 놓았다.

"뭐? 뭘 1등 했다는 거야?"

금자는 친구들 권유에 못 이기는 척하고 전국노래자랑에 나갔다가 덜컥 1등을 한 것이다.

"아니, 나도 모르게 노래자랑에까지 나갔었다니. 거 참 놀랄 일이군. 더군다나 1등을 했다니. 정말 전국에서 1등을 했단 말야?"

"그렇다니까. 그런데 큰일났어."

"뭐가?"

"빅터 레코드사에서 취입하자네."

"이거 정말 톱뉴스 감이군. 그래서?"

"그래서 실은 녹음까지 했다고."

"뭐? 뭐라고? 녹음까지 했다고?"

그 소리에 영수는 벌떡 일어나 앉았다. 전국노래자랑에 나갔다는 것도 신기하고 1등을 했다는 것도 기막히고 더군다나 이미 취입까지 했다니 놀라웠다.

"아니, 나도 모르는 새에 이미 녹음까지? 그럼 다 결정된 거 아냐? 야, 조금자 판이 곧 시중에 나온다, 이 말이오?"

한데 문교부에서 이 소식을 듣고 금자를 불렀다. 가수의 길을 택하든 선생의 길을 택하든 둘 중에 하나를 택해야 한다는 것이었다. 현직 선생이 가수를 할 수 없는 게 문교부의 정책이라 했다.

"그럴까? 이 참에 아예 그 길로 나설까. 선생 월급보다 가수 수입이 훨씬 나을 테고, 어때요? 당신 생각은?"

중앙여전에서 보육학을 가르치고 있는 금자다. 남편은 어느 직장이든 직장 생활을 즐기지 못한다. 그 맘속에 들어 있는 건 오직 글쓰기뿐이기 때문이다. 하기 때문에, 금자는 능력만 있다면 남편은 그저 글쓰기에만 전념하도록 생활비는 혼자 책임지고 싶었다. 그러던 차에 가수 길이 열렸으니, 솔깃하지 않을 수 없었다.

"가수가 그리 나쁜 직업이 아니잖아? 우선 수입이 훨씬 좋을 테니, 안 그래요? 또 내가 워낙 노래를 좋아하기도 하고……."

"당신이 정말 원하는 게 뭐요?"

담배 한 대를 피워 물며 영수가 아내에게 물었다.

"당신이 정말 하고 싶은 거. 선생이오? 가수요? 사람은 자기가 하고 싶은 일을 할 때가 제일 행복한 거요. 수입은 그 다음 문제야. 한 세상 살다 가는 데 무엇이 행복이냐 묻는다면, 나는 거침없이 그렇게 답할 거야. 자기 마음이 가는 곳. 정열을 다 바쳐 할 수 있는 일, 그것을 하며 살아가는 삶이 가장 행복한 삶이라고."

영수가 담배 연기를 어둠 속에 길게 내뿜었다. 아내가 전국노래자랑에 나갔다는 그 자체가 실은 기막히게 놀라운 일이다. 1등을 했다는 것보다 더 놀라운 일이다. 아무리 친구들이 권했다 하지만 그런 용기가 어디서 났을까. 대중가요를 부르는 가수가 되고 싶어할 여자가 아니다. 공부를 더 해 오페라 가수가 되지 못한 걸 밤 아파하는 사람 아닌가.

대중가요 가수. 수입 때문에 선생 집어치우고 그 길을 택할까 하는 아내. 영수는 가슴이 찡해 와 담배를 끄고 아내 곁으로 갔다.

"내가 이렇게 건강한데 설마 식구들 밥이야 굶기겠어? 난 쌀가마를 져 날라도 남들보다 잘 할 걸. 그러니 돈 걱정 같은 거, 다 떠나서 당신이 정말 하고 싶은 게 뭐요. 가수? 교수? 꼭 하고 싶은 게 가수라면 말리지 않겠지만 행여 수입 때문이라면 두번 다시 생각할 것도 없어. 꼭 하고 싶은 것이 뭐요?"

"둘 중에 딱 하나밖에 할 수 없다면 선생이죠. 나는 강의실에 들어가 있으면 시간 가는 줄 모르니까. 다른 선생들은 시간이 안 간다, 지루하다, 하는데 나는 시간이 언제 다 지나갔나 싶을 정도야. 남들이 들으면 우습다 할지 모르지만 난 학생들보다 내가 더 즐기는 것 같다고. 하지만, 내가 가수가 되면 우리 형편이 지금보다 훨씬, 좋아질 거 아니겠어? 그러면, 당신이 글 쓰고 나서 원고지 매수 셀 필요도 없겠고."

그 순간, 영수는 와락 아내를 껴안았다. 가슴패기가 경련을 일으키는 것처럼 떨렸다. 남편 글쓰는 일에 별로 관심이 없는 아내인 줄 알았다. 통 읽어보지도 않고 참견을 안한다. 그게 남편의 인격을 존중하는 길이고, 남편의 자유를 훼방하지 않는 길이라고 믿는 것 같았다. 그런데 원고 쓰고 나서 매수 세는 것조차 다 알고 있다니, 그 말 한 마디가 사랑한다는 말보다 영수의 가슴을 더 흔들었다.

"돈하고야, 당신이나 나나 인연이 먼 사람들 아니오? 우리, 하고 싶은 일을 하며 삽시다. 그게 사람 사는 게 아니겠소."

'그래. 우리는 돈하고는 인연이 먼 사람들이지. 좋은 사람. 정말 좋은 사람.'

금자는 영수의 그 단순하고 순수한 마음씨를 그 무엇보다 좋아하고 존경했다.

"살아가면서 더 정 들고, 살아가면서 더 사랑하는 우리 그런 사이가 됩시다. 지금 당신 가슴 벽에 다른 남자가 들어 있다는 거 잘 알고 있소. 그렇게나 사랑하던 사람을 한 순간에 고무지우개로 싹싹 지워버리듯 잊어버리는, 나는 당신이 그런 여자이기를 원하지 않소. 그런 여자라면 아마 내가 사랑하지도 않을 것 같소. 그러나 가슴에 그의 모습이 조금씩, 조금씩 사라지도록 내가 노력하리라. 과거에 매달리고, 과거를 들춰내며 살아가는 삶처럼 초라한 삶이 또 어디 있겠소? 어제는 지나간 거요. 그게 아무리 화려했든 비참했든 다시는 돌이킬 수 없는 과거일 뿐. 그러니 우리, 오늘 이 순간부터 내일, 또 내일만 바라보고 살자고."

결혼할 때 그가 했던 말이었다.

그날 장우석의 집을 찾아 나섰을 때, 기차가 전라도에 들어서자 가슴이 두근거리다 못해 토할 것만 같이 울렁거렸다. 돌아갈까. 지금이라도 돌아가는 게 옳지 않을까. 기차를 탄 후, 골천번 이 생각을 하다가 결국 전라도까지 도착한 것이다.

전라도 사람들은 인심이 참 좋다고, 그가 하던 말이다. 실비식당에 가도 반찬이 열두 가지가 넘는다고. 서울에서 아무리 맛있는 음식점에 가도 전라도 음식만큼 맛있는 걸 먹어보지 못한다고, 그러면서 제일 생각나는 게 고향의 젓갈김치라 했다.

목포역에 도착할 때쯤 해서는 팽팽하게 곤두섰던 신경조차 마비돼 버렸는지, 그저 멍하기만 했다. 귀도 멍하고 눈도 침침하고, 정신도 몽롱했다. 역 앞에 휑하니 뚫려 있는 큰길을 따라 터덜터덜 무작정 걷기 시작했다. 목포 땅 어디서든 자기 할아버지 성함을 대면 자기 집을 모르는 사람이 없다고, 그가 그런 말을 한 적이 있었다.

"저…… 말씀 좀 묻겠습니다."

큰길 가, 제일 큼직해 보이는 포목점으로 들어갔다. 뚱뚱한 남자는 홀연히 나타난 도시 차림새의 여자가 신기한지 엉거주춤 자리에서 일어났다.

"저, 여기 장자, 근자, 호자, 되시는 어른 댁이 어딘지."

"아, 그 어르신 댁 찾아오셨습니까?"

그는 방금 식사를 했는지 이빨 사이에 시뻘건 고춧가루가 끼어 있었다.

"네."

"서울에서 오셨습니까?"

"네, 방금."

"아, 기차에서 내리셨군요."

"네."

"저, 조금만 기다려주십시오. 제가 앞장 서겠습니다. 심부름 나간 점원이 곧 들어올 테니, 잠깐만 여기, 이리로 와서 앉으십시오."

그가 아주 친절하게 손바닥으로 의자에 먼지까지 문질러가면서 말했다.

"아, 아닙니다. 그냥 길만 좀 가르쳐주시면, 제가 찾아가겠습니다."

"아이고, 아닙니다. 서울 분이 여기 지리도 모르실 텐데, 잠깐만 기다리십시오. 제가 안내해 드리겠습니다."

"감사하지만, 제가, 혼자, 혼자서 가겠습니다."

'혼자 가고 싶어 그럽니다.'

하마터면 이렇게 말이 나올 뻔했다. 혼자 가고 싶다고, 제발 나를 좀 혼자 가게 내버려두라고, 친절은 고맙지만, 지금 나는 과잉친절이 너무 부담스럽다고 말하고 싶었다. 어떤 일이 닥칠지 모르지만, 그 모든 것을 혼자 부딪치고 싶었다.

포목점에서 가르쳐준 대로 다닥다닥 붙어 있는 가게들을 지나 삼거리에서 왼쪽 길로 접어들어 조금 걷다 보니 개울이 나왔다. 개울을 건너 산등성이를 끼고 돌자 초가집들이 대여섯 채 옹기종기 붙어 있었다.

골목을 지날 때, 컹컹, 컹컹 개들이 어찌나 짖어대는지 금자는 걸음을 몇 번이고 멈춰야 했다. 이상하게 개가 그렇게 짖어대는데도 내다보는 사람은 단 한 사람도 없었다. 사람들은 다 일터로 나가고 아마 개들만 남아 집을 지키는 듯 싶었다.

기와집은 실개천 건너에 있었다. 그러니까 실개천을 사이에 두고 초가집들과 딱 한 채뿐인 기와집이 완벽하게 갈라져 있었다. 마치 그 실개천이 금지 구역의 팻말처럼.

금자는 개천을 건너기 전, 감나무 등걸에 몸을 기대고 선 채 한참동안 망연히 서 있었다. 산에도 들에도 그리고 개천가에도 희부옇게 봄기운이 돌고 있었다. 아직 눈에 보일 정도로 잎새가 돋은 건 아니지만, 살금살금 연한 녹색 기운이 스며들고 있었다.

틀림없는 것. 영원한 것이 이 세상에 존재한다면, 그건 자연의 섭리이리라. 봄이 오면 죽어버린 듯, 시꺼멓던 가지에 영락없이 물이 오른다. 물이 오른 나무들은 하루가 다르게 살그머니 야금야금 연두색으로 변모를 한다. 인간과 인간 사이에 영원이란 애당초에 존재하지 않는 것일까. 존재하지 않는 것이기에, 더더욱 간절하게 갈구하고 사모하는 것일까. 불멸의 사랑을 꿈꾸는 것은, 그야말로 꿈 그 자체일 뿐 아닐까. 눈에 보이지 않는 어떤 다른 세상으로 도망치고 싶어서, 사람들은 사랑이라는 이름으로 그 도망처를 갈구하는 것 아닐까.

실개천을 건너가야 할 텐데 발이 떨어지지 않았다. 눈앞에 기와집이 보이자 더 이상 발이 떨어지지 않았다. 발은커녕 두 다리가 금세 꺾일 것처럼 와들거렸다.

돌아갈까. 지금이라도 돌아갈까. 돌아가 무작정 우석 씨를 기다리는 게 옳은 게 아닐까. 1년이고 2년이고……. 그가 나타날 때까지 기다리는 게 내가 할 일 아닐까. 사랑한다면, 사랑을 믿는다면 설사 그가 나에게 거짓말을 한다 해도 믿어야 하는 게 아닐까. 사랑하는 사람이 가증스럽게 별의별 거짓말을 다 한다 해도, 죽는 순간까지 절대로 의심하지 않고 무조건 믿다가 죽을 수 있다면, 남들이 보기에는 세상에 둘도 없는 바보 같아도, 그 사람 자신은 얼마나 행복할까. 얼마나, 얼마나! 난 왜 그런 사람이 될 수 없을까. 의심은 다툼을 낳고 다툼은 어지러움을 낳는다. 난 지금 어지럽다. 어지러워 쓰러질 것만 같다. 더 이상 내가 나 자신의 몸무게를 지탱할 수도 없을 것 같다.

누구냐고 물으면 누구라 답을 해야 하나. 누구를 찾아왔느냐 물으면 무어라 말을 해야 하나. 만약 장우석의 처라는 여자가 나와 묻는다면 나는, 그녀에게 나를 누구라 해야 하나. 나는 과연 누구인가. 나는 장우석에게 누구인가, 무엇인가. 돌아가자. 지금 당장 돌아가자. 여기까지 왔던 일은 없었던 일로 치자.

우물가에 아이들이 놀고 있었다. 다섯 살이나 되었을까 말까 한 꼬마들이 진흙에 물을 이겨가며 무엇인가를 만들고 있었다. 추위는 가셨지만 아직도 찬기가 남아 있는 초봄이라 바람결에 아이들 볼이 불그스레했다.

"저……."

금자가 아이들에게 가까이 다가가자 아이들이 흙장난하던 손을 멈추고 일제히 금자를 바라보았다. 신식 옷을 입은 여자를 처음 보는지 아이들의 눈은 토끼눈처럼 동그래졌다.

"저, 여기가, 장……근……호 어르신 댁이니?"

금자가 눈으로 기와집을 가리키며 물었다. 아이들에게서 아무런 반응이 없었다. 말투도 다르고 차림새도 다른 게 이상한지 모두 겁이 잔뜩 난 표정이었다.

"이 집이 장우석 씨 집, 맞니?"

"우리 아부진대."

아이들 중에 제일 어려 보이는 꼬마가 중얼거리며 큰 아이 뒤로 몸을 감췄다.

"울 아부지, 공부 갔는데."

금자는 그날, 그 순간 이후가 생각나지 않는다. 아이들에게 무어라 말을 하고 돌아섰는지, 어떻게 그 자리에서 떠나왔는지, 마치 필름이 딱 끊겨진 것처럼 그 순간 이후가 두고두고 기억을 더듬어도 떠오르지 않았다.

'울 아부지.'

'울 아버지 공부 갔는데.'

그 말과 그 말을 하던 아이의 모습은 세월이 지나가도 또렷하게 떠오르는데 어떻게 거기서부터 역까지 나왔는지 그 길로 기차가 있었는지, 역에서 밤을 새우고 다음날 기차를 탄 건지, 마치 몽유병 환자가 밤새 길가를 헤매다 쓸어져 잠이 든 것처럼 잠에서 깨어났을 땐, 죽첨정 방안이었다.

"한 번만 만나달래. 딱 한 번만. 설명할 기회를 달래. 다시는 만나지 않아도 좋으니 딱 한 번만 설명할 기회를 달래."

"죽는 날까지 날 볼 생각 말라고 해. 죽어서도 안 본다고 해."

"너, 그 사람 없이 못 산다고 할 땐 언제고, 어쩜 그리 독하니? 만나 봐. 무슨 변명이든 들어봐야 할 게 아니니?"

장우석을 만나고 온 인자가 성화를 해댔다. 설명? 설명을 하겠다고? 무슨 말이 필요할까. 무슨 변명을 하겠다는 건가.

"어렸을 때 부모끼리 정해 놓은 혼사래. 정식으로 혼례를 치르지 않고는 동경에 보내주지 않는다 해서 할 수 없이 한 거래. 부모가 데려온 여자래. 우석 씨하고는 상관없이 이루어진 일이래."

"맙소사. 그렇게 말하대? 그런 식으로, 비겁하게? 그래서, 그래서, 아들까지 낳았다고? 자기하고 상관없는 일인데 아들이 생겼다고? 저질 인간. 차라리 입이나 다물고 있을 거지. 너한테 그런 말을 술술 하데? 인간의 탈을 썼다면 차마 그런 말이 나올까."

"만나주지 않으면 죽어버리겠단다. 정말 죽을 사람 같더라. 얼굴이 몰라보게 말랐어. 제정신 아니더라고."

"쇼야. 그것도 다 쇼야. 죽어라 그래. 정말 양심이 손톱만큼이라도 남아 있다면 죽어라 그래."

사랑이, 이토록이나 잔인하도록 무서울 수 있다는 사실에 금자는 몸을 떨었다. 그를 진심으로 사랑했다면, 그가 강도든 살인범이든 사기꾼이든 지금도 사랑해야 하는 게 아닌가. 사람들은 상대방의 실수나 잘못은 절대 용서하지 못하면서, 용서하지 않으면서, 죽도록 사랑한다고, 너 없이 살 수 없다고 말한다. 그게 어디 사랑인가. 그건 자기 도취다. 자기를 사랑하는 거다. 오직 자신만을.

소리도 없이 흔적도 없이 어디론가 증발해 버리고 싶었다. 그럴 수만 있다면 멀리멀리 사라지고 싶었다. 그러나 금자에게 그건 사치였다. 죽는다는 것도 사치일 수 있다는 건 기막힌 모순이지만, 그게 금자의 현실이었다. 한 가정의 가장 노릇을 해야 하는 금자에게, 사랑병 또한 사치라면 엄청난 사치였다.

일주일이 넘도록 불덩이가 되어 신음하며 흐느끼고, 신음하며 흐느끼다 깨어났다. 이제 다시는 울지 않는다. 꿈은 꿈이기에 부서지는 거다. 깨지는 거다. 꿈이 현실이 된다면 그건 꿈이 아니지 않는가. 사랑은 꿈이다. 사랑은 없다. 사랑은 사람들이 신기루처럼 동경하는 꿈일 뿐이다.

언젠가 가보고 싶은 섬. 존재하지도 않는 섬. 망망한 바다에 보일 듯 보일 듯하면서 보이지 않는 상상의 섬. 사랑은 그런 거다. 존재하지 않는 것이기에 예부터 사람들은 사랑을 읊어왔던 것이다. 존재하지 않는 것이기에.

난, 사람 때문에, 다시는 무너지지 않는다. 난, 이제 다시는 울지 않는다.

그날 이후, 금자는 다시는 장우석을 만나지 않은 채 용정으로 갔고, 용정에서 돌아왔을 때 전혀 다른 사람이 되어 김영수와 결혼했다.

해가 가면서 정이 드는 사람이라 할까. 너무 어린애처럼 순진해 때로 저렇게 단순한 사람이 어떻게 글을 쓰는가 의아할 정도다. 그래. 여보. 우리 살아가면서 서로가 서로에게 가장 고마운, 이 세상에서 가장 귀중하고 가장 소중한 그런 사람으로 살자고요. 금자는 영수의 품안으로 파고들었다.

소문난 독설가

"요즘 뭐 쓰고 있어?"

경향신문 문화부장으로 있는 김광주가 하루는 불쑥 북아현동에 나타났다. 한 동네에 사는 박영준이 아무 때고 들르곤 했지만 김광주가 연락도 없이 집에까지 나타난 건 처음이었다.

"쓰긴 뭘. 그냥 쉬고 지내. 그나저나 웬일이야?"

"웬일은 뭐가 웬일. 하도 볼 수 없어 왔지."

"어서 올라와."

"도대체 뭐하기에 코빼기도 볼 수 없는 거야?"

"세상이 시끄러워서."

"아, 그래 세상 담 쌓고 지내겠다 이거야?"

"아, 어서 올라오기나 해."

반가운 친구. 언제 만나도 구수한 반가운 친구였다.

"요즘 뭐 쓰고 있어?"

"쓰긴 뭘. 그냥 좀 쉰다니까. 마당에 서 있다 갈 거야? 올라와."

"김영수가 놀고 있다면 김영수가 아니지. 이 능구렁이야."

김광주가 신발을 벗으면서 식 웃었다. 내가 네 속을 모를 줄 아느냐, 누굴 속이려 하느냐 하는 미소였다.

"어머, 오셨어요?"

대문을 밀며 들어서던 금자가 김광주를 보고 깜짝 놀라며 인사를 했다.

"안녕하셨습니까. 이 친구 통 얼굴을 볼 수 없어 쳐들어 왔습니다."

"잘 오셨어요."

금자는 방에 들어가 냉큼 옷을 갈아입고 부엌으로 갔다. 남편 친구가 오면 으레 술상을 마련하는 게 버릇이 되었다.

"내가 집에 없으면 어쩌려고 무작정 왔어?"

신발을 벗고 마루에 올라온 김광주에게 영수가 어이없다는 듯 한 마디 했다. 그가 누구인가. 판매부수 1위인 경향신문사의 문화부장이다. 그는 김영수 얼굴이 보고 싶어 북아현동 구석까지 무작정 찾아올 만큼 한가한 사람이 아니다.

"아, 직장도 없는 놈팽이가 가긴 어딜 가겠어?"

김영수가 '신청년'에서 손을 뗐다는 것을 훤히 알고 찾아온 광주였다. 금자는 냉큼 약주를 받아오고 풋고추와 오이, 된장으로 우선 주안상을 내왔다.

"'진리의 밤'이 거의 끝나가고 있어. 다음 연재 맡아."

약주 몇 잔이 들어가자 얼굴이 벌게진 그가 한 말이다. 영수는 대답 대신 풋고추를 된장에 푹 찍어 어적어적 씹어먹었다.

"나 좀 도와줘. 다음 연재 맡으라고. 자네밖에 지금 쓸 사람 없어."

신문 연재를 맡는다는 건 당분간 생활이 보장된다는 소리다. 하기 때문에 작가들은 너도나도 신문 연재 하나 맡으려고 신문사로 부리나케 쫓아다니며 섭외를 할 정도다. 목구멍이 포도청이라고, 눈치 작전에 아부에, 정치판 빰칠 정도다. 박계주의 「진리의 밤」이 거의 끝나 가고 있다는 건 물론 영수도 훤히 알고 있었다.

김광주는 천성이 그런지 아니면 젊은 시절 중국 대륙을 돌아다닌 탓인지, 그릇이 크고 대범했다.

'어떻게 지내?'

'요즘, 생활 꾸려나가기 힘들지?'

이런 식으로 말하는 대신, "나 좀 도와줘."라고 말을 돌려 할 줄 아는 속 깊은 친구였다.

영수는 물론 머릿속으로 소설을 쓰고 있었다. 조선일보에 1949년 1월 27일부터 3월 3일까지 30회에 걸쳐 연재한 중편소설 「방랑기」를 끝낸 후, 그냥 공백 상태로 빈둥빈둥 쉬고 있는 건 아니었다. 쓰고 싶은 이야깃감이 너무 많아 머리는 하루도 쉬지 않고 돌아갔다. 실은 그래서 몇 날 며칠을 방구석에 틀어박혀 있어도 지루한 줄 몰랐다. 남들은 글도 쓰지 않으면서 방에서 온종일 무엇을 하는가 의아해하겠지만, 영수는 원고지 칸을 메우지만 않을 뿐 글을 쓰고 있었던 것이다. 그것이 언제 어디에 어떻게 발표될지는 모르지만, 해방 후의 혼란상을 배경으로 한 장편이었다.

영수는 어떠한 논리나 주의 주장이나 계몽을 염두에 둔 내용보다 격심한 사회 변화에 이리 쏠리고 저리 쏠리는 소시민들의 모습을 고스란히 담담하게 그려보고 싶었다.

1949년 4월부터 시작한 「파도」는 회가 거듭해 갈수록 인기를 끌어갔다. 남녀평등을 잘 이해하지 못하고 허파에 바람이 들어간 것처럼 인권을 주장하는 여자와 남성 본위 사회에 순응하는 여자와의 비교가 사람들에게 흥미를 날게 했다.

"민적이니 뭐니 허는 건 사람들이 만들어놓은 법률 아녜요? 그렇지만 사람의 애정이라든가 그런 걸, 법률만 가지고서 어떡할 수 있어요?"

"사실 법률이란 것도, 남성들이 자기들 살기에 편리하도록 자기를 맴대로 만들어놓은 거 아녜요?"

"그러니까 영옥 씨! 우리들은 이러한 남성본위의 사회 제도를 무너 버리기 위해서도 싸워야 해요."

이런 말로 격려도 해보았다.

그러나 따아빈은 천천히 머리를 흔들더니,

"그건…… 이론이죠. 현실은 그렇지가 않는 걸 어떡해요?"

할 뿐이다.

"뭐가 그렇지가 않아요?"

"에비가 있음 뭘 해요? 정작 민적이 없으니, 그 앤 세상에 나오는 날부터 사생아란 딱지가 붙잖아요?"

해방 직후 쏟아져 나오는 글들은 구호 아니면 강연처럼 남에게 무엇인가를 설득시키고 주입시키려는 투의 글들이었다. 그런 글들은 작가가 항상 한 차원 높은 위치에 있었다. 영수는 이런 투의 글에 구역질을 느끼고 있는 참이라 「파도」에 의도적으로 훈계식 주장을 피했다.

229회로 연재가 끝났다. 「진리의 밤」은 163회, 같은 시기 조선일보에 연재한 박태원의 「군상」이 193회였다. 연재가 애초 기획보다 한두 달을 더 끈다는 건, 작가에게 큰 힘이다. 우선 소설이 성공이라는 기쁨을 주고, 둘째는 쌀 걱정을 한두 달 안해도 된다는 안도감을 준다. 그런데 「파도」가 끝나자마자 신문사에서는 계속해 후속편을 써달라고 했다.

"이거야 원, 그럼 안 되는 거 아냐? 돌아가면서 써야지, 영수가 후속편 쓴다며?"

봉선화 찻집 구석에 앉아 다음 연재는 행여 내 차례가 될까, 기대에 부풀어 있던 문인들이 하나같이 씁쓰름한 표정을 지었다.

"거 참 「파도」가 왜 인기가 있는지 알다가도 모르겠어. 내 생각엔 그저 그렇더구먼. 어떤 장면은 한 회가 완전 대사뿐이더라고. 그게 소설이야? 드라마지. 영수는 소설을 드라마식으로 써대. 안 그래?"

"아, 드라마식이든 뭐든 독자들 반응이 좋은 데야 어쩌겠어? 신문연재야 독자들이 왕이잖아. 반응이 나쁜데도 후속편을 써라 하겠어?"

"내 열심히 읽어보는데, 현 시대상을 넘어서려는 각오가 없어. 뭔가를 제시해 주는 게 없다고."

"그게 바로 김영수가 의도하고자 하는 게 아닐까. 작가가 답을 주지 않고 독자들보고 제각기 답을 찾도록. 이상적인 논리와 현실의 괴리를 그저 있는 그대로 보여만 줄 뿐, 어느 게 옳다는 식으로 주장하지 않는 게 「파도」의 장점 아닌가 싶네. 그 점이 바로 독자들에게 먹혀 들어간 것 같아."

"그래도 작가는 이 시대에 어떤 방향 제시 같은 걸 해줘야 하는 거 아닐까?"

"얼마 전 내 영수하고 이야기했었는데 영수 생각은 영 달라. 영수는 작가가 무엇인가를 설교하는 식, 무엇인가 방향을 제시해 주는 식, 그런 거 딱 질색이더군."

"어쨌거나 아무리 「파도」가 인기라 해도 돌아가면서 써야지. 계속 혼자 쓰는 건 너무 하잖아."

"아, 듣자듣자 하니 답답해 못 듣겠네. 이 사람아, 김영수가 후편을 쓰고 싶어한다고 쓸 수 있는 거야? 신문사 나름대로 계산이 맞아떨어지니까 후속편 쓰라고 하는 거겠지. 세상은 그런 거라고요. 세상은 공평한 게 아니라고요. 현실은 냉혹한 겁니다. 독자 반응이 신문사 생명인데 누이 좋고 매부 좋다는 식으로 사이좋게 선후배 돌려가면서 써?"

입을 꾹 다물고 딴청을 하고 있던 박영준이었다. 어쨌거나 영수는 「파도」가 끝나자마자 곧이어 후속편을 쓰기 시작했다.

「육탄 삼용사」 촬영이 거의 끝마무리 작업에 들어가 있었다. 영수는 소설을 쓰다가 틈틈이 짬을 내어 촬영 장소로 달려가곤 했다. 소설과 달리 연극이나 영화는 영수가 만들어낸 작중 인물들이 하나하나 살아 움직이기 때문에 더 긴장이 되고 흥분되었다. 「속 파도」를 연재하기 전, 이미 시나리오를 넘겨준 작품이었다.

"이 친구, 고료 받으러 가서 잡혔나? 설마 광주하고 둘이만 내뺀 건 아니겠지."

"에이, 그럴 리가 있나. 곧 오겠지. 그나저나 하여튼 간에 그 정력 하나는 알아줘야 해. 영화, 연극, 드라마, 소설 뭐 손 안 대는 게 있어야 말이지."

"청탁이 계속 들어오겠다, 뭐든지 다 쓸 수 있겠다. 하여튼 난 영수가 부러워."

"장르가 없이 닥치는 대로 다 쓴다고 욕해 대는 사람들도 있지만, 나도 그런 재주 있으면 뭐든 다 쓰겠다."

"아, 말이야 바른 말이지, 청탁을 거절할 만큼 배부른 작가가 이 땅에 어디 있어? 시인이든 소설가든."

"하긴 그래. 나도 드라마 작법이나 배워볼까 봐."

그들은 지금 경향신문사에 원고료를 받으러 간 김영수를 기다리는 중이었다. 가난한 문인들. 다방의 찻값은 고사하고 거리에서 파는 5전짜리 홍차도 제대로 사 마실 수 없도록 초라하기 짝이 없는 그들 형편이었다. 하기 때문에 한 사람이 신문 연재를 하면, 그가 연재하는 동안 막

걸리는 으레 공짜였다. 사람이 너무 많이 모여드는 날이면 빈대떡 한 조각 없이 모두들 막걸리로 배를 채워야 했다.

"맥주집 가자 하진 않겠지. 난 맥주 마시면 꼭 설사를 한단 말야."

"이 사람 보게. 얻어 마시는 주제에 맥주면 어떻고 막걸리면 어때?"

"영수에게서는 부르주아 냄새가 나. 어딘지 모르게 우리와 좀 다르단 말야, 안 그래?"

"부르주아? 영수가 부르주아?"

"물론 가난하게 자라났다는 건 알아. 알고말고. 한데 거 이상하게시리 막걸리 냄새보다 양주 냄새가 난단 말야."

"그거야, 유학물을 먹은 탓이지. 유학파가 달래 유학판가?"

"맞아, 맞아. 바로 그건가 봐. 거, 유학물 무시 못할 거구먼."

"외국물이 달래 외국물이겠어?"

"도대체 그 친구, 언제 시간 있어 모두 다 쓰는지 모르겠어. 우리나라 어린이들 쳐놓고 아마 「똘똘이의 모험」 모르는 애들 없을걸."

"하여튼 뭐든 써, 도무지 가리는 게 없어. 욕심이 이만저만 아니야."

"뭐든 쓰니까 실은 그게 문제지. 한 우물만 파고들어도 대작이 나올까 말까 한데 안 그래?"

"아, 그래도 쓰는 것마다 인기니 어쩌겠어."

"이 사람아, 인기하고 문학은 다르잖아."

"거 참, 술을 얻어 마시지 말든가, 욕을 하지 말든가."

의자에 몸을 깊숙이 파묻은 채 잡지를 뒤적이고 있던 김동리가 책을 덮으며 한마디 했다. 한국청년문학가협회 초대 회장을 지낸 그는 좀처럼 남의 험담에 말려들지 않았다.

너도 나도 김영수 술 얻어먹으려고 기다리고 있는 마당에, 은근슬쩍 그를 씹어대고들 있다. 잔뜩 칭찬하는 체하면서 까내리기 바쁘다. 참으로 좀스러운 인간들이다. 그렇게 배가 아프면 자신도 쓰면 될 게 아닌

가. 자신에게 방송극이다 연극이다 시나리오 청탁이 들어오면 쓰지 않을 것인가. '나는 소설가라 소설만 씁니다'라고 고고한 자세로 거절할 것인가. 나도 그러지 못할 텐데, 이 땅의 어느 문인이 지금 쌀 말도 장만하기 힘든 현실에, 청탁을 마다할 것인가.

'너도 쓰고 싶으면, 정확히 말해 쓸 수 있으면 써라. 누가 말려?'

이게 영수의 생각이다. 그는 이미 오래전, 「신인불가공호?」라는 타이틀로 자신의 그런 심경을 고스란히 토로했었다.

'신인은 패기가 없다'

'신인은 아무것도 두려울 것이 없다'

지난 1년 동안 우리는 이 같은 비난과 공격 속에서 부닥기어 왔다.

사실 우리는 여기에 아무런 변해나 도전을 시험하지 못할 만치 무기력하였을지 모른다.

물론 신인이라고 해서 중견 혹은 기성이 감히 염두에도 생각하지 못할 만한 그만한 창조의 세계를 발굴하고 건설한다는 것은 그들의 비난보다는 용이치 못할 것이고, 따라서 그들의 공격보다는 어려운 문제일 것이다.

하여튼 나 역시 우리들 신인의 무기력을 어느 정도까지 시인하지 않으면 안 될 서글픈 입장에 서게 되었으므로 새로 막이 열린 금년 한해의 나의 야심이란 결코 소홀한 것은 아니다.

어느 곳 어느 문단을 물론하고 신인이란 '렛델'을 등에 지고 행군을 계속하자면 그야말로 행군 이전에 우리들이 미처 예상치도 못했던 바 난관이 너무도 많이 나섬으로 보게 된다.

그러나 이러한 난관이 혹시에는 우리의 앞에 커다란 장애물로 돌변하는 수가 있고, 혹시에는 이 때문에 하나의 자극제를 얻게도 되는 수가 있다.

우리는 이 후자인 경우에서 명일의 환희를 느낀다.

아니 전자인 경우에서도, 나는 내가 하는 일에 긴장을 느낀다.

소설을 쓰고, 희곡을 쓰고, 하여튼 나는 내가 쓰고 싶은 이야기를, 세계를, 내가 가장 편이하다고 생각하는 형식으로서 써볼 작정이다. 발표 여부는 문제가 아니다. 쓰고 싶어서 쓰고, 쓸 충동을 느낌으로서 쓸 뿐이다. 년래로부터 계획하여 내려오던 장편소설도 소화(昭和) 15년도에는 꼭 완성시켜 볼 결정이다.

그리하여 '신인불가공'에서 '불'자를 영구히 말살시켜 버릴 계획이다.

—「新人不可恐乎(신인불가공호)」,

≪조광(朝光)≫ 제6권 제1호 1940년 신년호

김동리는 자신을 비롯해 김정한, 장만영, 정비석, 박영준 등 13인이 쓴 「신년의 신인 새 기염」에 실린 김영수의 이 글을 특히 좋아했다. 신인이 그렇게 당당하게 기성세대에게 대포를 쏘듯 직설적으로 말한 그 용기가 부러웠다.

도대체 김영수는 어떤 사람인가. 뭘 모르고 날뛰는 무모한 사람인가, 아니면 기존 가치관, 기존 세력에 도전하는 용감한 사람인가. 가끔 동아일보나 조선일보에 실리는 우리 연극계에 대한 냉철한 지적, 그리고 이무영 작품 세계에 대한 평 등등, 그의 글을 읽으면 읽을수록 동리는 그에게 호감이 갔고 그를 좀더 깊이 알고 싶었다.

문단에 대한 불평을 말하라면 한둘이 아니다.

직접 문학에 종사하는 사람의 하나로서 혹은 단순히 충실한 독자로서의 문단에 대한 불평은 얼마든지 있다. 그러나 그 중 나는 전자의 입장으로서 두어 가지만 말하고자 한다.

우선 늘 마음에 걸리는 것은 우리들 작가를 주시한답시고 버티고들 있는 소위 평론가들이다. 그 중 몇 사람을 제외하고는 거의 모두가 자기 도취에 떨고 있다. 가령 동경 문단에서 휴머니즘이 어떻다 하면, 그리 쏠리고, 또 지성이 어떻다 하면 그것도 덥적거려 보고한다.

일정한 주조(主潮)를 따라서 동시에 자기의 사념(思念)을 표명하려는 성의가 금일의 평단에는 거세(去勢)되어 있다.

작년만 하더라도 우리의 평단은 조금이라도 지성을 꺼내지 않은 사람이 없었고, 지성을 옹호하자는 절규를 해보지 않은 평객이 드물었다.

그러나 결과에 있어서는 그들의 그러한 운동에도 불구하고 우리들은 역시 그들의 흥분을 이해치 못한 채 1년을 넘겨버렸다. 그것은 피차의 섭섭한 일이었다.

오늘날 우리의 문학이 여하한 발전 과정을 밟고 왔으며, 또는 어떠한 방향으로 진전하고 있는지, 평론을 일삼는 사람은 이것부터 체득하여야 한다.

이러한 욕구는 三木 淸이나 발레리 등속에서는 만족할 수 없다.

오로지 우리의 문학은 우리의 고전으로부터 풀어나가야 한다.

발레리는 20세기를 사실의 세기라 했다, 이러한 말을 신주같이 내세워 가며 자못 행세를 해보려고 한댔자, 결국 그는 우리의 문단과는 먼 거리의 지점에서 헛소리를 치고 말게 될 것이다. 작가에게 신인, 중견, 기성이라는 벼슬을 부여하듯, 평론가에게도 그와 유사한 꼬리표를 구별하기에 편의할 것 같다.

저마다 탐탁치도 않은 인상비평을 해가며, 그래도 그것만이 자못 작가들을 지도하는 훈사나 같이 아는 데는 그만 아찔하다.

월평 따위나 끼적거리고, 일방으로 남의 평문을 밀수입해다가 떠들어 대는 사이비 평가가 횡행하는 한에는, 우리의 평단은 좀처럼 구제되기 어려울 것이며 나아가서는 문단 전반적으로 세기적 발전을 도모할 수는 없을 것이다.

「무명(無明)」 같은 가작(佳作)을 우리가 발견할 때 그와 아울러 우리는 「무명」을 읽은 비평가의 글을 기다린다. 이것은 글을 쓰는 사람만이 기대하는 야릇한 심리일지도 모른다. 그러나 월평은 우리의 기대를 무시하고 너무 좋아서 평을 할 수가 없다 하며 학구적 정신을 포기하고 자아의 무기력을 은닉함에는 섭섭하다 못해 불유쾌해진다.

'하여튼 신인은 기성을 배워라' 하고 훈시함에는 더 한층 어이없어진다.

물론 우리들은 기성을 배우고 본받아야 할 곳이 많다. 그러나 덮어놓고 '무엇이든지 式'으로 나아가서는 위험하다. 그러라고 일러주는 사람은 우리들보다 더 위험한 사람일 게다.

경향문학(傾向文學)이 행세하던 시기에는 그래도 평필을 드는 사람들에게 정열은 있었다. 요즈음의 비평가들은 이러한 정열조차 차압을 당한 느낌이다.

그렇다고 침착하냐 하면 그 역시 들어맞지 않는 소리다.

통틀어 말하면 우리가 신뢰해야 할 지위를 보수하고 있는 그들은 너무도 무지하고 무책임하다. 이것인 일견 아무렇지도 않은 것 같으면서도 질적으로는 문학의 발전을 장해하는 거대한 상극이라 아니할 수 없다.

거짓말을 하도 많이 한 사람이 간혹 정말을 한댔자 곧이듣지 않는 격으로 오늘의 평단이 간혹 참다운 제창을 한대도 우리는 곧 수긍할 수가 없게 된다. 이것은 오로지 그들 평단을 떠메고 있는 사람들의 허물이다.

그뿐이 아니다. 그러나마 좀 작가에 대해서, 아니 작품에 대해서 얼마간이라도 친절하였으면 좋겠다.

8회에 가서야 끝을 막는 「소복(素服)」을 단 1회를 읽고서 나머지는 그저 그러려니 하는 추단을 해놓고, 평을 하는 선배의 태도에 나는 다시 한번 어수룩한 평단의 내막을 저주하였다. 이것은 하나의 예다.

「무넹」 때분에 춘원(春園) 선생은 갑이란 평가에게는 최대의 경례를 받았고, 을이란 평가에게는 위선자란 무서운 선고를 받았다. 그래도 이러한 갑을의 양 비평가를 평단은 그냥 묵과하여 버린다. 잘못이 수정되지 못하고, 잘못과 옳음이 혼동되어서 복대기질을 치는 금일의 평단을 나는 불신임한다.

그러니까 소설을 쓰게 된 나를, 나는 행복하게 안다.

—「文壇 不信任案」, ≪朝光≫ 1939년 4월호 309쪽

최근 우리 문단에 뚜렷한 영도적인 논리가 미약하여진 대신 이의 대역으로 등장하여 분에 넘치는 접대를 받고 있는 것에 '월평'이 있다.

신문 잡지 등에 활자화되는 작품을 매월 정리하여 간다는 단순한 사무적인 욕망에서도 월평의 임무는 결코 소홀한 행사는 아닐 것이다.

동시에 월평은 스스로 책임을 가져야 될 것이며 권위를 갖추어야 한다.

물론 평필 그것이 인간의 두뇌로 움직이는 이상 여기서 절대의 공정을 바랄 수는 불가능하다. 그러나 이러한 불가능 속에서 최대한의 가능으로 진로를 개척하는 것이 평론가 제씨의 직책이 아닐까.

월평은 평가의 소채(蔬菜)는 아니다. 여기(餘技)도 아니다.

여흥도 아니다. 그것은 교양인으로서의 또는 문화인으로서의 역사적인 활동인 것이다. 월평이 한번 게시되면 직접적으로 작가가 감수하는 생리적인 영향은 작가 이외의 부대로서는 도저히 상상조차 미치지 못할 정도다.

그것이 작품의 핵심을 들추어 정당 지극한 판결을 내렸을 때 그때는 그대로 작가가 느끼고 받는 영향은 역시 크다.

반대로 의식적인 혹은 의도적인 악의에서 멀쩡한 작품을 중상시켜 가지고 불구자를 만들어 가두에 끌고 나왔을 때에는 그것이 번연히 평가의

악랄한 정치임을 자각하면서도 역시 작가는 그 평문을 면대할 때 백백교 공판 기사를 읽는 것보다 열배 스무배 더 불유쾌하여지고 좀처럼 흥분은 진정되지 않는 것이다.

두 번 다시 거듭 말하거니와 월평은 결코 평가의 여기가 되어서는 안 된다.

만약 이런 부류의 계급이 횡행한다면 작가는 잠시 창작의 붓을 멈추고서라도 그들로부터 시민의 권리를 탈환한 후 하루바삐 벽촌의 화전민 부락으로 이송시킬 채비를 채릴 수도 있는 것이다.

—「월평을 주(誅)함」,

≪화요평론≫ 1940년 3월 19일(화요일)자 조선일보

'평론가들을 화전민부락으로 이송시킬 채비를 차리자니!'

그가 막힘 없이 써대는 글을 읽고 문단에 나타난 원탁의 기사라고 극찬하는 사람들이 있는가 하면 자기 무덤을 파고 있는 바보 천치라고 말하는 사람들도 있었다.

어쨌든 그가 총알처럼 써대는 글이 문단뿐 아니라 예술계를 들썩들썩거놓기에 충분했다.

이제부터다. 소설도 쓰고 희곡도 쓰고, 책도 내고 싶다. 일본에는 40대에 이미 10여 권의 작품집을 낸 작가들이 수두룩하다. 나도 나의 작품집을 단 하나라도 가지고 싶다. 열심히 쓰리라. 열심히.

「속 파도」를 연재하면서 단편 「돼지」도 발표했다. 장편을 쓰면서 단편을 열심히 발표하는 건, 단편만이 가질 수 있는 매력 때문이기도 하지만 언젠가는 창작집을 가지고 싶다는 바람 때문이기도 했다.

창작집. 그건 어느 작가든 글을 쓰는 사람에게 가슴을 설레게 하는 희망이다. 아니 희망 사항보다 더 진하고 간곡한 원이다. 하지만 해방

전은 말할 것도 없고 또 해방 후에도 나라 전체가 가난에 허덕이는 현실이기에 창작집은 그야말로 꿈이나 다름없었다.

다행히 「돼지」는 '청춘사'에서 1953년에 『현역작가 30인집』이라는 책으로 묶여 나왔다. 염상섭, 전영택, 이무영, 안수길, 김광주, 박영준, 최인욱, 유주현, 이봉구, 최요안, 황순원, 박연희, 김송, 장덕조, 임옥인 등, 한창 열심히 쓰는 작가들이 총망라된 글모음집에 「돼지」가 들어가 있다는 것만으로 당분간 영수는 만족해해야 했다.

자, 이제는 드디어 문이 열렸다. 이제는 그야말로 붓 나가는 대로 무섭게 쓰리라. 이제는 행여 없는 자들의 한탄이 반항으로 간주될까 문장 하나, 단어 하나에도 신경을 써야 하는 그런 정력 낭비를 하지 않아도 된다. 이제는 좌우익 혼란도 어느 정도 가라앉았으니 그야말로 본격적으로 소설과 희곡을 쓰리라. 무섭게 쓰리라.

6월 25일. 라디오에서는 '서울은 안전하다'는 방송이 계속 나오고 있는데 벌써 인민군들이 미아리고개까지 들어와 있다는 소문이 나돌았다. 정말 북군이 들어온 걸까. 이런 일이 가능할 수 있을까. 정말 정부 요인들이 저들만 도망을 간 걸까. 뭐가 뭔지 통 종잡을 수 없었다.

"여보. 정말이래요. 저기, 저…… 저기 말이지."

동향을 살피러 밖에 나갔다 들어온 금자가 말을 다 더듬었다.

"차분히 말해 봐요. 뭐라고?"

금자는 우선 냉수부터 들이켰다.

"영호네 친척이, 글쎄 돈암동에서 이리로 피신을 왔대요."

"돈암동에서?"

"그렇대요. 미아리고개 너머로 탱크가 들어오고 있대요."

'드디어 올 것이 오고 말았구나.'

북쪽의 '조국통일민주주의전선'에서 호소문을 보내온 직후였다. 그 호소문을 가져온 세 사람이 38선을 넘자마자 군 당국에 잡혔다. 호소문은 내용 전부가 공개되지는 않았지만 신문지상에 슬쩍 비춘 내용으로 보면 대통령 이승만을 비롯해 이남의 정계 요인 아홉 사람만 제외하고 통일하자는 내용이라 했다. 대통령과 몇몇 사람은 제외하고 통일을 하자니, 남쪽에서 김일성만 제외하고 통일하자고 한다면 그편에서 받아들일 것인가. 이렇게 유치한 사람들이 정치 리더들이라는 게 어찌 보면 우리 민족의 비극 아닌가 싶었다. 어쨌거나 사자(使者)를 잡아 족친 남쪽 정부의 졸렬함에도 문제가 크다. 그들이 남쪽에 내려와 감동 감화해 마음을 돌려 남쪽을 택했다고 하는 말을, 생판 무식꾼이라도 믿을 것인가. 얼마나 모질게 고문을 했으면 그들이 전향을 했겠는가.

'올 게 오고 말았구나.'

저녁 무렵에는 천둥 치는 듯 대포 소리가 간간 들려오기 시작했다.

'겨우 5년, 5년을 버티더니, 찢어지는구나.'

핏덩이가 울컥 목을 타고 올라오는 듯, 목이 화끈했다. 영수는 쿵 소리가 나도록 책상에 이마를 박았다.

"엄마, 빨갱이들이 온대. 나, 빨간 사람들 구경할래."

'괴뢰군의 38전선에 불법남침'

'적의 전면적 패주'

'국군 해주시에 돌입'

이런 낙관적 소식과는 달리 거리는 술렁거리는 인파로 어수선했다. 27일에 가서야 비로소 신성모 국무총리 서리가 정부를 잠시 수원으로 옮겨간다고 발표했다.

설마 서울이야, 설마 서울이야 하던 막연한 기대가 무너져 내렸다.

빨갱이를 구경하겠다는 유미. 겁이 많은 나미는 빨갱이가 뭔지도 모르면서 다락으로 기어올라갔고 호기심이 많은 유미는 어디서 그딴 소리를 주워 들었는지 냉큼 문을 박차고 나갔다.

이쩐다? 영수는 마냥에서 서성거리며 줄담배만 피워대고 있었다. 어쩐다? 「성벽을 뚫고」와 「육탄 삼용사」, 두 영화 다 철두철미 반공 작품이다. 어쩐다? 해방 직후의 그 피비린내 나는 좌우익 싸움. 그 얼마나 많은 사람들이 희생되었던가. 해방된 지 얼마나 되었다고, 또 이런 비극이 일어나고 있단 말인가. 그나저나 소두 한 말에 1,900원 하던 쌀이 3,000원으로 껑충 뛰었다. 이럴 때를 대비해 쌀 말이라도 준비해 두지 못한 게 몹시 후회되었다. 설마 서울이야 했던 것이다. 어쩐다?

"거짓말이야. 빨간 사람들 없어."

유미가 시무룩한 표정으로 들어왔다.

"제발 언니처럼 방에 들어가 있거라."

"왜?"

"아, 글쎄 들어가 있으라니까."

"왜?"

유미 입에서 한번 "왜." 소리가 나오면 끝이 없다.

"엄마 말 안 들려?"

엄마의 목소리가 여느 때와 달리 냉랭하자, 유미는 엎어지듯 신발을 벗어 팽개치고 방으로 쏙 들어갔다. 골목마다 사람들이 모여 술렁거렸다. 어떤 사람은 가게 물건을 잔뜩 사가기도 하고, 어떤 사람은 아예 피난 보퉁이를 꾸리고, 정세는 시시각각으로 변해 아이들을 들쳐업고 골목을 빠져나가는 사람들도 눈에 띄기 시작했다. 어쩔 것인가. 우리도 어디론가 피난을 가야 하는 건가. 간다면 어디로 갈 것인가. 다섯 아이들을 방에 가두다시피 해놓고 영수와 금자는 마당에서 서성거렸다.

"집에 있어 괜찮을까요?"

"뭐 어쩌겠어. 글쟁이를."

"하지만 불안해요. 「성벽을 뚫고」는 공산당인 매부가 죽는 거잖아요.

아유, 어쩌나, 「육탄 삼용사」도 거의 다 찍지 않았어요?"

"실은 나도 그게 좀 걸려."

말은 그렇게 덤덤하게 했지만 실은 좀 걸리는 정도가 아니었다. 「성벽을 뚫고」에서 공산주의자는 천륜도 저버리는 인간으로 나온다. 대학 동기동창이자 처남 매부 사이에서 공산주의자인 매부가 끝내 처남의 가슴에 총을 겨누고, 처남도 하는 수 없이 방아쇠를 당기게 된다. 그야말로 철두철미 반공 영화로 황해, 서월영, 복혜숙이 열연했다.

"우선 평동으로 가세요. 고모네 가 있는 게 여기보다 나을 것 같아요."

"이 밤중에 밖에 나가는 게 더 이상하지 않을까? 아침까지 기다려봅시다."

라디오에서 다른 소리가 흘러나왔다. 아침에 신성모가 발표한 건 오보(誤報)란다. 수원으로 천도(遷都) 운운한 것은 말짱 오보고, 이승만 대통령 이하 전원이 평상시같이 중앙청에서 집무하고 있고 국회도 서울을 사수하기로 결정하고, 우리 군인들은 용맹하게 싸워 적군이 의정부에서 물러가는 중이란다. 뭐가 뭔지 종잡을 수 없는 정부 발표였다.

밤이 되자 밖은 괴괴할 정도로 조용했다. 밤이면 그렇게나 짖어대던 동네 개들도 뭔가 낌새가 이상하다 느꼈는지 짖어대지 않았다.

"여보. 이러고 집에 앉아 있을 때가 아닌 거 같아요. 아무래도 심상치 않아요. 내가 아까 해가 질 무렵에 내 눈으로 똑똑히 봤다고요. 모자에 풀을 잔뜩 꽂고 총부리에 칼날을 세우고 앞산에서 헐레벌떡 뛰어내려오는 군인을 봤어. 분명 전선에서 몰리는 우리 병정이었다고요. 적군이 의정부에서 물러가고 있다는 거, 거짓말 같아요. 불안해요. 담 넘어 정자네로 가세요."

'거짓말 같아요'라는 아내의 말이 너무나도 슬프게 들렸다. 영수는 너무너무 슬퍼 마당에 주저앉아 통곡이라도 하고 싶었다. 국민이 정부의 공식 발표를 믿지 못한다는 게 얼마나 기막힌 일인가.

"설마 오늘 밤 무슨 일이 일어나겠어?"

"설마가 사람 잡는다는 말도 몰라요? 당신은 겁도 안 나요? 정자 네가 있다가 새벽에 고모네로 가요. 어서, 제발 내 말 들으세요."

금자는 여느 때와 달리 몹시 들떠 있었다. 여느 때는 영수보다 훨씬 침착하고 이지적인 그녀이건만 이상하리만큼 어쩔 줄을 몰라했다.

"그럽시다. 그렇게 합시다. 당신 말대로 합시다."

영수는 담을 넘어 정자네로 갔고, 해가 뜨기 전 평동으로 피신했다. 능지처참을 할 놈들이다. 지네들은 식구들 다 데리고 유유하게 도망을 가면서 시민들보고는 정부와 군을 믿으라고, 동요하지 말라고 뻔뻔하게 방송까지 하다니, 도대체 이런 무책임한 지도자들이 어디 있단 말인가.

하늘을 찢는 듯한 대포 소리에 밤새 벽이 흔들거렸다. 인왕산 어디쯤에선가 대포를 쏘아대는가 보았다. 그러니까 북쪽의 대포인지 남쪽의 대포인지 그것조차 방구석에서는 짐작할 수 없었다.

한 가지 확실한 건 남쪽 병정이든 북쪽 병정이든 그 포탄의 희생물이 된다는 것. 이걸 생각하면 영수는 분통이 터졌다. 북쪽 젊은이든 남쪽 젊은이든 우리나라의 장래 아닌가. 그들이, 기성 세대. 그것도 일부 정치광들의 정권욕에 희생물이 되고 있으니 이 얼마나 통탄할 노릇인가.

못난 백성! 아아, 우리는 이토록이나 못난 백성이란 말인가! 날이 샐 무렵 전투는 한결 더 치열해지는지 대포 소리와 총소리가 뒤섞이어 당장이라도 집이 날아갈 것만 같았다.

가족들은 무사할까. 나만 혼자 피신하다니. 죽어도 같이 죽고 살아도 같이 살아야지, 어쩌자고 나 혼자 피신했단 말인가. 지금 북아현동이 쑥밭이 되어버린 건 아닐까. 도대체 어느 쪽에서 어디에다 대고 포탄을 쏴대는 걸까. 지금이라도 집으로 가야 하는 게 아닐까. 아내 말을 듣고 명자네로 혼자 피신한 게 너무너무 후회되었다.

6월 28일. 지긋지긋하던 포성이 멈추었다. 밤사이 세상이 완전 바뀐 것이다.

"아유, 사람들도, 정말 알 수 없는 게 사람 속이라더니, 아유. 글쎄 붉은 기를 흔들며 만세 부르는 사람들이 있겠지."

독립문 앞까지 나갔다 온 명자가 혀를 내둘렀다. 이상한 군복을 입은 청년들이 줄줄이 행진하고 있었다. 사람들은 언제 준비했는지 붉은 기를 흔들며 그들을 환영하고 있었다. 미군이 들어왔을 때 그렇게나 열광적으로 미국기를 흔들어대던 바로 그 사람들이.

"파출소에 인공기가 펄럭거려요. 아유, 무서워라. 글쎄, 이발소 집 아들 있잖아요? 요 아래 이발소 집 말예요. 그 집 아들이 며칠 전까지만 해도 대한청년단 완장을 차고 다녔었는데, 글쎄 걔가 붉은 완장을 차고 있겠지, 아유. 무서워."

하룻밤 사이에 딴 나라 백성이 된다. 이게 우리 조선인의 운명인가. 살아남기 위해 일본에 아부하고 충성을 맹세하던 민족이 이제는 동족끼리 총을 겨누고, 자본주의가 무엇인지 사회주의가 무엇인지 그런 것에 별 상관없이 살아가는 대다수의 백성들은, 살아남기 위해 하룻밤 사이에 인민공화국 국민이 되었다 대한민국 국민이 되었다 한다. 이 모순, 이 수치를 누구 탓을 한단 말인가.

우리 역사에 씻지 못할 치욕적인 경술년 한일합방은 일본군의 총칼 앞에서 강요되었다고, 그렇게 일본 놈들에게 그 원인을 돌린다 하자. 그러나 이 동족끼리의 총 칼부림은 누구의 탓을 한단 말이냐. 우리가 못난 탓이다. 우리가 못난 탓이다. 우리가 지지리 못난 탓이다.

"모기야, 모기야, 넌 동족의 피는 먹지 않는다."

통도사까지 감시하러 쫓아온 조선인 형사에게 만해 한용운이 써준 글귀다. 동족의 피까지 먹는 우리들. 어쩐단 말이냐. 어쩐단 말이야.

사형 직전

자그마한 방 안에 사람들이 가득 차 있었다. 찌는 듯한 작은 방 안에 콩나물처럼 다닥다닥 붙어 앉아 있는 사람들, 몸을 뒤틀기도 힘들고 밤이 되어도 드러누울 수도 없었다. 기승을 부리는 한여름 더위에 사람에게서 뿜어나오는 열이 합쳐 방 안은 아궁이 속 같았다. 사람 몸에서 나오는 열이 얼마나 참기 힘든 것인지 겪어본 사람만이 그 고통을 안다. 옆에 있는 사람이 사람으로 여겨지지 않고 단지 37의 열덩이로 느껴진다. 그 열덩이에 대한 미움은 미움보다 더 진한 증오로 변한다. 전혀 이성적이지 못한 그런 감정을 혐오하면서 영수는 몸을 떨었다. 참담하다는 느낌은 억울하고 분하다는 감정과 또 달랐다. 그저 참담했다.

배재고보 강당 벽에 나붙은 '월사금 미납자는 제적처분'이라는 벽보를 보고 뒷걸음질쳐 나와 달릴 때, 그때는 그저 분하고 억울하고 원통할 뿐이었다. 그러나 지금은, 우리 조선인에게는 희망이 없다는 절망, 지지리 못난 백성이라는 절망, 그 절망 때문에 너무나도 참담했다. 인간이란 얼마나 나약한 존재인가 하는 것 또한 사흘 동안 감방에 앉아 새삼스레 느낀 것이다.

아침마다 몇몇 사람들이 불려나갔다. 불려나간 사람들은 돌아오지 않았다. 아침에 불려나가면 총살, 오후에 불려나가면 고문. 며칠 지나지 않아 사람들은, 누가 말을 해주지 않아도 이 사실을 알 수 있었다. 오후에 불려나간 사람들은 눈두덩이 찢어지고 입술이 터졌어도 돌아왔지만 아침에 나간 사람은 단 한 명도 돌아오지 않았다.

김영수와 같은 날 정치보위부에 잡혀온 「별은 하나다」의 작가 김근도 다음날 아침에 불려나간 후 다시는 돌아오지 않았다.

아까운 사람들. 아까운 사람들을 우익 반동이라 죽이고 좌익 빨갱이라 죽이고 다 죽이고 나면 누가 남을 것인가. 누가 남아 우리나라를 이끌어갈 건가. 두뇌를 하나 올바르게 길러내자면 긴 시간이 걸린다. 이렇게 쓸 만한 두뇌는 말짱 서로 죽여버리면, 언제 어떻게 선진국 문화 문명을 좇아간단 말인가. 아니, 문화 문명은 고사하고 어떻게 강대국의 손에서 벗어난단 말인가. 도대체 우리는 언제까지 이토록이나 무지렁이로 지내야 한단 말인가. 이토록이나.

오늘은 내 차례인가. 쭈그리고 앉아 있는 사람들의 표정은 인간의 모습이 아니었다. 일 초 앞을 내다볼 수 없는 불안에 입술마저 새까맣게 타 들어가는 비참한 모습들이었다. 아침에 누군가가 불려나가고 나면, 오늘은 살았다는 안도감에 눈을 질끈 감는 사람. 소리 없이 눈물을 주르륵 흘리는 사람. 무릎 사이에 얼굴을 파묻고 괴상한 짐승 소리를 내며 신음하는 사람, 반응이 가지각색이었다.

'죽음이 가장 절망적이라는 말은 거짓말이다. 그건 사랑을 해보지 않은 사람이 할 수 있는 말이다. 사랑을 잃었을 때의 절망은 죽음 그 이상이다.' 대학 시절, 어느 책에선가 읽었던 구절이다. 그럴까. 사랑의 절망이 죽음보다 너 할까? 아니다. 아닐 것 같다. 죽음이야말로, 말 그대로 마지막 아닌가. 사랑의 절망에서는 헤어날 가능성이 있다. 살아 있으니까. 살아서 숨을 쉬고 있으니까. 그러나 죽음은 끝이다. 끝. 끝이라는 단어는 완전 단절이다. 마지막. 완벽한 마지막이다.

일주일이 지나가도록 김영수 이름을 부르지 않았다. 이름이 명단에서 빠졌나 의아할 정도로 몇몇 사람들 이름은 전혀 부르지 않았다. 평범 속에 평범하지 않다는 것 또한 기막힌 공포였다.

왜 나는 부르지 않을까. 무슨 꿍꿍잇속일까. 사람이란 이토록이나 약하다. 죽음 앞에서는 위엄이고 나발이고 아무것도 없다. 그저 한 점 고깃덩어리일 뿐이다.

긴긴 하루가 지나가고 밤이 되면, 오늘은 살았구나 하는 안도감에 저절로 길게 한숨이 나왔다. 눈앞에 보이는 것은 나미, 유미, 다미, 학중, 은미, 다섯 아이들 얼굴이었다. 아직 어린아이들이다. 열한 살짜리 나미를 맏이로 고만고만한 꼬마들이다. 이 아이들을 두고 내가 없어진다면, 금자가 어찌 살아갈 수 있을까. 모아둔 돈도 한 푼 없다. 그날 벌어 그날 먹고 사는 품팔이처럼 살아왔다. 어깨가 빠근하고 손가락이 더 이상 움직거려 주지 않을 정도로 원고를 써도 저축은 상상도 하지 못할 정도로 원고료는 적었다. 물가가 아무리 올라가도 절대 올라가지 않는 게 바로 원고료였다.

그래도 영수는 여느 소설가, 시인보다는 훨씬 생활이 안정된 편이었다. 소설이나 시 한 장르만 쓰는 문인들의 생활은 그야말로 말이 아니었다. 아내가 벌이를 하는 집은 그래도 난 편이지만 순전히 원고료 하나에 의지해야 하는 작가들은 산동네 판잣집 신세를 면하지 못하는 현실이었다.

집으로 찾아다닐 수 있는 문우들이 손가락을 꼽을 정도로 적은 이유가 바로 그것이었다. 문패도 없는 산동네에 살고 있는 문인들이 수두룩한 현실이기에 집이 어디냐고 묻는 것조차 서로 피하며 지냈다. 북으로 간 친구들이 하는 말이 바로 이런 남한의 악조건이었다. 북에서는 문인, 예술가들을 훨씬 우대해 준다고 했다.

'부자들이 하룻저녁 술집에서 뿌리는 액수가 문인들이 일년 내내 어깻죽지가 뻐근하도록 글을 써도 비교가 안 되는 거금이라는 게 말이나 되는가. 이런 썩어빠진 제도가 자유민주주의인가, 자본주의인가.'

친구들이 울분을 토해 내곤 했었다. 그래서 그 가난이 지긋지긋해서, 진정한 볼셰비키도 아니면서 그런 소리에 솔깃해 북으로 간 문인, 학자, 예술가들이 많았다.

"자, 이것을 제일 먼저 외우는 사람이 반장이다. 알겠냐? 반장은 아침저녁으로 주먹밥 하나 대신 두 개를 먹을 수 있다."

하루는 간수가 두툼한 종이 뭉치를 들고 들어와 바닥에 탁 던져놓고 나갔다. 주먹밥 하나 대신 두 개라는 말이 기막힌 위력을 발휘했다. 사람들은 너도나도 그 종이 뭉치를 집어들었다. 물론 영수도 집어들었다.

주먹밥이 한 개 대신 두 개라는데 어찌 외우지 않을 것인가. 쌀알은 눈을 씻고도 찾아볼 수 없지만 보리 콩 조 같은 것을 뭉쳐놓은 주먹밥을 아침에 한 개, 저녁때 한 개 준다. 하루종일 이 두 개 주먹밥이 다다.

공산당 선전문이었다. 위대한 영도자, 김일성 장군의 빨치산 시절 공적부터 시작해 미국 놈들과 미국 앞잡이들을 때려죽여야 한다는 유치하기 짝 없는 내용이었다. 물론 영수가 반장이 되었다. 무엇인가를 외우는 데는 아마 김영수 당해 낼 사람이 없을 정도로 영수는 한번 읽으면 마치 필름을 뜬 것처럼 죄다 머리에 박힌다.

사람은 환경에 지배를 받는다는 말이 틀린 말이 아니다. 처음에는 사람들에게서 나는 땀 냄새, 지린 냄새에 주먹밥도 목구멍에 넘어가지 않더니, 웬걸, 사흘이 지나자 땀 냄새고 지린 냄새고 냄새가 문제가 아니었다. 옆에서 사람이 똥을 뿌지직 싸대고 있어도 먹을 것만 있으면 허겁시겁 늘어갔다.

이 동족상잔의 비극. 누구를 탓하랴. 내 스스로를 탓하는 수밖에. 지지리 못난 탓이다. 우리가 깨어나지 못한 탓이다. 호미로 가슴벽을 콕콕 파대듯 아프던 민족 걱정, 국가 걱정도 '못났으니 당해도 싸지, 될 대로 되라'는 허무주의, 냉소주의로 변해 갔다.

"어?"

일요일이었다. 새로 들어오는 세 사람 속에 이영수가 껴 있었다. 하나밖에 없는 처제, 계호 남편이다.

"아니, 웬일이야? 숨어 있는 줄 알았는데."

"잘 숨어 있었죠."

"근데?"

"자수했다고요."

"자수를?"

"자수만 하면 살려준다 해서, 그만. 그런데 형님은?"

"나도 잘 숨어 있었지. 평동 동생 집에 잘 숨어 있었어."

잘 숨어 있었다. 실은 찾아오는 사람도 없어 마루에서 책을 읽고 낮잠을 잘 정도로 마음 턱 놓고 지냈다. 그런데 그만 하루는 나미가 아버지를 부르며 쪼르르 달려 들어왔던 것이다. 정치보위부에서 나온 사람을, 나미가 아버지 친구라는 말에 그 차를 타고 고모 집까지 안내한 것이다.

"사람도 참 자수를 하다니."

새파랗게 젊은 나이에 기아산업 사장이 된 이영수다. 해방 후 일본으로 쫓겨난 일본인 회사를 맡아 성장시킨 재주 덩어리다.

"저, 제가, 만약에, 제가 말입니다. 혹시 여기서 살아나가지 못한다면."

"그딴 소리 왜 하나. 자네는 기술자니까 절대 죽일 리 없어. 그딴 생각도 말게."

"그래도 행여 살아 나가지 못한다면 세결이 엄마한테 이 말을 전해주십시오. 그저 인천 공장에 있는 기계 하나씩만 팔아가면서 살라고요. 그럼, 아마, 아이들 다 클 때까지 학비 걱정은 안해도 될 겁니다."

그것이 그와의 마지막 대화였다. 다음날 영수가 불려나갔다가 들어왔을 때 그는 방에 없었다.

침침한 방 한가운데 관이 우뚝 서 있었다. 나무로 아무렇게나 짜 맞춘 엉성한 관이었다. 옷을 홀라당 벗고 그 관 안으로 들어가라 했다.

그런가. 이 방에서 사람을 이런 식으로 죽여 관에 넣어 내다버리는가. 그래도 개새끼처럼 길에 내버리지 않고 관에 넣어버린다? 그래도 인간이라고? 영수가 옷을 다 벗은 후 팬티만 걸치고 주춤거리자,

"이 간나새끼, 귀 멀었간?"

냅다 발길질이 들어왔다. 팬티마저 벗었다. 참으로 이상야릇한 느낌이었다. 목욕탕에 가서 옷을 벗을 때는 너도나도 다 알몸이 되니 아무렇지 않지만, 옷을 다 입고 구두까지 신고 있는 사람 앞에서 혼자 알몸이 된다는 건, 뭐라 할까. 인간 앞에서 짐승 새끼가 되는 기분이었다.

방 안 불이 꺼졌다. 깜깜했다. 유리창에 담요자락이 걸려 있어 대낮이지만 밤중 같았다. 관 안으로 들어가라 했다. 이 또한 얼마나 우스꽝스러운 일인가. 죄수들은, 빤히 죽는 줄 알면서도 삽을 주고 구덩이를 파라면 끝까지 구덩이를 판다. 그리고 그 구덩이에 묻힌다. 반항을 하지 못한다. '아이고, 죽이려면 죽여라, 구덩이는 네가 파서 처넣든지 맘대로 해라. 나는 안 파겠다.' 그렇게 버틸 수는 없는가. 왜 땀 흘려가며 구덩이를 손수 파고 그 안에 묻힌단 말인가. 그런 영화 장면을 보면서 늘 이런 생각을 해왔건만, 영수 또한 빤히 관속에 처박혀 죽을 줄 알면서 공

손하게 관 안으로 들어갔다. 그나마, 그래도 살 수 있다는 한 가닥 희망 때문인가, 아니면 체념인가, 그도 저도 아닌 무의식 상태의 순응인가.

영수가 관 안으로 들어가자 삐거덕 소리를 내며 문이 닫혔다. 뚜껑이 덮인 셈이다. 관이 세워져 있어 뚜껑 대신 꼭 문 같았다. 눈이 부셨다. 눈을 질건 감고 있어도 관 안 한 구석에 달려 있는 알전구에서 쏟아지는 불빛이 눈을 시리게 했다. 얼마를 그렇게 관 안에 똑바로 서 있었는지, 의식이 가물가물할 때쯤 문이 열렸다.

"악질 우익 새끼."

"반동분자."

관 밖으로 나가는 순간, 매질이 시작되었다. 마치 굿을 하는 무당이 스스로에게 흥을 돋우기 위해 중얼중얼거리듯, 두 명의 젊은이는 연신 중얼거리며 번갈아 영수 몸을 장작 패듯 두들겨 팼다.

'죄명이나 제대로 압시다. 도대체 무엇입니까.'

물어볼 짬도 물어볼 기운도 없었다. 일경에게 잡혀가 고문을 당할 때보다 더 억울하고 더 슬펐다. 그때는 나라 없는 식민지 조선 학생이라는 핑계라도 있지 않은가. 전기로 살을 지지기까지 했다. 전류가 지지직, 지지직 몸을 통과하면 팽팽하게 잡아당기다 탁 놓아버리는 고무줄처럼 몸이 튕겼다. 그렇게 지짐을 당하고 나면 몸에 있는 구멍이란 구멍마다 오물이 질질질 흘러나왔다. 실신하고, 깨어나고, 또 실신하고. 몇 시간이 지나갔는지 며칠이 지나갔는지 알 수 없었다.

하루는 더 이상 때리지도, 지지지도 않고 서류를 내놓으면서 사인을 하라고 했다. 그래도 사람이라고, 그래도 자기네 방식대로 규칙이 있다는 식이었다.

깨알 같은 글자가 열 장도 더 넘는 듯했다. 아무것도 읽을 수 없었다. 읽을 기력도 의욕도 없었다. 아무럼 어떠냐. 어서 죽여다오. 차라리 죽여다오. 무조건 사인을 했다. 그리고 방으로 돌아왔다. 무엇을 사인했는지 모르지만 살아서 돌아온 것이다. 아니 살아서 돌아온 게 아니라 어떠면 저 세상에 가는 차비를 치르고 온 것인지 몰랐다.

우익이다, 좌익이다 하는 건 사상일 뿐이다. 사람은 짐승이 아니고 사람이기에, 생각하고 선택할 줄 아는 사람이기에, 택하는 사상이 있게 마련이다. 한데 그 사상이 나와 다르다는 이유 때문에 죽임까지 당해야 하는 건가. 다르다는 것을 서로 인정하면서, 공존할 수는 없는 걸까. 이게 어리석은 자의 꿈일까.

"바깥 공기가 어떻습니까?"

들어오는 사람들에게 제일 먼저 물어보는 말이 이것이었지만 대답은 암울했다. 인민군들이 남쪽으로, 남쪽으로 내려가고 있다는 말뿐이었다. 머지않아 부산도 떨어질 것이라 했다.

달 반쯤 지나자 전세가 불리해지는지 아침마다 불려나가는 사람들이 부쩍 늘어났다. 데리고 갈 수 없으니 죽여버리자는 속셈 같았다. 불려나가는 사람의 얼굴은 차마 눈뜨고 볼 수 없었다. 더러는 체념을 한 모습으로 당당하게 걸어나가기도 하지만, 호명을 당하는 순간, 살려달라고 발버둥치는 사람도 있었다. 배운 사람이나 배우지 못한 사람이나 삶 앞에서는 너도나도 너무나도 약하다. 너무나도 가련하다.

인간에 대한 애정. 그것이었다. 바로 그것이 영수로 하여금 글을 쓰게 했다. 그 애정이 활활 타오르는 장작불처럼 뜨겁기에 글을 쓸 수 있었다. 빈부 차이가 극심한 현실에 불만을 느낄 때는 많았지만, 인간에 대한 애정, 그 자체에 회의를 느껴본 적은 없었다.

추운 겨울, 얼마 남지 않은 군밤을 앞에 놓고 쪼그리고 앉아 있는 노인을 보면 전차 값이 없어 걸어갈망정 군밤을 몽땅 사주기도 했다. 자정이 다 된 시간에 '메밀묵 사려…….' 소리가 바람을 타고 들려올 때면 불러들여 나머지를 몽땅 사주기도 했다. 한데, 이 증오감이라니, 딱 누구에랄 것 없이 밀려오는 이 인간에 대한 증오감이라니!

'어째서 나는 심근처럼 당장 처치해 버리지 않는 걸까.'

영수는 그게 참 이상했다. 「별은 하나다」나 「성벽을 뚫고」나 다 철두철미 반공 작품이다. 한데 왜 나는 살려두는 걸까.

남편이 정치보위부에 붙잡혀간 그 순간부터 금자는 하루 온종일 서울 바닥을 쏘다녔다. 딱히 갈 곳이 있는 것은 아니지만 서대문에서 광화문으로 종로 바닥으로 돌아다니며 행여 남편을 도와줄 사람이 있는지 찾아다녔다.

정치보위부로 사용하고 있는 국립도서관에서 사람들이 무더기로 죽어 나온다는 소리에 금자는 쌩 돌아버릴 것만 같았다. 인민군들이 들어왔을 때 서울대학 병원에 들어 있는 국군 부상자들을 끌어내 모조리 총살해 버렸다 한다. 아무리 전시라 하지만 부상자들을 총살해 버리는 인간들이 인간인가. 거짓말일 거라고, 누군가가 지어낸 말일 거라고 생각했었는데, 정말 사람 목숨을 파리 목숨처럼 여기는 저들이었다. 환자들을 끌어낼 수 없다고 앞을 가로막는 의사를 그 자리에서 쏘아 죽여버렸다 한다. 인민 재판이 툭하면 열린다. 동네 사람들을 파출소 뒤 공터에 모여놓고, 붉은 완장을 찬 사람이 큰 소리로 묻는다.

"저 사람 반동입니까 아닙니까?"

"반동입니다."

"반동입니다."

미처 질문도 채 끝나기 전에 잽싸게 누군가가 대답을 한다. 그러고 나면 어디로 끌고 가는 것도 아니다. 그냥 그자리에서 팡 쏴버린다. 총알에 몸이 퉁긴다. 몸이 붉은 피를 뿜어내며 팔딱팔딱 뒤채다 죽 뻗어버린다. 그게 인민 재판이다. 그게 그자들이 주장하는 인민에 의한 공평한 재판이다. 그의 죄가 정확히 뭔지 사람들은 모른다. 무조건 "악질반동입니까, 아닙니까" 하는 물음에 이어 "악질 반동입니다"라고 누군가가 답을 하면 총살이다. 대답하는 사람은 동네 사람도 아니다.

구청 직원이, 학교 선생님이 반동분자가 되는 판에 「성벽을 뚫고」를 쓴 작가야 악질 중에서도 진짜 골수 악질 반동분자 아니겠는가. 사람을 죽여버리고도 식구들에게 알리지 않는 건가. 아무리 공산주의 사회라 하지만, 거기도 사람 사는 세상 아닌가. 거기도 부모 형제가 있고 조상이 있고, 선후배가 있고 친구가 있고 연인이 있는 사람들의 세상 아니겠는가. 도대체 한국 사람이 언젯적부터 이념이라는 것 때문에, 이토록 원수지간이 된단 말인가.

어떻게든 알아봐야 한다. 손을 써봐야 한다. 그러나, 어떻게? 누구에게? 겉으로 보기에는 체격이 크고 살결이 거무스름해 무섭게 보이지만 실은 순둥이처럼 순한 사람이다. 도둑이 마루까지 올라와 있어도 방문을 열지 못하고 쩔쩔매는 그런 겁쟁이다. 얼마나 고생을 할까. 살아는 있는 걸까. 누군가에게 도움을 청하자니 떠오르는 얼굴이 하나도 없었다. 고독한 사람. 무척 고독한 사람이다. 하루 스물네 시간 글을 써도 시간이 모자를 정도라 친구들과 어울리지 못하는 탓이기도 하지만, 워낙 사람을 가까이하지 않는 성격이기도 하다. 사람을 굉장히 좋아하면서, 사람을 무척 그리워하면서, 정작 사람을 스스로 찾아 나서지는 못한다.

한번은 그가 그런 말을 했다. 너무 돈이 없으면 친구도 있을 수 없다고. 고등학교 시절, 교복도 얻어 입을 정도로 가난했기 때문에 자연 외톨이였다고. 그렇게 죽 지내왔기 때문에 성격이 고독한 성격이 되어버린 것 같다고. 그런 영향도 있겠지만 타고나기를 고독하게 태어난 사람 같았다. 점쟁이도 그를 가리켜 '천고성, 천예성'이라 했단다. 골목 친구, 김승호와는 어른이 되어서도 이놈 저놈 해가며 가깝게 지냈다. 북아현동에 제일 자주 드나드는 사람도 김승호였다. 둘이 웃통을 벗어버리고 마당에 앉아 쌈을 먹기 시작하면 금자는 상추 씻어대기에 정신이 없었다. 두 사람이 열 사람 분은 족히 먹어치웠다.

누구를 찾아봐야 하나. 누가 도움이 되어줄 수 있을까. 연극계? 방송계? 문인? 신문사? 세상이 확 뒤집혀버린 지금, 그를 도와줄 사람이 누가 있을까. 팔봉, 박영준, 안수길, 김광주, 정비석, 김동리, 황순원, 이무영, 유주현…… 만나보았던 얼굴들을 차근차근 떠올려보지만 필경 그들 또한 잡혀갔든가 꼭꼭 숨어 있든가 하리라.

세상이 확 뒤집혀버린 지금, 그를 도와줄 사람이 누가 있을까. 눈물도 나오지 않았다. 울 수 있을 만큼의 여유도 없었다.

"저, 김영수 선생님 사모님 되시지요?"

한가한 시간이라 그런지 봉선화는 텅 비어 있었다. 명동에 있는 문인들의 단골 찻집이다. 특히 김동리가 자기 집 응접실처럼 사용하는 찻집이다. 살그머니 문을 열고 도둑괭이처럼 얼굴만 디밀었다 닫으려는데 카운터에서 마담이 들어오라는 손짓을 했다.

"저……."

그녀는 말을 하다 말고 다시 출입구를 바라보고 나서 나직하게 말했다.

"정치보위부에 나와 있는 문학동맹 부위원장이 이서향 씨랍니다. 이서향 씨, 아시죠? 김 선생님과 절친하던……."

"아!"

비명 같은 소리에 스스로 놀라 금자는 두 손으로 입을 막았다. 이서향. 동경에서 졸업반 때, 서로 생활비를 줄이기 위해 하숙방을 같이 쓰던 친구다. 그가 월북했다는 소리를 들은 기억이 났다. 똑똑한 친구들이 다 북으로 가버린다고, 친한 친구들이 하나같이 다 빨갱이들이 되어버린다고, 난 이제 정말 친구가 없다고, 며칠 동안 밥도 잘 안 먹고 마실 줄도 모르는 술에 흠뻑 취하기도 했었다.

"저…… 저…… 저는 김영수 아내 되는 조금자입니다."

금자는 생전 처음 만나는 사람처럼 기어들어가는 목소리로 자신을 소개했다. 물론 생전 처음 만나는 게 아니었다. 영수는 조선일보 신춘문예 당선작 「소복」 상금, 백 원을 타서 커다란 책상을 하나 사고, 도스토예프스키 전집을 사고, 그러고는 오래간만에 쌀을 한 가마 들여오고, 몇몇 친구들을 불러 밤을 새워가며 술을 마셨었다. 그날 사랑방에서 쓰러져 잠들었던 친구들, 그 중의 한 사람이다.

그 앞에 오기 전까지는 사시나무처럼 떨었다. 정치보위부에 찾아간다는 생각만 해도 토할 것처럼 속이 메슥거렸다. 하지만 막상 그의 사무실에 들어서자, 스스로 생각해도 신기할 정도로 가슴이 착 가라앉았다. 남편의 생과 사가 이 사람 손에 달려 있을까. 이 사람은 과연 남편을 살릴 수 있을 만큼 권한이 있는 걸까. 직위라는 게 무엇인지, 남편 친구일 때는 그토록이나 소박하고 진국처럼 보이던 사람이건만 이제는 공산당원이라는 선입관 탓인지, 그에게서 독이 뿜어져 나오는 듯 무시무시하기만 했다. 만약 이 사람이 남편을 잡아온 것이라면? 생각이 여기에 미치자 갑자기 방바닥이 출렁이는 바다같이 흔들렸다.

이서향은 방 안으로 들어서는 김영수의 아내 금자를 보는 순간, 벌떡 일어나 창 앞으로 가 섰다.

"잘 아시겠지만, 그는 그저 글이나 쓰는 사람입니다."

여기까지 말하는데 눈물이 주르륵 볼을 타고 흘러내렸다.

'그저 글이나 쓰는 사람'

정말 그렇다. 물욕도 명예욕도 아무런 욕심이 없는 사람이다. 원고료가 들어와도 봉투째 몽땅 내주고 전차 값을 타갈 정도다. 학교나 공공기관 같은 곳에서 한 과목만 맡아달라, 강연 해달라 해도 손을 저어가며 거절하는 사람이다. 그야말로 오직 '그저 글이나 쓰는 사람'이다.

"정치 같은 데는 전혀 관심 없는 사람입니다. 오직 쓰고 싶은 글이나 실컷 쓰며 살 수 있다면, 삶의 목표가 오직 그것뿐인 사람입니다. 그가 어떤 사람이라는 것을, 저보다 더…… 더, 잘 아실 겁니다."

그의 등뒤에 대고 금자는 간곡하게 두 손을 모은 채 기도하는 심정으로 말을 이어나갔다.

"얼마나 가난하게 살아온 사람인가는, 저보다 선생님이 훨씬 더 잘 아실 겁니다."

알고말고. 김영수를 알고말고. 밥 대신 책을 사고 연극표를 사던 미치광이, 영수다. 물만 먹어가며 며칠씩 책을 읽다 정신을 잃다시피 한 적이 한두 번이 아닌 친구다.

"네놈은 이성이라고는 조금도 없는 미친놈"이라고, 그렇게 욕을 퍼부어도 흐흐 웃기만 하던 구제불능의 낭만주의자다. 「용녀」를 단숨에 읽고 나서 솔직한 의견을 들려달라고 흥분해 시근덕거리던 영수.

"나는 세상에 나오면서부터 빈궁에 부닥뜨렸고 가난과 빈곤은 자라면서 더 했다."

술이 두어 잔 들어가면 마치 남의 이야기를 재미있게 하듯 콩나물, 명태, 파…… 이런 것들을 자전거에 싣고 배달 다니던 그 시절 이야기를 하고 또 하고 하던 친구다. 그때 창 너머로 본 숙명고녀 학생이 천사처럼 예뻤었다는 이야기도 꼭 곁들였다. 이 세상 천지에서 정말로, 아무 이해 관계 없이 좋아하는 사람을 꼽으라면 세 손가락 안에 들어가는 친구다.

"아이들이 다섯입니다. 살려만 주신다면 이 은혜 죽어서도 잊지 않겠습니다."

"……."

"목숨만, 그저 목숨만."

금자는 목숨만, 목숨만을 되풀이하고 있었다.

"돌아가 계십시오."

그는 여전히 창밖에 시선을 박은 채였다.

"살려주십시오. 친구 하나 살려주십시오."

'친구가 아니라고 부인하실 수는 없지 않습니까. 한 방에서 뒹굴며 꿈을 나누고 정열을 함께 불태웠던 친구. 사상이 다르다고 친구가 아니라고 부인하실 순 없지 않습니까.'

금자는 이렇게 고래고래 소리쳐 가며 통곡하고 싶었다. 그까짓 사상이 뭐라고. 그까짓 사상이 도대체 뭐라고. 정(情)보다 사상이 더 중요하단 말인가. 모든 것이 정지돼 버린 듯 방 안에 긴 침묵이 흘렀다. 뽀얀 안개가 슬금슬금 방 안에 스며드는 듯, 금자는 그의 뒷모습이 보였다 보이지 않았다 했다. 그는 여전히 창 앞에서 움직일 줄 몰랐고, 금자는 여전히 두 손을 꼭 마주잡고 기도하는 자세로 앉아 있었다.

"아무리, 내가…… 내가, 그 사람을 희생시킬 수야 있겠습니까?"

얼마나 시간이 지났을까. 나직한 목소리였다.

"돌아가 계십시오."

"네?"

"내가 그 사람을 희생시킬 수야 있겠습니까?"

순간, 금자는 흐윽 하면서 무릎 사이에 얼굴을 묻었다. 교양도 체면도 목숨 앞에서는 말짱 헛것이었다. 둑이 무너져버린 듯 금자는 오열(嗚咽)하기 시작했다.

"같이 갑시다."

"……."

"같이 가 삽시다."

남편을 살려만 준다면 어딘들 가지 못하리. 북한 아니라 아프리카 정글인들 가지 못하리.

"여기보다 예술가 대우가 훨씬 좋습니다."

"네, 네."

"내가 올라갈 때 연락하겠으니 준비하고 기다리십시오."

"네, 네. 그러겠습니다."

김영수. 한 이불 속에서 잠을 자는 부부면서도, 때로 원망스러울 때가 있었다. 장우석, 첫사랑 남자, 그에게 처자식이 있다는 이야기를 들려준 그 잔인함이 싫었다. 살아가면서 그의 단순하리만큼 순수한 성격을 이해하기 시작하며 미운 앙금이 조금씩 걷혔지만 그래도 때로는 원망스러웠다. 원망하는 마음이 가슴벽에 이끼처럼 끼어 있으면서, 아이를 다섯이나 낳았다.

아직도 장우석을 그리워하는 거냐고, 그래도 그 남자와 살고 싶었느냐고, 금자는 때로 자신에게 묻곤 하였다. 아니다. 그건 아니다. 고향에 처자식이 있으면서 결혼을 하자던 그 치사한 남자, 그 뻔뻔함을 증오한다. 저주한다. 한데도, 아름다운 음악을 들을 때, 보름달을 바라볼 때, 곱게 물든 낙엽을 볼 때, 제일 먼저 떠오르는 얼굴이 장우석이었다. 이 어이없는 모순을 금자는 이론으로 해석할 수 없었다.

그래. 김영수를 살리기 위해서라면 지옥에라도 갈 수 있을 것 같은 이 간곡함. 이것이 사랑이구나. 이것이 사랑이라는 것이구나. 지금 이 순간, 그를 살릴 길만 있다면, 나는 무슨 짓이든 하리라. 내 몸뚱이뿐 아니라 내 영혼마저 팔 수 있으리라. 김영수, 그를 살릴 수만 있다면.

다음날 영수는 바지만 걸치고 웃통은 벗은 채 돌아왔다. 깡통만 차지 않았을 뿐 영락없이 거지였다.

"그분, 그분, 만났어요?"

"누구?"

"이서향 씨."

"누구? 지금 당신, 이서향이라 했소?"

"아니, 그럼, 어찌 된 거예요?"

"서향이가 여기 왔단 말이오?"

"당신…… 그 사람 덕분에 살아났어요."

자초지종을 들어가며 영수는 눈을 감았다.

"북으로 같이 간다고 약속했어요. 집으로 데리러 온다 했어요."

"음."

눈을 감은 채 그는 음, 음, 소리만 냈다.

"숨어야겠구려."

한참 만에 그가 나직하게 내뱉은 말이다.

"오늘 당장 숨어야겠구려. 사태가 급박한 거 같아. 오늘내일 할 정도로 쫓기고 있는 것 같아."

"그래요?"

"내가…… 내가…… 우정을 배반하는구려."

그의 목소리가 떨렸다.

"나도 아이들 데리고 숨어야겠죠?"

"여기 있을 때가 아니오."

"어디로 가지요?"

어디로 가야 하나. 갈 곳이 없다. 시골에 일가친척 나부랭이라곤 없으니 갈 곳이 없다.

"포천. 그래. 포천에 가 있구려."

"포천?"

"명옥이 식구들도 거기 가 있을 테니, 내쫓지는 않을게요."

포천은 막내 시누이 시댁이었다.

"당신은?"

"나는 우선 냉동 이모님 집에 가 숨어 있으며 돌아가는 걸 보겠소."

이서향, 이화삼, 박학.

그들을 빼놓고는 동경 학생 시절의 추억이 없을 정도로 어느 장면에도 다 끼어 있는 그리운 모습들이다. 도대체 왜 우리는 이렇게 남남이 되어야 한단 말인가. 어쩌자고 내 친구들은 하나같이 '빨갱이'들이 되었단 말인가. 아내가 북으로 같이 가겠다고 약속했단다. 이제 나는 내 목숨을 위해 친구를 배반해야 한다. 북으로 갈 수는 없으니까 피해야 한다.

'서향이, 용서하게. 나를 용서하게.'

영수의 볼을 타고 굵은 눈물이 하염없이 흘러내렸다.

밥골 오남매

"이게 뭐야? 왜 쌀을 허리에 차?"

나미가 상을 잔뜩 찡그렸다.

"만약을 위해 조금 가지고 가는 거니까 아무 말 말고 차고 가야 해."

"아이, 창피해. 싫어."

"그럼, 은미를 네가 업을래?"

나미는 은미를 업으라는 말에 뾰로통해져 입을 꼭 다물었다.

"언니야, 뭐가 창피해? 영일이는 쌀자루 큰 걸 등에 메고 갔다."

유미가 허리춤에 찬 쌀자루를 추켜올리면서 웃었다. 어디 나들이 라도 가는 듯 무작정 신나기만 한 모양이었다.

"엄마, 사람들이 빨갛지 않은데 왜 빨갱이라 그러는 거야?"

인민군들이 거리를 활보하게 되었을 때, 유미가 머리를 살랑살랑 흔들며 한 말이다.

"빨간색 아닌데, 참 이상하다."

그 사람들 살색이 빨갛지 않다는 게 너무 실망스러운 모양이었다.

"넌 그런 거 몰라도 돼. 그리고 빨갱이라는 말 하면 안 된다. 절대 하지 마. 큰일 난다."

"왜?"

"글쎄, 엄마가 하지 말라면 하지 마."

"사람들이 모두 빨갱이라 하는데, 왜?"

"엄마 아빠 잡혀가면 좋겠어? 그러니 절대로 빨갱이라는 말 하지 말란 말이다. 알았지?"

"왜 엄마 아빠가 잡혀가?"

"제발 이르는 대로 좀 해라. 응. 자꾸 묻지 말고."

금자는 학교에서 보육학을 강의할 때와 정작 내 자식에게 행하는 태도가 다르다는 게 마음에 걸렸다.

'아이들이 물어보는 것은 그것이 아무리 어른에게는 하찮은 것 같아도 아이들에게는 대단한 것일 수 있다. 그러니 너는 몰라도 돼, 그런 식으로 입을 막지 말고 아주 성실하게, 가능한 한 자세하게 답해주어야 한다. 그래야 어린아이들의 상상력이 넓어지고, 그래야 아이들이 기죽지 않고 밝게 자라날 수 있다.'

강의실에서는 이렇게 가르치지 않았던가. 그러나, 어떻게 그 '빨갱이' 물음에 대해 여덟 살짜리가 알아듣게끔 설명할 수 있단 말인가. "알았어."라고 건성으로 답을 하는 유미 표정이 심드렁했다. 전혀 뭐가 뭔지 모르겠다는 표정이었다. 모를 수밖에, 어른들도 실은 잘 모른다. 빨갱이들이라 하지만, 그들 모두가 옹골찬 볼셰비키는 아닐 것이다. 그저 해방된 이후, 남쪽의 정치판에 실망을 해서, 또는 생활고에 넌덜머리가 나서, 누구나 동등하게 잘 먹고 잘 산다는 말에 솔깃했을 것이다. 앞집에 사는 종세 엄마도 그런 말을 했었다. 일본 사람들 밑에서 살 때가 더 좋았다고, 해방이 되었지만 쌀값은 더 뛰어오르고, 툭하면 거리는 데모 행렬로 막히고, 거리는 더 더러워졌다고.

"정말, 이런 세상이 될 줄 알았으면, 해방이 안 된 건만 못하잖아요?"

"아유, 세상에, 그게 무슨 말이오. 아무리 살기 힘들다 해도 이젠 떳떳하게 나라가 있는 백성이 되었는데."

금자가 이렇게 대꾸하자 그녀는 한 술 더 떴다.

"하지만 좋은 게 뭐가 있어요? 이렇게 살기 힘들어서야. 공산당 세상이 되면 부자 놈들 재산 모두 몰수해 골고루 노놔 갖는다니 차라리 세상이 그렇게 되어버렸으면 좋겠어요."

가난이 지긋지긋해서 하는 푸념이거니 생각했었다. 그런데 그 식구들이 어느 날 북으로 가버렸던 것이다. 사실, 종세 엄마 지적이 그리 틀린 말도 아니었다. 거리도 해방 전보다 더 지저분하고 물가는 껑충껑충 하루가 다르게 뛰어오르고, 누가 좋은 사람들이고 누가 나쁜 사람들인지 감을 잡을 수 없을 만큼 상대방을 비난하는 삐라가 거리에 흩날리곤 했다. 그야말로 해방 후 조선은 혼란의 극치였다.

금자는 소금과 깨소금만 섞어 주먹밥을 만들어 보퉁이에 꿍쳐 넣었다. 차를 탄다는 건 상상도 못할 일이니 짐수레를 빌려야 했다. 그것도 구하지 못하면 걸어서라도 가야 한다. 남편이 그랬다. 여하한 일이 있어도 집에는 돌아오지 말라고.

"그럼, 연락은 어떻게 하는 거지요?"

"글쎄."

왈칵 눈물이 쏟아지려 해 금자는 이를 악물었다. 만약에 일을 당해도 다섯 애들 때문에 살아야 한다고, 그가 잡혀간 후로 맘을 독하게 거머쥐고 견뎌왔다. 이제 그가 살아 나왔는데 연락 따위가 문제랴.

"그저 잘 있거니 하고 지냅시다. 밤골에는 마을 전체가 백씨들뿐이오.

그러니 안전할 거요. 그저 거기 푹 파묻혀 있으라고. 누가 무슨 말을 해도 믿지 말고, 내가 데리러 갈 때까지 꼼짝 말고 있으라고."

'만약, 만약에 내가 나타나지 않으면…… 전쟁이 끝났다는 소리가 들려도 나타나지 않으면…… 그때는 당신이 알아서 하구려. 당신한테 맡기오. 당신은 현명한 여자니까, 당신만 믿소. 미안하오.'

영수는 이 말을 간곡하게 속으로만 했다. 똑똑한 여자다. 여자다울 때는 그렇게 나긋나긋하고 부드럽고 고분고분할 수 없지만, 강해야 할 때는 웬만한 남자 뺨칠 정도로 강인한 여자다.

'당신을 믿소. 여차하면 당신이 아이들을 잘 키워갈 거라고 믿소. 당신은 거리에 나가 행상을 할망정 아이들을 굶기지 않을, 그런 강한 여자임을 나는 아오.'

"뭘 가져가야 할까 모르겠네."

"아, 가지고 가긴 뭘 가지고 가? 그저 떠나라고. 주먹밥이나 만들어 가지고 어서 떠나요. 어서."

영수는 불안했다. 오늘 당장이라도 북으로 같이 올라가자고 서향이 나타날 것만 같았다.

그래도 금자는 값나갈 만한 물건 몇 개를 보따리에 넣었다. 게호 남편이 일본에 다녀올 때마다 사다 준 고운 비로드 치맛감이며 땡땡 시간을 알리는 뻐꾸기 시계와 손목 시계도 챙겨넣었다. 하도 고급스러워 사용하지 않은 채 간직해 두었던 게 참말로 다행이었다.

포천 밤골은 말 듣던 대로 백씨 성을 가진 사람들만 모여 사는 작은 마을이었다. 집 뒤에는 나지막한 밤나무 동산이 있다. 그리고 그 뒤에는 하늘까지 닿을 듯한 산봉우리들이 우뚝우뚝 솟아 있다. 뜰 앞에는 맑은 시냇물이 졸졸졸 흘러가는 개울이 있고, 그 건너편에는 논이 있고, 논을 지나면 밤골보다 더 작은 아래 마을이 있다. 같은 땅 어딘가에 전쟁이 일어나고 있다는 것이 믿어지지 않을 정도로 한가하고 아늑한 마을, 그야말로 동화책에 나오는 마을 같았다.

고만고만한 꼬마들을 앞세우고 나타난 사람을 차마 되돌려보낼 수 없어 문간방을 내주긴 했지만 백씨 할머니는 못마땅해하는 표정이 역력했다. 염치도 없이 어떻게 그 많은 식솔을 끌고 사돈의 팔촌 집으로 찾아오느냐, 할머니 표정에서 금자는 이 말을 들을 수 있었다. 첫날부터 가시방석 같은 나날이었지만, 올 데 갈 데 없으니 숨죽이며 지내는 수밖에 없었다.

아이들이 자그마치 열일곱 명이었다. 할머니의 친손자들, 외손자들 그리고 금자네 아이 다섯에, 큰시누도 두 아이를 데리고 와 있었다. 열일곱 명 중에 열한 살짜리 나미가 제일 위였다. 그 밑으로 고만고만한 꼬마들이라 앞마당 뒷마당은 말할 것도 없고 우물가, 개울, 뒷동산까지 그야말로 어느 곳엘 가나 아이들이 발에 밟힐 정도였다.

아침부터 해가 떨어질 때까지, 할머니 고함이 끊이지 않았다. 늙은이가 웬 목소리가 그리 쩌렁쩌렁한지 안채에서 소리를 질러도 대문 밖, 개울가까지 들릴 정도였다.

"용호 할머니 저러시는 거 신경 쓰지 마세요. 워낙 이 마을에서 호랑이 할머니로 통한다고요."

막내 시누이가 귀띔을 해주었지만 할머니가 꽥꽥 소리를 지를 때마다 금자는 깜짝 깜짝 놀랐다.

"안채에는 얼씬도 말아. 밖에 나가 놀아. 제발 할머니 안 보이는 곳에서 놀라고."

눈만 떴다 하면 아이들에게 주의를 주지만 철부지 아이들이 말귀를 알아들을 리 만무했다. 아이들은 몸서리가 날 정도로 매일같이 싸웠다. 애들이 열일곱 명이나 되니 울음소리도 끝일 날이 없었다.

그 아이들 중에 할머니는 유미를 제일 미워했다. 유미는 싸웠다 하면

한 대라도 더 때리지 맞지를 않으니 미움을 독차지할 수밖에 없었다. 더군나나 금이야 옥이야 위하는 손자들이 유미한테 얻어맞고 징징 울 때면, 할머니는 눈에 쌍심지를 켜고 금방이라도 유미 머리채를 낚아 챌 듯 사납게 닦달했다.

"아유, 어쩌자고 눈치도 없냐, 너는."

"무슨 어른이 그래? 왜 차별을 해? 내가 잘못하지 않았는데 꼭 나만 야단쳐."

"아이고, 이것아. 이 집은 우리 집이 아니잖아. 그러니까 그 애들한테 지는 척해야 해. 그러지 않으면 여기서 쫓겨난다. 쫓겨나면 갈 데도 없어. 알겠니? 제발, 안채 애들하고 싸우지 말아."

"걔네들이 날 먼저 때려도 가만있으란 말야?"

"그래. 그냥 와버려. 피하란 말야."

"맞고도 그냥 피해야 해? 왜?"

"자꾸 묻지 말고, 제발 엄마가 하라는 대로만 해라."

"어떻게 맞고 그냥 와? 무슨 할머니가 그래? 왜 걔네들 편만 들어?"

"네가 뭔가 잘못했으니까 때렸지, 그냥 가만있는데도 때렸겠니?"

"엄만 보지도 않고 왜 나만 야단쳐?"

유미 눈에 눈물이 그렁거렸다.

"참외를 지네들끼리만 먹어. 그러면서 자꾸 나보고 저리 가라고 툭툭 발로 차는 거야. 내가 거진가? 발길로 차게. 어떻게 가만있어? 내가 달라고 하지도 않았는데 자꾸 가라고 발로 차는 거야. 무슨 할머니가 그래? 참외를 걔네들만 줘. 무슨 할머니가 그래?"

"참외가 많지 않으니까 그러셨겠지."

"그래도 똑같이 노놔줘야 할 게 아냐?"

"에그, 이 철딱서니야. 그 할머니는 용호 할머니잖아. 너 때문에 이 집에서 쫓겨나겠다, 쫓겨나. 네가 이렇게 엄마 속 썩히면 엄마는 도망가

버린다. 알았어?"

유미는 땅바닥만 쳐다보며 눈물방울을 뚝뚝 떨구더니 슬그머니 나가 버렸다.

'저게 얼마나 참외가 먹고 싶었으면.'

목이 메어오는 것처럼 쓰리고 아팠다. 아이들에게 먹을 것을 제대로 먹이지 못한다는 게 제일 참기 힘든 일이었다. 아침과 저녁 두 끼뿐이다. 그것도 쌀보다 보리가 훨씬 더 들어가 있는 밥이다. 한참 자라나는 아이들이 두 끼만 먹으니 늘 게걸거렸다. 점심때는 시래기죽 같은 것으로 때워야 했다.

"이놈의 전쟁이 언제 끝나나."

낮에는 다락에 숨어 있다가 밤이 되어야 나오는 막내시누 남편 백 서방은 공무원이었기 때문에 인민군들 눈을 피해 있었다.

"어느 한쪽이 이기든 그저 후딱 끝나버렸으면 좋겠구먼. 그럼, 사람을 잡아가지도 않고 죽이지도 않을 게 아닌가. 그리고 무엇보다 생활이 지금보다야 안정될 거고. 국민들이야 인민공화국이면 어떻고 대한민국이면 어때."

대한민국 공무원인 그가 그런 말을 거침없이 해댔다. 마당에 멍석을 깔고 모깃불까지 피웠건만 유미가 보이지 않았다. 하고많은 날, 동산으로, 개울로 쏘다니다가 들어오는 아이들이기에 별로 신경을 쓰지 않았는데 다른 애들은 다 들어오고, 땅거미가 내려앉는데도 나타나지 않았다. 얘가 어디 갔을까. 나미에게 물어보아도 금동이한테 물어보아도 모두 모른다며 고개를 저었다.

"네가 모르면 어떡해? 동생들을 보며 놀아야지."

나미는 맏이기 때문에 툭하면 이런 식으로 추궁을 당했다.

네 살 때, 두 번씩이나 잃어버렸던 아이다. 순경들이 네 살짜리를 마포 종점에서 찾아왔으니 지금 생각해도 북아현동에서 어떻게 마포 종점까지 갔는지 알 수 없는 일이었다. 높은 산이 뒤에 막혀 있어 그런지 해가 떨어졌다 하면 삽시간에 어두워졌다. 금자는 나미를 앞세우고 뒷산으로 올라갔다. 산이라기보다 온통 밤나무 투성이인 나지막한 동산이었다.

개울가에도 없고 건너 마을에도 없고 도대체 어디로 사라졌을까. 어둠이 휘장을 두르듯 내려앉고 있는 산 속은 음산할 정도로 눅눅했다.

"유미야."

"유미야, 유미야."

"넌, 동생 하나 제대로 보지 못하고 뭣하고 있었니."

애가 타서 금자는 연신 나미를 꾸짖어댔다.

"걘, 내 말 안 듣는 데 어떡해. 걘 눈 깜짝할 사이에 없어지는데 나보고 어떡하란 말야."

나미는 줄줄 울어가면서 동생 이름을 불러댔다. 나미는 동생이 없어진 것도 겁이 나고 어두워지는 밤나무 숲도 무섭고 그리고 무엇보다 동생들 때문에 툭하면 엄마에게 야단맞는 것이 제일 서러웠다.

"호랑이가 물어갔나. 애가 어디로 없어졌어."

"어머머. 정말 호랑이가 물어갔나? 어떡하지, 엄마 어떡해."

호랑이라는 말에 나미는 아예 소리내어 울어가며 동생을 애타게 불렀다.

"엄마야."

유미는 나무 꼭대기에 앉아 있었다. 바람이라도 세차게 불면 홀라당 떨어질 것처럼 위태위태해 보였다.

"에그머니나, 에그. 아니, 그 꼭대기까지 어떻게 올라갔니? 냉큼 내려오지 못해? 아유, 아니다. 아니야. 꼼짝 말고 게 있거라. 나미야, 가서 누구든 좀 불러와라. 누구든. 냉큼."

백 서방이 유미를 데리고 내려왔을 때야 알았다. 유미는 하도 울어

눈이 퉁퉁 부어 있었다.

"엄마, 나무 꼭대기에서도 서울이 안 보여."

"서울?"

"응, 나, 아빠 보고 싶어."

얼룩진 얼굴을 씻겨주며 금자는 목이 메어 말을 할 수 없었다. 참외 한 쪽 얻어먹고 싶어 아이들 근처에서 얼씬거리다 얻어맞고, 할머니한테 혼나고 엄마한테까지 야단맞고, 서러워 나무에 올라가 눈이 붓도록 운 아이.

"모두 다 나를 미워해. 엄마까지 나를 제일 미워해. 난 아빠한테 가고 싶어. 아빠는 날 제일 예뻐해."

"엄마가 왜 너를 미워하겠니. 이 바보야."

아이들이 열일곱 명이나 되니 군것질은 자기네 손자들에게만 주는 건 이해할 수 있었다. 하지만 딴애들이 빤히 보는 앞에서 어떻게 자기 아이들만 먹인단 말인가. 더군다나 어떻게 애를 발로 차면서 쫓는단 말인가.

금자는 시누이에게라도 이 말을 하고 싶었지만 꾹 참았다. 얹혀 살고 있는 주제에 무슨 말을 할 수 있단 말인가. 아이들 싸움이 어른 싸움 된다는 말도 서로 입장이 비등할 때 가능한 얘기다. 방 한 칸이라도 내주어 살고 있는 입장이니 아무리 서운하고 서러워도 그저 내 자식들만 나무라며 지내는 수밖에 없었다.

그래도 눈물이 나도록 친절한 사람은 옆집 복만네였다. 복만이 엄마는 수제비며 호박풀떼기를 가끔 해왔다. 의지가지없는 금자에게 그녀의 구수한 정은 가슴이 찡해 오도록 고마운 것이었다.

달이 휘영청 밝은 어느 날 밤이었다. 뒷간에 갔다 나오는데 다섯 아이들이 뒷간 앞에 웅크리고 앉아 있었다. 달빛 속에 쪼그리고 앉아 있는 애들은 마치 땅강아지들 같았다.

"애고고, 놀래라. 아니, 여긴 왜 나왔어?"

달이 밝아 금방 알아볼 수 있었지 만약 달이 없었다면 들짐승인 줄 알고 질겁을 했을 것이다.

"아, 여기 왜 나왔어?"

나미는 꼬맹이 은미까지 업고 있었다.

"유미가 우리 다 깨웠어. 엄마 도망갔다고."

"세상에. 아, 엄마가 가긴 어딜 가? 엄마가 너희들을 두고 어딜 가?"

"엄마가 그랬잖아. 도망간다고."

"감기 들어. 어여, 어여 들어가."

아이들에게 말을 함부로 할 게 아니다. 속이 상해서 도망간다는 말을 했더니 유미는 그 말을 곧이곧대로 듣고 밤잠도 제대로 자지 않으며 엄마를 지켰나 보다.

"엄마가 너희들을 두고 어디를 도망가니? 엄마는 너희들이 생명이야, 생명. 알아듣겠니?"

금자는 말을 하다 말고 코끝이 시큰거려 코를 휑 풀었다.

'내가 너희들을 두고 어딜 가겠니? 너희들 때문에 산단다. 너희들 때문에 독하게 맘을 먹고 지낸단다.'

그는 냉동에 잘 숨어 있을까. 행여 발각되지나 않았을까. 아이들이 다 잠이 들고 나면 그때부터 금자는 남편 걱정에 한숨이 저절로 나왔다. 다시 잡혀갔다 해도 알 길이 없다. 그저 잘 숨어 있으려니 하고 믿을 수밖에. 믿을 수밖에.

다음날 아침, 설거지를 후딱 해치우고, 금자는 아이들을 앞세우고 길을 나섰다. 양단치마 하나를 채곡채곡 접어 보자기에 싸들었다.

"와! 우리 집에 가는 거야?"

"장에 간다."

"나도?"

학중이가 눈을 휘둥그레 뜨며 물었다.

"물론이지. 다 가는 거야. 자, 나미는 은미 업어라."

"시장에 왜 가?"

"뭐 좀 살 게 있어서."

"뭐?"

"가보면 알아. 자, 신발 끈들 단단히 잘 매. 나미야, 동생들 신발 좀 잘 신겨줘라."

"멀어?"

"응, 한 십리는 걸어야 한다."

"십리가 먼 거야?"

"그래. 먼 거리다. 학중아, 넌 걸을 수 있지? 가다가 다리 아프면 엄마가 업어줄 테니 지금은 걷자. 응?"

"은밀 내가 어떻게 업고 가?"

나미가 상을 찡그렸다.

"그럼, 엄마 혼자 다녀올까?"

"아냐, 아냐."

엄마 혼자 간다는 소리에 나미가 냉큼 은미를 업었다. 개울도 건너고 아랫마을도 지났다. 요란스럽게 짖어대는 동네 개소리도 점점 멀어져 갔다. 논두렁을 한 줄로 서서 걸어갔다. 행여 뱀이 나올까 금자는 마음이 조마조마했지만 다행이 뱀이 나오지는 않았다.

"엄마, 찌, 찌, 메뚜찌."

학중이가 갑자기 소리를 질렀다. 영양 실조로 배가 불룩 나온 아이들에게 메뚜기를 구워 먹이면 용하게도 그 불룩하던 배가 푹 꺼졌다. 그래서 아이들은 메뚜기만 보면 소리를 질러가며 반가워했다.

"엄마, 찌, 찌."

"그래. 나중에 잡자. 지금은 시장에 가잖아."

논두렁을 지나니 확 트인 벌판이 나왔다. 농가도 보이지 않고 이제는 앞뒤 온통 벌판뿐, 그리고 그 위로 새파란 하늘이 그림처럼 펼쳐져 있었다.

"여기서 좀 쉬었다 가자."

어쩜 하늘색이 저리 파랄까. 어쩜. 하늘을 올려다본 지가 까마득하다. 하늘색이 푸른지 회색인지조차 모른 채 살아왔다. 매일매일 다섯 아이들 뒤치다꺼리 해가며 지나다보면 눈 깜짝할 사이에 해는 떨어지고 어둠이 찾아오곤 했다.

'이 세상에 파란색은 하늘뿐이에요.'

'그래요?'

'생각해 봐요. 무엇이 또 파란지.'

'정말, 하늘밖에 파란색이 없는 것 같네.'

불쑥, 장우석과 주고받던 말이 떠올랐다. 왼쪽 팔이라든가, 오른쪽 팔이라든가. 기차에 뛰어들어 팔이 으스러져 그 으스러진 팔을 쇠줄과 나사로 연결시켰단다.

'넌 어쩜 그리 독하니?'

죽을 때까지 다시는 그를 만나보지 않겠다는 금자에게 정림이가 머리를 내두르며 하던 말이다. 어쩜 그리 독하냐고. 그런가? 내가 독한가? 사랑이 식었다면, 감정이 완전히 없어져버렸다면, 만날 수도 있었을까. 만나서 그의 변명을 들을 수 있었을까. 한 번만, 꼭 한 번만 만나달라던 사람. 한 번만 만나주면 죽는 날까지 눈앞에 나타나지 않겠다던 사람. 만나주지 않으니 철길에 뛰어들었다는 사람. 어린 나이에 부모님이 정해 주신 혼사를 치르고 유학을 떠났다는, 그의 입장을 이해해 주었어야 했을까.

"엄마. 안 가?"

"아? 그래. 그래."

나미가 서둘렀다. 시장에 가서 무엇을 사는지 궁금한 모양이었다. 시장에 가서 양단치마를 주고 비누 두 개, 털실뭉치 셋. 그리고 나머지로는 몽땅 참외와 수박을 샀다. 비누와 털실은 핑계일 뿐, 아이들에게 과일을 실컷 먹이고 싶어 데리고 나온 것이다.

"엄마, 이거 언제 먹어?"

양손에 참외 하나씩을 들고 걸으면서 아이들이 연방 물었다.

"엄마, 인제 더 걷지 못하겠어. 발 아파."

"다리 아파."

아이들은 이제는 참외조차 귀찮다는 표정이었다.

"언제 먹어?"

"응, 인제 곧."

개울도 있고 나무 그늘도 있는 언덕. 시원하게 탁 트인 그곳에서 쉬고 싶었다. 그런 곳에서 잠시, 아주 잠시일지라도 세상 근심 다 떨쳐버리고 푸른 하늘도 실컷 올려다보고 싶었다. 주책이다. 다섯 아이들 엄마가 된 지금, 불쑥 파란 하늘에 장우석이 나타나다니!

"자, 여기다. 여기서 쉬었다 가자."

마침내 점찍어 놓은 장소가 나왔다. 영화 장면에 나오는 푸른 들판 같았다. 아이들이 개울로 달려가 손을 씻고 참외를 씻었다. 그리고 경주를 하듯 나무 밑으로 뛰어올라갔다.

"인제 먹어도 돼?"

"그럼."

"다 먹어도 돼?"

"물론이지. 참외 먹고 이 수박도 다 먹기다."

"야, 수박도 지금 먹는 거야?"

"물론이지, 우리 이거, 여기서 다 먹어치우는 거야."

"다 먹어치워?"

"그래. 배가 터지도록 우리가 다 먹어치우는 거야. 여기서. 말짱 다 먹기다."

히히히, 하하하, 아이들이 좋아 죽겠다는 듯 웃어젖혔다.

"천천히 먹기다. 여기는 아무도 없으니까 급히 먹을 필요 없어. 이거 다 너희들 거니깐, 천천히 먹기야. 급히 먹으면 체해. 알겠니?"

호박풀떼기도 없어 못 먹는 아이들이었다. 한참 먹어댈 아이들이 먹는 것이라곤 보리 밥 두 끼뿐이니 항상 게걸게걸했다. 해서 아이들은 툭하면 남의 밭에 들어가 옥수수, 감자 같은 것을 캐내 산에 올라가 구워 먹곤 했다. 어른들은 그런 아이들을 알면서도 모른 체했다. 아이들의 그런 도둑질은 묵인해 주는 시골 인심이었다.

서울이 수복되었다는 소식이 들려왔지만 금자는 움직일 생각을 하지 않았다. 남편이 그랬다. 어떤 소리에도 동요되지 말고 자기가 데리러 올 때까지 기다리라고.

"6·25 때처럼 알 게 뭡니까. 또 한두 달 안에 세상이 뒤집힐지, 지금은 그저 가만 있는 게 상책입니다."

백 서방 말이었다. 그 역시 서울로 돌아갈 생각조차 하지 않았다. 태극기를 흔들었다고 총살당하고, 인공기를 흔들었다고 총살당하는 세상이다. 아직은 모른다. 어떤 세상이 될지. 그저 인내심으로 견뎌야 한다. 밤골 마을은 신기할 정도로 낮과 밤이 전혀 딴세상이었다. 낮에는 국군 세상이고 밤에는 인민군 세상. 참으로 묘할 정도로 그 무시무시한 변화 속에서 마을은 평화스러울 정도로 한가했다.

낮에는 국군과 미군이 지프를 타고 왔다. 산자락을 끼고 옹기종이 모여 있는 자그마한 마을에 국군도 미군도 별로 할 일이 없었다. 뜰이 제일 큼직한 백씨네 마당에 차를 세우고 낮잠을 자기도 하고, 더러는 개울에 들어가 아이들과 가재를 잡기도 하며 시간을 보내고 어둠이 내리기도 전에 돌아갔다.

그들이 돌아가고 나면 산에서 마치 나무하러 갔다가 내려오는 동네 청년들처럼 빨치산들이 유유하게 내려왔다. 국군들은 빨치산들에 대해 전혀 묻지 않았다. 밤에 내려오느냐, 마을에서 밥을 해 먹이느냐, 아무것도 묻지 않았다. 그건 빨치산들도 마찬가지였다. 마을 사람들은 국군들에게도 빨치산들에게도 지극하게 정성껏 대했다. 사방이 깜깜한 밤중에 닭을 잡는 등 한바탕 잔치를 벌여 배불리 먹고 난 빨치산들은 모닥불을 펴놓고 멍석에 누운 채 코를 드르릉 드르렁거리며 잠을 자기도 했다.

"그래, 발가락 곪은 건 좀 났어?"

"그만합니다."

"이거 갖고 가 발라보라고. 된장에 깨를 짓이겨 버무린 건데, 곪은 데 십상이야."

상국이 할머니는 산사람에게 된장 약을 주기도 했다. 산사람. 그랬다. 마을사람들은 그들을 빨치산이니 공비니 인민군이니 이렇게 부르지 않고 산사람들이라 불렀다.

"오늘은 어째 짱구가 안 보이네."

"짱구는 당번이라 산 지킵니다."

"에그. 그럼 이 개떡 서너 개 싸줄 테니 갖다 줘."

그들은 개울가에 앉아 맨 엉덩이 바람으로 속옷, 발싸개를 빨기도 하고 아이들에게 빨치산 노래를 가르쳐주기도 했다.

"장백산 줄기줄기 피 어린 자국."

아이들이 툭하면 대낮에도 이 노래를 불러대 어른들이 질색을 하며 쥐어박곤 했지만 국군들은 못 들은 체했다. 아이들에게는 빨치산이나 국군이나 다 똑같이 그냥 아저씨들이었다. 산에서 내려오는 아저씨들도 마을에서 지프를 타고 오는 아저씨들도 아이들에게는 같이 놀아주는 반가운 친구들이었다.

방금 다리미질을 해 입고 나온 듯한 군복과 반짝반짝 윤이 나는 군화를 신은 군인들에 비해, 넝마를 걸친 듯 남루한 옷이며 너덜너덜한 신발이며 양말도 없어 발싸개로 둘둘 말아 발을 싸매고 다니는 산사람들이기에 마을사람들은 그들을 측은하게 여겨 밥 한 그릇이라도 더 주려 했다.

빨갱이들은 생사람을 아궁이에 처박아 넣고 불질러 죽이는 악마들이라는 소리를 귀가 아프도록 들어왔지만, 그들은 무시무시한 악마이기는 커녕, 애티를 벗지 못한 청년들이 대부분이었다. 그런 애송이들이 달빛 아래서 옷을 홀라당 벗고 웅크리고 앉아 빨래하는 모습을 보면 어딘가에서 저들의 어머니는 자식 걱정을 얼마나 하고 있을까 싶어 안쓰러웠다. 밥을 해주면 걸신들린 아이처럼 허겁지겁 퍼먹는 그들. 그들은 좋은 세상이 오면 이 신세를 반드시 갚겠다고 말했지만 마을 사람들은 좋은 세상이라는 게 도대체 어떤 세상인지 알지 못했고 알고 싶지도 않았다. 국군이든 산사람이든 마을 사람들이 보기에는 그저 착하고 순한 이웃동네 청년들 같았을 뿐이다.

그런 나날 속에 가을이 무르익었다. 가을이 깊어지자 뒷산은 온통 밤송이로 그득했다. 툭툭 불거져 땅에 떨어진 밤송이들을 손이 모자라 미처 다 줍지 못할 정도였다. 백씨 할머니는 떨어진 밤송이를 행여 누가 주워갈까 봐 안달을 했다. 그 밤나무들이 몽땅 자기네 것이건만 땅에 떨어진 밤 한 톨도 그렇게나 아까운지 아이들보고 뒷산에 얼씬도 말라고 눈을 부라렸다. 하지만 뒷산이 놀이터나 다름없는 아이들에게 할머니의 그 금지령이 먹혀들 리 없었다. 아이들은 할머니가 보는 앞에서는 분명 마당 앞에 흐르고 있는 개울을 건너 아랫마을로 갔지만 어느 틈에 뒷산에 올라가 있었다.

"이놈의 전쟁, 어서 끝나야지. 내가 내 명에 못 죽지, 못 죽어."

백씨 할머니는 시근덕거리며 부지깽이를 들고 뒷산으로 쫓아 올라가곤 하지만 아이들은 이제 병정놀이보다 할머니와 실랑이하는 게 더 재미있는지 날이 갈수록 더 극성을 부렸다.

어느 날 새벽이었다. 눈을 떠보니 유미가 없었다. 금자는 한밤중이든 새벽이든 눈이 떠지면 하나 둘 셋…… 잠자고 있는 아이들을 세어보는 버릇이 생겼다. 피난 와서부터 생긴 버릇이다. 얘가 자다 말고 이 꼭두새벽에 어디를 갔을까. 무서워서 뒷간에도 혼자 가지 못하는 애가 어딜 갔나. 뒷간에도 없었다. 분명 다섯 아이들이 다 잠드는 것을 보고 잠이 들었는데 없어져버렸다. 얘는 하여튼 내 속을 서늘하게 하는 데 뭐 있다니까. 어디부터 찾아봐야 하나. 하여튼 얘는 왜 이리 엉뚱한지 모르겠네. 아, 자다 말고 어디로 없어졌지? 새벽이라 제법 쌀쌀했다. 쌩한 냉기가 옷 속으로 솔솔 스며들었다.

뒷산에? 설마! 이 새벽에 산에 올라가지는 않았겠지. 그럼 개울에? 개울 속에 보름달이 들어 있다면서 달을 퍼내겠다고 난리 피우던 아이다. 그런가? 또 달을 퍼내 보겠다고 개울에 갔나? 물을 흐트러뜨리지 않고 아주 조심스럽게 퍼내면 표주박에 담길 거라며 다음 달 보름에는 꼭 퍼보겠다던 아이다. 그런가? 그래서 새벽같이 개울에 갔나? 아무도 없을 때 해보려고? 앞마당을 가로질러 개울로 나가려는데, "엄마." 홀연 돌담을 끼고 유미가 들어왔다.

"엄마, 이거."

유미는 배시시 웃으며 소쿠리를 내밀었다. 금자는 하도 어이가 없어 말도 나오지 않았다.

"세상에. 이 새벽에 산에 올라가다니! 호랑이 나오면 어쩌려고."

"호랑이 없대. 산 아저씨들한테 물어봤어. 아주 깊은 산 속에도 호랑이 없대."

"세상에, 하여튼 내가 너 때문에 못 살아. 절대로 밤송이 줍지 말라고 했잖아?"

"떨어진 것 줍는 거야 어때? 나무에 올라가 따지 않았어. 정말야. 떨어진 것만 주웠다고."

"에그. 이 철딱서니야. 넌 왜 이렇게 엉뚱한 짓을 하니. 어여, 들어와. 감기 들었겠다."

"엄마, 이거 말야. 아무도 먹으면 안 돼."

"그럼 왜 주워 왔어? 이 꼭두새벽에 나가서."

"이거 말야. 잘 까서 꼭꼭 항아리에 넣었다가 아빠 갖다 줄 거야."

"아빠?"

"응, 아빠 밤 좋아하잖아? 아빠가 군밤 잘 사왔잖아. 나 말야. 새벽마다 산에 올라가 주워 올 거야. 지금은 할머니가 산에 없어."

유미는 무엇이든 예쁜 거, 맛 있는 거는 다 아빠 것이었다. 빨갛게 익은 석류를 보아도 아빠. 잘 익은 옥수수를 보아도 아빠였다.

"너. 엄마 말 들어. 할머니한테 들키면 엄마가 혼난다고. 알았어? 엄마가 혼난단 말야."

"엄마, 나, 약속 안할래. 약속 못해. 새벽에는 할머니도 자. 난 항아리 가득 찰 때까지 주워올 테야. 엄마가 안 된다 해도 주워올 거라고."

유미는 결심을 단단히 했다는 듯 눈을 동그랗게 뜨고 입을 한일자로 꽉 다물었다.

"엄마, 할머니 만났다."

하루는 밤송이를 한아름 안고 내려온 유미가 재미있어 죽겠다는 듯 킬킬킬 웃어가며 말했다.

"아이고. 그 어른도 참, 못 말리는 어른이네."

새벽에 산에 올라가다니, 어린애가 밤송이 주워가는 게 아까워 산에 올라가다니.

"혼났지?"

"나보고 극성맞은 년이래."

유미는 욕을 먹고도 재미있는지 생글거렸다.

"엄마. 할머니는 욕쟁이다, 그치? 어른이 왜 그래? 극성맞은 년이래, 글쎄."

유미는 "년." 소리를 들은 게 속상하기보다 재미있다는 표정이었다. 단 한 번도 엄마나 아빠한테서 "년." 소리를 들어본 적이 없기 때문에 그 소리가 오히려 아주 신기한 모양이었다.

야단을 맞아가면서도 유미는 기어코 항아리 목이 미어질 때까지 밤톨을 채웠다. 세톨박이는 행여 누가 먹어치울까 봐 따로 간수했다.

「붉었던 서울」

어느 날이었다. 방 윗목에 옷장으로 사용하는 사과 궤짝 밑을 쓸 때였다. 빗자루에 뭔가가 걸렸다. 둘둘둘 말려 있는 신문지가 쓸려나왔다.

금자는 빗자루를 내려놓고 벽에 등을 기댄 채 신문지 뭉치를 풀었다. 세상에, 이게 웬 돈일까. 세상에. 이게 도대체 어디서 생긴 걸까. 내가 여기에 돈을 넣어둔 적이 없는데. 이상도 해라.

"나미야."

급할 때면 으레 나미를 부르게 된다. 감나무 밑에서 은미와 학중이를 데리고 놀고 있던 나미가 왜? 하며 윗몸을 일으켰다.

"이리 좀 와봐라."

"왜?"

"이거, 궤짝 밑에서 나온 건데, 너, 이게 뭔지 알아?"

"어머나. 궤짝 밑에서 돈이 나왔단 말야?"

나미는 아주 신기하다는 듯 눈을 동그랗게 뜨며 돈을 만져보려 했다.

"몰라?"

"아유, 내가 어떻게 알아?"

"유미는 어디 있니?"

"몰라."

"어디 갔어?"

"내가 어떻게 알아?"

"네 동생인데 네가 모르면 어떡해? 나가 찾아와."

"어디 가 찾아. 걘, 눈 깜짝할 사이에 없어져. 나하고는 안 놀아."

"어서 좀 나가 봐라."

"걘, 이 근처에서 안 논단 말야."

"어서 나가 찾아봐라. 골목 밖으로 좀 나가봐."

"엄마는, 걔가 어디 갔는지 내가 어떻게 알아."

나미는 골목이 끝나는 곳까지 나갔다가 냉큼 돌아와 문 앞에 그냥 쪼그리고 앉았다. 유미가 어디로 갔는지 내가 어떻게 안담. 내가 언니가 아니었다면 얼마나 좋을까. 유미가 없어질 때마다 엄마는 늘 나만 야단 친다. 유미는 참 이상한 애다. 이 동네 애들하고 잘 논다. 더럽고 냄새 나는 아이들이 뭐가 좋다고 그 애들과 매일 몰려다닌다. '니 밥 묵었나?' 말투도 여기 아이들 말투를 흉내 낸다. 참 이상한 아이다. 자존심도 없다. 하여튼 간에, 툭하면 없어져 늘 나만 골탕 먹인다. 포천에서 살 때가 좋았다. 밤골이 여기보다 훨씬 좋았다. 거긴 산도 있고 개울도 있었다. 개울에서는 가재를 잡을 수 있고 산에는 색색가지 들꽃이 잡풀처럼 피어 있었다.

산 밑에 집, 그 집에 사는 용국이가 꽃다발을 한 묶음 만들어주기도 했었다. 이거 하면서 내밀던 용국이. 꽃다발이 어찌나 큰지 용국이 얼굴은 전혀 보이지 않고 마치 꽃다발이 걸어서 온 듯 싶을 정도였다.

병정놀이, 거지놀이도 했었다. 동산으로 들판으로 뛰어다니며 놀다 배가 고프면 남의 밭에 들어가 감자도 캐 구워 먹곤 했었다. 메뚜기를 누가 많이 잡나 시합도 했었다. 어떤 날은 용국이가 자기가 잡은 메뚜기를 몰래 다 주워 나미가 일등을 하기도 했었다. 산에서 내려오는 아저씨들도 참 좋았다. 산 아저씨들 중에 키가 제일 작은 꼬마 아저씨는 어느 날, 내의를 벗고 이를 잡다가 엄마가 보고 싶다며 울었다.

"어머. 아저씨도 엄마가 있어요?"

그때 나미는 그 산에서 내려오는 사람들에게도 엄마가 있다는 게 너무 신기해 이렇게 물었었다.

"물론이지. 엄마가 계시고말고."

"어디?"

"저기, 저 북쪽에."

"근데 왜 엄마한테 안 가고 산에서 살아? 엄마 보고 싶지도 않아?"

"왜 안 보고 싶어. 보고 싶지, 많이많이 보고 싶지."

그 말을 하다 울어버렸다. 어린애처럼 꼬마 아저씨가 어찌나 우는지 나미도 덩달아 같이 울었었다. 그곳이 여기보다 훨씬 좋았다. 여기는 개천에서 썩은 냄새가 코를 찌른다. 동네 아이들 옆에만 가도 냄새가 지독하다. 여기 애들은 옷도 안 갈아입고, 이빨도 안 닦는가 보다. 하여튼간에 나미는 대구가 싫었다. 병정놀이를 하면 해가 떨어지는 줄 모르게 재미있었다. 거지놀이도 했었다. 거지놀이는 유미가 생각해 낸 우스운 놀이였지만, 참 재미있었다.

"거지놀이? 그건 어떻게 하는 건데?"

"편을 갈라서 누가 많이 얻어오는가 시합하는 거지."

"진짜 거지처럼 군단 말야?"

"그래."

"바보야. 동네 사람들이 우리를 다 아는데 어떻게 거지 노릇을 하니?"

"누가 이 동네에서 한대? 건넛마을에 가야지."

"난, 싫어. 난 안할래."

"언니 싫음 관둬. 우리끼리 간다."

금동이와 애들 모두가 건넛마을로 간다는 데 혼자만 남을 수도 없어 나미는 따라나섰지만 차마 남의 집에 들어가 거지 노릇을 할 수는 없었다.

"이번만 봐줘. 다음엔 내가 꼭 들어갈게. 정말 다음 집에는 내가 들어갈게."

하지만 나미는 다음 집 앞에 오면 또 발이 떨어지지 않아 냉큼 나무 뒤로 숨거나 바위 뒤로 숨곤 했다.

"언니, 한번 해봐. 참 재밌다. 연습해 봐. 자, 이렇게 '서울에서 온 피난민인데요. 아버지가 안 계세요. 뭐든지 먹을 것 좀 주세요.' 그러면 뭐든지 준다. 호박도 주고 감자도 주고 고추도 주고, 어떤 집에서는 수수, 조 같은 것도 줬다."

"난, 아유, 난 못해. 정말 못하겠어."

"그런 법이 어디 있어? 내가 세 번이나 얻어왔으니까 인제는 언니 차례야."

그날 유미는 별의별 것을 다 얻어왔다. 장님 혼자 사는 집에 들어갔다가 낑낑거리며 제 머리통보다 더 큰 박을 들고 나오기도 했다.

"아니 웬 박은?"

"뒤에 가서 딱 하나만 따가라 하더라고. 그래서 이왕이면 제일 큰 거로 따왔지 뭐."

그때가 참 재미있었다. 하여튼 간에 이애가 어디 갔나. 어디 가서 유미를 찾는담.

포천에서 서울로 돌아왔을 때, 이제는 다 끝난 전쟁인 줄 알았다. 미군이 들어왔으니 상대도 안 되는 게임이라며 사람들은 좋아했다. 그러나 중공군이 인민군에 합세하자 다시 서울을 비워야 했고, 이번에는 그야말로 일가 친척 한 명 없는 막막한 곳으로 무작정 떠나야 했다.

대구에 누가 있어 주저앉은 게 아니다. 부산은 대구보다 물가가 훨씬 비싸다기에 대구로 정한 것이다. 방을 구하지 못하면 피난민 천막이 쳐져 있는 수성천으로 가는 수밖에 없다는 각오로 기차에서 내려 헤매다 얻은 방이 칠성동 구석, 허름한 집의 자그만 방이었다.

땅거미가 질 무렵 나타난 유미는 어디를 어떻게 쏘다녔는지 머리카락과 눈썹이 뽀얗도록 먼지를 뒤집어쓰고 있었다.

"이리 와봐라."

"왜?"

"이리 와봐."

엄마가 먼저 방으로 들어갔다.

"엄마, 나 세수 좀 하고."

유미가 쪼르르 우물가로 달려갔다.

"빨리 씻고 들어와."

수건으로 얼굴을 문질러가며 방에 들어오던 유미가 윗목에 놓여 있어야 할 사과 궤짝이 옮겨져 있는 것은 보는 순간, 토끼 눈이 되어 입을 딱 벌였다.

"이거 뭔 줄 아니? 언니는 모른대요. 너는 아니?"

"……."

"이거 뭔 줄 아니?"

금자가 꼬깃꼬깃 접혀 있는 돈을 유미 코앞에 들이밀었다. 설마, 설마 이애가 도둑놀이를 한 건 아니겠지. 거지놀이도 생각해 낸 아이다.

하지만 설마.

"알아, 몰라."

"음."

안다, 모른다도 아니고 유미는 입을 한일자로 꼭 다물고 연방 음, 음, 소리만 냈다.

"곧이곧대로 말해야 한다. 거짓말을 하면 오늘 엄마한테 혼날 줄 알아."

"음."

유미는 손톱을 물어뜯기 시작했다. 당황하거나 초조할 때 하는 버릇이었다.

"이거 어디서 났어?"

"음. 거시기, 그러니까. 음……."

"혼나기 전에 바른 대로 말해."

"음."

절대로 말을 할 수 없다는 듯 유미는 입을 더 오므렸다.

"어디서 난 거야? 말 못해? 나미야, 나가서 싸리빗자루 집어와라."

"말할게. 말할게. 엄마. 말 다 할게."

"어디서 났어?"

"음. 엄마, 절대로 화내지 않는다고 약속하면 내가 다 말할게."

"어서 말해 봐."

"먼저 약속해야 해. 절대로 화 안 낸다고."

"알았다니깐. 어여 말이나 해봐."

"내가 번 돈이야."

"뭐야?"

금자는 자신의 귀를 의심했다. 하지만 분명 유미는 자기가 번 돈이라 했다. 동네 애들과 놀더니 애가 이제는 거짓말도 시키나? 하지만 유미

눈동자는 거짓말 시키는 아이 눈동자가 아니었다. 아주 자랑스럽다는 듯, 동그란 눈을 더 동그랗고 뜨고 생글생글 웃기까지 했다.

"나 말야. 오늘도 이만큼 벌었어."

유미는 양쪽 바지주머니를 홀라당 뒤집어 돈을 방바닥에 쏟아놓았다. 지폐도 나오고 동전도 나왔다.

"복순이도 만식이도 아침마다 없어지잖아. 같이 놀 애가 한 명도 없잖아. 그래서 애들을 좇아가 봤어."

동네 애들이 시장으로 엿을 받으러 갔다. 백 원을 주면 엿을 열 일곱 개 주었다. 아이들은 그 엿을 목판에 가지런히 놓고 헤어졌다.

"와, 니도 엿장수 할라꼬?"

하루종일 졸졸 따라다니는 유미에게 복순이가 물었다.

"그래. 나도 헐란다."

"서울 가시나가 장살 워째 하노."

"와 못해. 니도 하는데."

순이는 목욕탕 앞에 목판을 내려놓고 기다리다가 사람이 나오면 주르르 달려가 목판을 내밀었다. 사람들은 순이를 본 척도 안하고 그냥 가버렸지만, 순이는 사람이 나올 때마다 또 달려가곤 했다. 그러다 엿을 사먹는 아줌마가 있으면 그 자리를 떠났다. 목욕탕에서 미장원, 미장원에서 복덕방으로, 이렇게 쏘다니면서 엿 열일곱 개를 몽땅 팔았다.

"내일부터 나도 헐란다."

"돈 있나?"

"니, 나 백 원만 꿔주라."

"정말이가? 니도 엿장사 해볼라꼬?"

"그래. 해볼란다."

이튿날, 유미는 순이에게 백 원을 꿔서 엿을 받았다. 목판은 엿 집에서 빌려주었다.

"나 쫓아오면 안 된데이. 니는 따로 가그라."

'내가 바본가. 내가 절 쫓아갈 줄 알았나. 둘이 다니면 엿을 어떻게 팔아. 같이 가자 해도 난 안 간다고.'

유미는 엿이 가지런히 놓인 목판을 딴 애들이 하는 것처럼 목에 걸었다. 그리고 대구역 쪽으로 걷기 시작했다. 칠성동에서 대구역까지는 엄청 먼 거리지만, 시장은 만식이가, 목욕탕은 복순이가, 이런 식으로 구역이 다 정해져 있으니 멀리 가는 수밖에 없었다.

대구역에는 마침 행진하던 군인들이 쉬고 있는 참이었다. 군인 아저씨들이 어림잡아 백 명도 넘는 것 같았다.

"군인 아저씨. 내 엿 사주세요."

유미는 과일 장사들이 '내 사과 사이소', '내 배 사이소' 하는 말투를 흉내 내어 '내 엿 사주세요' 했다.

순식간에 엿 열일곱 개가 싹 없어졌다. '피난 왔구나' 하면서 머리를 쓰다듬어 주는 군인 아저씨도 있었다.

어쩐담. 엿이 백 개가 있어도 금방 없어지겠다. 유미는 속이 상해 발을 동동 구르고 싶었다. 백칠십 원을 들고 뛰었다. 헉헉 숨이 턱에 차오도록 급히 달렸다. 빨리 엿을 더 받아다 팔고 싶었다. 군인 아저씨들이 역 앞에서 떠나기 전에 다시 오고 싶었다. 백칠십 원에 엿을 몇 개나 줄까? 뛰면서도 유미는 이게 몹시 궁금했다. 백 원에 열일곱 개니까, 백칠십 원에는 몇 개일까. 하루 또 하루 돈이 불어났다. 가는 곳마다 사람들은 엿을 잘 사주었다. 피난 온 애구나, 서울에서 왔구나 하면서 쯧쯧 혀를 차는 사람들도 있었다.

돈이 점점 불어났다. 처음에는 주머니에 꾹꾹 찔러 넣고 다녔지만 며칠이 지나자 이제는 어딘가에 옮겨놓아야 할 정도로 많아졌다. 서랍 달린 옷장이 없으니 도무지 돈을 넣어둘 만한 곳이 없었다. 그래서 생각해 낸 곳이 사과 궤짝 밑이었다.

"내가 순이보다, 만식이보다 더 많이 팔았다."

유미는 재미있어 죽겠다는 듯 한참을 떠들고 나서 엄마 얼굴을 빤히 바라보았다.

엿장사를 하다니! 엉뚱한 생각에 엉뚱한 행동을 하는 게 꼭 자기 아버지다. 금자는 무서운 표정을 하고 따끔하게 야단을 치고 싶은데 저절로 웃음이 터져버렸다.

"아유. 창피해. 아유. 난 재 때문에 창피해 죽겠어."

나미가 울상을 했다.

"엿장사를 하다니, 아유, 난 몰라. 창피하단 말야. 거지처럼 목판을 걸고 엿 사세요, 내 엿 사주세요, 했단 말야? 아유, 아유, 아유. 난 몰라."

"거지는 왜 거지야? 장사하는 게 왜 거지야? 뭐가 창피해?"

유미가 샐쭉한 눈을 해가며 언니에게 대들었다.

"맨날 창피하대. 내가 애들하고 노는 것도 창피하대. 애들이 언니 때려준다는 걸, 내가 말렸다고. 언닌, 그거 알기나 해? 애들이 언니 얼마나 미워하는지 알아? 언니가 애들을 거지 취급하니까 걔네들이 언니 미워한단 말야."

"아유. 깡통만 안 찼을 뿐이지, 걔네들이 거지지 뭐."

"걔네들이 얼마나 맘이 착한데, 걔네들이 왜 거지야. 엄마도 있고 아버지도 있는데 왜 거지야?"

"더럽잖아. 아유, 옆에만 가도 비린 냄새, 구린 냄새가 풀풀 나는 걸."

"나미야. 거지라고 말하면 못 쓴다. 가난한 집 애들이지만, 거지는 아니지."

"난, 이 동네 싫어. 개천 냄새도 토할 것 같아. 더러워. 싫단 말야. 이 동네 애들도 다 싫단 말야."

나미가 울기 시작했다. 오래오래 참고 있었던 설움이 한꺼번에 터져

올라오는지 아예 방바닥에 엎어져 서럽게 엉엉 소리를 내며 울었다. 하기야 분홍 실크 토슈즈를 신고 무용 연구소에 다니던 아이가, 어느 날 갑자기 오물 썩은 냄새가 진동하는 동네에 와서, 얼굴이고 손이고 땟자국이 밴질밴질한 아이들 틈에 섞여 지내려니 슬프기도 하겠지. 그래도 여태껏 내색 안하고 참아온 게 용했다. 금자는 어깨를 들먹이며 울고 있는 나미 등을 쓰다듬어 주었다.

"피난 와 있잖아. 천막에서 살고 있는 사람들도 있지 않니. 착하지. 조금만 참으면, 집에 가게 될 거야."

"언제? 언제 가? 난 여기 싫단 말야."

"그래. 그래. 안다. 자, 그만 울어."

그래. 나도 울고 싶다. 나도 이 역겨운 냄새 나는 동네에 살고 싶지 않단다. 하지만 나미야. 어떡하니. 그래도 이 방이라도 구했으니 천만다행이지. 이 추운 겨울에 수성천 천막에서 살지 않고 있는 것만도 감사해야지.

"엄마. 어떤 날은 말야. 하루에 세 탕도 뛰었다."

유미는 자기 언니가 왜 그리 쉽게 우는지 통 알 수 없다는 표정으로, 한 탕이다, 세 탕이다, 해가며 신이 나서 계속 종알거렸다.

"엄마, 이 돈으로 우리 운동화 사자. 응? 운동화 다섯 개 살 수 있어?"

"엄마가 운동화 안 사줄까 봐, 그러니까 넌 새 운동화 신고 싶어서 엿장사 했단 말야?"

방바닥에 엎드려 서럽게 울고 있던 나미가 소리를 지르며 동생을 노려봤다.

"재밌어서 했어. 너무 재밌어. 언니도 해봐. 재밌어."

"밤골에서는 거지놀이 하더니, 여기선 엿장사하고, 하여튼 난 너 땜에 죽겠어, 창피해 죽겠다고."

"엿장사는 오늘로 끝이다. 다음주부터는 학교에 가야 한다. 엄마가 학교 알아봤으니 이제 학교 다녀야 해. 알았지? 엿장사는 오늘로 끝이다."

"나도 인제 안하려고 했어."

"건, 왜?"

"애들이 싫어해. 지네들보다 내가 더 많이 파니까 나를 미워해."

"하여튼 엄마하고 약속하는 거다. 다시는 엿장사 안하기로."

금자는 칠성동에서, 방천동으로 방천동에서 달성동으로 그리고 또 동인동으로 옮겨 다녔다. 아이들 때문에 조금이라도 나은 동네로 이사를 다녀야 했다.

"여보."

우물가에서 빨래를 하고 있을 때였다. 남편이 지게꾼을 앞세우고 들어왔다. 군복이며 군화, 모자에 허옇게 먼지가 앉아 있었다.

"웬 떡은?"

"오다가 샀지. 당신 떡보잖아."

"군인 나리가 글쎄 떡을 시루째 사셨답니다."

시루를 내려놓으며 지게꾼이 히히히 웃었다. 그는 떡을 사도 시루째, 메밀묵을 사도 목판째 사기 일쑤다. 무엇이든 아예 몽땅 그릇째 사버리기 선수다. 한번 종군작가로 전선에 나가면 두어 주일, 어떤 때는 석 주일이 넘게 걸릴 때도 있다. 물론 그동안 소식은 전혀 모르고 지낸다. 그저 때가 되면 오겠거니, 하고 기다릴 뿐이다. 종군작가는 정규 대우나 보급이 있는 것이 아니다. 그들은 무등병 처지에 무등병 복무를 하고 있다. 또 출동의 전속 배치가 있는 것이 아니어서 부정기적이다.

'불행한 조국과 고민하는 겨레와 더불어 총 대신 펜으로'라는 기치 아래 모인 문인들이 종군작가단을 결성한 것이다.

종군하는 작가에게 지급되는 출동비는 300원. 대구에서 서울 가는 여비가 될까 말까 한 돈이다. 그러지 않아도 가난이 낀 문인 살림에 보탬은커녕 오히려 구멍을 낼 정도다. 그래도 그는 전선에 나갈 기회가 생기면 만사 제쳐놓고 달려가곤 했다. 이번에는 박영준과 동부 전선에 다녀오는 길이었다.

"종군을 한답시고 전선 사단 홍보실에서 듣고 오는 이야기를 긁적대는 작자들이 더러 있더군."

"그래서야 작품 취재란 말이 낯간지럽지. 그러니까 욕먹지. 우린 갈 수 있는 데까지 가보자고."

"물론, 나도 그럴 생각이야. 최전방까지 가보자고."

남편이 박영준과 주고받는 말, '최전방까지'를 들으며 금자는 가슴이 서늘했었다. 그래서 그가 떠나기 전 조심스럽게 당부했었다.

"당신, 아이들 생각해서 몸조심하세요."

"아이들만 생각하라고? 당신은 어떡하고? 당신은 내가 없어져도 걱정 없다, 이 말인가?"

그가 가볍게 농으로 말을 받았다.

"나, 지금 아주 심각하다고요. 당신 아까 박영준 씨와 말하는 거 다 들었다고요. 최전방까지 간다면서? 총알이 쌩쌩 날아오는 곳까지 가겠단 말예요? 제발 그런 무모한 짓은 마세요."

"말야. 일본 작가들이 우리를 굉장히 부러워한대요."

"건, 또 무슨 말?"

"전쟁 중에 기막힌 작품이 나올 수 있다는 뜻이지. 그러니까 기회가 올 때마다 열심히 최전선까지 가봐야 하는 거 아니겠어? 아님, 종군작가란 말이 무색하지 않아? 전선 사단 홍보실에서 시시덕거리다가 돌아와 거기서 주워들은 소리를 써대는 작가들처럼 나도 그렇게 비굴한 놈이면 좋겠소?"

종군작가는 신문기자들처럼 전선에 다녀온 기록을 그 이튿날 기사로 써내야 하는 것도 아니다. 전선 메보가 하나의 소재로서 작품화되기엔 한 달이 걸릴지, 일 년이 걸릴지, 십 년이 걸릴지 아니, 영영 작가의 뇌리나 가슴속에 묻혀버릴지도 모르는 일이었다.

'기다림. 기다릴 수 있는 대상이 있다는 건 행복한 일이다.'

금자는 그가 떠나면 늘 이런 말로 자신을 위로하며 지냈다.

'지금은 군인들을 따라 안전지대까지 다녀오는 것이니 포천에서 맘 끓이고 있을 때보다야 백 번 낫지.'

그때는 남편이 냉동에 잘 숨어 있는지, 아니면 발각되어 총살을 당했는지, 소식을 전혀 알 길 없으니 애간장이 탔었다.

'그래도 나는 얼마나 다행인가. 기다리면 반드시 그가 돌아와 주니까.'

계호 남편, 이영수는 영영 돌아오지 않았다. 북으로 잡혀가다가 폭격을 만나 용하게 도망쳐 나온 사람들도 있건만, 그는 북으로 끌려갔는지 끌려가기 전에 이미 총살을 당했는지 알 길이 없었다. 줄에 묶여 북으로 끌려가다가 도망쳐 나온 만화가 김춘식은 그 대열에 안진상 감독도 있었다고 했다. 그는 영수의 시나리오 「육탄 삼용사」를 거의 끝내가다가 6·25를 만난 것이었다.

"이영수, 죽이지 않을 게요. 기술자니까, 그 사람들이 바보가 아니라고. 총알 만드는 공장 사장을 죽일 리 없지. 그들은 이용 가치가 있는 사람은 우대해 준다고."

계호는 형부가 하는 이 말이 마치 진리이기라도 한 듯, 그 말을 믿었다. 절대 죽이지는 않았을 거라고. 그러니까 삼팔선이 무너지는 날이면 반드시 돌아올 거라고.

영수는 대구방송국에서 드라마를 쓰고 연출을 해가며 생활비를 벌고 금자는 일주일에 한 번씩 부산에 내려가 어린이 노래 시간을 녹음하고 돌아왔다. 만원 기차에 시달리며 다녀오면 파김치가 되었지만, 방송국에서 배급 쌀을 주니 중앙방송국이 부산보다 더 먼 곳으로 옮겨갔다 해도 어쩌는 수 없었다. 영수는 매일같이 60매 분량의 드라마를 써야 했다. 하루도 거르지 않고 60매 분량을 써낸다는 건 피를 말리는 작업이지만, 다섯 자식들 굶기지 않으려면 60매든 600매든 써내야 했다. 드라마를 쓸 줄 알고 연출도 할 줄 안다는 게 피난통에 이처럼 든든한 밥줄이 될 줄 미처 몰랐다.

학교에라도 나가본 적 있는 문인들은 학원 강사라도 해가며 연명했지만, 그것도 하지 못하는 문인들은 그야말로 입에 거미줄 칠 정도였다. 시인 이형구 형의 아내는 양키 시장 바닥에서 미제 군복을 판다. 껌, 초콜릿 같은 것을 팔고 있는 영화배우도 있다. 일급 영화배우든 시인이든 학자든 작가든 피난처에서는 너도나도 밥벌이 문제 앞에 어쩌는 도리가 없었다. 뜻과 마음은 하늘처럼 높아도 당장 식구들에게 시래기죽도 끓여먹을 수 없으면 어쩔 것인가. 칠순이 넘은 문단 선배 한 분은 영양실조에 걸려 움직일 기력도 없이 누워 있다. 아무리 어려운 형편이지만 보리쌀이라도 팔아다 드려야 된다며 소설가 장덕조가 한푼 두푼을 거둘 때 선배도 울고 후배도 울었다.

영수는 매일같이 새벽 3시면 일어나 밥상 앞에 앉았다. 어떤 날은 아예 방송국에서 자기도 했다. 글이 풀리지 않을 때는 녹화 들어가기 마지막 순간까지 글을 써야 했다. 글을 쓴다기보다 식구들을 굶기지 않기 위해서 사각형 칸을 메우고 있다는 것이 더 정확한 표현이었다.

원고를 끝내면 서둘러 우달수가 급히 프린트를 했다. 손이 딸리니 프린트뿐 아니라 효과며 음악도 그가 담당했다. 성우는 박현숙과 유덕훈이 도맡아 하다시피 했다. 그 두 사람이 부산으로 가지 않고 대구로 피난 온 것이 천만다행이었다. 어떤 역이든 소화시켜 낼 수 있는 성우가 있다는 건, 작가에게 크나큰 재산이었다.

"이거, 이거 ,누구야? 아니, 현……숙, 박현숙 아냐?"

어느 날, 점심을 먹고 방송국으로 들어올 때였다. 방송국 정문 앞, 벽에 기대어 졸고 있는 여자가 있었다. 옆으로 구부러져 있는 몸이 땅바닥에 닿을까 말까 했다. 지나치면서 무심히 그녀를 바라보던 영수 발길이 뚝 멈추었다.

"현숙아, 박현숙."

"선생님."

눈을 뜨고 사람이 보이는지 보이지 않는지 멍한 시선으로 한참을 올려다보던 현숙이 영수를 알아보는 순간, 울음부터 터뜨렸다. 평양에서 서울로 공부를 와 있던 중 난리를 만난 것이다. 기숙사 친구들은 부리나케 고향으로 갔지만 현숙은 고향으로 갈 수도 없는 처지가 되어버렸다. 보퉁이를 꾸렸다. 그리고 무작정 남으로, 남으로 내려가는 피난 행렬 뒤를 좇았다. 어쨌든 방송국이 있는 곳까지 가자. 나는 방송국 성우 시험에 합격해 방송극을 하던 성우니까, 거기까지만 가면 먹고 살 길이 있겠지. 정동방송국이 부산으로 내려갔으니까, 거기까지 가자. 그곳에만 가면 아는 얼굴이 있겠지. 거기 가면 살 길이 있겠지. 현숙은 걸었다. 다리가 팅팅 붓고 발이 까져 더 걷지 못할 때까지 걷고 또 걸었다.

밤이 되면 이 집 저 집 문을 두드렸다. 난리통이지만 시골 인심은 아직도 후해서 밥도 주고 잠도 재워주는 사람들이 있었다. 어떤 노파는 까진 발바닥에 기름을 발라주기도 했다.

"신발을 그냥 신지 말고, 신기 전에 바닥에 이 기름을 흠뻑 묻히고 신어. 그래야 발이 덜 까져."

"할머니는 피난 안 가세요?"

"아, 이 늙은이가 가긴 어딜 가? 길 나서봐야 자식놈들한테 짐이나 되지. 그래서 내가 고집 피웠어. 난 죽어도 집에 앉아 죽고 싶다고."

정말 할머니가 고집을 부려 가지 않은 것인지, 아니면 자식들이 집

지키라고 떨구고 간 것인지 알 수 없는 노릇이지만 할머니는 말했다. 설마 그쪽 세상이 된다 해도 할망구를 죽이겠는가고. 저놈들도 어미가 있고 할머니가 있는 인간들 아니겠는가고.

그래. 그러길 바란다. 그래주길 빈다. 그들도 어머니가 있고 할머니가 있는 사람들이다. 북쪽 사람들이라고 하나같이 사람 죽이기를 개 죽이듯 하는 야만인들이 아니다. 거기도 인정이 있고 사랑이 있고 눈물이 있다.

'아아 아. 이제 더 이상은 걷지 못하겠다. 죽으면 죽었지 부산까지는 걸어가지 못하겠다.'

아주 멀리 방송국 안테나가 보이는 순간부터 두 다리에 맥이 빠져 자꾸 꺾였다. 일어나 두세 걸음 떼다가 또 주저앉고, 또 주저앉고…… 그렇게 대구방송국 앞에까지 다다랐을 때는 정신이 가물가물해 오고 나른하게 졸음이 밀려왔다. 방송국 안으로 걸어들어갈 기운조차 없었다. 푹 고꾸라지듯 주저앉았다. 그리고 누군가 이름을 부르는 소리에 깨어났다.

'김영수 선생님. 이제 살았다. 이제 나는 살았다.'

영수는 때로 글을 쓰다 말고 원고지 매수를 세어볼 때면 한숨이 저절로 나왔다. 밥이 되든 밥이 되지 않든 그저 쓴다는 것 하나에 무게를 두고, 쓴다는 그 자체가 흡족해서 글을 쓸 수는 없을까. 쓴다는 것이 밥 먹는 수단이라는 건, 얼마나 가혹한 형벌인가. 얼마나 잔인한 고문인가.

'작품을 쓰고 싶어서 쓰는 때도 있었지만 쓰고 싶지 않아도 쓰지 않으면 안 될 때가 더 많았다. 그것은 말할 것도 없이 극단을 운영하는데 협조하자는 의도에서였다. 근 30명이나 되는 극단원이 흥행이 여의치 못해서 생활의 위협을 받는다는 건, 작가인 나로서는 왜 그런지 제일 먼저 무거운 책임을 느끼지 않을 수 없었다.

「반역자」의 첫 막, 또는 끝막에 가서 신파적 요소가 내포되어 있는 것은 이러한 고뇌에서 시작된 결과다. 희곡이 가진 문학성을 냉철히 생각할 때, 나는 「오남매」, 「여사장」, 「가로등」, 「반역자」, 「사육신」 등등, 나의 작품들에 불만 있는 데가 한두 군데가 아니다.

그러나 지금 이 글을 쓰고 있는 나는 어느 단체에도 구속을 받지 않는 자유로운 입장에 서 있는 행복한 작가가 된 지 벌써 넉 달이 넘는다. 나는 이제 전속작가도 아니요, 그러니까 마음에 없는 신파 연극을 강제로 쓸 하등의 의무도 없다.

나는 당분간 남의 작품을 읽고 남의 연극을 구경할 시간을 충분히 가질 생각이다. 그래서 일 년에 하나고 십 년에 하나고 무게 있고 값있는 작품을 쓸 생각이다. 극단이 모두 신파 극단 판이 되고 연극 모리배의 난장판이 된다면 나는 쓰고 싶은 때 써서 깊숙이 서랍 속에 넣어두고 때를 기다리는 인내성을 가져야겠다.'

—「혈맥」 서문, 1949년 4월 23일

'자유로운 입장에 서 있는 행복한 작가. 쓰고 싶은 것만 쓰고 싶을 때 써서 때를 기다리겠다'고 한 지 1년 겨우 넘기고 6·25가 터졌다.

'먹고살기 위해 글을 쓴다는 건 얼마나 가혹한 형벌인가.'

영수는 벽에 기대앉아 잠들어 있는 아이들과 아내를 번갈아 바라보았다.

'엄살 떨지 마.'

지금 이 순간, 일감을 찾으려고 길바닥을 헤매는 아버지들이 수두룩하다. 저녁때 집에 들어갈 때 빈손으로 들어갈 수 없는 아버지들. 그들은 자기 한 몸도 추스를 수 없을 정도로 지쳤으면서도, 막막한 장래가 두려워 가슴이 답답하면서도, 자식 새끼들 앞에서는 무슨 일이든 해낼 수 있는 든든한 아버지가 되어야 한다.

"여보게, 영수, 나 말일세. 나, 드라마 쓰는 법 좀 가르쳐주게."

이틀 전에 방송국으로 문단 선배가 찾아왔었다. 잡지에 수필 하나 쓰지 않고 지내던 꼿꼿하기로 이름난 소설가였다. 담배가 손끝에서 타 들어가는 것도 모르고 멍하니 앉아 있다 돌아간 선배. 오래오래 그의 뒷모습이 사라지지 않았다.

그래. 어깨가 결려 더 못 쓰겠다, 손가락이 뻣뻣해 더 못 쓰겠다, 하는 건 엄살이다.

예술극회 무대에 올릴 각본, 「붉었던 서울」을 쓰면서 영수는 눈앞에 환히 떠오르는 김교성 때문에 몇 번이고, 몇 번이고 펜을 놓아야 했다. 9·28 수복 때였다. 금화산 저켠은 아군, 이켠은 적군이었다. 개천을 건너야 했다. 그냥 방구석에 앉아 있다가는 아군의 폭탄에 맞아 죽을 것만 같았다. 솜이불을 뒤집어쓰고 독립문 거리로 나왔다. 폭탄 소리는 점점 더 땅을 흔들고 때로는 총알이 바로 귀밑으로 지나가 귀밑이 화끈할 때도 있었다. 솜이불을 내팽개치고 개천을 기었다. 총알이 날아오면 개천에 얼굴을 묻고 뜸해지면 또 기고, 기고 할 때였다.

"영……수, 영……수……."

갑자기 어디선가 목소리가 들려왔다. 분명 사람의 목소리였다. 피가 흥건한 냉천에 비스듬히 누운 자세로 영수의 이름을 부르고 있는 사람은 「찔레꽃」의 작곡가 김교성이었다.

"나, 총 맞았네."

영수가 그에게로 기어가기 시작했을 때, 다시 콩알 볶아대듯 총알이 날아오기 시작했다.

쌩쌩, 우당탕, 쿵쾅, 쿵쾅. 우당탕.

'나는 여기서 죽는구나. 여기 이 냉천 바닥에서 개죽음을 당하는구나.'

벼락이 바로 머리 위에 떨어지는 듯, 요란하던 소리가 잠시 멎었을 때, 영수는 머리를 들어 김교성이 누워 있던 자리를 바라보았다. 없었다. 분명 그 자리에서 '나 총 맞았네' 하고 말하던 사람이 보이지 않았다. 포탄 바람에 날아가 버렸나. 알아볼 수 없게끔 엉켜 있는 시체들 속에 섞여버렸나. 사방을 둘러보아도 그는 보이지 않았다. 난리통에 재주 있는 사람들이 개죽음을 당한다. 이렇게 인재들을 다 죽여버리고 어쩌자는 건가. 우리가 이렇게 우리끼리 말짱 죽여버릴 때, 세상이 잠을 자고 있는 것도 아니다. 다른 나라에서는 사람들을 길러내고 있을 때 우리는 서로 죽이고 있다.

못난 사람들. 못난 사람들. 언제부터 그렇게 우리가 이데올로기를 좇아 살아왔단 말인가. 이런 생각을 하기 시작하면, 납덩이가 가슴을 누르는 듯 답답해 와 원고가 나가주질 않았다.

문인극 「고향 사람들」

"드디어 참모 회의에서 예산이 통과되었습니다. 종군 보고 강연회와 예술제, 둘 다 통과되었습니다."

늘 수줍어하는 소년처럼 나지막한 목소리로 차근차근 이야기하는 육군종군작가단 부단장인 구상 시인이 오늘은 너무 신이 나는지 얼굴에 미소를 가득 담고 들뜬 목소리로 보고했다. 그동안 끈질기게 육군본부에 드나들며 군인들을 설득시켜 온 결과였다.

"수고했네. 정말 그동안 수고 많았어. 자, 잔 받아요."

육군종군작가단 단장인 최상덕이 구상에게 술잔을 건네주었다.

육군 창립 제6주년 기념일인 1월 15일을 기해 건군기념제전으로 예술제를 올리기로 결정된 것이다. 뿐 아니라 그동안 막연하게 이야기해 오던 문인극도 특별 프로로 결정을 본 것이다.

"시만 잘 쓰는 줄 알았더니 외교관이 되어야겠군. 군인들을 설득시켰으니, 장해. 정말 애 썼네."

최 단장이 구상 어깨를 툭툭 두들기며 환하게 웃었다.

"그래. 아주 이 참에 시 때려치우고 외교관으로 나서는 게 어때. 외모도 외교관이 딱 들어맞잖아? 귀공자님 타입이 꼭 그렇잖아, 하하, 안 그래?"

팔봉이 옆에서 껄껄 웃어가며 한마디했다.

전쟁이 발발하자 전시 체제로 들어간 한국 문단에 활발하게 논의되는 것이 전시하의 문학, 문학인의 자세와 성격이었다.

국방부에서는 전황 등등의 자료를 문장화하여 신문, 방송, 기타 보도기관에 넘기는 일이 시급했고 또 민심을 안정시키는 선전 계몽 활동도 중요했다. 이런 일을 위해서는 문인들의 도움이 절실히 필요했던 것이다.

전국문화단체총연합회에서는 조속하게 '비상국민선전대'를 조직하였다. 이것은 문총의 규격이나 정규적인 조직과는 상관없는 조직으로서 비상 사태에 대처하자는 것이었다. 전쟁이 발발한 다음날 이미, 문총 사무실로 사용하고 있는 문예사 사무실에 국방부에서 파견된 연락장교가 찾아와 다음과 같은 사항을 부탁했다.

첫째, 전황 기타에 관한 자료를 정훈국에서 제공하면 비상국민선전대는 그것을 문장화하여 신문, 방송, 기타 보도기관에 넘긴다. 보도기관에 넘기는 일은 연락장교가 맡는다.

둘째, 국민의 전의(戰意)를 앙양시키고 민심을 안정시키는 선전 계몽 활동을 한다. 이것은 '비상국민선전대'가 자주적으로 행한다.

문인들은 즉시 활동을 개시했다. 정훈국에서 발표되는 많은 발표문과 벽보, 보도문이 기안되었고, 시인들은 각 방송국에 배치되어 수시로 애국시를 낭독하거나 격문을 읽거나 했다.

그러나 사태가 악화되자 문인들이 서울을 빠져나가기 시작했고, 서울이 함락되던 28일에는 서울을 떠나 일단 수원에 집결한 문인들——박연희, 김송, 구상, 임긍재 등——이 종군 문인이라는 포목 완장을 달고 정훈국 일을 맡아 하였다. 다시 대전까지 후퇴한 문인들——서정주, 이헌구, 조지훈, 박목월, 김광섭, 구상 박화목 등——은 '문총구국대'를 조직하고 '반공전쟁 수행에 끝까지 행동을 통일할 것'을 다짐하였다.

전세가 불리해지자 또다시 대구, 부산 등지로 피난한 문인들은 육군종군작가단을 비롯해 해군, 공군종군작가단을 구성하였다. 대적 전단 작성이나 아군 진영에 보내는 뉴스 제작 등, 문장도 인쇄물 제작도 정훈국 장교들은 익숙하지 않기 때문에 문인들이 도맡아 하다시피 했다.

구상은 정훈국 이선근 국장의 요청으로 아예 정훈국에서 일을 하게 되었다. 이선근 국장이나 김기완, 이용상 같은 정훈 장교들의 문화인들에 대한 애정과 존경은 각별했다. 그들은 문인들이 정훈국 일을 돕는 정도에서 끝낼 게 아니라 보다 적극적으로 펜을 총검으로 바꿔 전쟁에 참여해야 한다고 주장했다. 결국 이 장교들이 다리가 되어 육, 해, 공군 각 군에 종군작가단이 결성되고 급기야는 건군 기념 행사에 문인들의 예술제를 포함하기에 이른 것이다.

군인 행사에 문인들의 예술제. 전시 체제하에 이런 멋진 움직임이 가능한 건 순전히 예술인을 끔찍하게 사랑하는 몇몇 정훈 장교들의 정열적인 노력의 대가였다. 그러나 문인들의 전쟁 참여, 종군에 대하여 문단에서는 의견이 분분했다.

'승리를 해야 한다는 것이 국가의 지상 과제라면 국민은 전승을 위하여 총 역량을 기울여야 할 것은 물론이다. 국민의 총 역량을 기울이려면 국민 전체가 전의(戰意)를 인식해야 한다. 작가들은 자기의 본업인 붓을 가지고 자기 역량을 발휘하므로 국민의 전의를 앙양시켜야 한다. 이것은 불가피한 일이기도 하지만 국가를 사랑하는 작가들의 자의에서 우러나는 부르짖음이다.'

—「종군작가단의 주요 활동과 업적」, 육군 71호

작가들 중에 가장 적극적으로 종군 활동을 하는 박영준의 주장이었다. 그런가 하면 6·25 때 저들에게 잡혀 반동으로 몰려 인민 재판에서 사형 선고를 받아 온몸을 밧줄로 묶인 채 길가를 끌려다니다 송장이 되어 버려졌던 김팔봉은, '내 나이가 서른만 되고 몸을 제대로 쓰기만 한다면 종군작가단에 들어가지 않고 총을 메고 전선에 나갈 것이다.'라며 공산주의에 대한 적개심을 토로하기도 했다.

이헌구는 보다 더 강력하게 문화인들의 애국심을 주장하였다.

오늘에 있어서 만의 일이라도 민족을 암흑과 살육(殺戮)에서 구출하는 십자가적인 이 성업에 대하여 방관적이요, 대안지화시(對岸之火視)하는 반민족적 행위가 있다면 이는 법으로써뿐만 아니라 민족적 도의로써 준열한 벌책이 있어야 할 것이다.'

—「인류애와 동족애」 전시문학독본

영등포 한강대안접전에 참가하여 종군문인으로서 최초의 부상자가 된 임긍재는 '펜 끝을 총탄으로 바꾸어 들 때만이 전쟁문학 혹은 전투문학을 형성할 수 있을 것'이라며 무기로서의 문학의 효용성을 강조하기도 하였다.

이런 주장과는 달리 종군에 대하여 부정적 시각을 가진 문인들도 있었지만 극히 소수에 불과하고 대다수의 문인들—마해송, 염상섭, 안수길, 황순원, 김동리, 박두진, 박목월, 조지훈, 서정주, 박영준, 유주현, 김송, 정비석, 최독견, 최태응, 이무영, 김영수, 최인욱, 구상, 모윤숙, 최정희, 장덕조, 손소희 등등—육, 해, 공군종군작가로 적극적으로 활약했다.

어쨌든 전선을 보고 와서 후방 국민에게 이를 알리는 작품, 즉 전쟁문학이 활발해져 갔고 군에서도 문화인의 참여를 보조 수단이 아닌, 문화적 기술로서 전쟁을 수행하는 독립된 전투 수단으로 간주했다. 군은 현대전의 승패는 민족의 정신적 단결 여하에 달려 있다는 것을 굳게 믿었던 것이다.

"재미있는 거 하나 구상해 봐요."

황순원이 김영수를 바라보며 빙그레 웃었다.

"내가?"

"아, 당연하지."

최상덕은 이 일이 성사되기 전부터 김영수를 찍어놓고 있었기에 당연하다는 말이 절로 나왔다.

"물론이지, 자네 말고 누가 써?"

옆에서 김동리가 최 단장 말을 받으며 영수 어깨에 손을 얹었다. 황순원과 김동리는 공군종군작가단 소속이지만 구상이 군인들을 설득해 예술제를 따냈다는 말을 듣고 달려온 것이다. 삼군 중, 육군이 제일 숫자를 댈 수 없을 정도로 많은 탓인지, 종군작가단도 육군작가단이 가장 활발했다.

대구에 본부를 두고 있는 육군종군작가단과 공군종군문인단은 그동안 대구와 서울에서 종군보고회, 문화인 시국 강연회 등, 여러 가지 행사를 협동으로 함께 해왔기 때문에 아주 가깝게 지냈다.

공군종군문인단은 마해송을 단장으로 박목월, 최정희, 전숙희, 조지훈, 김동리 등등의 문인들이 소속해 있었지만, 육군과는 달리 종군 활동에 제약을 많이 받았다. 전쟁을 실제로 관찰하자면 폭격기를 타고 전선에 나가봐야 하는데 매우 위험한 일이라 군에서 허락하지 않았고, 또 비행기 안에 비전투원을 위한 좌석도 없었던 것이다. 그래서 육군종군작가들과 달리 그들은 주로 신문 잡지에 기사 제공, 번역 소개, 강연회, 작품 낭독회, 그리고 군·민에 대한 문예 작품 수집 등등의 방법으로 군 내부적으로 사기 앙양, 정서 함양을 도모하였다.

사실, 군이 육·해·공군, 삼군이기 때문에 문인종군단도 셋으로 나누어져 있는 것뿐, 문화를 통한 군민 융화, 군의 활동을 후방에 알리기 위한 기사, 기관지 발행 등, 목적과 활동은 다 똑같은 것이었다.

"멋진 거 하나 만들어보세요. 웃을 일 없는 세상에 실컷 한번 웃어보자고요."

최정희가 시래기 나물을 오물오물 씹어 삼키고 나서 한 말이다.

"그래. 아, 김영수가 연극을 안 쓰면 누가 써?"

팔봉도 분위기를 거들며 영수에게 술잔을 권했다.

"난 솔직히 말해 연극이라면 거절을 못합니다."

"동경 시절부터 연극이라면 사족을 못 쓰는 사람 아닙니까?"

황순원은 김영수의 연극에 대한 애정이 얼마나 뜨거운가를 그 누구보다 잘 알고 있다. 하우프트만의 연극을 보고 하도 감동해, 보름치 표를 몽땅 사버린 바람에 그 달에는 점심을 굶어야 했다는 동경 학생 시절의 일화는 유명한 것이었다.

"거절은커녕 실은, 내가 쓰겠다고 달려들 판이지."

"아, 그럼 다 끝난 이야기군요. 자, 그럼 더 구체적인 문제로 들어갈까요?"

김송이 마음이 급한 모양이었다.

"그런데, 사실 죽을 짬도 없는 게 요즘 내 형편입니다. 하루에 60매씩 써내야 한다고요. 60매. 세상없어도 60매는 써야 방송이 나가요."

영수는 매일 나가는 방송극 외에도, 정비석, 김동진과 함께 매주 30분씩 종군 방송도 담당하고 있었다. 원고지 하루 60매. 그건 써본 사람만이 그 고통을 안다. 30매 정도만 써도 이미 어깨가 떨어져 나갈 듯 뻐근하다. 글쓰기의 중노동을 절실하게 알기 때문에 문인들은 입을 꾹 다물었다. 갑자기 방 안에 무거운 침묵이 깔렸다.

바로 어제 도청 앞, 음식점 구석방에서 저녁을 먹을 때 분위기와 영 딴판이었다. 어제는 시인과 소설가들이 주거니 받거니 해가며 입담이 걸쭉했었다.

"세상에 게을러빠진 것들이 시인이야. 그저 몇 자 끌적끌적 갈겨놓고 그것을 시라니 말이야."

서정주가 질세라 최상덕의 말을 받았다.

"세상에 대가리 나쁜 자들이 모두 소설가라오. 우리처럼 몇 자 쓰는 시구에 그 뜻이 다 들어 있는 것을 아까운 원고지 없애며 수백 장· 수천 장 쓰고 있으니 말이여."

그렇게 받아 넘겨가며 껄껄댔던 것이다.

"어쨌든 지금 당장 쓴다 안 쓴다 하지 말고 생각해 보라고."

꽤나 배가 고팠는지 밥도 나오기 전에 열심히 반찬만 집어먹고 있던 박영준이었다.

"아니, 아니. 생각해 볼 시간이 어디 있어? 지금 전시인 거 몰라? 무조건 김영수가 쓰는 겁니다. 아, 말이야 바른 말이지만 매일같이 60매 원고 써내야 한다니, 그거 질투 나 미치겠군. 어쨌든 김영수가 쓰는 거야."

김동리가 한바탕 웃어젖히고 말을 계속했다.

"하여튼 간에 지금 김영수가 아니면 누가 문인극을 일주일 안에 써냅니까? 김영수, 쓴다 하면 씁니다. 그건 내가 알아요. 이 동물, 스태미나는 따라갈 사람 없습니다. 이 대한민국 바닥에."

김동리가 이기련 대령의 전매특허 용어인 '동물'을 흉내 내자 분위기가 다시 걸쭉하게 웃음바다가 되었다. 이기련 대령은 문인들과 자주 어울리는, 기인으로 통하는 아주 특이한 군인이다. 그는 최전선에서 남하하는 피란민 행렬 속에 적 게릴라가 끼어 있으니 포격하라는 미군 고문의 명령을 거역해 항명죄로 군법 재판을 받고 군복을 벗게 된 사람이다. 미군 고문이 당장 포격하라고 성화를 부리는데도 그는 "포격할 수 없다! 저 행렬은 적군이 아니라 우리 형제자매들이다."라고 맞섰던 것이다. 그가 군복을 벗게 되었을 때 몇몇 문인들이 분개하여 재심을 꾸며보자고 제의했다. 군복을 벗긴 군법 회의는 개인이 패한 것이 아니라 민족 정기가 패한 것이나 다름없다며 문인들이 분개했던 것이다. 그때 그는, "이 답답한 동물들아." 해가며 외쳤다.

"이 답답한 동물들아. 이 불쌍한 동물들아. 명색이 지식인이라는 것들이 그따위 몰상식이야. 군법에는 재심이라는 게 없어야. 설사 재심이 있다 해도 가난한 상해임시정부 돈 떼어먹고 양색시나 데리고 살던 것이, 명월관 보이나 하던 것이, 인생에서 가장 깨끗해야 할 이십대에 우리 독립군을 토벌한, 그런 동물들이 민족심이 있겠냐, 정의감이 있겠냐. 이 답답한 동물들아. 정신 차리라우."

그는 이토록 아무 곳에서나 그리고 누구에게나 해대는 성질이기에 군인들이나 관직에 있는 사람들은 보신상, 그를 가까이하기를 꺼려했다. 그래서 성격이 남달리 다정다감한 그는 항상 쓸쓸하고 고독했고, 해서 자연 말상대나 술상대는 문인들이나 예술인들 그리고 자유인들일 수밖에 없었다.

"내가 말이오, 내가 김형을 아주 좋아해. 그거 아오? 그런데 왜 좋아하는지 알아?"

한번은 술좌석에서 뜬금없이 불쑥 그가 영수에게 잔을 내밀며 말했다.

"왜 좋아하는지 아느냐고."

그가 다그쳤다.

"글쎄."

영수가 멋쩍어 식 웃자, 그가 상을 탁 치면서,

"그거야, 그거. 그 슬픈 미소. 김영수, 기막히게 외로운 인간이잖아. 세상 동물들, 다 시시껍절해 보이지? 다 잡스러워 보이지? 철학이 없는 동물들로 보이지? 안 그래? 그렇지? 내가 그러니까. 이 보잘것없는 인간이 그러니까 말이오. 그래서 난 김형 보면 또 하나의 내 모습이 저기 있구나, 그런 느낌이 들어 끔찍해. 끔찍하다고. 통곡하고 싶어."

경성 제국대학 학력을 속이고 졸병으로 입대했던 괴짜, 이 대령을 영수도 퍽 좋아했다. 어쩌면 그가 지적한 대로 비슷한 성격의 사람이기 때문에 서로 통하는 게 있어서인지 몰랐다.

"그래. 매일 60매 원고를 써야 하는 게 보통 일이 아니라는 거 잘 알지만, 어쩌겠나. 그래도 맡아야지. 어렵게 따낸 행사인데."

원고료도 없을 각본을 쓰라는 게 미안했지만, 단장 최상덕은 김영수에게 떠맡기는 수밖에 없었다.

"문인들 한 명도 빠짐없이 총동원시키는 게 재미있겠지요? 한 사람도 빠짐없이 한 번은 무대에 올라왔다 가도록. 생각만 해도 신이 납니다."

옆에서 이용상이 이미 김영수가 각본을 쓰기로 결정되었다는 듯, 화제를 다음 단계로 비약시켰다. 이용상은 정훈 장교이며 시인으로 구상과 형제처럼 지내는 사이였다.

최상덕, 김송, 김팔봉, 최태응, 박영준, 정비석, 황순원, 장덕조, 조풍연, 구상, 김이석, 박인환, 최인욱, 곽하신, 이봉구, 양명문, 최정희 등, 대구로 피난 와 있는 문인들이 수두룩했다.

"아침에 눈뜨는 순간부터 신명 나는 일이라곤 단 한 가지도 없는 세상. 지 몸뚱이 하나 가누기도 짜증 나는 세상에, 뭐라고? 문인극? 문인극은 무슨 우라질 문인극이야? 거, 누구 아이디어야? 보나마나 그 괴짜. 김영수 생각이지? 하여튼 그 괴짜는 연극이라면 제정신이 아니라니깐."

처음에는 뭔 미친 소리냐고 반대하는 사람들도 더러 있었지만, 김팔봉, 박목월, 박영준, 김동리가 앞장 서 그들을 설득했다. 대구에 살다 부산으로 간 황순원도 마침 대구에 볼 일이 있어 올라왔다가 열심히 사람들에게 취지를 설명했다. 그들이 그렇게 홍보하는 동안 영수는 방 안에 들어박혀 불같이 「고향 사람들」을 써나갔다. 물론 매일같이 나가야 하는 방송 원고는 여전히 집필해야 했다.

"당신은, 아무리 그래도 몸 생각을 좀 해야지. 당신이 기계요?"

아내는 눈이 십리는 들어가 있는 남편이 너무 안쓰러워 볼 수가 없었다.

"원고료가 있다면 그게 당신 차지가 오겠어요? 모두들 내가 쓰겠노라 덤비겠지. 아마 당신은 지금 방송국에서 원고료 받아 생활할 수 있으니 아무리 쓰고 싶어도 참으시오, 할걸. 당신은 때로 너무 바보처럼 당하기만 하는 것 같아."

사람이 참 많이 변했다. 숱한 세상 변화와 힘든 생활을 겪어오면서 변하는 게 당연도 하겠지만, 감화원에 가서 아이들에게 노래를 가르치던 사람이다. 돈 한 푼 안 생기는 일이지만, 그 일만은 꼭 해야 한다고, 돈보다 더 귀한 정(情)을 받는다고 말하던 아내다. "뭘 받아?" 얼른 알아듣지 못해 되물었을 때 금자는 눈물마저 글썽이면서 "정."이라 답했었다. 그러던 아내가 이제는 원고료도 없는 문인극을 쓰겠다고 밤을 밝히는 남편을 전혀 이해할 수 없다는 태도다. 그런 아내의 모습을 보는 영수의 가슴이 찡해 왔다. 얼마나 생활에 시달렸으면, 그 맑고 깨끗하고 아름답던 마음이 저리 변했을까. 내 탓이다. 다 못난 남편 탓이다. 장우석에게 시집을 갔더라면, 이 고생은 안하고 살았겠지.

'여보, 미안해. 미안하오.'

영수는 이 말이 하고 싶었지만 꾹 삼켰다. 미안하다고 말을 할 때는 다시는 미안한 짓을 안하겠다는 무언의 약속이나 자신감 같은 것이라도 있어야 하지 않은가. 그러나 지금 영수에게는 이보다 덜 고생을 시키겠다고 자신있게 말할 만한 아무런 건더기가 없었다.

"신나는 일이잖아. 얼마나 기분 좋았는지 알아? 모두다 나보고 쓰라고, 나밖에 쓸 사람이 없다고 할 때, 어깨가 절로 으쓱해지더라고. 구름위로 둥둥 뜬 것 같았어."

"당신도 참…… 사람들이 당신의 그런 단순함을 이용하는 거라고요."

"단순함? 이용?"

"그럼요. 당신은 누가 조금만 칭찬해 주면 금방 싱글벙글, 어린애가 되잖아요. 사람 앞에서 칭찬을 아끼지 않는 사람은, 뒤에 가서 욕할 사람들이라고요. 그러니까 칭찬하는 사람들일수록 조심해야 한다고요."

"당신, 왜 그렇게 시니컬해졌어?"

"부산 방송국에 왔다갔다하면서 별별 소리 다 주워들었다고요. 김영수, 저 잘난 맛에 산다. 김영수, 혼자 판친다. 그런 말이 들립디다."

"그게 뭐 욕이야? 사실이잖아? 내가 지금 이 바닥에서 판치고 있잖아? 방송극 쓰지, 신문연재 쓰지, 아 그러니까 판친다는 소리, 뭐 틀렸어? 그리고 사람은 잘났든 못났든 다 지 잘난 맛에 살지, 안 그런 사람 있어? 더군다나 창작하는 사람이 남이 어찌 생각하든, 자기 자신은 잘났다고 생각해야 뭔가 나올 게 아냐. 아이고, 난 못났다, 못났다 하는 사람 머릿속에서 뭐가 나오겠어?"

금자는 피식 웃기만 했다. 듣고 보니 그도 그럴 듯했다.

"설사 누군가가 내 뒤에서 날 욕한다 해도, 난 상관없어. 아, 내가 보지 않는 곳에서 무슨 소릴 하든, 그건 말하는 사람 책임이지 내 책임이 아니잖아. 그리고 세상에 제일 못난 사람이 남들이 어쩌고저쩌고 하는 소리에 속상해하는 거라고. 얼굴 대놓고 욕한다면 또 몰라도 보이지 않는 곳에서 하는 소리에 왜 신경 써? 사람이란 부러우면 부러울수록 욕하는 법이라고. 아, 앞에서는 설설 기는 신하도 뒤에서는 임금님 욕하잖아? 그나저나 난 이번 이 문인극을 내가 쓰게 된 걸 최고, 최대 영광이라고 생각해. 생각해 봐. 문인들이 총동원되는 거야. 총동원해서 한바탕 굿을 하는 거라고. 문인극이 아니라 문인굿이야. 그 각본을 내가 쓰다니, 이거 작가로서 이보다 더 한 영광이 어디 있어?"

신이 나서 어쩌지를 못하는 남편 모습을 보며 금자는 가수가 될까 했을 때 '자기가 제일 좋아하는 것을 하면 그것이 행복'이라고 말하던 그의 말을 상기했다.

'미안해.'

영수는 입 속으로 다시 이 말을 중얼거렸다.

'당신이 몹시 피곤한가 보구려. 하긴 피곤도 하겠지. 쌀 배급을 타기 위해 일주일에 한 번씩 완행 기차에 시달리며 부산 대구를 오가는 당신. 얼마나 피곤하겠소. 가난한 글쟁이한테 시집온 걸 지금쯤 당신은 후회할까. 한데 어쩌면 좋소. 어깻죽지가 떨어져 나가도록, 손가락이 푹 파이도록, 원고지 칸을 메우고 또 메워도 원고료가 쥐꼬리만 하니 어쩌겠소. 미안해. 미안하오. 난, 그저 이 말밖에 할 말이 없구려. 미안하다는 소린 하지 않고 살고 싶었는데…… 사실, 그럴 자신이 있었는데…… 이놈의 전쟁이 우릴 이렇게 절박한 사람을 만드는구려.'

영수는 밥상을 앞으로 바짝 끌어당기고 원고지를 올려놓았다. 다섯 애들이 강아지 새끼들처럼 엉켜 잠들어 있었다.

자그마한 방, 다섯 애들을 데리고 부부가 똑바로 누워 잘 수도 없는 방. 이 방을 얻은 것만도 천만다행이다. 아이들이 다섯이나 되는 피난민에게 방을 내주려는 사람이 그리 많지 않았다.

"이사를 가야 해요. 하루 빨리 이 동네를 떠나 좀 괜찮은 곳으로 가야 해요."

아이들 교육 때문에 금자는 빨리 이 동네를 떠나고 싶어 안달복달을 한다. 참을성이 많은 여자지만, 아이들 문제에 대해서만은 신경 과민이다 싶을 정도로 참지를 못한다. 학교에 다니는 애들이 별로 없는 후진 동네. 이 동네 애들과 어울려 엿장수까지 한 유미 때문에 더더욱 금자는 초조해했다.

김팔봉, 정비석, 최정희, 박영준, 김동리, 구상, 최인욱, 유주현, 곽하신, 장만영, 장덕조 등등, 사람들을 한 명, 한 명 눈앞에 떠올려 가며 각본을 쓰니 참 재미있었다.

어느 사람이든 다 그렇겠지만 문인들, 예술가들이란 나름대로 독특한 개성을 지니고 있는 사람들이다. 인간성이야 다들 상급 인간성이지만, 개성이 강하기 때문에 때로 아무 작은 일로 마찰이 생기기도 한다. 뿐인가, 예술가들이란 사실 아주 어린애처럼 순진하고 단순하기 때문에, 쉽게 상처를 받기도 한다.

어떤 역을 누구에게 시켜야 무난할까. 정비석은 어떤 역이 맞을까? 아버지 역? 소설가는 누구? 부상 군인 역은 최인욱? 박영준? 부상 군인이 아무래도 주인공이니 잘 해야 할 텐데 최인욱이 나을까, 박영준이 나을까? 그가 해낼 수 있을까? 어쨌든 부상군인에 잘 어울리긴 하겠다. 늘 으스스한 모습이니까, 불쌍하게 다쳐 돌아온 부상 군인에 박영준이 적격이겠다.

보나마나 '못해, 나, 못해' 해가며 손 내젓겠지.

"하하하……."

막 잠을 청하던 금자가 남편 웃음소리에 부석거리며 일어났다.

"아이들 깨겠네."

"아, 미안, 미안. 내가 그렇게 큰 소릴 냈어? 너무 우스워서."

"뭐가 그리 우스워요?"

"상이 군인이 이 연극의 주인공인 셈이거든. 전선에서 부상당하고 돌아온다고. 그런데 그 역을 유주현, 최인욱, 박영준, 세 명 중에 누굴 시킬까, 상상하다 보니, 그만 웃음이 터져나오겠지. 당신 생각에 어떻소? 내 생각엔 박영준이 딱 제격일 것 같은데."

"박영준 씨?"

"그래. 처량해 보이는 역, 잘 해낼 것 같잖아?"

"글쎄, 유주현 씨도 잘 어울릴 것 같네."

"유주현보다는 박영준이야."

영수는 작품을 쓸 때 인물이 눈앞에 환히 떠올라야 글이 술술 나간다. 다방 마담이든 술집 여자든 대학 교수든 일단 작품 속에 인물이 설정되면 그 이미지를 갖기 위해 주변에서 실제 인물을 물색해 '이 사람이다' 정해 놓고 쓰기 시작한다.

"부상 군인이 주인공이라면 박영준 씨가 잘 해낼까? 그분 말도 별로 없는 사람이."

감정 표현을 잘 하지 않는다 할까. 천성이 수줍다 할까. 말이 별로 없는 박영준은 금자 생각에는 연극 주인공에 적합하지 않을 것 같았다.

"하고말고. 역이 주어지면 잘할 거야. 어쨌거나 상이 군인 하니까 제일 먼저 내 머릿속에 떠오르는 모습이 영준이야. 자, 이제부터 조용히 쓸 테니, 자구려."

다섯 아이들과 아내가 잠을 자고 있는 방에서 글을 쓰는 영수는 가끔 담배를 태우다가 후딱 비벼 끄고 마당으로 나가기도 한다. 코딱지만 한 작은 방에 담배 연기가 자욱하면 아내와 아이들에게 얼마나 해가 될까 생각하면 담배 맛이 딱 떨어졌다.

방. 나만의 방. 청진동에서 살 때부터 그렇게 원하던 게 나만의 방이었다. 그래서 인쇄소에서 먹고 자며 일할 때, 그렇게나 좋았었다. 밤이면 그 인쇄소가 독방이었으니까. 잘 사는 집 아이들이 독방을 갖고 있는 게 그렇게 부러울 수가 없었다.

근사한 서재가 아니라 해도 좋다. 그저 몸과 책상 하나만 들어갈 수 있는 헛간이라도 좋다. 혼자만의 공간, 그 공간 속에서 외부와 차단되어 혼자 도취해 울고 웃으며 작품을 쓰는 것. 글쟁이에게 그 공간은 자유와 평화와 휴식을 준다. 아아. 그러나, 지금은 전시 아닌가. 그런 상상을 한다는 자체가 배부른 투정이지.

자, 교장 선생님은 누구? 어머니는? 딸은? 그나저나 이 사람들이 해낼 수 있을까? 대사야 머리들이 좋으니까 금방 다 외우겠지만, 역을 제대로 소화해 낼까? 아니, 아니다. 역을 소화한다는 건 애초부터 기대를 말자. 그저 한바탕 굿을 하는 거다. 문인극이 아니라 문인굿이다. 서투르면 어떤가. 글쟁이들이 연극쟁이가 아니니 서투르지 않으면 오히려 이상하지.

외롭고 가난하고 처량하고 슬픈 넋두리는 하지 말자. 판잣집. 다락방살이. 꿀꿀이죽. 입주(立酒) 집, 그건 우리들의 현주소니까, 현주소를 굳이 무대에까지 끌고 갈 필요는 없다. 웃기자. 많이많이 웃기자. 연기자도 웃기고 관객도 웃기고, 그래서 그 순간만이라도 쪼들림을 잊어보고 배꼽을 잡고 웃어보자. 각본이 탈고되는 길로 프린트 사로 넘겨졌다. 그곳에서 선전 플래카드를 만들고, 각 신문사에 선전기사가 나가고, 프로그램이 배부되고, 삐라, 포스터까지 나돌았다. 대대적인 선전이었다. 문인들은 매일같이 자유극장에 모여 연습을 했다. 마치 초등학교 학예회에 나가는 어린이들처럼, 모두가 다 그렇게 열심일 수 없었다.

내일 아침이면 아홉 식구 아침거리가 없다면서도 연습장을 떠나지 못하는 소설가 장 여사나, 어린 것이 뇌막염으로 죽어간다면 서도 목청을 돋구어 대사를 외우는 시인 장형이나, 개업을 한 지 사흘도 채 안 된 다방, '나하나'의 신 마담이 매일같이 열성적으로 커피를 타들고 나타나는 것이나, 정이 메마를 대로 메마른 피난처에서 '사람이 좋아. 세상 살맛 난다'는 소리가 절로 나올 정도로 훈훈한 세계였다.

물론 개성이 독특한 예술가들의 모임이니 더러는 마찰이 생기기도 했다. 어린애처럼 투정도 부리고, 울기도 하고 싸우기도 하고 두드려 패기도 했다. 그러다가도 언제 그랬냐는 듯, 물 벤 듯 싹 잊어버리고 또 어울렸다. 그야말로 강렬한 개성들은 부딪칠 때도 강렬하고, 조화를 이룰 때도 강렬했다.

"그래. 그래. 좋아요. 사랑도 그렇게 강렬하게 하라고요. 물어뜯고 죽일 것처럼 사랑한다면야, 한 세상 왔다 가는 거, 아무런 미련도 후회 없지. 그렇게 지독하게만 살다 간다면."

팔봉의 그 말에 신경질에 얼굴이 벌게진 박귀송이 히히 웃어버렸다.

사랑. 그래. 사랑이다. 모든 비극, 모든 희극의 주제는 사랑이다. 아니, 인간이 산다는 자체가 사랑이다. 사랑이 없다면 식욕도 명예욕도 성취욕도 생길 수 없으리라. 사랑을 얻기 위하여, 사랑을 잊어버리기 위하여, 어쨌든 사랑이야말로 인간의 존재 가치다. 존재의 이유다. 하기에 동서를 막론하고 모든 작품의 주제는 사랑 아닌가.

「고향 사람들」 역시 사랑 이야기였다. 각본이 희극인 데다가 배우들이 워낙 아마추어들이니 연습장은 그야말로 희극 그 자체였다.

"아 그게 뭐야? 여자 껴안아 보지도 못했어?"

연출을 맡은 김송이 안타까워 버럭버럭 소리를 질러댔지만 박영준이

식 웃어가며 말을 듣지 않았다.

"정말 할 때는 껴안을 거라고. 정말 할 때는 잘 할 테니, 넘어가자고요."

"뭔 소리야?"

영수가 냅다 소리를 질렀다.

"지금 여섯 명 신랑감 중에 선택이 된 만수는 흥분 상태라고. 흥분한 청년이 그렇게 뜨뜻미지근해? 연애도 못해 봤어? 확 껴안아. 연습할 때 잘 해도 무대에 서면 얼어버린다고. 확 껴안아 봐."

부상 군인 만수가 감격해 애인 정옥을 부둥켜안는 장면이다. 이 장면에서 박영준은 자꾸 흐흐흐 웃어가며 뒷걸음질을 치는 것이었다.

"박 선생, 내가 싫어? 아무래도 내가 싫은가 봐. 아, 나를 확 낚아채듯 껴안으라는데 왜 못해요?"

나중에는 최정희가 뾰로통한 목소리로 화내는 시늉을 했다.

"아, 진짜 하는 날엔 잘 한다니까."

"안 돼. 자, 다시. 껴안는 거 못하면 아예 키스까지 시킬 거야."

"어이, 그 역, 내가 하면 안 되겠어? 최 여사하고 뽀뽀까지 해볼 수 있다면 나 좀 시켜줘. 해군종군단원은 안 끼워주는 거야?"

연습 구경을 온 염상섭이 해군종군단은 끼워주지 않는가고 시비조로 말해 사람들을 웃겼다.

"거, 그러고 보니 염 선배도 상이 군인에 딱 적격이네요. 자, 박 영준, 잘못하다간 역을 뺏길 판이다. 다시 잘 해보라고."

"하여튼 저놈. 영수 저놈, 왜 나를 골탕 먹여? 하필이면 만수야?"

박영준이 영수를 보며 골부림을 했지만, 워낙 화를 낼 줄 모르는 사람이라 화내는 척하는 모습 또한 사람들을 웃겼다.

"아 싫다는 사람 왜 자꾸 하라고 해? 나 시켜줘. 교장 선생님하고 바꾸자고. 내가 최 여사 좀 껴안아보게."

팔봉도 익살을 떨었다. 어머니 역에 장덕조, 아버지 역에 최인욱, 정옥이 역에 최정희, 만수 역에 박영준, 소설가 역에 정비석, 교장 선생님 역에 김팔봉, 버스 운전사 역에 곽하신, 양조장집 아들 역에 유주현 등등…… 만화가 김용환까지 코주부 역을 맡았다.

전원이 무대에 잠깐이라도 서야 하기 때문에 영수와 연출가 김송, 구상 등, 중요한 역을 맡지 않은 나머지 사람들은 다 동네 사람으로 등장했다.

드디어 막을 올리는 날. 대구 자유극장은 빈자리가 하나도 없을 만큼 만원이었다. 워낙 대대적으로 선전을 한 탓이기도 했지만 일찍이 문인극을 본 적이 없는 대구 사람들이기에 그 자체가 흥미를 끌었던 것이다. 관객들은 웃기에 정신없었다. 연극 자체도 우습지만 연기자들의 굼뜬 행동이, 어눌한 표정이, 배꼽을 잡게 했다. 하지만 무대 위에서 문인들이 실수를 해도, 대사를 잊어먹고 더듬거려도 관중은 비방이나 조롱은커녕 박수로 격려했다. 그야말로 연기자와 관중이 하나가 되어 있었던 것이다.

"정말 대단하십니다. 하루도 빠지지 않고."

막을 내리는 날, 최상덕이 마해송과 김종평 준장에게 정중하게 인사를 했다. 그들은 공연 사흘 동안 하루도 거르지 않고 관객석에 와 있었던 것이다.

"공산당 언사를 빌리자면 두 분 다, 관객측 열성분자 제1급이십니다."

"열성분자? 하하. 그게 칭찬 분명 칭찬이지요?"

김 준장이 '열성분자'라는 말에 껄껄 웃었다.

'문인극'은 사람들의 선입관을 여지없이 무너뜨렸다. 「고향 사람들」은 피난 생활의 어려움, 서러움, 외로움을 해학적으로 그린 희극이었던 것이다. 어찌나 반응이 열광적인지 시민들의 초청으로 공연을 하루 더

연장해야 했다. 뿐 아니라 그 인기가 부산까지 소문이 퍼져 삼일절 기념 행사에 초청을 받아 전원이 부산으로 내려가 부산극장에서도 공연을 했다.

〈2권에서 계속〉

작가 김영수 1

1판 1쇄 펴냄 2002년 10월 5일
1판 2쇄 펴냄 2002년 11월 1일

지은이 김유미
펴낸이 박맹호
펴낸곳 (주)민음사

출판등록 1966. 5. 19. (제16-490호)
서울 강남구 신사동 506 강남출판문화센터 5층 (135-887)
대표전화 515-2000 / 팩시밀리 515-2007
www.minumsa.com

값 8,500원

ISBN 89-374-8001-8 04810
89-374-8000-x (세트)